소설 교육의 원리와 방법

선주원

새미

서언

소설 교육의 궁극적인 목표는 소설 텍스트를 읽고 이해할 수 있는 능력을 갖추고, 이 능력을 바탕으로 학습자가 자신의 삶을 성찰하고 새로운 삶을 설계할 수 있도록 하기 위한 것이다. 이를 위해 소설 교육은 학습자의 문학 능력을 증진시키고, 문학적 체험이 실제 삶과 긴밀하게 연관되어 자기 성찰과 새로운 자기 형성을 함양하는 것이 될 필요가 있다.

이 책은 이러한 소설 교육의 목표에 바탕을 두고서, 학교 현장에 적합하고 학습자의 문학 능력과 문학적 체험을 보다 심오하고 풍부하게 하기 위한 의도를 담고 있다. 이에 따라 이 책에서는 소설 교육의 원리와 방법을 주로 논의하고 있는데, 1부에서는 소설 교육의 원리를 주로 다루었고, 2부에서는 소설 교육의 방법을 다루었다.

소설 교육의 원리로는 바흐친의 대화주의 이론을 바탕으로 하여, 자유간접화법을 중심으로 한 소설 교육, 초점화를 중심으로 한 소설 교육, 자기 반영적 소설에 나타난 대화적 소통을 중심으로 한 소설 교육 등을 다루었다. 그리고 바흐친의 언어 철학인 초언어학과 소설 교육의 지향점, 타자성의 관점에 의한 소설교육, 상호 텍스트성의 관점에 의한 소설 교육 등을 다루어, 소설 교육에 대한 관점의 확대를 도모하였다.

소설 교육의 방법으로는 상상력 형성을 위한 이해와 표현으로서의 소설 교육, 패러디를 활용한 허구적 글쓰기 교육, 자기 형성적 주체 함양을 위한 소설 교육 연구 등을 다룸으로써, 소설 텍스트에 대한 이해와 표현을 아우르는 소설 교육의 방법을 모색했다. 또한 소설 교육이 문학적 문화의 고양이라는 관점 하에 문화 실천과 소설 교육의 철학적 기초를 논의하면서, 소설 교수 - 학습의 효율성 평가 방법을 다루어 문학적 문화 실천을 위한 소설 교수 - 학습 방법에 대한 성찰을 해 보았다. 끝으로 소설 교육의 궁극적인 지향점이 학습자의 가치관 형성이라는 관점 하에 가치관 교육으로서 소설 교육의 목표를 다루었다.

이러한 내용들을 담고 있는 이 책이 학교 현장에서의 소설 교육을 보다 풍부하게 할 수 있다면, 문학 교육을 실천하시는 선생님들이나 문학 교육을 연구하는 연구자들에게 조금이나마 도움이 될 수 있을 것이다. 아울러 이 책이 소설 교육을 공부하는 데 도움이 될 수 있다면, 장차 문학 교사가 되고자 하는 대학생들과 대학원에서 문학 교육을 공부하는 사람들에게는 소설 교육에 대한 하나의 관점을 제공할 수 있을 것이다. 또한 가정에서 자녀 교육을 위해서 소설 텍스트를 교육하고자 하는 학부모들에게는 소설 교육의 원리와 방법을 제공함으로써, 올바른 자녀 교육의 방향을 제시할 수 있을 것이다.

이 책을 내면서 특별히 감사를 드려야 할 분들이 많다. 소설 교육 연구에 정진할 수 있도록 학문적 자양을 마련해 주신 한국교원대학교 국어교육과의 나병철 교수님, 유성호 교수님, 한철우 교수님께 깊은 감사를 고개 숙여 드린다. 그리고 학부 때부터 석·박사 과정을 거치는 동안 인생의 가르침과 학문의 자세를 일깨워 주신 성낙수 교수님, 최운식 교수님, 신헌재 교수님, 정년을 하신 박희숙 교수님, 성기조 교수님께도 말할 수 없는 정을 담아 감사를 드린다. 그리고 학문의 길에서 직접 간접으로 좋은 가르침과 관심을 주시고, 격려해 주신 광주교대 염창권 교수님, 천경록 교수님, 김재봉 교수님께도 이 자리를 빌어 감사의 마음을 전해 드린다.

나의 삶을 세워주신 어머니 김필순 여사님과 작고하셨지만 언제나 삶의 길을 인도하고 계시는 엄친 선종호 님, 세 분의 작은 아버님들, 형님 내외, 동생 내외, 누님 내외, 여수의 처갓집 식구들에게도 감사를 드린다. 또한 결혼 후 오늘날까지 가장으로서 별다른 도움을 주지 못했음에도 불구하고, 언제나 사랑과 평화의 가정을 일궈온 아내 윤미영에게 말할 수 없는 고마움을 전한다. 그리고 아들 상근이와 혜인에게도 고맙다는 말을 전한다.

끝으로 열악한 출판 사정에도 불구하고 문학 교육의 발전을 바라는 마음으로 흔쾌히 이 책을 출판해 주신 새미 사장님과 편집부에게도 감사의 마음을 전한다.

2003년 4월 비온 뒤의 청명한 무등산을 바라보며
저자 씀.

차 례

제1부
소설 교육의 원리

대화적 관점에서의 소설 교육

1. 서 론

본고는 대화적 관점 하에 소설 담론의 대화성[1]을 학습자가 어떻게 읽어내며, 학습자의 이러한 소설 읽기가 소설 교육의 교육 내용으로 어떻게 수렴될 수 있는지를 규명하고자 하는 연구 목적을 갖는다. 이 연구 목적 달성을 위해 자유간접화법에 의한 화자와 작중 인물의 대화에 의한 소설 담론의 대화성을 학습자가 어떻게 읽어내는지를 살펴보고, 소설 담론의 대화성을 읽

---

1) 소설 담론의 대화성은 화자와 작중인물, 작중인물간의 대화적 관계를 통해 형상화된다. 즉, 화자나 어떤 한 인물이 절대적 권위를 지닌 채 담론을 이끌어 가는 것이 아니라, 화자와 작중인물, 작중인물들이 서로 동등한 입장에서 소설 담론을 전개해 나가는 것이다. 화자는 작중인물에 대해 절대적 권위를 지니기보다는 작중인물과 동등한 이념을 지닌 채 작중인물과 소통하며, 어떤 한 인물도 다른 인물에 대해 절대적 이념을 갖지 못한다. 이처럼 소설 담론의 대화성을 논의하는 것은 푸코의 관점보다는 페쇠나 바흐친의 관점을 따른 결과이다. 화자나 작중인물의 말이 지닌 절대성과 권위성을 강조하는 푸코의 경우, 단일한 말에 포함되어 있는 '대화적 관계' 양상을 충분히 고려하지 못하는 반면, 다양한 계급, 사회적 계층의 투쟁 양상에 주목하는 페쇠나 바흐친은 이질 언어들간의 갈등과 대립을 강조한다. 이질 언어들간의 대립과 갈등에 의해 화자와 작중인물은 단순한 의미 전달이 아니라, 타자와의 불일치 속에서 자신의 본질을 인식해 가는 타자성을 지니게 된다.

어내는 학습자의 소설 읽기가 소설 교육의 본질임을 밝힐 것이다. 이러한 본고의 연구 과정들은 궁극적으로 소설 담론의 대화성이 학습자의 삶과 긴밀한 관련이 있으며, 이 연관성을 통해 학습자가 소설 담론과 대화적으로 소통하는 것2)이 소설 교육의 핵심임을 밝히고자 하는 것이기도 하다.

자유간접화법에 의한 소설 담론의 대화성을 학습자가 읽어내는 모습은 화자의 목소리와 작중인물의 목소리가 어법적 차원에서 중첩되는 자유간접화법에 대한 개념 이해를 바탕으로, 서정인의 「물결이 높던 날」을 통해 살펴볼 것이다. 서정인의 「물결이 높던 날」을 주요 분석 텍스트로 삼은 이유는, 이 소설이 화자와 작중인물의 대화적 관계에 의해 소설 담론의 대화성을 잘 보여주고 있다고 생각했기 때문이다.

학습자가 소설 담론의 대화성을 읽어내는 것은 학습자 개인만의 문제가 아니라, 문학 교사나 동료 학습자 등과의 대화적 소통3)을 전제한다. 소설 담론의 진리는 주체와 타자간의 진정한 대화적 소통으로부터 생겨 나오는 것이지, 작가가 학습자에게 부과하는 것이 아니기 때문이다. 학습자가 다성적

---

2) 문학 작품의 수용에서 학습 독자의 역할을 강조하는 수용 미학이나 독자 반응 이론은 학습 독자가 작품을 읽고, 이해하고 평가하는 과정을 작가와 학습 독자, 작품과 학습 독자 사이의 대화로 본다. 그 결과 '작가 - 작품 - 학습 독자' 사이의 문학적인 과정은 상호 소통의 과정이 된다. 작가가 보내는 메시지를 학습 독자는 단순히 수동적으로 받아들이는 것이 아니라, 능동적으로 보완하고 해석한다. 이처럼 문학적 소통의 과정에서 텍스트의 의미는 개인 주체들의 끝없는 잠재적 만남 속에 개인 주체의 응답성(answerability)을 지향하는 대화적 관계를 통해 생성된다. 따라서 텍스트의 소통 과정에서 주체간의 대화적 관계는 텍스트 의미 형성의 원칙으로서, 작가의 권위적 말에 의한 텍스트의 독백성을 무너뜨린다.(David K. Danow, *The Thought of Mikhail Bakhtin: From Word to Culture*, New York: St. Martin's Press, 1991, pp.123-124.)

3) 소통은 주체간의 상호 이해를 통해 이루어지는데, 이해는 의미의 절충을 통해서 가능하다. 누군가와 의미를 절충하기 위해서는 주체와 타자의 배경의 상호적 차이가 무엇인가, 그리고 그 차이가 언제 중요하게 되는가를 깨닫고 중시해야 한다. 다양한 세계관이 존재하며, 그 세계관이 어떤 것일 수 있는가를 깨닫기 위해 주체는 문화적·개인적 경험의 충분한 다양성을 필요로 한다.(G.레이코프 & M.존슨, 노양진·나익주 옮김, 『삶으로서의 은유』, 서광사, 1995, 278쪽.)

소설을 읽는 것은 소설 담론에 형상화된 화자와 작중 인물, 작중 인물간, 작중 인물 의식 내부의 대화를 학습자 자신의 이념을 바탕으로 이해하고 평가하는 것이며, 이 과정을 통해 학습자는 자신의 삶을 성찰하면서 '자기 형성적 주체'[4]가 될 수 있다. 따라서 다성적 소설을 대상으로 하는 소설 교육은 소설 담론의 진리가 학습자에 어떤 의미를 주는가보다는, 다성적 소설 담론을 학습자가 어떻게 이해하고 평가하며, 이를 통해 학습자는 어떤 주체가 될 수 있는지를 논의의 중심으로 삼아야 한다. 소설 교육은 학습자와 문학 교사, 학습자와 동료 학습자가 상호 동등한 입장에서 텍스트에 대한 이해와 평가를 공유하면서, 텍스트에 대한 자신들의 이해와 평가가 갖는 고유성을 확인하고, 이것이 삶의 대화성과 밀접한 관련이 있음을 인식하게 하는 것이 되어야 하기 때문이다.

2. 자유간접화법에 의한 소설 담론의 대화성과
학습자의 소설 읽기

일반적으로 지금까지의 소설 교육은 교육 내용으로서의 '서술'을 화자나 한 인물에 의해 거의 전적으로 이루어지는 경우만을 대상으로 해 왔다. 그러나 소설 담론의 서술이 화자나 한 인물에 의해서만 이루어지지 않고, 한 문장 내에 화자나 작중인물의 목소리가 동시에 섞여 있는 경우도 있다. 따라서 한 문장 내에 화자와 작중인물의 목소리가 동시에 섞여 있는 서술 방식도 소설 교육의 내용이 되어야 한다. 본고는 지금까지의 소설 교육에 대한 반성 의식 속에, 한 문장 내에 화자나 작중인물의 목소리(초점화)가 어법적 수준

---

4) 본고가 상정하는 자기 형성적 주체는 다성적 소설 담론의 구조와 대화적으로 소통하면서 소설 담론의 다성성을 자신의 삶과 관련짓는 가운데, 자신의 삶에 대한 성찰과 새로운 자기 형성을 할 수 있는 주체이다.

에서 뒤섞여 서술되는 방식에 주목하고자 한다. 이러한 서술 방식은 소설 담론의 대화성을 형상화하는 서술 전략일 뿐만 아니라, 보다 풍부한 소설 읽기를 가능하게 해주기 때문이다.

소설 담론의 서술은 화자가 자신의 초점화에 의해 모든 것을 조정하는 경우도 있지만, 화자 초점화와 작중인물의 초점화가 한 문장 속에 뒤섞여 서술되어 화자가 '작중인물의 언어'를 어법적 수준에서 사용하는 경우도 있다. 후자의 경우는 어법적 수준에서 화자가 작중인물의 언어를 빌려쓰는 화자 초점화 서술이며 외부 초점화에 속한다. 그러나 '어법적 수준'에서는 내적 초점화5)이며, 작중인물의 내적 초점화에 의해 서술이 이루어진다. 여기서 '내적 초점화'란 말을 사용하는 것은 화자가 인물들의 삶을 인물들 내부로부터 바라보면서 인물들의 언어로 서술하기 때문이다. 이 서술 방식은 화자가 인물들의 내부로부터 인물들의 언어를 빌려 서술하는 자유간접화법(free indirect discourse: FID)이라고 할 수 있는데, 이것은 관념적 수준에서의 작중인물의 초점화와 화자의 서술이 섞인 담론 차원에서의 서술 상황과 관련된 것이다.

'자유간접화법'은 화자와 작중인물의 이중적 목소리가 어법적 수준에서 혼성된 것으로, 화자 초점화 서술과 작중인물 초점화 서술의 경계선에서 나

---

5) 여기서의 내적 초점화란 용어는 슈탄첼의 개념과는 구분되는 우스펜스키의 내부 시점과 같은 의미로 사용된 것이다. 화자가 자신의 목소리는 낮추고 인물의 개인 언어를 빌려서 쓰는 것이 '어법적 수준에서의 내부 초점화'이다. 이것은 외부 초점화이면서 어법적 수준에서는 내부 초점화라는 특성을 갖는다. 우스펜스키의 논의는 표현의 차원과 내용의 차원 사이의 역동적 관계를 상정한 채, 작품의 서사적 기법과 그것들이 놓여져 있는 가치 체계까지도 평가할 수 있는 토대를 확립하게 해 준다. 관념적 수준에서 그는 한 편의 소설 텍스트에서 평가적 초점화, 도덕 판단의 초점화가 어떻게 작중인물들 가운데 한 사람에 의해, 또는 작가가 사건에 개입하지 않은 제3의 인물에 의해 표현되는가를 설명한다. 이러한 그의 논의는 바흐친이 상정한 다성성이라고 하는 평가적 초점화를 상정한 것이었다. 작품의 일반적 철학 또는 이데올로기를 나타내는 이 차원은 작품의 '심층의 구성적 구조'이며, 구성적 장치들의 표면 구조와 대립될 수 있다.

타난다[6]. 즉, 자유간접화법은 직접화법과 간접화법 사이에 놓여있는 것으로, 작중인물 유형의 직접성과 화자 유형의 간접성이 혼합된 사고와 화법을 재현하는 문체와 관련된다고 할 수 있다[7]. 다음의 예를 살펴보자.

    (a) 그녀는 그가 오늘 거기로 돌아오기를 원했다.
    (b) 그녀는 그가 오늘 거기로 오기를 원했다.
    (c) 그녀는 그가 오늘 여기로 오기를 원했다.

    위의 세 예문은 모두 자유간접화법의 변형들이지만, (c)는 (a)나 (b)보다 혼합성이 더 분명히 드러난 자유간접화법이라고 할 수 있다. (c)는 '그녀'라는 3인칭 대명사 주어를 갖고 있지만, '그녀'의 초점화에 의해 '여기'라는 말과 '오다'라는 말을 사용하고 있기 때문이다. 미메시스적 디에게시스[8]라고 할

---

6) F.K. Stanzel, 김정신 옮김, 『소설의 이론』, 탑출판사, 1997, 107-204쪽, 277-287쪽 참조./ S. Chatman, 김경수 옮김, 『영화와 소설의 서사구조』, 민음사, 1996, 220-226쪽 참조.

7) 자유간접화법은 자유간접문체(free indirect style), 재현된 발화와 사고, 의사직접화법(quasi-direct discourse), 결합된 화법(combined discourse), 교체적인 서술, 이중적인 목소리, 한 인물과 화자의 가치와 관점을 동시에 배열하는 전략 등으로 불리기도 한다.

8) 어떤 인물 '자신'의 말 또는 사고의 여러 측면들을 보여주거나 재현해 주는 이야기 방식. 미메시스(mimesis)는 '제시'라고 할 수 있고, 디에게시스(diegesis)는 '설명'이다. 전자는 직접적인 작중인물 재현이나 작중인물 구성에 강조점을 두는 반면, 후자는 보다 간접적이며 초연한 이야기꾼 위주의 개괄적인 재현을 중시한다. 사건의 서술에서, 미메시스가 장면 제시와 관련된다면, 디에게시스는 응축적이거나 '편집된' 요약 설명과 관련된다. 미메시스는 어떤 측면에선 '발생한 모든 것'을, 그러나 실제로는 그 장면 속의 한 목격자에게 보여진 모든 것들만을 재현한다. 이러한 점에서 그것은 다소 편파적이며 포괄적이지 않다. 그리고 미메시스는 전형적으로 내적 작중인물 - 초점화와 함께 온다. 반면에 디에게시스는 또 다른 측면에서 '발생한 모든 것'을, 그러나 일정한 거리를 취하는 외적 보고자(그것을 서술하기 이전에 그 이야기의 요지나 목적에 대해 생각하고 재조직하며 그에 대해 판단할 수 있는 보고자)가 거론할 만한 가치가 있다고 판단하는 것만을 재현한다. 따라서 디에게시스적 서술은 시간 순서, 지속, 빈도에 대해 보다 조작적이며, 사건 재현에 대해서는 보다 분명한 등급화와 계층적인 순서화를 지닌다. 즉, 디에게시스는 종속적이고, 미메시스는 병렬적이라고 할 수 있다.(Michael J. Toolan, 김병욱·오연희 공역, 『서사론』, 형설출판사, 1995, 180-181쪽.)

수 있는 '자유간접화법'은 인물의 초점화와 화자의 초점화가 어법적 수준에서 뒤섞인 '이중적인 서술 상황'을 드러내는 것이므로, 인물과 화자 중 누구의 목소리가 더 많이 섞였느냐에 따라 다양한 양상으로 나타난다. 이 서술 방식은 화자와 인물의 목소리를 섞어 쓰는 것에서부터 인물의 지각이나 사고를 지속적으로 제시하는 것에까지 이르고 있다. 후자의 경우 화자의 존재가 사라진 듯한 인물 초점화 서술의 일반적 양상과 일치한다. 그러나 이 경우에도 최소한의 화자의 개입은 있으며, 그것이 보다 더 적어지는 '내적 독백'이나 '의식의 흐름'과 구분된다9).

초점화가 '누구의 시선을 통해 이야기가 전달되는가?'의 문제라면, 자유간접화법은 '발언된 말이나 표현된 사고들은 누구의 것인가?'의 문제이다. 직접 화법에서 말하는 사람은 작중인물이며, 간접 화법에서 말하는 사람은 화자인 반면에, 자유간접화법에서 말하는 사람은 실제로는 작중인물인 듯하지만, 그 말에는 화자의 목소리(어투)가 삽입되어 드러난다. 따라서 자유간접화법은 순수한 독백이 아니라, 작중인물의 목소리와 화자의 목소리가 뒤섞여 소설 담론의 대화성을 형상화한다. 자유간접화법은 두 개의 목소리간의 충돌, 목소리의 이중성을 통해 담론 주체간의 대화적 관계를 드러내기 때문이다. 화자의 화법과 작중인물의 화법이 어법적 차원에서 뒤섞이는 자유간접화법은 두 가지 방향에서 진행된다. 첫째는, 작중인물의 화법에 의해 화자의 화법이 변하는 경우이고, 둘째는 그 역으로 화자의 화법에 의해 작중인물의 화법이 변용되는 경우이다.

자유간접화법에 의해 형상화되는 소설 담론의 대화성에 대한 학습을 통해 학습자는 "텍스트가 형상화하고 있는 대화성의 의미는 무엇이며, 이것은 '나'에게 어떤 의미가 있는가"라는 자기 성찰과 자기 형성을 도모할 수 있

---

9) 자유간접화법, 내적 독백, 의식의 흐름 등과 같은 서술방식의 차이에 대해서는 시모어 채트먼의 논의 참조(S. Chatman, 김경수 옮김, 위의 책, 1996, 205-254쪽.)

다. 이러한 학습자 상(象)은 지금까지의 소설 교육에 대한 반성을 전제한다. 새로운 소설 교육은 학습자가 소설 텍스트를 소통하는 양상과 그 의미는 무엇이며, 텍스트 수용 과정에서 나타나는 텍스트와 학습자의 대화적 소통은 어떻게 구체화되고 있으며, 대화적 소통을 통해 학습자는 어떻게 자기를 반성하고 새로이 형성해 갈 것인가에 초점을 두기 때문이다. 이러한 소설 교육을 위해서는 단성적 관점보다는 대화적 관점[10]을 가질 필요가 있다. 대화적 관점에 의한 소설 교육은 소설 텍스트에서 작가의 일정한 의도를 찾아내는 데 교육의 의의를 두기보다는 텍스트의 의미를 새로이 형성하여 자기 성찰과 자기 형성을 해 나가는 학습 과정에 의의를 두기 때문이다. 대화적 관점에 의한 소설 교육에서, 학습자들의 텍스트 수용은 동일한 양상이나 확실한 인식을 지향하지 않는다. 그렇다고 해서 학습자들의 텍스트 수용이 아무런 질서도 찾아볼 수 없는 무정부적 상태에 빠지지도 않는다. 대화적 관점에서의 소설 교육은 학습자의 텍스트 수용이 갖는 한계성에 대한 자각에 기초하여 절대적 진리보다는 일리(잠재적인 진리)를 추구해 나감으로써, 다성적인 수용의 공간 속에 나름대로의 질서를 세우기 때문이다. 학습자는 자신의 인식의 틀이나 지평에 매몰되기보다는 타자의 것에 대한 개방성과 감수성에 기초하여 자신의 수용(인식)을 개선할 수 있다. 그리고 이러한 개선을 통해 학습자는 다양한 수용 양상들의 갈등과 충돌 속에서 좀 더 나은 수용을 지향하면서, 자기 성찰을 수행해 갈 수 있을 것이다. 이러한 자기 성찰을 통해 학습자는 자기 반성을 통해 자기 형성적 주체[11]로 성장할 수 있을 것이다.

---

10) 본고가 상정하는 대화적 관점은 학습자의 소설 읽기가 소설 텍스트와의 대화라는 인식에서 출발한다. 또한 다성적 소설은 삶의 대화성을 가장 압축적으로 형상화하여, 이를 소통하는 학습자가 텍스트와의 대화를 통해 삶의 대화성을 인식할 수 있게 한다는 전제를 갖는다. 따라서 본고가 상정하는 대화적 관점은 다성적 소설 담론의 대화성과 학습자의 대화, 학습자와 문학 교사나 동료 학습자 등과의 대화적 소통을 통해 학습자가 자기 성찰과 자기 형성을 해 나가는 양상에 주목한다.

11) '자기 형성적 주체' 형성을 위한 소설 교육은 '비판 의식(Critical consciousness)'을 심어주

3. 화자의 화법에 대한 작중인물 화법의 영향

　화자의 화법에 작중인물의 화법이 영향을 주는 자유간접화법은 화자가 자신의 이야기 과정 중에 작중인물의 초점화를 사용하여 서술을 하는 경우에 나타난다. 이 경우에 작중인물의 목소리는 화자를 매개로 하여 학습자에게 들릴 뿐 아니라 인물 자신에게도 들리게 된다. 인물 스스로가 자신의 의식을 '반성'하기 때문이다. 따라서 학습자는 스스로 자신의 의식을 반성하는 작중인물의 목소리를 들으면서 화자와 작중인물간의 관계를 이해하고, 이를 바탕으로 작중인물의 삶과 자신의 삶을 관련지을 수 있다. 이 관련성을 통해 학습자는 소설 텍스트의 의미가 자신의 삶과 어떤 관련성이 있는지를 음미하면서, 텍스트와 대화적으로 소통하게 된다. 이러한 소설 읽기는 한 문장에 하나의 목소리만을 상정하는 소설 읽기와는 상당히 다르다. 한 문장에 하나의 목소리만을 상정하는 소설 읽기는 자유간접화법에 의한 소설 담론의 대화성을 올바르게 이해할 수 없을 뿐만 아니라, 학습자가 특정한 이념을 텍스트에서 찾아내도록 함으로써 학습자의 풍부한 문학적 체험을 저해한다.

　그러면 서정인의 단편 「물결이 높던 날」을 통해 화자의 말에 작중인물의 의식이 침투한 자유간접화법 현상에 대해 보다 자세히 검토해 보자. 서정인의 「물결이 높던 날」은 현수와 석호라는 두 친구의 사랑 경험과 간략한 생의 내력을 들려주는 소설이다. 자기 주장을 강하게 밀고 나가는 강인한 의지의 소유자인 석호와 소극적이고 내성적인 현수는 제대 후 우연히 다시 만나게 된 군대 친구이다. 현수는 다방 아가씨 명자를 사랑하게 되고, 석호는 갈비집 주인 마담 '메듀샤'의 집에 하숙하면서 그녀에게 사랑과 증오의 양가

는 교육이 되어야 한다. 이러한 교육은 비판적 사고(critical thinking)를 통해 현실을 하나의 정태적인 실체가 아닌 과정과 변형으로 인식하고, 비판적 사고 자체를 행동과 분리하지 않는다. 그리고 학습자가 자기 삶에 대한 성찰을 통해 새로이 자기 삶을 형성하게 한다.(Paulo Preire, *Critical Consciousness*, New York: Continuum, 1998, P.73.)

감정을 느낀다. 제대 후 부산에 있는 형님 집에 내려와 있던 현수의 삶과 월남하여 아버지를 찾기 위해 갖은 고생을 겪으며 살았던 석호의 삶은 '공작' 다방에 있던 명자로 인해 서로 얽히게 된다. 그러나 두 사람의 삶이 명자 때문에 서로 얽힘에도 불구하고, 이 소설은 그들의 삶이 어떻게 얽히는가를 서술하기보다는 그들의 삶을 독립된 상태로 교차 서술한다. 두 인물은 화자에 의해 '그'로 지칭되지만, 화자는 교대로 두 인물 중 한 인물의 자의식 속으로 들어가 그들의 초점화에 의해 그들 자신의 체험과 생각을 서술한다. 이처럼 현수와 석호의 의식을 따라 서술이 진행됨으로써 현수와 석호는 각자 자기 의식을 주체적으로 표현할 수 있게 된다.

작가의 이러한 서술 전략은 작중인물의 자의식이 하나의 논리나 인과 관계에 의해 일목요연(一目瞭然)하게 설명될 수 없음을 암시한다. 그리고 삶의 현실 자체가 인과 관계로는 설명될 수 없는 대화적 소통 관계임을 보이기 위함이기도 하다. 그 결과 이 소설의 서사 진행은 시간 순서나 인과 관계에 따르지 않고 현수의 회상과 석호의 연상이 불연속으로 뒤섞인 채 이루어진다. 그러나 불연속적인 장면들은 서로 무관하기보다는 공존하고 병렬적인 삶의 실상을 보이기 위함이다. 즉, 현수와 석호의 삶은 서로를 규정해 주는 타자성의 관계에 있음을, 그리고 긴장된 대화적 관계를 형성함을 보여주기 위함이다. 이러한 의도를 위해 이 소설은 현수와 석호를 동등한 위상을 가진 인물로 상정하고, 이 둘이 끊임없이 서로의 삶을 지탱해주는 근본임을 강조한다. 따라서 어떤 인과 관계에 의해 소설의 이야기를 설명하고자 하는 전통적인 소설 읽기는 이 소설을 제대로 이해할 수 없다. 이 소설은 어떤 인과 관계보다는 현수와 석호의 의식을 교차시켜 삶의 다층성과 대화성을 보여주기 때문이다. 그러므로 이 소설을 올바르게 이해하기 위해서는 일정한 진리를 상정하는 소설 읽기보다는 읽기 과정 자체를 목적으로 하는 대화적 관점에서의 소설 읽기가 필요하다.

학습자는 현수의 회상과 석호의 연상이 불연속으로 뒤섞인 채 이루어지는 자유간접화법에 대한 이해를 통해 삶의 현실 자체가 인과 관계로는 설명될 수 없는 다층성과 다성성을 갖고 있음을 이해하게된다. 즉, 현수와 석호의 목소리가 어법적 수준에서 뒤섞이는 자유간접화법을 통해 삶의 다층성을 이해하고 평가함으로써 학습자는 자유간접화법을 통해 드러나는 작가의 서술 전략이 소설 담론을 다성적으로 형상화하면서 삶의 다층성을 드러내고 있음을 알 수 있는 것이다. 그리고 이러한 작가의 서술 전략은 학습자의 대화적 소설 읽기를 통해서 파악될 수 있고, 이러한 작가의 서술 전략으로 인해 학습자의 텍스트 소통 전략도 작가의 다성적 서술 전략에 대응되어야 함을 알 수 있다. 이러한 인식을 통해 학습자는 소설 읽기가 작가의 서술 전략과 대화하는 것임을, 그리고 소설 텍스트와의 소통은 궁극적으로 삶의 문제를 이해하고 해명하는 것임을 알게 된다. 그리고 삶의 문제에 대한 이해와 해명을 통해 자기 반성과 새로운 자기 형성을 할 수 있음을 알게 된다.

작중인물과 화자의 목소리가 어법적 차원에서 뒤섞여 있음을 확인할 수 있는 지표로는 주격 조사 '는(은)'과 '이(가)'의 차이점을 들 수 있다[12]. 주어를 만들어 주는 주격 조사 '이(가)'와 '은(는)'이 함축하는 의미가 서로 다른데, 소설 속에서 '는'이 결합한 주어는 <다른 주체들(화자를 포함한)과의 관계> 속의 주체를 의미한다면, '이'가 결합한 주어는 사실을 지각하는 화자의 <대상>으로서의 주체를 의미한다. 따라서 인물이 '초점화의 주체'로 작용하는 경우, 그 인물은 '는'의 주어로 나타난다. 반면에 무생물 주어는 빈번히 '이(가)'와 결합하게 된다. 이는 일반적으로 무생물 주어가 인물 초점화의 주체와 대화적 소통 관계에 있지 않고 주체의 지각 대상이 되기 때문이다.

---

12) 나병철, 『한국문학의 근대성과 탈근대성』, 문예출판사, 1996, 132-139쪽 참조

(가) 현수는 모래밭을 빠져나갔다. 모래밭에는 인적이 끊어졌다. 파도만
이 출렁거리고 있었다. 잊어야지…. 잊을 것은 잊어버려야지…. 그는 그가
걸어온 물가를 한번 돌아다보고 길로 접어들었다. 그가 명자를 만나면 만
날수록 명자의 얼굴은 희미해졌다. 얼굴의 윤곽을 붙잡을 수가 없었다. 그
것은 황홀한 신비 속에 파묻혀 갔다. 상냥한 웃음, 하얀 이를 드러내면서
웃는 눈부신 웃음이 그 얼굴 전체를 덮어버렸다. 심지어는 그 코까지도….
사실 그는 명자를 똑바로 쳐다볼 수조차 없을 지경이었다. 그녀와 결혼하
겠다거나 그렇지 않으면 그냥 지나는 길에 장난 삼아 스쳐보겠다거나 하는
구체적인 결심이 서 있는 것이 아니라 그저 좋았다. 괜히 두 다리를 꼬고
병신 같은 몸짓을 해야 시원할 만큼 때로는 안절부절 하기도 했다.[13]

(나) 술집을 나오자 차가운 바람이 얼굴을 후려쳤다. 가슴속에 뭉클했던
것이 싸늘하게 식어갔다. 그리고 분노가 되살아났다. 그것은 얼마 전의 타
오르는 분노가 아니라 차디찬 분노였다. 슬픔이 가라앉으면서 깊은 곳에
뿌리박은 분노의 분비선을 자극한 모양이었다. 그의 두 눈은 차가운 미소
로 빛났다. 그는 고개를 숙이고 걷고 있었다. 땅을 보는 것은 아니었다. 땅
은 무수한 줄들이 되어 뒤로 달릴 뿐 눈에 들어오지 않았다. 그가 보고 있
는 것은 땅 위의 허공에 뜬 움직이는 한 지점이었다. 그것은 그가 걷는 속
도로 그와는 일정한 간격을 두고 앞서 달렸다. 지금의 그의 기분에는 세상
이란 쓰라리지도 달갑지도 않았다. 열망과 기대도 없었고, 애착과 회한도
없었다. 수많은 간판들과 그 뒤로 숨은 초라한 건물들, 웅크리고 서 있는
옷 많이 입은 늙은 노점상들, (중략). 그 모든 것들이 석호와는 관계없이
거기 있었다. 십 년 전에 있었던 것처럼, 또는 십 년 후에 있을 것처럼, 그
것들은 다만 거기 있었다. (「물결이 높던 날」, 83-84쪽)

위의 두 예문은 구문상으로는 화자가 작중인물에 대해 서술하는 형태이
지만, 작중인물 현수와 석호의 자의식 속에서 서술이 이루어지는 자유간접
화법의 형식을 취하고 있다. 예문에서 대명사 '그'를 '나'로 바꾸어 읽으면

---

13) 서정인, 「물결이 높던 날」, 『강』, 문학과지성사, 1997, 54쪽. 이하 인용 쪽수만 밝힘.

작중인물 현수와 석호의 자기 서술이 된다[14]. 그리고 '현수는', '그는'처럼 주격 조사 '는'을 사용하여 작중인물이 화자와 대등한 관계에서 주체적으로 자기 의식을 전개하고 있음을 보여준다. 이처럼 화자는 자신의 초점화에 의해 작중인물을 객체로서 보는 것이 아니라, 작중인물의 자의식과 이념에 의한 초점화를 어법적 차원에서 사용하고 있다. 따라서 위의 예문들에는 어법적 차원에서 화자의 목소리와 작중인물들의 목소리가 혼성되어 들리며, 작중인물들은 서술의 주체가 될 수 있다. 이러한 자유간접화법에서는 엇갈린 지향을 지닌 화자와 작중인물이 한 문장 내에서 동시에 말하면서 각자의 관점을 드러낸다. 즉, 화자는 표면상으로 '그'에 대해 서술을 하지만, 이 서술에는 현수의 의도, 석호의 의식이 드러나는 것이다. 또한 화자는 현수와 석호의 의식을 교차 병렬하는 서술 전략을 통해 두 인물이 동등한 위상에 놓이게 한다. 이렇게 동등한 위상에 놓인 두 인물은 끊임없이 상호 영향 관계를 형성하는 타자성을 지향한다. 이 타자성은 어느 한 인물이 우월한 위치에 있는 것이 아니라, 상호 '거리감'을 통해서 유발되며, 이 거리감은 화자의 서술 전략에 힘입은 것이다. 따라서 이러한 자유간접화법은 야누스처럼 두 개의 얼굴을 지니고 있음에도 불구하고, 텍스트 전체가 개방성을 갖게 하는 열린 형태의 화법이 된다.

화자의 화법에 대한 작중인물 화법의 영향에 대한 이해를 통해 학습자가 삶의 대화성을 이해하고 해석하는 것은 학습자의 주체 형성과 관련되는 문제라고 할 수 있다. 화자의 화법에 대한 작중인물 화법의 영향을 이해하고 해석하는 것은 주체와 타자의 대화적 관계를 이해하는 것이며, 이는 궁극적으로 인간 삶의 지향이 타자와의 관계, 세계와의 관계 속에서 주체를 형성하고 정립하는 것과 긴밀하게 결부되어 있기 때문이다[15]. 학습자의 주체 형성

---

14) 백지은, 「서정인 소설의 다성성 연구」, 고려대학교 대학원 석사학위논문, 2000, 19쪽.
15) 김상욱, 『소설 교육의 방법 연구』, 서울대학교출판부, 1996, 310쪽.

은 "삶의 한 양식이 낡게 되었을 때라야 철학은 그 잿빛 위에 잿빛을 칠한다."16)는 헤겔의 말처럼, '절대적 무에서 유'로의 주체 형성이 아니라, 소설 담론과의 대화적 소통 속에 수행되는 자기 성찰을 바탕으로 한다. 소설 텍스트와의 소통을 통해 갖게 되는 자기 반성 속에 학습자는 자신의 삶을 새로이 형성하고, 새로이 형성된 삶은 이후에 전개되는 텍스트와 새로운 소통에 의해 부단히 수정된다. 이는 소설 담론에 대한 초역사적이며 절대적으로 타당한 학습자의 소통이란 존재할 수 없으며, 학습자의 자기 반성과 자기 형성도 부단히 수정되는 것임을 뜻한다. 또한 소설 교육에서 특권적으로 교육되어야 할 '무엇'이 존재할 수 없음을 의미하기도 한다. 소설 교육의 장(場)에서 정당화될 수 있는 것은 학습자가 자신의 대화적 소통 능력에 의거하여 소설 텍스트를 해석하고 소통하여, 부단히 자기 성찰과 자기 형성을 해 나가는 모습이다. 이것은 학습자가 문학 교사나 동료 학습자와 어떤 관계에 놓여 있는가에 따라 그 양상이 다르다. 따라서 소설 교육은 학습자의 주체적이고 비판적인 소설 읽기가 가능하도록 하기 위한 개방성을 전제해야 한다. 소설 교육에 대한 이런 관점은 소설 교육의 탈정전화를 위한 기초가 되며, 소설 교육에 대한 대화적 관점을 나타내준다.

4. 작중인물의 화법에 대한 화자 화법의 영향

앞서 논의한 자유간접화법은 작중인물의 화법에 의해 화자의 화법이 변용된 경우였다. 그러나 작중인물의 화법이 화자의 화법을 모방하는 경우가 있는데, 이 경우 작중인물의 화법은 화자 화법에서 영향을 받아 변화를 겪는

---

16) 리차드 로티, 김동식·이유선 옮김, 『우연성 아이러니 연대성』, 민음사, 1996, 118쪽에서 재인용.

다. 화자가 작중인물의 화법으로 이야기를 다시 서술하는 것은, 어떤 작중인물의 생각과 느낌이 화자가 인용하는 작중인물의 목소리 속에서 나타나기 때문이다. '서술된 독백'이라 불려지는 이 서술 방식에서 작중인물의 말들은 화자에 의해 재가공된다. 작중인물의 목소리에 나타난 화자의 '억양'은 한 문장 내에서 작중인물의 목소리와 충돌하면서, 작중인물과 화자가 대화적으로 소통하게 한다. 따라서 작중인물의 화법에 대한 화자 화법의 영향으로 구체화되는 자유간접화법은 소설 담론의 대화성을 형성하면서, 한 문장에서 하나의 목소리만을 읽어내는 소설 읽기의 지양을 필요로 한다. 자유간접화법은 학습자가 화자와 작중인물의 대화적 관계를 이해하고 해석할 수 있는 소설 읽기를 하도록 요구하기 때문이다. 그러므로 어법적 차원에서 화자의 초점화와 작중인물의 초점화는 분리할 수 없을 정도로 뒤섞이게 되며, 작중인물의 목소리 속에는 화자의 '억양'이 들어있게 된다. 따라서 작중인물의 화법에 대한 화자 화법의 영향을 학습할 때, 학습자는 작중인물의 말들을 재가공하는 화자가 작중인물과 어느 정도 소통하고 있는지를 이해하고 해석할 수 있어야 한다. 이 이해를 바탕으로 하여 소설 담론의 대화성을 인식할 수 있고, 더 나아가서는 삶의 대화성을 인식할 수 있기 때문이다.

서정인의 「물결이 높던 날」에는 화자가 작중인물의 화법을 재가공하는 자유간접화법 유형이 나타난다. 소극적인 성격의 현수는 현실 적응력이 강한 석호의 의미 없는 행동(명자의 엉덩이를 만지는 행동)에 의해 상처받지만, 석호 역시 자신의 완강한 성격(아버지와 함께 살지 않는 것, 마담의 관심을 몰라주는 것)으로 인해 고통받는다. 이처럼 현수와 석호는 각자의 삶에서 서로 상처받는 존재이지만, 근본적으로 그들의 상처는 서로를 배제하는 것에서 기인하지 않는다. 그보다는 삶이 그들에게 주는 무게에서 상처받는다. 따라서 그들은 서로를 인정하면서 자기의 영역을 서로에게 개방하는 삶을 지향하는 가운데 삶의 타자성을 확인해 간다.

현수는 자학적이었다. 일을 글렀다. 그러나 누구의 잘못도 아니다. 분명히 잘못된 데가 있었는데 잘못한 사람은 아무도 없었다. 누구를 나무랄 것인가. 명자를 욕할 것인가? 죄없는 명자를? 석호를 욕할 것인가? 그는 다방 레지에게는 곧잘 야비한 장난을 거는 녀석이 아니던가. 자기 자신을 나무랄 것인가? 왜? 뭘 못해서? 그렇다면 누구를 탓할 것인가? 다방 잘못인가? 명자가 다방에 있었다는 게 잘못인가? 명자의 전 생애가 잘못이란 말인가? 누구의 탓도 아닌 그러나 너무도 분명한 잘못 - 그것은 무서운 공백이었다. 아직은 현수의 가슴속에 명자를 향한 자세가 물러나면서 무너지면서 도사리고 있었다. 그러나 그것이 가고 나면 무엇이 올 것인가.(「물결이 높던 날」, 68쪽)

위의 예문에서는 현수의 감정이 현수 자신의 초점화에 의해 서술이 이루어지고 있다. 그러나 현수의 초점화는 어법적 차원에서 화자의 목소리를 담고 있다. 즉, 어법적 차원에서 볼 때, 현수의 내적 독백은 화자의 목소리를 담고 있는 이중적 목소리로 된 것이다. 화자는 도발적인 질문을 던지고 답하는 서술 방식을 택해 현수의 내적 독백이 무질서하고 충동적인 감정의 발산으로 나아가지 않도록 제어하는 역할을 한다[17]. "왜? 뭘 못해서?"와 같은 따지는 듯한 말투와 의아해 하는 어조는 인물의 내적 독백 속에 화자의 목소리, 즉 현수의 행동에 대해 평가를 하는 화자의 목소리가 끼어 들었음을 보여준다. 또한 현수가 '아무의 잘못도 아니지만 잘못된 일은 있다'는 것을 인식하게 되는 것은 현수 자신의 반성 의식뿐만 아니라, 삶의 현실을 냉정하게 평가하는 화자의 목소리에 의해 가능하게 된다. 현수가 처한 삶의 현실에 대한 화자의 평가는 현수가 겪는 불운이 다만 한 개인의 문제가 아니라, 삶의 본질적인 모순임을 나타내고자 하는 화자의 숨은 목소리를 통해 나타낸다. 이러한 현상은 현수가 지닌 의미상·이데올로기상 독립성, 언어의 개성 등을

---

17) 백지은, 앞의 논문, 2000, 20쪽.

나타내는 현수의 말을 받아들이는 화자의 담론 구성 방식이 능동적인 것으로 변하기 때문이다. 또한 이러한 변화를 기초로 해서 현수의 말과 화자의 말이 대화적으로 소통하여 변하기 때문이기도 하다[18]. 따라서 학습자는 위의 예문을 읽을 때 화자의 화법에 의해 현수의 말이 구체적으로 어떻게 변화하고 있는지를 파악해야 한다. 현수의 내적 독백 속에 감추어진 화자의 따지는 듯한 말투와 의아해 하는 어조가 어떤 역할을 하고 있는지, 그리고 이것들이 소설 담론의 대화성과 어떤 연관성이 있는지를 이해하고 평가할 수 있어야 한다. 이러한 읽기는 표면적으로 사라진 화자의 말이 작중인물의 말 속에 어떻게 숨어있는지, 그리고 화자의 목소리로 인해 현수의 목소리는 어떻게 변화되는지를 파악할 수 있게 할 것이다. 만일 현수의 말에 초점을 두어 화자의 목소리를 읽어내지 못한다면, 이 읽기는 화자와 현수의 대화적 관계를 올바로 파악하지 못한 것이 될 것이다. 따라서 학습자는 보다 풍부한 문학적 체험을 위해 현수의 화법에 영향을 주는 화자의 화법에 의해 구체화되는 자유간접화법을 읽어낼 수 있는 소설 읽기를 할 필요가 있을 것이다. 이러한 읽기를 통해 학습자는 소설 담론의 대화성 뿐만 아니라, 궁극적으로는 실제 삶의 대화성도 해명할 수 있게 기 때문이다.

> 오포를 들으면서 현수는 송도 백사장을 빠져나가고 있었다. 그는 걸으면서 생각하였다. 끝났다. 편지를 쓰자. 삼십 년 후가 아니라 지금 당장. 없었던 정사의 간단한 종말이라고. 삶에는 꼭 들어맞는 톱니바퀴가 없었다. 어디엔가 반드시 맞지 않는 데가 있어서 불협화음이 있었다. 톱니바퀴를 둘 다 완전히 알지 못하는 이상 고장이 어디쯤인지를 누가 알 것인가. 엇갈리다 어느 한 편이 짓부숴진대도 어쩔 수 없는 일이었다. 짓부숴지면서 만들어지는 것이 톱니바퀴였으니까. 현수는 어금니 사이로 바람을 들이켰다.

---

18) M. 바흐찐 & N.V. 볼로쉬노프, 송기한 옮김, 『마르크스주의와 언어철학』, 흔겨레, 1988, 203쪽.

(「물결이 높던 날」, 92쪽)

위의 예문은 현수의 내적 독백인 것 같지만, 현수의 의식이 화자의 목소리를 통해서 드러나는 자유간접화법의 형태를 보여준다. 화자는 현수의 '말'을 통해서 현수의 의식을 드러내면서, 화자 자신의 목소리도 드러낸다. 따라서 화자의 목소리와 현수의 목소리는 어느 한쪽이 주도적인 역할을 하지 못한다. 화자와 현수의 목소리가 동등한 입장에서 대립되고 상호 침투하고 있기 때문이다. 화자와 현수의 목소리가 한 문장 안에 존재한다는 것은 화자가 현수의 의식 안팎에 동시에 존재하고 있음을 의미한다. 즉, 화자는 현수의 내면을 드러내면서도 현수의 내면 바깥에서 현수를 객관화시키고, 현수와 '거리'를 취하는 것을 잊지 않는다. 화자는 현수의 의식을 통해 세계를 읽으려고 하지만, 화자의 정신적 태도는 언제나 현수와 거리를 두려고 한다. 따라서 현수의 의식에 끼어 든 화자의 목소리(밑줄 친 부분)로 인해 현수의 의식은 두 개의 목소리를 가진 것이 된다. 위의 예문에서 화자는 3인칭으로 표기되는 현수의 의식 내부로 들어가 현수의 생각을 꺼내 놓음으로써 현수를 자기 생각의 주체로 만든다. 그러나 삶을 톱니바퀴로, 부분을 진정한 실체로 보는 현수의 의식은 현수 자신의 주체적인 생각이기도 하지만, 여기에는 한 개인의 문제를 사회적인 문제로 보고 있는 화자의 목소리도 들어 있다. 화자가 현수와 동등한 위치에서 현수의 의식과 긴장된 대화적 관계 속에 현수의 의식을 사회적 삶과 관련지어 평가를 하고 있기 때문이다. 그 결과 현수의 말은 두 개의 목소리가 혼성된 다성성을 갖게 된다. 따라서 위의 예문을 올바로 이해하기 위해서는 현수의 말에 나타난 화자의 목소리를 파악할 수 있어야 한다. 만일 그렇지 못한다면, 현수의 말을 통해 간접적으로 삶에 대한 평가를 하고 있는 화자의 목소리를 파악하지 못함으로써, 피상적인 소설 읽기에 머무르게 된다. 그러므로 보다 풍부한 텍스트 이해를 위해 학습자는 화자와 현수의 대화적 관계를 어법적 차원에서 구체화하고 있는 자유간접화법을 읽어내야 한다. 이러한 소설 읽기를 해야만 화자와 현수의 대화적 소통을 올바르게 해명할 수 있고, 나아가서는 이 소설이 학습자 자신에게 어떤 의미가 있는지를 음미할 수 있을 것이다.

이상에서 살펴본 것처럼 자유간접화법은 화자의 말과 작중인물의 말이 겹침으로써 화자와 작중인물들의 목소리가 서로의 말에 침투하여 소설 담론의 대화성을 형상화한다. 한 사람의 목소리가 다른 사람의 목소리를 지시 대상으로 삼아 전달하는 것이 아니라, 화자와 작중인물이 동등한 위치에서 자신들의 말을 하고 타인의 말에 응답한다. 따라서 자유간접화법은 작중인물의 평가와 화자의 평가가 결합되어 나타나는 것이라고 할 수 있다. 자유간접화법이 대화적 소통의 한 양상이 될 수 있는 것은 하나의 말 속에 다양한 목소리가 침투하여 대화적 긴장 관계를 형성하기 때문이다. 또한 작중인물의 말을 전하는 화자의 가치 평가가 작중인물의 말과 상호 소통을 하기 때문이다. 따라서 자유간접화법에 의해 형상화되는 소설 담론의 대화성을 이해하기 위해서 학습자는 어법적 차원에서 화자의 목소리와 작중인물의 목소리가 어떻게 중첩되고 있는가를 파악해야 한다. 이를 파악해야만 화자나 한 인물의 특정한 관점을 전제하는 단성적 관점에서의 소설 읽기가 아닌 대화적 관점에서의 소설 읽기를 할 수 있을 것이다. 대화적 관점에서의 소설 읽기를 통해 학습자는 자유간접화법이 소설 담론의 대화성을 형상화하는 서술 전략임을 이해하고 평가할 수 있을 것이다. 그리고 어법적 수준에서 화자의 초점화와 작중인물의 초점화가 중첩되는 자유간접화법이 학습자의 삶에 어떤 의미가 있는지를 음미할 수 있을 것이다. 이러한 음미를 통해 학습자는 소설 읽기가 작가의 의도를 학습하기 위한 것이 아니라, 실제 삶과 긴밀한 관련이 있음을 알게 된다. 또한 소설 읽기가 궁극적으로는 자기 성찰과 자기 형성을 위한 것이며, 이것은 정답을 지향하지 않음을 알게 될 것이다. 소설 텍스트에 대한 학습자의 이해와 해석은 의사 소통 과정을 통한 수렴과 이 수렴을 통한 합리성을 지향하지 않는다. 학습자는 텍스트에 대한 비평적 수용의 과정을 통해 이해와 해석을 하며, 이것은 보편 타당함이 아닌 다성적인 모습으로 구체화된다.

5. 대화적 관점에서의 소설 교육 내용

자유간접화법에 의해 형상화되는 소설 담론의 대화성에 대한 학습을 통해 학습자는 "텍스트가 형상화하고 있는 대화성의 의미는 무엇이며, 이것은 '나'에게 어떤 의미가 있는가"라는 자기 성찰과 자기 형성을 도모할 수 있을 것이다. '자유간접화법에 의한 소설 담론의 대화성을 이해하고 평가하기'는 화자의 화법에 대한 작중인물 화법의 영향과 작중인물의 화법에 대한 화자 화법의 영향에 의한 자유간접화법 현상을 이해하고 평가하는 것과 관련된다.

가. '화자의 화법에 대한 작중인물화법의 영향' 이해하고 평가하기

화자의 화법에 대한 작중인물 화법의 영향에 의해 서술되는 소설 담론은 한 문장에서 복수적 목소리를 드러냄으로써, 학습자가 화자와 작중인물의 대화적 관계에 주목하게 한다. 이를 통해 학습자는 소설 담론이 대화적으로 형상화되고 있으며, 이 대화성이 자신의 실제 삶과 긴밀한 관련이 있음을 인식할 수 있을 것이다. 소설 담론의 대화성은 실제 삶의 대화성을 가장 압축적으로 형상화하기 때문이다. 따라서 학습자가 한 문장에서 하나의 목소리만을 읽어내는 소설 읽기는 지양될 필요가 있다. 화자의 화법에 작중인물의 화법이 영향을 주는 자유간접화법에 대한 이해를 위해 학습자는 스스로 자신의 의식을 반성하는 작중인물의 목소리를 들으면서 화자와 작중인물간의 관계를 인식하여 작중인물의 삶과 자신의 삶을 관련지을 필요가 있다.

서정인의 「물결이 높던 날」에서 현수와 석호의 삶은 서로를 규정해 주는 타자성의 관계, 그리고 긴장된 대화적 관계에 놓여 있다. 따라서 현수와 석호는 동등한 위상을 가진 인물로 끊임없이 서로의 삶을 지탱해주는 역할을 한다. 따라서 어떤 인과 관계에 의해 소설의 이야기를 설명하고자 하는 전통적인 소설 읽기를 통해서는 이 소설을 제대로 이해할 수 없다. 이 소설은 어떤 인과 관계보다는 두 인물의 의식을 교차시켜 삶의 다층성과 대화성을 보여주기 때문이다. 따라서 이 소설을 올바르게 이해하기 위해서는 일정한 진리를 상정하는 소설 읽기보다는 읽기 과정 자체를 목적으로 하는 대화적 관점에서의 소설 읽기가 필요하다.

나. '작중인물의 화법에 대한 화자 화법의 영향' 이해하고 평가하기

작중인물의 목소리에 나타난 화자의 억양은 한 문장 내에서 작중인물의 목소리와 충돌하면서 작중인물과 화자가 대화적으로 소통하게 한다. 따라서 작중인물의 화법에 대한 화자 화법의 영향으로 구체화되는 자유간접화법은 소설 담론의 대화성을 형성하면서, 한 문장 내에서 하나의 목소리만을 읽어내는 소설 읽기의 지양을 필요로 하게 된다. 따라서 작중인물의 화법에 대한 화자 화법의 영향을 학습할 때, 학습자는 작중인물의 말들을 재가공하는 화자가 작중인물과 어느 정도 소통하고 있는지를 이해하고 해석할 수 있어야 한다. 이 이해를 바탕으로 하여 소설 담론의 대화성을 인식 할 수 있고, 더 나아가서는 삶의 대화성을 인식할 수 있기 때문이다.

예컨대 서정인의 「물결이 높던 날」을 올바르게 이해하기 위해서 학습자는 현수의 말에 나타난 화자의 목소리, 즉 '삶의 균열'을 통해 세상에 대해 냉소적 어조를 띠는 화자의 목소리를 파악할 수 있어야 한다. 만일 그렇지 못한다면 현수의 말을 통해 간접적으로 삶에 대한 평가를 하고 있는 화자의 의도를 파악하지 못함으로써, 피상적인 소설 읽기에 머무르게 될 것이다. 그러므로 보다 풍부한 텍스트 이해를 위해 학습자는 화자와 현수의 대화적 관계를 어법적 차원에서 구체화하고 있는 자유간접화법을 이해해야 한다. 이러한 소설 읽기를 해야만 화자와 현수의 대화적 소통을 올바르게 해명할 수 있고, 이 소설이 학습자 자신에게 어떤 의미가 있는지를 음미할 수 있을 것이다. 이를 음미해야만 화자나 한 인물의 특정한 관점을 전제하는 단성적 관점에서의 소설 읽기가 아닌, 대화적 관점에서의 소설 읽기를 할 수 있을 것이다. 또한 소설 읽기가 궁극적으로는 자기 성찰과 자기 형성을 위한 것이며, 이것은 정답을 지향하지 않음을 알게 될 것이다.

6. 결 론

본고는 '대화적 관점에서의 소설 교육'을 연구하였다. 연구 결과 얻을 수 있는 결론은 다성적 소설을 대상으로 하는 소설 교육은 학습자가 소설 담론의 대화성을 이해하고 평가하여, 자기 성찰과 자기 형성을 할 수 있는 '자기 형성적 주체'를 궁극적 지향점으로 상정해야 한다는 것이다. 학습자는 소설 담론에 내재된 작가의 의도나 절대적 진리를 발견하기 위해 소설을 읽는 것이 아니라, 소설 읽기를 통해 자기 성찰과 자기 형성을 위한 문학적 체험을 할 수 있기 때문에 소설을 읽는다. 따라서 문학 교사가 학습자에게 소설 담론에 내재된 진리나 문학적 지식을 주입시키고자 하는 단성적 관점에서의 소설 교육은 지양되어야 한다. 그 대신 소설 담론에 형상화된 대화성을 학습자가 삶의 대화성과 연관지어 이해하고 평가하는 가운데, 삶의 본질을 인식하고 대화적 소통 능력을 증진시킬 수 있는 대화적 관점에서의 소설 교육이 수행되어야 한다. 학습자는 소설 교육의 주체로서 소설 텍스트를 주체적이고 비판적으로 읽을 수 있는 대화적 소통능력을 갖추고 있어야 하기 때문이다. 그러나 학습자의 대화적 소통 능력은 학습자만의 노력에 의해 증진되기보다는, 문학 교사나 동료 학습자와의 소통을 통해 증진되는 성질을 갖는다. 학습자의 대화적 소통 능력은 문학 교사의 반응적 질문이나 동료 학습자와의 토론 학습을 통해 증진될 수 있기 때문이다. 따라서 앞으로의 소설 교육은 학습자가 문학 교사나 동료 학습자와 대화적으로 소통할 수 있는 대화적 관점에서 수행될 필요가 있다.

소설 담론의 대화적 소통과 소설 교육

1. 서론

서사물은 '누가 보는가?(초점화)'와 '누가 말하는가?(서술)'의 두 국면을 갖는데, '말하기'와 '보기'는 반드시 똑같은 행위자로부터 유래하는 것은 아니다. 한 명의 화자가 '다른 사람이 보거나 보았던 것을 서술하는' 경우들이 있기 때문이다. 따라서 서사물에서 '누가 보는가'라는 문제는 서사담론 이해에서 중요한 역할을 한다. '누가 보는가'라는 문제는 초점화와 관련되는데, 서사적 소통 상황에서 사실들이 보여지고, 느껴지며 이해되고 평가되는 하나의 관점이 초점화(focalization)이다.[1] 초점화는 단순히 시각적인 지각 뿐만

1) 서사 담론 분석에서 초점화(focalization)는 화자가 어떠한 자리에서 사건을 바라보는가 하는 위치의 문제라고 할 수 있다. 서사 텍스트 안에서 '누가 말하는가'와 '누가 보는가'의 문제를 구분함으로써 초점화 이론을 정립하려 한 제라르 쥬네트는, '누가 보는가'라는 질문을 '누가 지각하는가' 혹은 '어디에 지각의 주체가 있는가'의 문제로 바꾸어 초점화를 설명한다.(Gerald Genette, trans. Jane E. Lewin(1990), *Narrative Discourse Revisited*, Cornell U.P., 64쪽.) 이러한 쥬네트의 관점을 원용하면, 초점화는 '누가 보는가', '무엇을 보는가', '누가 지각하는가', '무엇을 지각하는가' 등의 문제로 그 논의가 확장될 수 있을 것이다. (마리 매클린, 임병권 역(1997), 『텍스트의 역학: 연행으로서 서사』, 한나래, 48-49, 239-240쪽.) 이러한 초점화의 문제는 기본적으로 '서술의 주체'와 '인식의 주체'를 분리시

아니라 '인지적이고 정서적이며 이념적' 투시도 포함하는 개념이다. 따라서 초점화는 어떠한 사건과 상황을 '볼' 것이냐는 문제이면서, 수많은 사건과 상황 가운데 어떠한 사건과 상황을 재현할 것인가의 문제라고 할 수 있다. 이것은 초점 화자(초점화의 주체)의 경험들 가운데에서 무엇을 소통의 통로에 올려놓을 텍스트로 할 것이냐는 선택의 문제라고 할 수 있다.[2] 초점화(focalization)의 문제는 이야기 세계에 대한 화자의 태도를 규명하는 작업이라는 데에 그 의의가 있다. 서사물에 나타나는 초점화는 서사물을 구성하는 서술 방식인 동시에 작가가 독자에게 제시하는 세계 인식의 태도이기도 하다. 따라서 초점화에 대한 분석은 텍스트의 구성 방식과 거기에 담긴 서사 전략을 이해하는 데 가장 중요한 것이 된다. 본고에서 다루게 될 초점화의 문제는 텍스트를 구성하는 요소 중의 하나로서, 다른 구성 요소나 서술 방법과 긴밀히 연결되어 텍스트를 구성하고, 그 의미 작용에 기여한다.

소설 담론에 나타나는 초점화는 일관된 유형화될 수 있기도 하지만, 미시적으로 변화될 수 있는 가변성을 지니기도 한다.[3] 독자는 작가가 중개하는 소설의 이야기를 구성하는 소설의 담론 내부에서 일어나는 미세한 초점화의

키려는 데서 연유한다고 할 수 있다. 따라서 초점화는 지각·심리·관념적 수준을 내포하지만, 어법적 차원은 포함하지 않는다. 미케 발(M. Bal)은 시점이란 용어가 보는 자와 말하는 자를 구분하지 않았다는 점을 비판하며 초점화란 용어를 사용한다.(M. Bal, 한용환·강덕화 옮김(1999), 『서사란 무엇인가』, 문예출판사, 181-208쪽 참조.) 또한 슈탄첼은 시점이란 용어 대신 인칭과 시점, 양식을 포괄하는 개념으로 서술상황이란 용어를 사용한다.(S. Stanzel, 김정신 역(1997), 『소설의 이론』, 탑출판사, 80-124쪽 참조) 우스펜스키의 경우, 초점화가 아닌 시점이란 전통적인 용어를 사용하면서, 소설 구성의 중요한 요소로서 시점에 대한 논의를 하였다. 그에 의하면, 소설에서뿐만 아니라 재현과 재현된 것을 구별할 수 있는 모든 예술 텍스트에 시점이 존재한다. 이러한 시점은 크게 관념적이고 이념적인 국면, 어법적 국면, 공간적이고 시간적인 국면, 심리적인 국면으로 범주화된다.(B. Uspenski, 김경수 역(1992), 『소설구성의 시학』, 현대소설사, 21-29쪽 참조.)
2) 최성민(2000), 「서사 텍스트의 구성 원리 연구」, 서강대학교 대학원 석사학위논문, 18쪽.
3) 어떤 작품에 나타난 특정한 유형의 초점화가 랑그의 측면이고, 그 초점화 유형 내부의 다양한 초점화 변이와 결합은 빠롤의 측면이라고 할 수 있다.(보리스 우스펜스키, 김경수 역(1992), 『소설구성의 시학』, 현대소설사, 78쪽.)

변화 양상을 감지하면서 작가의 중개 의도를 읽어낸다. 소설 담론 내부에서 일어나는 미세한 초점화의 변화 양상들은 작가의 사사 전략을 드러내기 때문이다. 초점화의 가장 단순한 유형은 관념적 평가가 화자의 지배적인 목소리에 의해서만 수행되는 경우이다.4) 이 단일한 초점화는 소설 담론 내의 다른 모든 초점화들을 종속시킬 것이다. 만일 담론 내에 화자의 지배적인 초점화와 일치하지 않는 작중인물의 초점화가 있다면, 작중인물의 초점화는 화자의 지배적인 초점화에 의해 재평가될 것이다. 한편, 보다 복잡한 초점화의 유형은 화자의 초점화가 작중인물의 초점화가 담론 구성 과장에 개입하는 것을 관념적 수준에서 제한적으로 허용하는 경우이다. 이 유형에서는 작중인물이 어떤 대상과 다른 인물에 평가를 할 수 있게 되어, 화자의 평가와는 다른 작중인물의 다양한 평가들이 소설 담론에 나타날 수 있다. 즉, 소설의 담론을 구성하는 몇 개의 초점화들이 동시적으로 공존할 수 있는 것이다. 동시적으로 공존하는 초점화들은 서로에 대해 대립과 동일화를 통해 소설 담론의 다층성을 형성한다.5) 따라서 대립과 동일화에 의해 소설 담론의 다층성을 형성하는 다양한 초점화들은 대화적으로 소통하게 된다.

다성적 소설 담론에서 중요한 것은 '세계는 작중인물들을 어떻게 변화시키는가'가 아니라, '작중인물에게 세계는 어떻게 인식되는가'라고 할 수 있다. 세계는 작중인물의 자의식에 의해 인식되고 평가되기 때문이다. 따라서 다성적 소설에서 초점화 문제는 추상적인 입장에서의 작가의 평가(외적 초점화)6)와 소설 텍스트에 직접 형상화된 작중인물의 평가(내부 초점화)를 구별하는 것이 필수적이다. 외적 초점화는 초점화가 이야기 외부에 지향점을 두기 때문에 텍스트 내의 어떤 인물과도 연계되어 있지 않다. 반면에 내적

---

4) 바흐친의 관점에 따르면, 이것은 독백구조의 한 예이다.
5) B.우스펜스키, 김경수 역(1992), 『소설구성의 시학』, 현대소설사, 33쪽.
6) 텍스트 외부에서 판단하는 작가의 외적 판단은 다성적 소설에서는 불가능하다.

초점화는 재현된 사건들 내부에서 또는 그 사건들의 배경 내부에서 발생하고, 항상 작중인물 - 초점 화자를 취한다. 따라서 동일한 소설 담론 내에서 하나 혹은 그 이상의 다른 관념적 평가(입장)가 가능하며, 특정한 작중인물의 초점화와 화자의 초점화가 교환되는 것이 가능하다. 그리고 화자는 일부러 자신의 목소리가 아닌 다른 사람의 목소리(작중인물의 목소리)로 이야기할 수도 있다.[7] 또한 화자는 여러 번 초점화를 변화시킬 수도 있으며, 복수적인 초점화들을 사용할 수도 있다. 즉, 화자는 동시적으로 여러 초점화들을 사용하여 세계를 보고 평가할 수도 있는 것이다.

본고에서는 텍스트에 나타난 초점화의 소통 방식을 통해 작가의 세계 인식 태도와 그것이 학습자에게 전달되는 방식을 규명하고자 한다.[8] 초점화는 소설 담론의 대화적 소통의 층위를 보다 분명하게 드러내는 주요 구성 요소가 되기 때문이다. 또한 소설 담론의 초점화에 대한 논의는 학습자에게 삶의 다성성을 인식할 수 있게 하고, 나아가 타자와의 대화적 관계를 보다 분명하게 인식할 수 있게 하기 때문이다. 그러면 서정인의 「강」, 「물결이 높던 날」, 『달궁』 등을 중심으로 초점화와 관련지어 소설 담론의 대화적 소통 양상을 살펴보고 소설 교육적 의미를 검토해 보자.

---

7) 곁이야기(skaz, 문학 외적서술)와 같은 양식화된 작가의 독백은 이와는 대조되는 경우라고 할 수 있다.

8) 미케 발(M. Bal)은 서사 텍스트의 분석을 통해 작가의 창작과 기술 과정이 아니라 독자 수용 과정의 조건을 밝힌다. 발에 의하면, 독자가 독서 과정에서 만나는 것은 파블라(내용)가 아니라, 파블라를 제시하는 어떤 시각이다. 따라서 서사 텍스트에서 독자는 '초점화'의 주체인 초점 화자(focalizer)의 시선을 통해 다른 인물이나 대상을 보게 된다.(M. Bal, 한용환·강덕화 옮김(1999), 『서사란 무엇인가』, 문예출판사, 181-208쪽 참조)

2. 화자의 초점화와 작중인물 초점화의 중첩

화자 - 인물은 서술 행위 속에서 자기 존재를 통해 제시된 허구적 정보의 '완전함'을 보증한다. 반면에 반성자 - 인물은 서술의 주체가 아니라, 초점화를 통해 자신에게만 중요하고 의미 있는 의식을 독자에게 전달한다. 반성자 - 인물이 자신에게만 의미 있는 의식과 부분만을 독자에게 전달하기 때문에, 독자는 반성자 - 인물이 전달하지 않은 불확정 영역을 추론해야만 한다. 반성자 - 인물이 제한된 지식과 체험에 의해 독자에게 전달하지 못하는 불확정 영역은 독자의 소통에 의해 구체화되기 때문이다. 따라서 반성자 - 인물의 제한된 지식과 체험에 따른 허구적 사건의 간접적 전달은 독자의 대화적 소통을 통해 다층적으로 수용된다고 할 수 있다.

화자 - 인물의 서술 양식(말하기)은 압축된 보고를 설명하거나, 평가하는 언급이 추가된 보고 형식 속에 구체적인 사건을 개념적으로 요약한다. 화자 - 인물은 스스로를 사건의 전달자로 설정한 채, 독자에게 사건과 인물을 가장 잘 이해하는 데 필요한 모든 것을 제공한다. 그리고 화자 - 인물 자신의 평가적 언급도 제시한다. 화자 - 인물로 시작되는 소설의 경우, 그 소설은 예비 지식으로 독자에게 소개된다. 화자는 독자가 그 소설 텍스트를 이해하기 위해 독자에게 필요한 모든 정보를 준다. 반면에 반성자 - 인물은 분해되거나 추상화되지 않는 개별적 구체적 세부 사항들을 자신이 경험하고 지각한 바대로 보여준다. 반성자 - 인물로 시작되는 소설의 경우, 독자는 예비 지식 없이 서술된 사건을 직접 체험하면서 반성자 - 인물의 의식을 인식해야 한다. 또한 반성자 - 인물을 가진 소설은 열린 종결(open ending)에 의한 개방성, 미결정성 등의 다성적 소설의 특성을 갖는다. 이러한 다성적 특성에 의해 반성자 - 인물의 소설은 소설 텍스트에 제시된 문제들의 해결보다는 미해결의 상태에서 작중인물의 의식이 어떻게 전개되었고, 변모되었는가에 초점을 둔

다. 작중인물의 의식에 초점을 두기에 반성자 - 인물의 소설은 어떤 규범화
된 규준을 지향하기보다는 가변성과 타자와의 관계를 형상화하는 양상을 보
이게 된다.

　이러한 두 양식간의 차이는 학습자의 텍스트 수용에도 차이를 유발한다.
화자 - 인물에 의해 서술이 이루어지면, 학습자는 반성자 - 인물의 경우보다
더 강하게 서술적 의사소통 행위를 화자와 한다. 학습자는 화자 - 인물이 권
위적인 인물이라는 전제 하에, 화자 - 인물의 서술을 따른다. 즉, 학습자는
화자 - 인물의 서술에 신빙성을 부여하면서 화자가 선택하거나 제거한 것,
또는 생략한 것 등에 대해 화자를 믿는다. 반면에 반성자 - 인물은 자신의 초
점화를 보여주기만 할 뿐이므로, 학습자와 소통하지 않는다. 따라서 학습자
는 반성자 - 인물의 의식이 어떻게 형성되었는지에 대한 분명한 답을 얻지
못한 채, 반성자 - 인물의 의식에 대해 불확정성이라는 모호한 평가를 내릴
수밖에 없다. 학습자가 내리는 이러한 판단은 학습자가 반성자 - 인물의 의
식에 대해 갖는 다성적 평가를 의미하며, 다성적 평가는 반성자 - 인물의 내
부 초점화에 의해 담론이 전개되어 가는 다성적 소설에서 더욱 두드러진다.

　그러면 서정인의 작품들에 대한 분석을 통해 관념적 수준에서의 화자의
초점화와 작중인물 초점화의 중첩을 통해 소설 담론의 대화적 소통 양상을
살펴보자. 서정인의 단편들은 짧은 삽화 몇 개만으로 인생과 현실의 단면을
담아내는 형식을 갖추고 있다. 수많은 인물들이 각자 자기 나름의 삶을 살아
가고 있고, 인물들의 평범한 삶들은 복잡한 현실의 구석구석을 날카롭게 포
착하여 다층적(多層的)인 현실의 굴곡을 다성적으로 형상화한다. 작중인물
들이 삶에 대한 단일한 시각이 아니라, 삶을 바라보는 새롭고 다양한 시각을
갖고 있기 때문이다. 세계를 전체적으로 완전히 파악하는 것은 불가능하다
는 인식은 세계 인식의 다양성, 즉 세계를 하나의 시각만으로는 파악할 수
없다는 의미론적 다성성을 나타낸다. 세계가 갖는 다성성을 통찰하는 작중

인물은 삶의 경험이란 어느 한 가지만 단순히 옳다고 할 수 없는, 여러 가지 해석이 가능한 것임을 인정하게 된다. 작중인물들이 갖는 세계 인식의 다성성은 작중인물의 관념적 수준에서의 다성적 초점화를 통해 구체화된다.

서정인의 「江」9)은 세 개의 에피소드로 이루어져 있다. 결혼식에 가려는 세 사람이 버스 안에서 보이는 각기 다른 자의식, 결혼식이 끝나고 술집을 찾아가 박씨와 이씨는 술을 마시며 여자와 수작을 하고 김씨는 우등생 소년을 보며 상념에 빠져드는 삽화, 낮에 버스에서 만났던 여자가 대학생 김씨를 동경하여 김씨의 잠자리를 보살펴 주는 마지막 장면 등이 순차적으로 배열되어 있다. 이 간략한 에피소드들은 작중인물들이 겪는 구체적인 사건들과는 무관하게 누추하고 신산한 삶의 단면들을 작중인물의 다성적 시선을 통해 형상화하고 있다. 작중인물들의 다성적 시선은 1960·70년대가 보여줬던 현실의 불모성을 다층적 구조를 통해 함축하고 있다. 그러나 그 함축의 의미는 압축된 작중인물들의 시선과 담론에 의해 표출되기보다는, 시선들과 담론들의 교차 중첩을 통해서 드러난다. 이처럼 작중인물의 자의식과 시선이 상호 침투함으로써 이 소설은 독자에게 무수히 많은 의미 해석을 유발한다.

서정인의 「江」은 늙은 대학생 김씨, 세무서 직원 이씨와 얼마 전까지 국민학교 선생이었던 하숙집 주인 박씨가 함께 시골 마을의 결혼식에 가는 하루의 이야기이다. 그러나 작중인물들이 결혼식에 가는 과정은 이 소설에서 중요한 것이 아니다. 결혼식에 가는 과정은 세 인물이 한자리에 모여 하루 동안의 동행을 드러내는 작중인물들의 시선과 자의식을 드러내 보인다. 따라서 이 텍스트는 작중인물간의 갈등보다는 각각의 인물들이 드러내는 말과 의식에 강조점이 주어진다. 화자는 작중인물의 말과 의식을 교대로 제시하면서, 소설의 시·공간적 배경을 밝히고 각 인물의 내력을 드러낸다. 화자는

---

9) 서정인(1976), 「江」, 『江』, 문학과지성사, 124-145쪽.

자신의 초점화에 의해 작중인물들의 외모, 말투, 행동을 서술하는 한편, 작중인물 내부의 의식 속으로 들어가 작중인물의 초점화를 통해 대상을 바라보고 생각하고 말하기도 하는 이중적 서술 전략을 취한다. 가령, 그들 각자의 '입대(入隊)'에 대한 생각과 '검은 안경'을 보고 나타나는 심리적 반응은 화자의 이중적 서술 전략에 의해 서술되는 것으로, 이것은 작중인물들의 간략한 삶의 내력과 사연을 압축적으로 제시한다.

> (가) 외투 속에 웅크리고 있는 사람은 진눈깨비에 원한이 있다. 그는 신용산에서 입대했었는데 그때도 이렇게 진눈깨비가 내리고 있었다. 진눈깨비가 내리는데도 '입대'를 생각하지 못하는 것은 이해할 수 없는 일이다.(124쪽)
> (나) "나는 시골에서 입대를 했었단 말이오."
> 잠바를 입은 사람은 조금 볼멘소리다. 그는 뒤돌아보던 자세 그대로 고개만 약간 돌려서 옆엣사람을 쳐다본다. 그는 불만인 모양이다. 그러나 <u>진눈깨비가 내린다고 해서 옛날 입대하던 때의 이야기를 하지 말라는 법은 없다.</u> 그는 훨씬 누그러진 목소리로 계속한다.(125쪽)
> (다) 고깔모자의 사나이는 기분이 언짢다. 그는 기피자다. 도대체 논산이라든가 입대라든가 하는 말만 들으면 그는 어떤 콤플렉스에 사로잡힌다. 그는 창문 쪽으로 기울였던 몸의 중심을 다시 꼬리뼈께로 옮겨서 반듯이 앉는다.(125쪽)

세 사람은 서로 다른 경험과 삶을 가지고 있기 때문에 '입대'라는 화제에 대해 서로 상이한 의식을 드러낸다. 이들 상이한 의식은 모두 동등한 위치를 갖는 것이기에 화자의 초점화보다는 작중인물 각자의 초점화를 드러낸다. 그러므로 작중인물들의 의식은 화자의 말로 진술되면서 동시에 자신들의 말로 나타난다. (나)의 예문은 주로 화자의 초점화에 의해 서술되다가, 밑줄 친 부분처럼 작중인물의 초점화를 그대로 드러내는 서술방법이 사용되고 있다.

(나)의 밑줄 친 부분을 화자의 말로 서술한다면, 이 부분은 '···이야기를 하지 말라는 법을 없을 것이다/없다고 생각했다.' 정도로 표현될 것이다. 그리고 앞 문장 '그는 불만인 모양이다'에는 화자의 추측이 들어가 있다. 따라서 앞 뒤 문장은 화자의 초점화와 작중인물의 초점화가 나란히 병렬되고 있다. 이는 화자의 말 속에 작중인물의 말이 삽입된 어법적 수준에서의 초점화의 혼재인 자유간접화법 현상을 보여준다. 이것은 작중인물의 목소리와 화자의 목소리가 동등한 위치를 갖는 것으로, 이 두 목소리가 서로 섞이는 대화적 소통 관계를 나타낸다.

> (라) 김씨는 색안경을 낀 사람을 보면 장님을 생각한다. 그는 한때 자기가 검은 안경을 쓰고 장님이 되어 안마장이 노릇을 하는 상상에 사로잡힌 적이 있다. 전투에서 눈을 부상당한다. 육군병원에 입원한다. 눈에는 붕대가 감겨있다.(127-128쪽)
> (마) 색안경은 사치품일까, 필수품일까. 대부분의 경우, 필수품은 아닐 것이다. 그런데도 뻔뻔스럽게 길거리에서 파는 백 원짜리로 사치를 하려고 하다니! 그는 이천 원짜리를 사려다가 너무 비싸서 천 원을 주고 중고를 산 바 있다.(127쪽)
> (바) 고깔모자를 쓴 사람은 색안경이라면 질색이다. 그에겐 색안경을 쓴 사람은 형사다. 그리고 형사는 기피자를 단속한다. 그는 직장에서 쫓겨났을 때까지 매달 월급날이면 정기적으로 형사의 '예방'을 받은 적이 있다.(128쪽)

'색안경'을 놓고 각 인물들의 의식이 반응하는 양상은 인물들의 삶만큼이나 다르다. 화자는 작중인물들의 의식이 반응하는 양상을 자신의 초점화나 작중인물들의 내적 독백에 의해 이끌어간다. 그러면서 작중인물의 말에 자신의 초점화를 뒤섞는 목소리의 혼성을 드러낸다. 예컨대, (마)의 밑줄 친 부분은 '그는 중고를 산 바 있다'는 화자의 목소리에 '너무 비싸서'라는 작중

인물의 목소리가 섞여 있다.

화자는 세 사람의 작중인물 중 어느 한 사람의 시선이나 의식, 말을 중심으로 하여 서술을 이끌어 가는 것이 아니라, 세 사람 모두를 그들 내부의 의식으로부터 보여준다. 세 사람의 작중인물들의 의식을 통해 그들 각자가 다른 인물을 대해 어떻게 평가하는지를, 화자와 작중인물의 관점에서 서술함으로써 작중인물간의 타자성을 드러낸다.

> 박씨는 누워서 말똥말똥 천장을 쳐다보고 있다. 그는 주사가 밉다. 주사는 멋쟁이이고 또 춤을 잘 춘다.(중략) 늙은 대학생 김씨라면 그는 안심한다. (a)우선 그는 몸치장을 할 줄 모르고 사람 사귀기를 좋아하지 않고 말수가 적다. 하루종일 방구석에서 뒹굴 수 있는 것은 그들 셋 중에서 대학생뿐이다. 가만 놔두면 그는 하룬커녕 일주일이라도 엎치락뒤치락 하면서 혼자 지낸다. (중략)
>
> 정말 이씨는 뻔뻔스럽다. 자기가 아주 잘났다고 생각하는 것까지는 좋은데 그것을 거침없이 남에게 드러낸다. (b)여자만 보면 그는 매력적이라고 생각되어지는 미소를 자신만만하게 띄운다. 그것이 여자에게는 매력적일는지 몰라도 옆에 있는 남자에게는 구역질나고 그렇게 천격일 수가 없다. 이것은 질투와는 다른 감정이다. 그는 잠자는 시간을 제외하면 한시도 집에 붙어 있지 않다. (중략) 유부녀를 껴안고 빙빙 도는 것이 그에게는 자랑인 모양이다. 그러면 김씨는 눈을 껌벅거리면서 벽이나 천장만 바라보고 있다. (c)남의 행동이 옳고 그름을 따지고 싶은 생각이 그에게는 없다. 그들은 그를 법 없이도 살 사람이라고 부른다. 아무도 그를 싫어할 수 없다.(140-141쪽)

박씨는 김씨를 좋아하고 이씨를 싫어하는 이유로 (a),(b)와 같이 말한다. 그런데 (a)와 (b)같은 이유는 화자만의 생각도 박씨만의 생각도 아니다. 보통 사람들의 흔한 편견이며 박씨는 그것을 받아들여 남을 평가하는 기준으로 삼고 있는 것이다. 박씨는 보통 사람들의 편견을 자신의 목소리 속에 넣어,

보통 사람들의 평가를 항상 의식하는 가운데 이씨와 김씨를 평가하고 있다. 이는 박씨가 타자들의 평가를 늘 염두에 두고 있음을 의미한다. 그러므로 독자는 박씨가 이씨를 질투하고 내성적인 김씨에 대해 (c)와 같이 평가할 때, 박씨의 목소리와 함께 일반 사람들의 평가가 숨겨진 채 들어가 있음을 알게 된다.

서정인의 「江」에 형상화된 세 인물은 1960·70년대 가장 평범한 인물들로서의 특색을 갖고 텍스트 속에 형상화되어 있다. 화자는 말하기의 방법을 통해 작중인물에 대한 서술을 하는 것이 아니라, 작중인물들의 시선과 자의식 안에서 작중인물의 목소리를 빌어 작중인물의 말이나 행동을 나타낸다. 그리고 작중인물 스스로 자신이 목소리로 말하게 함으로써, 우리의 삶 자체가 어떤 한 인물에 의해 주도될 수 없음을 암시한다.

화자가 작중인물간의 대화적 소통을 드러내는 방법은 작중인물의 의식이나 말에만 국한되지 않고, 일상적인 경험에서 포착되는 섬세한 뉘앙스나 분위기를 통해서도 나타난다.

> 창문인 줄만 알았던 앞쪽의 유리창 일부가 밑에까지 움푹 패이면서 열리자 갑자기 장갑을 낀 손이 쑥 들어오더니 턱과 뺨 위로 수염이 검실검실 돋은 운전자의 머리를 차 안으로 끌어들인다. 머리가 들어오자 잠바가 따라 들어오고 그 뒤로 호주머니께가 허옇게 닳은 코르덴 바지가 딸려 들어온다. 운전사는 자리에 앉아 한 손으로 운전륜을 잡고 고개를 돌려 뒤를 돌아본다. 손님 머릿수가 작은 것이 눈에 안 차는 모양이다. 끙 하고 돌아앉아서 한쪽 어깨를 기울이고 스위치를 넣더니 부르릉 발동을 건다. 삼십분 동안이나 기다린 손님들이 오히려 미안해해야 할 모양이다. <u>우리들은 왜 이렇게 수가 적은가!</u> 정원 사십팔 명에 한 백 명쯤 타가지고 숨도 못 쉬고 북적거리고 있었더라면 운전사가 조금은 미안해했을는지도 모를 텐데.(129쪽)

위의 예문에서 화자는 작중인물들과 동등한 위치에서 버스 안 어느 한 좌석에 앉아 작중인물들을 관찰하고 있다. 버스 운전사의 모습을 묘사하는 화자의 시선의 높이는 버스 안의 승객들의 높이와 동등하다. '우리'라는 인칭 대명사는 화자가 버스 안의 승객들과 같은 입장에서 유대감을 느끼고 있음을 보여준다. 이 '우리'라는 인칭 대명사는 작중인물들을 관찰하는 화자가 등장인물 중 하나일 수 있음을 의미하는 것이기도 하다.

화자는 '손님 머릿수가 작아' 기분이 안 좋은 운전사의 기분을 드러내면서, 이러한 운전사의 기분에 오히려 미안해 해야 하는 손님들의 황당함을 서술하고 있다. 즉, '삼십 분이나', '오히려' 등과 같은 단어를 사용하여 불합리하게 미안함을 느껴야 하는 손님들의 황당한 의식을 드러낸다. 따라서 위의 예문은 운전사의 입장과 손님의 입장을 병치시켜 두 입장의 차이를 드러내 주고 있다. 화자는 운전사의 입장과 손님의 입장에 섞인 이중적 목소리를 통해, 이 차이가 타자성을 드러내도록 한다[10]. 즉, 밑줄 친 부분은 손님 수가 적은 것에 대한 운전자의 불만을 손님의 말을 통해 나타냄으로써, 손님들이 운전자의 입장에 의해 영향받고 있음을 나타낸다. 그리고 이를 통해 손님들이 느끼는 황당함을 드러낸다. 화자는 손님들이 느끼는 황당함을 화자 자신의 초점화를 통해서 나타내는 것이 아니라, 손님들 자신의 목소리를 운전자의 입장에서 사용함으로써 보여준다. 이러한 초점화 전략은 운전자의 목소리와 손님들의 목소리를 혼성하여 화자 자신의 목소리는 숨기는 방법이다. 이 방법은 이중적 목소리의 드러남을 강조하는 대화적 소통의 한 양상이라고 할 수 있다.

---

10) 라이프니츠의 관점을 빌리자면, 두 입장의 차이를 드러내는 것은 "어떤 원자도 무한한 종류를 포함하는 세계"로, 세계들 안에는 다시 세계들이 무한히 존재한다고 할 수 있다. 목소리의 혼성에 의해 존재의 '복잡성'을 보여주기 때문이다.(이정우(2000), 『접힘과 펼쳐짐』, 거름, 169-170쪽 참조) 복잡성은 가시적인 복잡성이나 물리적인 복잡성이 아니라, 보다 많은 특이성들을 내포한다는 뜻이다.

평범한 인물들의 일상적 경험에는 그들의 삶이 안고 있는 우울함과 환멸감이 배어 있다. 늙은 대학생 김씨가 시골 여관집 소년을 보고 떠올리는 상념은 그의 삶을 그대로 보여주는 것이며, 초라하고 삭막한 세상사를 압축적으로 보여준다.

그 말이 끝나자 그의 머릿속에는 몽롱한 가운데에 하나의 천재가 열등생으로 변모해 가는 과정들이 하나씩 떠오른다. 너는 아마도 너희 학교의 천재일 테지. 중학교에 가선 수재가 되고, 고등학교에 가선 우등생이 된다. 대학에 가선 보통이다가 차츰 열등생이 되어서 세상으로 나온다. 결국 이 열등생이 되기 위해서 꾸준히 고생해온 셈이다. 차라리 천재이었을 때 삼십 리 산골짝으로 들어가서 땔나무꾼이 되었던 것이 훨씬 더 나았다. 천재라고 하는 화려한 단어가 결국 촌놈들의 무식한 소견에서 나온 허사였음이 드러나는 것을 보는 것은 결코 즐거운 일이 못 된다. 그들은 천재가 가난과 끈질긴 싸움을 하다가 어느 날 문득 열등생이 되어버린다는 사실을 몰랐다. (중략) 허옇게 색이 바랜 짧은 바지를 입고 읍내까지 몇십 리를 걸어서 통학하는 중학생. 많은 동정과 약간의 찬탄. 이모 집이나 고모 집이 아니면 삼촌이나 사촌네 집을 전전하면서 고픈 배를 졸라매고 낡고 무거운 구식의 커다란 가죽 가방을 옆구리에 끼고 다가오는 학기의 등록금을 골똘히 생각하며 밤늦게 도서관으로부터 돌아오는 핏기 없는 대학생. 그러다 보면 천재는 간 곳이 없고, 비굴하고 피곤하고 오만한 낙오자가 남는다. (중략) 적중하건 안하건간에 그는 그가 처음 출발할 때에 도달하게 되리라고 생각했던 것으로부터 사뭇 멀리 떨어져 있는 곳에 와 있음을 깨닫는다. 아——, 되찾을 수 없는 것의 상실임이여!(138-139쪽)

위의 예문은 시골 여관집의 소년을 보면서, 늙은 대학생 김씨의 머릿속에 떠오른 상념이다. 이 상념은 김씨만의 경험에 의한 것이라기보다는 일반 사람들의 경험과도 겹친다. 따라서 화자는 김씨의 상념을 자신의 말로 요약하여 전달하고, 그 가운데 김씨의 살아온 과정을 보여준다. 상념 속에 김씨가 여관집 소년에게 말하는 형식을 취하기는 했지만, 여기서의 여관집 소년 '너'는 곧 김씨 자신이나 다른 수많은 시골 천재들을 의미한다. 따라서 여관집 소년의 앞으로의 행로는 김씨가 걸어왔던 행로에서 벗어나지 않을 것이며, 또한 평범한 세상살이이면서 한 시대의 보편적 삶을 보여준다.[11]

김씨는 지난 세월 동안 꿈을 가지고 노력했지만, 가난에 찌들려 그 노력들이 묻혀져 가는 숱한 고달픈 삶을 살아왔다. 고달픈 삶 속에서 그는 꿈을 상실하고 쓸쓸한 인생에 대한 허무를 배워왔다. 자조적 어조와 '차츰', '꾸준히', '끈질긴' 등의 부사어를 사용하여 화자는 초라한 세상살이를 김씨의 목소리를 통해서 냉소적으로 보여준다. 화자는 자신의 시선을 김씨의 목소리를 통해 전달하는 이중적 음성을 들려주는 것이다. 한편 화자는 예문의 뒷부분에서 김씨의 삶에 대한 연민과 김씨의 신산(辛酸)한 과거, 현재로 이어지지 못한 잃어버린 꿈 등을 김씨의 상념을 통해 전달한다. 화자는 한 사람의 천재를 비굴한 낙오자로 만들어 가는 '불행의 연속'을 작중인물의 상념을 통해 간접적으로 전달한다. 간접적 전달을 통해 화자는 작중인물의 목소리와 자신의 목소리를 섞는 이중적 목소리의 대화적 소통을 만들어낸다.

이러한 이중적 목소리에 의한 대화적 소통은 김씨를 '타자성에 의한 자아 인식'의 존재로 만든다. 김씨는 여관집 소년을 바라보면서 자신의 모습을 뒤돌아보며 자기 반성에 이르게 된다. 또한 개인과 사회를 관계적으로 파악함으로써 인물은 개인의 비극이 개인적인 차원의 것으로 끝나는 것이 아니라, 사회적인 차원의 문제임을 깨닫는다. 즉, 김씨는 '나'의 모습을 '타인(소년)'의 모습을 통해 반성하고 새로운 자아를 형성해가는 것이다.

---

11) 백지은(2000), 「서정인 소설의 다성성 연구」, 고려대학교 대학원 석사학위논문, 41쪽.

3. 반성자 - 인물의 관념적 수준에서의 초점화

하나의 사건이나 한 인물에 대해 여러 인물의 초점화가 제시되어 소설 담론의 대화적 소통이 형성되는 경우가 있다. 말하는 주체에 따라 하나의 사건이나 한 인물이 갖는 의미는 각기 다르게 나타나므로, 여러 인물의 초점화는 하나의 사건이나 한 인물에 대한 다면적이고 이질적인 측면을 드러내는 장치가 되기 때문이다. 그러면 반성자 - 인물의 관념적 수준에서 초점화에 의한 소설 담론의 대화적 소통을 서정인의 『달궁』을 통해 확인해 보자.

(가) 그뒤 나는 우연히 길거리에서 윤선생을 만났다. 그는 한 달 사이에 전문학교 선생님에서 시정의 파락호로 변해있었다. 그가 저녁 지을 일이 바쁜 사람을 다방으로 끌고갔다. 장바구니 들고 춤도 추러 간다는디, 차 한 잔 홀짝하는 것을 가지고 뭘 그래싸. 그는 이미 김사장한테서 받을 돈을 다 받았다. 내가 원한다면 내 것도 받아줄 수 있었다. 내 것뿐만 아니라, 딴 사람들 것도 받아줄 수 있었다.(203쪽)

(나) 나는 원래 한 사립 고등학교의 국어 교사였다. 십 년 근속을 하면서 <대과없이> 지냈는데, 우연히 나하고 어울렸던 패거리가 경영자측과 틈이 벌어졌다. 나는 빈 총도 맞기 싫어하는 성미였지만, 재빨리 그 패거리에서 빠져나오지 못했다. 우물쭈물하는 사이에 이사장의 눈총을 받게 되었고, 교무회의에서 무심결에 평소 생각을 말한 것이 화근이었다.(205쪽)

(다) 국어선생 사투리에, 자칭 거사 성경 읽고, 일 고수에 이 명창이 유행가가 웬 말이냐. 교외지도 나온 양반 대폿집에 진을 치고, 출장중에 면회 사절 섰다판이 벌어졌다. 시험 감독 들어와서 꾸벅꾸벅 채머리짓, 직원회의 길어지면 서랍 열고 술병 찾기. (중략) 돈 생길 일 외면하고 돈들 일은 앞장서니, 남정네는 장할시고 의협 남아 행세지만, 여편네는 집안에서 앙앙불락 앙탈이다, 놀부 심사 따로 없고 백년 원수 따로 없다. 귀밑머리 풀었다고 조강지처 다 될쏘냐, 여필종부 고생살이 종신지계 아니로다.(214-

215쪽)

(라) 나는 저것 어렸을 때부터 커서 사람될까 싶지 않더라. 지금 저는 국어 선생 되았다고 무엇이라고 해 쌓는다마는, 나는 아직 맘이 안 놓여. 저것이 시방 헤까닥해 가지고 저래 쌓지만, 언제 되똥거리다가 풀썩 제 자리에 주저앉을지, 도무지 위태롭고 믿을 수가 있어야지. 어려서 울보가 커감시로 앵보가 되더라. 동구 밖에서 동무들허고 잘 놀다가도 집에만 오먼 꼬라지가 난다. (중략) 연하 연상 헐 것 없이 넘허고 같이 일허는 것이 기름 안 친 기계 삐거덕거림서 억지로 돌아가는 꼴이었다. 필경 더 견디지 못허고, 어디 가먼 조선 천지에 별난 세상 있으까미, 학교를 옮기는 모양이더라. 젊은 학꾼지 늘근 학꾼지, 더 높은 학교라더라만, 높고 낮고간에, 오래 있어야 높은 학교지, 배겨내지 못허고 끼대나와도 높은 학교냐? 인자는 가슴 철렁 안허기로 했다.(230-232쪽)

위의 예문 (가)~(라)는『달궁』에서 인실의 세 번째 남편인 윤선생과 그가 학교를 그만두게 된 이유를 여러 인물의 초점화를 통해 설명하고 있는 부분이다. 예문 (가)는 인실이가 만난 윤선생의 모습이고, (나)는 윤선생 스스로가 자신에 대해 이야기하는 부분이다. (라)는 윤선생의 어머니가 인실이와 친해진 후 인실에게 윤선생에 대해 말하는 부분이다. 그리고 (다)는 화자가 판소리체 어투를 사용하여, 윤선생을 조롱하면서 그의 첫째 부인이 집을 나가게 된 이유를 서술하고 있는 부분이다. 각각의 예문들은 윤선생이라는 작중인물과 그가 학교를 그만 두게 된 사연에 대해 다른 인물이나 화자가 자신들의 초점화를 통해 말을 하고 있다. 윤선생이라는 인물에 대해 다른 인물이나 화자가 자신들의 초점화를 통해 말을 함으로써 다양한 관점이 동시에 작용하여 인물과 사건을 구성하고 있다. 그 결과 윤선생과 그가 학교를 그만 두게 된 일이 다층적으로 파악될 수 있다. 그러나 윤선생과 그가 학교를 그만둔 일에 대한 최종적인 평가는 존재하지 않는다. 윤선생이나 그가 학교를 그만 둔 일은 평가자의 관점에 따라 다충적으로 평가될 수 있기 때문이다. 평가자들간의 평가는 상호 침투적으로 얽히면서, 또 다른 평가가 내려질 수 있는 인식의 망을 만든다.

　한편 서정인의 「물결이 높던 날」은 한 인물 내의 의식의 전이를 초점화의 전이를 통해 병렬적으로 배치함으로써 한 인물의 자의식이 벌이는 내적 투쟁의 과정을 보여준다.

　　(전략) 가슴이 두루마기 위로 물결처럼 부풀었다. 그녀는 가슴으로 숨을 쉬고 있었다. 마주보는 여자의 눈동자, 그 점막 위로 물기가 스며들었다. 물기가 맺혀서 아랫눈썹을 적시며 방울지려 할 때 그녀는 두 팔을 벌리고 석호의 가슴에 얼굴을 묻어버렸다. 그녀의 부푼 가슴이 물결 자지러지듯 스러졌다. 석호는 순간 초인종의 단추가 눌린 듯 가슴속이 찌르르했다. 누가 찾아왔는가. 그리고 안에서는 누가 대답할 것인가. 그녀는 두 손으로 석호의 등을 부여안았다. 석호는 그대로 한 손은 그녀의 어깨 위에, 또 한 손은 그 머리채 위에 두고 있었다. 누가 나올 것인가. 제복의 소녀? 그는 죽었을 테지. 부인은 아름다웠다. 그러나 어머닌 아니었어. 어머닌 죽은 모양이야. 나를 낳자마자 죽었어. 틀림없이. 석호의 한 손이 그녀의 머리채에서 풀렸다. 풀린 손이 내려오면서 머리칼을 쓰다듬었다. 목덜미 언저리까지 흘러내려와선 그녀의 어깨를 붙잡고 있는 그의 왼손 위로 겹쳐졌다. 그는 마주친 그의 두 손을 꼭 붙잡았다. 숨진 어머니의 가슴 위에 나는 매달려 있었을까. 박하사는 엎드려 있었지. 개인호 흉벽을 두 손으로 안은 채. 이마를 오른 손 팔목 위에 얹고. 시계만이 살아 있었어. 왼손 팔목에 감긴 시계만이. 초침은 분명히 소리를 내고 있었으니까. 짤깍짤깍. 조용두 했지. 석호는 자신의 숨소리를 들을 수 있었다. 그의 숨소리에 겹쳐서 그녀의 숨소리도 들려왔고, 그 가슴의 동계도 전달되어왔다. 그렇게도 시계를 자랑하더니. 어머닌 어떻게 눈을 감았을까. 내가 시계를 풀어서 군화발루 밟아버렸을 때 소대장은 날 노려보았지. 난 정말 그렇게밖에는 할 수 없었는데. 시계가 미웠으니까. 시계가. 살아 있는 시계가. 소대장은 내가 슬퍼서 우는 줄 알았을 거야. 시계를 두고 간 박하사가 가련했을 뿐이었는데. 석호는 그

의 두 팔에 힘을 주었다. 츳, 츳, 네 에민 참 불쌍한 사람이었단다. 핏덩이
가 켕겨서 어떻게 눈을 감았노. 아버진 노려보고 있었을까? 누구를? 둘 다
아무것도 몰랐을 텐데. 알 만한 사람은 죽어 있었구 살아 있는 사람은 너무
어렸을 테니까. 그는 그녀를 꼭 껴안았다. 그의 빈 가슴속을 상대방의 그것
으로 메우려는 듯이. 그녀는 그의 속으로 파고들었다. 여자의 두 손은 그의
등을 놀라운 힘으로 끌어당겼다. 펼쳐지지 않은 낙하산. 기습은 항상 따발
총으로 시작되었어. 저 진저리나는 오륙 발 점사. 개천둑만 열심히 지켜보
고 있었는데. 화집점두 그 근처에 있었구. 엉뚱하게두 버드나무 곁에서. 사
자는 슬프지 않았다. 죽어버렸으니까. 슬픈 건 사자에서 예상되는 자기 자
신의 죽음이었어. 그것이 자기가 아니라는 것을 강조하면서 오히려 다행스
러워했지. 그리고는 미안해하면서 불쌍타고 했지. 츳, 츳, 우물갓집 할머니
의 깊은 주름살에는 슬픈 빛이 가득했으나 그것은 자기 자신의 임박한 죽
음에 대한 것이었어. 불쌍타고 하면서 딴 걸 슬퍼하고 있었지. 바람이 몹시
부는구나. 파도가 돌담처럼 무너진다. 머리칼이 날린다. 풀잎처럼 뺨을 간
질인다. 석호는 한 손으로 그녀의 머리카락을 쓰다듬었다. 그리고 또 한 손
으로 그녀의 어깨를 밀었다. 그녀는 고개를 들었다. 그녀는 울고 있었다.(「
물결이 높던 날」90-92쪽)

위의 예문은 작중인물 '석호'가 '무엇을 의식하는가'라는 측면에서 볼 때,
네 개의 초점화가 혼재되어 있다. 즉, 마담 메듀사와의 지난 날들에 대한 추
억 및 현재의 상황, 6·25전쟁 때 홀로 월남하여 서울에서 새 엄마와 살던
아버지를 찾아간 기억, 자신을 낳다가 죽은 어머니에 대한 회상들, 월남전에
파병갔을 때 같은 부대원이었던 박하사의 죽음에 대한 회상 등이 석호의 의
식 속에 상호 교차하면서, 석호의 초점화가 혼재되어 나타난다. 이러한 작중
인물의 초점화의 혼재는 작가의 서사 전략에 의한 것으로, 이것은 소설 텍스
트의 다성성을 형성하고 있고, 작중인물 의식 내부에서의 대화적 소통의 양
상을 보여준다.
　화자의 목소리와 혼성된 반성자 - 인물의 관념적 수준에서의 초점화에 의

한 소설 담론의 대화적 소통의 양상은 염상섭의 『삼대』에서도 확인된다.

먼저 들어와서 난로 앞에 섰던 덕기는 반색을 하면서 자리를 비켜 선다. 세 사람은 난로를 옹위해 섰다.

"자, 이 친구는 조덕기라는 모던 뽀이. 이 아가씨는 고무 공장에 다니시는 이필순양—— 조군이 불량소년 같으면 이렇게 소개를 할 리가 없지만 그래도 불량은 아니니까 이런 영광을 베푸는 걸세."

병화는 아까 불뚝심사를 부리던 것은 잊어버린 듯이 너털웃음을 내놓았다.

두 남녀는 웃으면서 고개를 속여 보였으나 필순이는 얼굴이 발개지며 난로 연통 뒤로 얼굴을 감추어버렸다.

덕기의 눈에는 필순이가 미인으로 보였다. 아직 자세히 뜯어볼 수는 없으나 밝은 데서 보니 나이는 들어 보이면서도 상글상글한 앳된 티가 귀여운 인상을 주었다.

옷 입은 것도 얄팍한 옥양복 저고리 하나만 입은 것이 추어보이기는 하나 깨끗하고 깜장 세루치마 밑어 내다보이는 버선등도 더럽지는 않다. 공장에 다니는 계집애들이 구두 모양을 내고 인조견으로 울긋불긋하게 차린 것에 비하면 얼마나 조촐하고도 수수한지 몰랐다.

위의 예문은 과거의 상황('었다')이지만 화자의 현실과 동질적인 동시대적 과거를 그림으로써 현재의 상황으로 장면화될 수 있다. 첫 문장과 같은 현재형이 나타날 수 있는 것은 이 때문이다. 위의 예문에서 중간 부분까지는 화자의 분신인 (장면 내부에 존재하는) 가상적 존재자의 눈을 이용한 외적 초점화가 나타나고 있다. 그리고 '덕기의 눈에는 ……' 이후부터는 덕기의 초점화를 이용한 반성자 - 인물의 초점화가 나타나고 있다. 따라서 위의 예문은 화자의 눈과 덕기의 눈에 근거한 두 개의 초점화가 혼재한다고 할 수 있다. 덕기의 개인적 목소리가 드러난 것은 자신의 '주체성'을 지닌 덕기가 자신의 눈으로 장면을 바라보기 때문이다. 따라서 덕기의 초점화에는 화자와

덕기의 내면의 목소리가 뒤섞여 있다.[12]

　그런데 반성자 - 인물의 의식에 의한 목소리(초점화)는 '작중인물 - 화자 - 독자'나 인물들간의 일치를 희석시켜, 대화 참여자간의 차이적 관계를 드러내준다. 즉, '덕기 - 병화 - 필순', 그리고 '화자 - 독자' 간의 분리된 초점화를 드러내어, 각자의 입장을 확고하게 해 준다. 필순에 대한 병화와 덕기의 시선이 다를 뿐만 아니라, 초점화의 매체인 덕기가 필순을 보는 눈을 독자가 그대로 공감하기는 힘들다. 독자는 작중인물간의 초점화의 차이를 통해 작중인물간의 대화적 소통 현상을 읽어낼 수 있고, 나아가 작중인물간의 소통 현상에 자신을 투사하여 대화적 관계를 형성하게 된다. 이것은 작중인물의 폐쇄된 내면을 해체하는 대화적 소통을 드러내어 작중인물간의 타자성, 그리고 독자와 작중인물간의 대화적 소통을 드러낸다.

4. 초점화를 통한 소설 교육의 의의

　소설 교육의 목표 가운데 하나를 소설 텍스트 감상을 통한 '자아와 타자에 대한 통찰력 획득하기'로 설정할 수 있다면, 학습자의 소설 텍스트 감상 능력을 신장시키기 위해서는 일차적으로 소설 텍스트의 담론 구조를 이해하고 해석할 수 있어야 한다. 그러나 소설 텍스트를 이해하고 해석할 수 있기 위해서는 텍스트와 대화적으로 소통해야 한다. 텍스트와의 대화적 소통을 통해 학습자는 텍스트를 주체적이고 비판적으로 읽어낼 수 있기 때문이다. 이러한 관점에서 볼 때, 소설 담론과 대화적으로 소통하는 학습자의 소통 과정을 탐색하는 것은 매우 가치있는 논의가 될 수 있을 것이다. 특히 소설

---

12) 이 부분 역시 엄밀히 말하면 외적 초점화이지만, 덕기의 초점화가 사용되고 내면의 목소리가 들리기 시작하므로 반성자 - 인물의 내적 초점화가 관념적 수준에서 나타나고 있다고 할 수 있다.(나병철(1996), 『소설의 이해』, 문예출판사, 401쪽.)

담론에서 대상을 보는 화자의 관점을 드러내는 초점화 양상을 학습자가 이해하고 해석하는 것은 소설 담론의 대화성을 인식하고, 이를 바탕으로 '자아와 타자에 대한 통찰력을 획득하는 것'이 될 수 있을 것이다.

텍스트의 구체적인 의미는 초점 화자와 초점화 대상 사이의 상호작용을 통해서 드러난다. 이와 같이 초점화는 초점 화자와 초점화 대상, 그리고 지각적 측면(시간, 공간), 관념적 측면, 심리적 측면 등 여러 측면으로 이어지면서 소설 텍스트의 의미 구조를 드러낸다고 할 수 있다[13]. 따라서 학습자가 소설 담론에 형상화된 초점화 양상을 인식하고, 이를 통해 소설 텍스트를 이해하고 감상하는 것은 텍스트의 대화적 소통 구조에 주체적이고 비판적으로 참여하는 것이라고 할 수 있을 것이다.

> 뼈빠지게 일허는 것이 훌륭허요, 피둥피둥 노는 것이 훌륭허요? 뼈빠지게 일허는 것이 훌륭허겄다. 뼈빠지게 일허고 싶소, 피둥피둥 놀고 싶소? 뼈빠지게 일허고 싶지도 않다만, 피둥피둥 놀고 싶지도 않다. 뼈 안 빠지게 일허고 묵고 살았으면 좋겄다. 뼈빠지게 일허고 못 묵고 못 살고 싶지는 않소? 누가 그러고 싶겄냐? 뼈빠지게 일허고 잘 묵고 잘 살라요, 피둥피둥 놀고 잘 묵고 잘 살라요? 잘 묵고 잘 사는 것은 다 좋다마는, 피둥피둥 노는 것은 도둑놈 복장이고, 뼈빠지게 일을 허면 종살이 같고, 그저 뼈 안 빠지게 일허고 잘 묵고 잘 살았으면 쓰겄다.(『달궁』, 130쪽)

위의 예문은 『달궁』에서 인실이 자기 언니와 나누는 대화이다. 이 대화는 화자가 두 인물의 대화를 전달하는 초점화에 의해 서술되고 있다. 작중인물들은 '뼈빠지게 일하는 것'과 '피둥피둥 노는 것'이라는 대립된 항목에 대해 질문과 대답을 주고받으면서 각자 자신의 견해를 나타낸다. 작중인물간

---

13) 임경순(1997), 「초점화를 통한 소설 교육 연구」, 『국어교육』95호, 한국국어교육연구회, 126쪽.

의 대화 상황은 일상 언어의 대화 상황을 그대로 재현하기 위한 목적에서 도입된 것이 아니다. 그보다는 작중인물들이 자신들의 이념을 드러내기 위한 장치로 대화 상황이 설정되고 있다. 소설 텍스트 속의 모든 언어 활동은 이야기 상황 맥락과 담론의 언어적 맥락에 따라 결정되는데, 위의 예문에서의 대화는 작중인물들이 서로의 의식에 상호 반응하고 교류하는 과정을 드러내준다. 그러면서 작중인물들은 대화를 통해 의견의 합치점에 도달하는 것이 아니라 의견의 '차이'를 점차 확인해 간다. 이러한 과정은 작중인물들의 대화가 '복수적 의식'들이 펼쳐지고, 두 목소리가 서로 대결해 감을 나타낸다. 작중인물들의 '복수적 의식'들이 펼치는 대화에 대한 인식을 통해 학습자는 두 인물에 대한 통찰력을 얻을 수 있고, 이를 바탕으로 자신의 삶에 대한 반성과 타자성에 대한 인식을 할 수 있을 것이다. 또한 두 인물의 초점화 방식을 이해하고 해석함으로써 보다 풍부한 텍스트 의미화를 실현할 수 있을 것이다.

『달궁』에는 한 문장, 한 단어 안에도 각각의 시선과 목소리를 가진 여러 작중인물들의 말이 섞인 가운데 대화가 이루어진다. 화자와 작중인물, 작중인물과 다른 인물, 화자와 독자, 작중인물과 독자 등의 말들이 상호 침투하여 섞이는 가운데 대화적 관계가 성립된다. 이러한 대화적 관계들은 이 소설의 이야기를 '말하는' 방법이 아니라 '보여주는' 것이 된다. 그리고 화자가 어떤 이야기를 중립적으로 중개하는 것이 아니라, 화자와 작중인물, 작중인물간의 대화적 소통 관계를 통해 타인의 말에 대한 끊임없는 가치 평가를 드러낸다. 그 결과 『달궁』의 담론은 어떤 행위나 사건을 전달하기 위한 것이 아니라, 작중인물이나 화자의 시선과 의식을 숙고하고 판단하는 과정을 학습자에게 보여준다. 작중인물이나 화자의 시선과 의식을 숙고하고 판단하는 가운데, 학습자는 자신의 삶의 대화적 관계를 점차 인식할 수 있고, 이를 바탕으로 자기 삶의 주체가 될 수 있을 것이다.

당한 것은 그들이 아니라 나였다. 나는 그들의 친절 때문에 보아야 할 것을 못 보았다. 빼앗기도 있으면서 빼앗긴 것이 빼앗긴 것 같지 않았던 것은 빼앗은 사람들이 분명치 않아서였고, 빼앗은 사람들이 빼앗은 사람들 같지 않았던 것은 빼앗은 사람들이 선량했기 때문이라면, 내가 빼앗긴 것을 빼앗김으로 깨닫지 못한 것은 그들의 선량함 때문이었다. 빼앗긴 것을 빼앗긴 것으로 깨닫지 못하면 또 어떤가? 빼앗긴 것이 어차피 좋은 것이 아닐진대, 빼앗긴 것을 빼앗긴 것으로 보지 못하는 것 또한 복이 아니랴! 빼앗긴 것을 빼앗긴 것으로 생각하지 않으면, 빼앗긴 것은 이미 빼앗긴 것이 아닐 것이고, 빼앗은 자가 분명치 않으면, 빼앗은 자와 빼앗긴 자의 구별이 없어지고, 빼앗긴 자가 빼앗은 자와 같아질 수 있지 않으랴! (중략) 빼앗김이 언제까지나 빼앗김이 아닌 것처럼 보일 수 없다는 말은, 빼앗김과 빼앗김같이 보이지 않았을 동안에도 내내 빼앗김이었다는 말과 같다. 빼앗김은 빼앗김으로 보일 때나 빼앗김으로 보이지 않을 때나, 언제나 빼앗김이었다.(『달궁』, 61-62쪽)

인실이 어렸을 적에 자기를 거두어 길러준 양부모에 대해 평가를 내리고 있는 부분이다. '빼앗긴 것'과 '빼앗긴 것을 깨닫는 것'의 차이에 대한 인실의 말은 그의 양부모에 대한 정보만을 제공하는 것이 아니라, 양부모에 대한 인실의 평가와 판단이 드러나 있다. 이처럼 작중인물의 말은 타자(양부모)에 대한 평가 행위를 통해 자신의 의식을 형성해가는 과정을 학습자에게 보여준다. 특히 위의 예문은 실제 현실의 발화를 그대로 옮겨놓음으로써 양부모에 대한 평가를 인실이 보이지 않는 수화자(학습자)에게 전달하는 형태를 취함으로써, '숨겨진 대화'의 일면을 보여준다. 이처럼 보이지 않는 학습자에게 전달되는 양부모에 대한 인실의 평가는 학습자와 소통하고자 하는 작가의 서술 전략에 의한 것으로, 이 전략은 학습자가 텍스트에 실현된 다성적 초점화 양상들을 이해하고 해석할 때라야 그 의미를 획득할 수 있다. 따라서 화자가 작중인물의 초점화를 사용하여 작중인물의 의식을 학습자에게 전달하는 서사 담론 구성 방식은 학습자의 주체적인 소설 읽기를 전제로 하며,

이 전제는 학습자가 타자와의 관계를 통해 형성되는 삶의 대화성을 필요로
한다.

초점화에 의한 대화적 소통의 양상은 염상섭의 『삼대』에서도 확인할 수
있다.

> 　주부가 인사성스럽게 다시 덕기에게 알은 체하고 술을 권하려니까 경
> 애가,
> 　"아직 도련님을 술을 먹여 되나요. 내나 먹지!"
> 　하고 덕기 앞에 놓인 술잔을 얼른 들어오면서 조선말로 덕기만 알아들을
> 만큼,
> 　"빨아먹을 수만 있다면 부자의 피를 다 빨아먹겠는데."
> 　하고는 바로 앉는다. '부자'라는 말은 '아비 아들'이란 말인지 돈 있는
> 부자란 말인지 알 수 없다. 경애는 그 술잔을 들어서 입에 대려고는 아니
> 하였다. 다만 부자의 피라도 빨아먹겠다는 한 마디가 하고 싶어서 일부러
> 덕기의 술잔을 빼앗아 온 것이었다. 그리고 이 말을 일부러 한 것은 내가
> 너를 몰라본 것이 아니라는 예기 지름을 하고 싶었던 까닭이다.
> 　- 이 술잔은 조상훈이의 아들 조덕기의 술잔이거니 하는 생각을 잊어버
> 리지 않았기 때문이다.(중략)
> 　덕기는 모든 것이 어이가 없어서 가만히 죽치고 않았을 뿐이었다. 도리
> 어 경애가 술에 취해서 괴등괴등 제 내력을 이야기할까 보아 속으로 애가
> 씌었다.(『삼대』, 39-40쪽)

위의 예문은 경애의 초점화에 의해 서술이 진행되다가 덕기의 초점화에
서술이 진행되고 있다. 경애는 자신의 인생을 망친 조상훈의 아들 조덕기를
보자 조상훈을 위시한 부자들에 대한 적개심이 생겨나, 덕기에게 독설을 퍼
부은다. 반면에 덕기는 경애와 상훈의 관계를 정확히 알지 못하기 때문에 경
애의 행동에 어이없어 한다. 이 두 인물의 의식은 각자의 초점화에 따라 학
습자에게 제시된다. 따라서 학습자는 초점화의 전이에 따른 경애와 덕기의

내면을 보다 자세히 들여다볼 수 있게 된다. 그러므로 이러한 초점화의 전이는 학습자와의 대화적 소통을 염두에 둔 작가의 서술 전략에 따른 것으로, 이것은 학습자의 '비평적 읽기'를 통해 그 의미가 발현된다고 할 수 있다. 학습자는 비평적 읽기를 통해 텍스트의 의미를 구현하고 작가의 서술 전략을 평가할 수 있기 때문이다.

> 실상은 덕기가 필순이를 좀 만났으면 하는 눈치기에 가라 한 것이나 그 닷 말을 당자에게 하기는 싫었다. 필순이가 덕기에게 가까이 하지 못하게 하자는 것이 아니라 공연히 어린 마음을 더 뒤숭숭하게 덧들여 놓을까 무서운 것이요, 또 혹은 덕기로서 생각하면 <u>저희에게 하노라고는 하였는데 어쩌면 한번도 아니 들여다 보나?</u> 하는 고까운 생각으로 필순이 편 사정을 묻는 것인지도 몰라서 이러니저러니 말할 것 없이 어쨌든지 과일이나 가지고 가보라는 것이다.(『삼대』, 456쪽)

위의 예문은 병화의 초점화에 의한 서술이 이루어지고 있다. 그러나 밑줄친 부분에서 알 수 있듯이 병화의 초점화 속에 덕기의 말이 침투해 들어가 있다. 이는 병화의 초점화와 덕기의 초점화가 중첩되는 것인데, 이에 대한 이해를 통해 학습자는 덕기와 병화의 의식을 읽어낼 수 있다. 그리고 필순을 놓고 병화와 덕기간에 벌어진 신념의 차이를 읽어낼 수 있다.

결국 소설 교육에서 소설 담론의 초점화 양상을 학습자가 이해하고 평가하도록 하는 것은 학습자가 다양한 주체들의 다성적 담론에 의해 수행되는 삶의 대화성을 인식하고, 이를 바탕으로 자신의 삶의 본질을 점차 인식할 수 있게 하는 교육적 의의를 갖는다고 할 수 있다. 또한 타자와의 관계 속에서 소설 담론의 의미를 학습자가 주체적으로 수용하여 자신의 삶의 길을 골골이 세워가고, 이를 바탕으로 자기 형성적 주체 형성을 하는 교육적 의의도 갖는다.

5. 결 론

　본고에서는 서정인의 「강」, 「물결이 높던 날」, 『달궁』 등을 대상 텍스트로 삼아 이 텍스트들에 나타난 다성적 초점화 양상을 분석해보고, 이러한 초점화 양상 분석이 소설 교육을 위해 어떤 의미를 갖는지를 검토해 보았다. 이 검토를 통해 확인할 수 있었던 것은 소설 담론에서 초점화는 소설 담론 주체들의 다성성과 대화적 소통을 드러내는 기제가 되며, 인물간의 대화적 소통이 삶의 근본 원리라는 것이었다. 또한 소설 담론에 형상화된 초점화 양상은 소설 교육에서 학습자에게 타자와의 관련성을 인식할 수 있게 하고, 이를 바탕으로 학습자가 자기 형성적 주체로 성장할 수 있는 가능성을 준다는 것이었다. 따라서 소설 교육에서 초점화 방식들과 양상에 대해 논의하는 것은 보다 풍부한 소설 교육의 장을 확립하고, 나아가 학습자의 풍부한 텍스트 수용을 위해 매우 가치 있는 것이 된다고 할 수 있을 것이다.

대화적 관점에서의 소설 교육
교수 - 학습 전략 연구

<u>자기 반영적 소설을 중심으로</u>

1. 서론
2. 대화적 관점에서의 소설 교육의 틀
3. 대화적 관점에서 학습자의 소설 읽기
4. 대화적 관점에서의 교수 - 학습 전략
5. 결론

1. 서 론

소설 수업에서 교사들이 학습자에게 소설 텍스트에 대한 관심을 유도하는 것은 그리 쉬운 일이 아니다. 학습자들이 문자 매체에 의해 형상화된 소설 텍스트보다는 비디오, TV 드라마, 컴퓨터 게임 등과 같은 영상 매체에 더 많은 관심을 보이기 때문이다. 따라서 소설 수업이 보다 재미있고 활기 있게 이루어지기 위해서는 소설 교육의 교수 - 학습 방법에 대한 보다 근본적인 반성이 필요하다. 지금까지의 소설 수업은 교사의 주도 하에 교사가 소설 텍스트의 미적 가치를 학습자에게 전달하고, 학습자는 이를 수동적으로 수용하는 방식으로 이루어져 왔다. 그러나 학습자의 소설 읽기는 소설 텍스트에 대한 주체적이고 비평적 읽기를 통해 작가와 소통하는 행위라고 할 수 있다. 작가와의 소통을 통해 학습자는 소설 텍스트에 대한 자신의 이해와 수용을 심화시키고, 이를 통해 자신의 삶에 대한 성찰과 새로운 자기 형성을 도모할 수 있기 때문이다. 소설 텍스트를 매개로 한 작가와 학습자의 소통에서 가장 중요한 것은 소설 텍스트 내·외적 층위에서 이루어지는 소통의 양상을 학습자가 얼마나 인식하고, 이것들과 주체적이고 대화적으로 소통할 수 있는가 하는 점이다. 텍스트를 매개로 한 학습자와 작가의 대화적 소통은 학습자의 수용을 풍부하게 하면서, 학습자가 삶의 대화성을 인식하여 소설 텍스트의 의미를 자기 삶과 연관지어 자기 형성을 도모할 수 있게 하기 때문이다. 또한 학습자는 텍스트 수용을 통한 비판적 사고 형성을 통해 자신의 소설 읽기와 문학적 사고의 관련성을 검토하고, 이를 바탕으로 텍스트의 심미성을 구현함으로써 문학 생활화를 도모할 수 있기 때문이다.

그런데 학습자가 소설 텍스트에 대한 심미성을 구현하고, 이를 바탕으로 자기 성찰과 자기 형성을 하기 위해서는 대화적 소통 능력(Dialogic communication competence)이 필요하다. 학습자의 대화적 소통 능력은 학습자가 소설 텍스트의 심미성을 구현하고, 이를 자기 삶과 관련지어 이해하고 평가하기 위한 제반 능력이라고 할 수 있다[1]. 소설 텍스트에 대한 심미성을 구현하는 학습자의 대화적 소통 능력은 학습자만의 노력에 의해서 형성되기 보다는 문학 교사에 의해 매개되고 함양되는 특성을 갖는다. 문학 교사는 소설 텍스트를 학습자에게 중개하면서, 텍스트에 대한 학습자의 소통 능력을 증진시키고자 하는 교육 목적을 갖고 소설 수업을 하기 때문이다. 문학 교사는 학습자와는 다른 층위에서의 텍스트 수용자로서 학습자에게 텍스트를 중개하는 역할을 교육과정에 의거하여 선조적(線條的)으로 수행한다. 즉, 문학 교사는 학습자와 텍스트의 대화적 소통을 중개하면서, 학습자의 대화적 소통 능력을 증진시키는 역할을 하는 것이다. 따라서 학습자와 텍스트의 소통

---

1) 본고가 상정하는 대화적 소통 능력은 제 7차 국어과 교육과정 '문학' 영역에서 상정한 '문학 능력'과 유사한 개념이다. 그러나 문학 능력이 텍스트에 대한 학습자의 소통에 초점이 주어져 있다면, 본고가 상정하는 대화적 소통 능력은 텍스트에 대한 학습자의 소통 뿐만 아니라, 문학 교사, 동료 학습자 등과 학습자의 소통을 전제하는 보다 포괄적인 개념이다.

을 중개하는 교사가 어떠한 교수 - 학습 전략을 사용하는가는 소설 교육 전체의 모습을 이끌어 가는 하나의 조회틀(frame of reference)이 될 수 있을 것이다. 본고에서는 학습자의 대화적 소통 능력을 향상시키기 위한 소설 교육의 교수 - 학습 전략을 검토하고자 한다. 특히 소설 담론 주체(화자와 작중 인물)에 대한 학습자의 이해력 향상과 소설 텍스트에 대한 학습자의 소통이 수행되는 소통 맥락에 초점을 두어, 학습자의 대화적 소통 능력을 향상시키는 소설 교육 교수 - 학습 전략을 이청준의 「매잡이」를 분석 텍스트로 삼아 논의할 것이다. 이를 통해 대화적 관점에서의 소설 교육 교수 - 학습 전략이 학습자의 대화적 소통 능력을 구체적으로 어떻게 향상시킬 수 있는지를 검토할 것이다.

2. 대화적 관점에서의 소설 교육의 틀

언어 활동을 통해 수행되는 교육 행위와 문학 행위는 의사 소통의 한 양상이라고 할 수 있다. 문학 현상은 기호론적 실천으로서의 작가와 독자의 문학적 소통을 통해 구체화되고, 교육 현상은 교육 주체들의 소통을 통해 구체화되기 때문이다. 문학 현상과 교육 현상에서 담론 주체들은 상호간에 의미 작용을 하며, 이 의미 작용은 주체간의 대화적 관계를 통해 역동적으로 드러난다. 이 대화적 관계는 소설 교육 현상을 대화적 관점에서 접근할 수 있는 근거를 제공한다. 소설 교육 현상은 교육 주체들이 대화적으로 소통하는 가운데 수행되기 때문이다[2].

학습자의 텍스트 이해와 수용은 학습자와 소설 담론의 대화적 소통 양상을 구체적으로 드러내는 것으로, 문학 교사나 동료 학습자의 이해·수용과의

---

2) 정정호(2001), 『세계화 시대의 비판적 페다고지』, 생각의 나무, 375-403쪽 참조.

진정한 대화적 관계 형성으로부터 나온다. 따라서 학습자의 텍스트 이해와 수용은 학습자 개인만의 것이 아니라, 문학 교사나 동료 학습자, 소설 텍스트 등과의 대화적 소통을 통해 구성된다고 할 수 있다. 학습자의 텍스트 수용은 타자의 다양한 목소리와의 상호 작용을 통해 수행되기 때문이다. 학습자는 텍스트 수용을 위해 타자를 필요로 하며, 타자와의 관계 속에서 형성되는 의미의 한정과 소통을 갖는다. 이것은 '나'에 의해 인식된 세계는 또한 '너'에 의해 인식된 세계이며, 나아가 '우리'에 의해 인식된 세계임을 의미한다. 따라서 소설 교육은 대화적 관점에서 해명될 필요가 있다.

다성적 소설을 대상으로 하는 소설 교육에서 학습자는 다성적 소설과 대화적 소통 관계를 형성하고, 이를 통해 자신의 의식 내부에서 텍스트와의 끊임없는 소통 작용을 하는 응답성(answerability)을 지향한다[3]. 따라서 소설 텍스트에 대한 학습자의 응답적 이해는 이론이나 기술(technique)의 문제가 아니라, 자기 반성에 연관되는 실천(Praxis)의 문제라고 할 수 있다[4]. 작가와 학습자는 텍스트를 매개로 하여 상호 작용을 수행하며, 이 과정에서 학습자는 자신의 삶에 대한 자기 반성과 자기 인식을 통한 윤리적 실천을 하기 때문이다. 학습자의 이해와 해석을 참인 것으로 이해할 수 있는 것은 우리의 개념 체계에 달린 것이기 때문에, 학습자의 이해와 해석은 진리의 문제라기보다는 적절한 행위의 문제라고 할 수 있다[5].

---

3) 소설 텍스트에 대한 학습자의 이해를 의사 소통적 상호 작용 속에서의 응답성으로 논의한 사람으로는 Kent와 Cooper를 들 수 있다.(Thomas Kent, "Hermeneutics and Genre: Bakhtin and the Problem of communicative Interaction", ed. Frank Farmer(1998), *Landmark Essays : On Bakhtin Rhetoric and Writing*, New Jersy: Lawrence Erlbaum Associates, Inc, pp.34-36./ Marilyn M. Cooper(1998), "Dialogic Learning Across Disciplines", Ibid, pp.83-91.)

4) David L. Coulter(1994), "Dialogism and Teacher", Simon Fraser University Dissertation, p.130.

5) G. 레이코프 & M. 존슨, 노양진·나익주 옮김(1995), 『삶으로서의 은유』, 서광사, 225-227쪽 참조

소설 텍스트에 대한 이해와 소통 과정에서 구체화되는 학습자의 담론적 실천은 문학 교사, 동료 학습자, 텍스트에 대한 응답적 반응을 통해 이루어진다. 그런데 학습자가 갖는 대화적 관계는 학습자가 다른 교육 주체들과 절대적으로 평등하다는 데 있는 것이 아니라, 대화상에서 학습자가 갖게 되는 역할에 대한 제한을 학습자가 인식해야만 보다 효과적으로 수행될 수 있다. 즉, 학습자는 자신의 대화적 소통 능력에 따라 타자와의 구체적인 소통 관계를 형성하므로, 자신의 소통 상황을 정확히 인지해야 하는 것이다[6]. 학습자는 타자의 이해와 수용이 자신의 이해와 수용을 위한 토대가 되고, 자신의 이해와 수용은 타자의 것에 종속되거나 타자의 것을 흡수하는 것이 아님을 인식해야 한다. 이런 인식을 통해 학습자는 자신의 이해와 수용이 타자의 이해, 수용과 갖는 차이를 확인하면서, 텍스트에 대한 이해와 해석이 자기 삶에 주는 정서적 울림을 통해 삶에 대한 자기 성찰을 해 나갈 수 있다. 따라서 학습자의 텍스트 이해와 해석은 텍스트에 내재된 진리나 작가의 의도를 찾아내는 것이라기보다는 자기 성찰과 자기 형성과 관련되며, 이는 궁극적으로 학습자가 '나는 어떻게 살아가야 할 것인가'에 대한 윤리적 성찰과 실천을 하는 문제와 관련된다고 할 수 있다. 따라서 다성적(polyphonic) 소설 텍스트에 대한 학습자의 응답성은 '사건(the event)'의 관점[7]에서 접근될 필요가 있다. 학습자의 소설 읽기는 단순히 텍스트의 의미를 발견하기 위한 것이 아니라, 학습자가 개인적 경험과 예상에 따라 텍스트를 해석하는 의미 형성의 사건이며 학습자의 삶과 관련되기 때문이다.

---

6) 학습자는 텍스트를 이해, 해석하고 평가하기 위해 많은 소통 전략들을 세운다. 텍스트에 대한 이해, 사전 문학 경험, 다른 학습자, 문학 교사, 그리고 작가와의 상호 작용, 다른 텍스트와의 상호 텍스트성, 세계의 정체성에 대한 인식 등을 통해 텍스트 소통 전략을 세운다.(Peter Smagorinsky(1996), *Standards in Practice Grade 9-12*, Ilinois:NCTE, p.75.)

7) 사건의 관점에서 볼 때, 소설 텍스트는 학습자의 소통능력에 의해 해석되고 소통된 세계로 나타나기에 고유의 소통체가 되며, 학습자가 소유하고 있는 소통능력과 부합되는 면모를 드러내게 된다.

‘대화적 관점’에서 볼 때, 학습자는 자신의 가치관이나 소통 능력에 따라 소설 담론과 소통한다. 학습자의 텍스트 이해와 수용은 그 자체가 궁극적인 진리가 되거나 유일한 것이 아니라, 타자와의 대화적 소통을 통해 변화하는 가변성을 갖는다. 그러므로 학습자가 소설 텍스트에 담겨진 의미를 찾아내는 과정을 통해 어떤 최종적인 이해와 수용에 도달할 수 있다고 보는 관점은 소설 교육에 대한 단성적 관점의 한 예일 뿐이다. 지금까지 학교 현장에서의 소설 교육은 평균 수준의 학습자들을 양산하는 모습을 보여왔다. 그러나 소설 교육의 궁극적인 지향점을 ‘자기 형성적 주체’ 함양이라고 할 때, 앞으로의 소설 교육은 학습자가 대화적 소통 능력을 증진시켜, 텍스트에 대한 이해와 평가를 통해 자기 성찰과 자기 형성을 해 나가는 과정에 초점을 둘 필요가 있다. 소설 텍스트에 드러난 서로 다른 세계와 질서, 삶의 방식들이 학습자의 수용 맥락에 맞게 소통되고, 학습자는 타자와의 소통을 통해 소설 담론을 이해하고, 나아가 자신의 삶의 본질을 인식할 수 있어야 하기 때문이다. 탈맥락화된 의사 소통과 정전화된 체계로서의 ‘특권화된 진리’를 지향하는 소설 교육은 단성적인 교육 결과만을 가져올 뿐이다. 그러나 학습자의 이해와 해석의 다성성과 대화적 소통을 강조하는 것이 이해와 해석의 무정부주의를 옹호하는 것은 아니다[8]. 학습자의 모든 해석과 이해가 가치 있다거나, 해석과 이해가 특별한 수용 맥락에 의해서만 결정되는 것은 아니기 때문이다. 또한 해석과 이해의 다양함이 단일함 혹은 안정됨보다 항상 좋다는 법도 없기 때문이다. 다만, 본고는 소설 텍스트에 대한 학습자의 이해와 평가 과정이 학습자가 가져야 할 윤리적 응답으로서의 실천의 문제임을 강조하는 것이다. 학습자의 윤리적인 실천은 무분별한 상대성의 발산이 아니

---

8) 모든 궁극적인 기준의 상실, 즉 그 자체 어떤 기준, 원리, 가치에 의해서도 규정될 수 없는 학습자의 이해와 해석의 다성성은 태도와 선호의 선택 및 표현과 연관된다고 할 수 있다. (알래스데어 매킨타이어, 이진우 옮김(1997), 『덕의 상실』, 문예출판사, 60-62쪽 참조)

라, 텍스트의 심미성을 구현하고 삶의 본질을 해명하는 것과 관련되기 때문이다.

학습자는 소설 담론에 대한 거리 두기(distancing)를 통해 비판적인 소설 읽기를 수행한다. 이러한 비평적인 소설 읽기는 소설 담론에 대한 학습자의 표현 활동, 즉 비평문 쓰기(서사적 글쓰기)를 통해 보다 풍부하게 이루어질 수 있다. 서사적 글쓰기는 소설 담론에 대한 학습자의 이해와 수용을 복수적 목소리(plurivocity)로 보다 심층적이고 풍부한 것이 되게 하기 때문이다. 학습자는 소설 텍스트에 형상화된 것을 이해하고 수용하면서 자기 성찰을 해 간다. 이러한 학습자의 자기 성찰은 소설 담론의 논리에 동일시되는 과정이 아니라, 소설 담론에 대한 비판적 거리 두기를 통해 자신의 삶이 갖는 대화적 본질을 인식하는 과정이다. 이 과정은 학습자가 자기 형성적 주체(self formative subject)로서 소설 텍스트에 대한 대화적 소통을 수행하는 데서 구체화된다.

소설 텍스트에 대한 학습자의 해석은 텍스트에 형상화된 세계를 참조로 하여, 텍스트에 의해 열려진 사고의 길을 자신의 삶과 관련짓는 것이다. 그런데 소설 텍스트에 대한 학습자의 해석이 다성적인 양상으로 드러나기 때문에, 학습자의 해석 사이에는 상호 공존과 갈등이 생겨난다. 다양한 해석들의 공존은 해석의 갈등 상태로 드러나며[9], 최종적 해석은 가장 타당하다고 판단되는 것일 뿐이다. 그러나 텍스트에 대한 해석에서 가장 타당한 것, 즉 단일하고 정확한 의미란 존재하지 않는다. 학습자의 텍스트 해석은 진리도 무리도 아닌 나름대로의 일리를 지향하는 것이기 때문이다. 따라서 소설 텍스트에 대한 학습자의 해석은 학습자가 자신에 대한 자기 해석(self-

---

9) 텍스트에 대한 독자 혹은 학습자의 다양한 해석들 사이의 공존과 갈등에 대한 논의는 리쾨르 해석학의 중심이라고 할 수 있다.(P. Ricoeur, 양명수 옮김(2001), 『해석의 갈등』, 아카넷.)

interpretation)에서 절정에 달할 수 있고, 이를 바탕으로 학습자는 자신의 삶의 본질을 더 잘 이해할 수 있다[10].

학습자가 갖는 소설 텍스트와의 대화적 소통은 텍스트 외적 상황 맥락과 연관될 때라야 소통이 원활하게 수행될 수 있다. 소설 텍스트는 학습자의 문화적 경험에 다층적으로 대응되기 때문이다. 소설 텍스트는 학습자의 주체적 수용과 대화적 소통에 의해 소설 텍스트 내적 상황 맥락과 외적 상황 맥락 사이에 매개 작용이 이루어짐으로써 문학적 문화에 편입될 수 있다. 소설 텍스트 내적 구조나 담론만을 상정하는 소설 교육이 한계를 갖는 것은 바로 이 때문이다. 그러나 학습자가 소설 텍스트와의 대화적 소통을 수행하는 것만으로는 소설 교육의 목적이 충분히 달성되었다고 할 수는 없다. 소설 텍스트에 대한 논리적 이해와 소설 교육 현상에 대한 이해가 바탕을 이루어야 하기 때문이다. 소설 텍스트에 대한 논리적 이해는 소설 텍스트에 대한 보다 심화된 이해를 가능하게 하고, 텍스트와 학습자의 대화적 소통을 다양하게 구체화시킨다. 작가의 이념과 소설 담론의 구조를 읽어내는 학습자의 논리적인 소설 읽기는 소설 담론과의 대화적 소통을 이끌어가기 때문이다. 예컨대 염상섭의 「만세전」을 소통하는 방식과 『삼대』를 소통하는 방식은 다를 수밖에 없는데, 두 텍스트에 대한 학습자의 논리적 이해 정도가 차이 나기 때문이다. 따라서 문학 교사는 소설 텍스트에 대한 학습자의 논리적 해석 능력을 길러주어야 한다. 또한 소설 교육 현상에 대한 이해는 학습자와 문학 교사, 동료 학습자와의 대화적 소통 양상을 보다 잘 인식할 수 있게 한다. 따라서 소설 교육을 통해 학습자는 텍스트와의 대화적 소통 뿐만 아니라, 텍스트에 대한 논리적 이해, 그리고 문학 교사, 동료 학습자 등과의 대화적 소통을 보다 원활하게 수행할 수 있는 대화적 소통 능력을 함양할 필요가 있다.

---

10) P. Ricoeur(1981), *Hermeneutics and the Human Sciences*, Cambridge U.P., p.158.

3. 대화적 관점에서 학습자의 소설 읽기

자기 반영적 글쓰기 방식에 의한 소설 담론의 대화성은 대화적 관점의 소설 교육에서 중요한 소설 교육의 내용이 될 수 있다. 자기 반영적 글쓰기 방식은 소설 담론의 대화성을 드러내는 기법일 뿐만 아니라, 학습자의 문학 체험에 깊은 정서적 울림을 줄 수 있기 때문이다. 따라서 학습자가 소설 읽기를 통해 깊은 정서적 울림을 얻고, 이를 자신의 삶과 관련지을 수 있도록 하기 위해서는 자기 반영적 글쓰기 방식에 의한 소설 담론의 대화성에 주목할 필요가 있다. 자기 반영적 글쓰기 방식을 통해 형상화된 소설 담론의 대화성에 대한 이해와 평가를 통해 학습자는 작가의 서술 전략에 대한 보다 풍부한 인식을 하고, 이를 내면화하여 소설 텍스트에 대한 교섭적 경험을 할 수 있기 때문이다. 학습자는 텍스트에 대한 교섭적 경험을 통해 자기 성찰과 자기 형성을 하는 자기 형성적 주체가 될 수 있을 것이다.

이청준의 「매잡이」는 다성적인 서사 구조와 다층적인 서술 구조를 갖고 있는 작품이다. 내화인 매잡이 곽서방의 일이 '나'의 소설과 민태준의 소설, 그리고 버버리 소년 '중식'의 이야기를 통해 중층적으로 전달되고 있다. 내화는 시대의 변화에 따라 옛 풍속이 되어버린 매잡이의 삶, 전통을 유지하려는 의지를 죽음으로써 보여주는 매잡이 사내 곽서방에 관한 이야기이다. 그리고 시대에 맞지 않게 거의 결벽증에 가까울 정도로 소설가의 장인 의식을 죽음으로 고수하는 무명 소설가 '민형'의 이야기가 외화로서 액자 구조[11]를

---

11) 이 용어와 연관된 것으로는 '심연으로 밀어넣기', '이야기 속 이야기', '무한 회귀', '거울-텍스트(mirror-text)' 등의 번역어가 있는데, 본고에서는 일반적으로 사용되는 '액자 구조'라는 용어를 선택한다. 다만, 그 개념상 의미는 미케 발이 사용한 '거울-텍스트'의 의미에 가깝게 사용한다. 미케 발에 따르면, 거울-텍스트는 그 자체를 포함하고 있는 전체 서사를 지시 대상물로 삼고, 그것의 구조 및 인물, 사건, 주제, 배경 등을 집약적으로 반영하는 기호(sign)이다.(Mieke Bal(1994), "Reflections on Reflection: The Mise en Abyme", *On Meaning-Making: Essays in Semiotics*, Polebridge Press, p.52.)

형성한다. 따라서 이 소설은 텍스트를 서술해 가는 소설가인 주석적인 화자 '나'에 의해 내화에서 부각되고 있는 '매잡이의 문제'와 외화 층위에서 부각되고 있는 '소설가의 양심 문제'가 중층적으로 결합되고 있다고 할 수 있다.12)

　　내화의 두 층위를 형성하는 '나'의 소설과 민태준의 소설 사이에는 결정적인 차이가 있다. 민태준의 소설이 곽서방과의 오랜 대화를 통해 나온 것인 반면, '나'는 죽어가는 곽서방이 민태준에게 전하라는 알 수 없는 몇 마디 말밖에는 그와 대화한 적이 없다. '나'가 곽서방의 이야기를 접한 것은 다만 버버리 소년 중식의 몸짓과 표정을 통해서 뿐이다. 따라서 나는 나중에 '곽서방의 죽음이 무슨 의미를 지니는지' 정확히 알 수 없다. 더구나 곽서방의 죽음의 의미는 그 의미를 아는 유일한 존재인 민태준까지 자살해 버림으로써 더욱더 알 수 없게 된다. 따라서 '나'는 곽서방의 죽음을 소설에서 예견한 민태준과 달리, 매잡이 곽서방의 이야기의 의미를 정확히 이해할 수 없다. 그러나 '나'는 민태준의 소설과의 대화적 관계를 통해, 이 소설에 대한 평가를 함으로써 '곽서방'과 민태준의 죽음의 의미를 점차 이해하게 된다. '나'가 곽서방과 민태준의 죽음의 의미를 점차 이해하게 된 것은, '나'의 신념의 틀이 이들과의 관계를 통해 점차 깨뜨려졌기 때문이다. '나'는 내화(민

---

12) 나병철은 「매잡이」가 액자 소설이 일반적으로 갖추어야 할 구조인 내화(內話)와 외화(外話)가 선명하게 분리되어 있지 않다고 하면서, 이 소설을 일종의 소설가 소설로 보고 있다. 그는 이 소설이 겹구조로 된 이야기들을 통해 내화와 외화가 미묘하게 뒤섞여 있어, 어디부터가 안 이야기이고 어느 것이 바깥 이야기인지 불분명하다고 한다. "그러면서도 매잡이 이야기라는 내화와 그것을 소개하는 '나'의 외화가 접합되어 있어 잠재적인 액자 형식이 나타난다. 그런데 매잡이가 죽음에 이르는 현실과 그것을 소설화한 '나'의 「매잡이」, 그리고 민형의 예언적인 소설 「매잡이」가 혼용됨으로써 현실과 소설이 뒤섞이는 메타픽션적인 요소를 갖게 된다. 또한 매잡이와 민형의 죽음을 연결시킨 '나'의 최종적 소설은 「매잡이」라는 '나'가 쓰고 있는 소설 그 자체가 된다. 이처럼 이 소설은 액자 소설과 메타픽션의 중간정도되는 형식을 지니고 있다."(나병철(1996), 『소설의 이해』, 문예출판사, 485쪽.)

형의 소설)를 해석하고 평가하면서 내화와 대화적 관계를 형성하는 한편, 자의식적 반성을 통한 자기 반영적 텍스트인 전체 이야기를 통해 독자와의 대화적 관계를 형성한다. 그러므로 결국 전체 이야기 「매잡이」는 매잡이 곽서방을 주요 인물로 하는 두 개의 내화('나'가 이전에 발표한 <매잡이>와 민형의 <매잡이>)가 전체 텍스트로 형성되는 대화적 과정에 대한 '나'의 비평적 응시와 성찰 자체라고 할 수 있다.[13]

「매잡이」는 민형의 삶의 방식과 '나'의 삶의 방식이 근본적으로 갖는 차이성을 드러내면서 서사적 종결을 맺는다. 민형은 매잡이의 풍속을 체험하고 그것을 관찰하는 데에 그치지 않고 자신의 문제로 치환시켜서 곽서방과의 동일시를 경험한다. 그러나 화자인 '나'는 곽서방의 삶의 방식에 호기심을 가졌을 뿐, 곽서방의 문제를 '나'의 문제로 파악하지는 않는다. 그런데 곽서방의 삶의 방식에 대해 민형과 '나'가 이처럼 다르게 반응할 수 있었던 것은 전통의 문제에 대해 민형과 '나'의 태도가 근본적으로 달랐기 때문이다. 즉, 민형이 전통을 지키려는 의지 속에 현실과 일정한 거리를 두고 살려고 했다면, '나'는 '매잡이의 풍속'이 이제는 과거의 일이 되었음을 인식하고 현실의 삶을 살고 있기 때문이다. '매잡이의 문제'를 놓고 민형과 '나'가 보이는 이러한 차이는 현실을 어떻게 수용할 것인가에 대한 차이와 같은 맥락에 놓여 있다. 이 둘의 차이는 다양한 삶의 방식들이 가능한 현실을 어떻게 해석하고 수용할 것인가에 대한 작가 자신의 의문이기도 하며, 나아가 작가가 독자에게 던지는 메아리이기도 하다. 그리고 이 소설 텍스트는 이러한 의문을 다층적 서사 구조 속에 작가의 반성적 글쓰기 방식을 동원하여 소설 담론 주체들의 다성적 형상화로 나아가고 있다.

자기 반영성(self-reflectivity)[14]을 바탕으로 한 담론 구조화 층위에서의 작

---

13) 손유경(2001), 「최인훈·이청준 소설에 나타난 텍스트의 자기반영성 연구」, 서울대학교 석사학위논문, 54쪽.

가의 자의식은 '열린 담론 구조'를 지향함으로써, '소설 쓰기' 과정에 독자나 작중 인물들이 함께 참여하여 대화적으로 소통할 수 있게 한다. 이러한 소설 텍스트는 작가의 소설 쓰기에 대한 자기 반성을 드러내고, 작가의 자의식이 메타적 관점에서 텍스트의 담론에 작용하게 한다. 작가는 텍스트 의미 구성 행위에 대한 반성적 자의식을 통해 자신의 삶을 둘러싼 타자의 존재를 인식하고, 타자와의 대화적 소통을 통해서만 삶의 본질이 올바로 인식될 수 있음을 보여준다. 이것은 언어가 외부 대상을 객관적으로 정확하게 재현할 수 없으므로, 담론 행위 자체에 대한 자기 반영성을 통해 독자와 소통하고자 하는 작가의 의도를 통해 구체화된다.

작가의 자기 반영성은 작가가 자신의 글쓰기와 자신의 삶의 경험을 연관 짓고 반성하는 가운데, 텍스트의 담론을 구성하고 조정함을 의미한다.[15] 이는 작가가 자신의 실제 삶의 경험을 문제 삼는 것이 아니라, 자신의 경험을

---

14) 문학의 자기 반영성에 대한 논의는 모더니즘 입장과 포스트모더니즘 입장이 사뭇 다르다. 전자에 대한 런(E.Lunn)의 논의와 우한용의 연구는, 창작 주체의 언어 구성 의식을 강조하고 있다.(E.Lunn, 김병익 역(1986), 『마르크시즘과 모더니즘』, 문학과지성사./우한용(1997), 「소설 담론의 자기반영적 특징」, 『한국현대소설 담론연구』, 삼지원.) 반면에 후자에 대한 워(P.Waugh)의 논의는 허구와 실재의 경계를 무너뜨리기 위한 소설 관습의 자의성과 문학적 관습의 허구성을 폭로하는데 초점을 맞추고 있다.(P.Waugh, 김상구 역(1989), 『메타픽션』, 열음사.) 이외에도 푸코(M. Foucault)는 발화 주체의 권력에서 벗어나 바깥으로의 사유를 가능케 하는 반담론적 측면에 주목하고 있으며, 맥클린은 이야기가 아닌 이야기 행위의 측면에서 청자와의 상호 작용을 추진하는 연행적 서사의 하나로 보고 있다.(M.Foucault, 김현 편역(1989), 『미셸 푸코의 문학비평』, 문학과지성사./마리 맥클린, 임병권 역(1997), 『텍스트의 역학』, 한나래.) 또한 로버트 스탬은 자기 반영성의 정치적 기능에 초점을 두어, 영화와 문학에서 자기 반영성을 검증한다. 로버트 스탬에 따르면, 자기 반영성은 텍스트가 스스로 만들어져 가는 모습, 작가성, 다른 텍스트들로부터의 영향, 텍스트의 수용, 혹은 작가의 개인적 언술(enunciation)을 전면에 드러내는 과정으로 폭넓게 규정되었다. 따라서 자기 반영성은 자기 지시성, 즉 텍스트가 스스로를 가리키거나 지시할 수 있는 능력을 가리킨다. 결국 자기 반영성은 언어의 비투명성에 대한 자각의 산물이라고 할 수 있다.(로버트 스탬, 오세필 외 역(1998), 『자기 반영의 영화와 문학』, 한나래, 15-28, 48-51쪽 참조)

15) P. Waugh, 김상구 역(1989), 『메타픽션』, 열음사, 17쪽.

글쓰기를 통해 담론으로 구성하는 방식 자체를 문제삼는다는 점에서 현실이 아닌 담론을 문제 삼는 것이다. 이러한 작가의 자기 반영성은 텍스트 의미 생산 과정에 대한 작가의 '자기 의식'을 부각시킴으로써 텍스트의 내용보다는 작가의 글쓰기 방법 자체를 문제삼는다. 작가가 메타적 관점에 의해 텍스트에 대한 자기 반영성을 드러내는 서사 전략 중 가장 대표적인 담론 방식은 메타픽션이다. 메타픽션은 한 편의 소설이 창작되는 과정을 드러내거나 작가가 자신의 소설 쓰기 전략을 공개함으로써 자신의 허구 텍스트 생산 과정에 대한 반성적 의식을 드러낸다. 따라서 메타픽션에는 창작 행위와 창작 과정에 대한 작가의 자기 의식이 이중적으로 형상화된다. 작가는 메타적 관점에서 자신의 창작 행위에 대해 반성적 사고를 수행하며, 이를 통해 소설 텍스트 속의 세계가 언어로 '구성된' 세계이며, 허구적 세계임을 자각적으로 인식한다.[16]

이러한 글쓰기는 현실의 객관적 재현의 논리에 대한 차이성과 부정성에 의해 새로운 의미화를 이룬다. 즉, 객관적 현실 재현이 지향하는 독백적 의미화의 논리를 그대로 수용하기보다는, 작가가 자기 반영성을 통해 삶의 진정성에 다가가는 담론적 실천 방법으로서의 글쓰기를 모색함을 의미한다. 이는 주어진 사회적 관습이나 문학 관습에 맞는 글쓰기가 아니라, 새로운 상황 맥락에 따른 글쓰기를 수행하는 것이다. 이러한 글쓰기에는 작가의 자기 반영 의식[17]이 강조된다. 바흐친에 따르면, '자기 의식(self-consciousness)'은

---

16) 최인자(1997), 「한국 현대소설 담론생산방법 연구」, 서울대학교 대학원 박사학위논문, 54쪽.

17) 자기 의식은 자기 이해 능력을 바탕으로 하는데, 자기 이해 능력은 상호 이해 능력을 전제한다. 자신에 대한 이해는 물리적, 문화적, 상호 개인적 환경과의 끊임없는 상호 작용으로부터 생겨나기 때문이다.(G. 레이코프 & M. 존슨, 노양진·나익주 옮김(1995), 『삶으로서의 은유』, 서광사, 279-280쪽.) 자기 이해는 삶의 새로운 정합성, 즉 낡은 경험에 새로운 의미를 주는 정합성의 지속적인 건설로, 개인적 은유들을 찾아가는 과정이라고 할 수 있다.

자신의 고유하고도 자발적인 의식과 관련된다.[18] 이 자기 의식은 주어진 질서나 자기 외부 세계로의 절대적 환원을 지향하는 환유적 논리를 거부하고, 자신만의 고유한 의식과 능동성을 확보함으로써 세계와 대화적으로 소통할 수 있는 기제이다. 이러한 자기 의식은 주어진 독백적 담론을 수용하는 것이 아니라, 독백적 담론과의 차이성을 통해 자신의 고유한 담론을 창출한다.

자기 반영적 글쓰기로서의 메타픽션을 통한 텍스트 외적 층위에서 수행되는 작가와 학습자의 대화적 소통은 학습자로 하여금 작가의 '현실 재현' 방식을 새롭게 이해하고 평가하기 위한 소통 전략을 갖게 한다. 즉, 학습자는 소설의 담론이 작가의 자기 반영성에 의한 글쓰기임을 인식하면서, 현실을 객관적으로 재현할 수 있다는 담론 구성 논리가 자신의 삶과 동떨어진 채 독백적으로 상정되었음을 알게 된다. 따라서 학습자는 주체의 정체성을 자의식적으로 환기시키는 자기 반영적 소설이 하나의 허구적인 언어 구성물임을 인식하면서, 동시에 그 허구 세계 형성에 적극적으로 동참한다.[19] 이러한 동참을 통해 학습자는 자기 반영적 글쓰기에 의한 소설 담론이 진리를 드러내거나 혹은 세계를 투명하게 반영하는 것이 아니라, 오히려 특정 관점에 의해 一理를 구성하는 이데올로기적 효과를 가지고 있음을 이해하게 된다. 그리고 이를 통해 독백적 담론에 토대를 둔 절대적 지식이나 진리를 추구하는 텍스트 수용 방식에서 벗어나, 자신의 정체성과 관련지어 소설 담론을 이해하고 평가하는 태도를 갖게 된다. 이 태도를 통해 학습자는 자기 반영적 글쓰기가 현실을 객관적으로 재현하기 위한 것이 아니라, 현실의 지배적 담론인 일상성을 재해석하고 재평가하여 삶의 진정성을 확보하기 위한 것임을 이해할 수 있을 것이다. 예컨대 「매잡이」에 형상화된 전통적 가치 상실의 문제를 작가의 자기 반영적 글쓰기와 관련지어 이해함으로써, 학습자

---

18) M.M. Bakhtin, 김근식 역(1988), 『도스또예프스끼 시학』, 정음사, 38쪽.
19) L. Hutcheon(1980), *Narcissistic Narrative: The Metafictional Paradox*, Methuen, p.10.

는 1970년대의 삶에 대한 작가의 반성 의식과 소통하고, 이를 자기 삶과 관련지어 내면화할 수 있을 것이다. 이러한 소설 읽기는 소설 담론이 '나에게 무엇을 전달하는가'에 초점을 두는 소설 읽기가 아니라, '나에게 어떤 의미가 있는가'에 초점을 두는 소설 읽기이다. 학습자가 이러한 소설 읽기를 하기 위해서는 대화적 관점에서의 교수 - 학습 전략이 필요하다.

4. 대화적 관점에서의 교수 - 학습 전략

가. 소설 담론 주체와의 소통에 따른 교수 - 학습 전략

소설 속의 언어는 사회·역사적인 의식을 지닌 이데올로기적 기호로서, 이 언어를 사용하는 언어 주체들의 상호 작용을 통해 의미가 조정되고 만들어진다. 소설 텍스트 내에서 의미 있는 담론 형성의 주체는 화자와 작중 인물이다. 화자는 작중 인물을 묘사하고, 설명하고, 평가하는 가운데 자신의 이념을 드러낸다. 그리고 텍스트 내부에서 언술 행위를 담지하는 주체로서 자신이 직·간접적으로 경험한 삶의 서사를 선택하고 배열한다. 또한 장르적 규칙과 사회·역사적 상황에 따르면서 하나의 완전한 담론을 형성해 나간다. 반면에 작중 인물은 화자에 의해 매개되어 화자의 이념을 자신의 말을 통해 드러내거나 자신의 말을 직접 독자에게 전하기도 한다. 작중 인물이 자신의 말을 화자의 간섭 없이 얼마나 할 수 있느냐에 따라 소설 담론의 구조와 다성성이 결정된다. 즉, 화자와 작중 인물간의 거리에 따라 작중 인물은 화자와 동등한 지위를 갖거나 화자에 종속된 주체가 되기도 하는 것이다. 그런데 다성적 소설에서 작중 인물은 화자에 종속되기보다는 화자와 동등한 지위를 가진 채, 소설 텍스트 내에서 자신의 말과 목소리를 드러낸다. 자신의 말과 목소리를 독립적으로 가진 작중 인물은 화자와 대등한 위치에서 화자와의 대화적 관계를 갖는다.

1) 소설 담론 주체간의 관련성 검토 전략

소설 텍스트에 대한 학습자의 이해와 수용을 종합화하기 위해서는 화자와 작중 인물, 작중 인물간의 관련성을 검토해야 한다. 한 인물을 화자나 다른 인물과의 관련성 없이 개별적으로 살펴보는 것은 텍스트와의 소통을 어느 한 측면에서만 수행하는 일면성을 갖기 때문이다. 화자와 작중 인물, 작중 인물간의 관련성 검토를 통해 학습자는 텍스트 내적 층위에서의 대화적 소통의 양상을 중층적으로 이해할 수 있고, 이를 통해 자신의 수용을 풍부하게 할 수 있을 것이다. 이청준의 「매잡이」에 나타난 담론 주체간의 관련성은 '나'와 민태준, 민태준과 곽서방, '나'와 곽서방, 곽서방과 버버리 소년 '중식' 등의 관계를 통해 살펴볼 수 있는데, 이들간의 관계는 다시 '전통적 가치'를 둘러싼 '전통의 유지', '계승·발전', '대안의 부재' 등으로 나뉠 수 있다.(자기 해체적 관념과 자기보존적 관념)

이러한 소설 담론 주체간의 관련성 검토를 위해 학습자들은 모둠별로 나뉜 다음, 특별한 한 인물을 선택하고, 그 인물이 실제 살아있는 인물이라는 가정 하에, 그 인물의 다양한 특성을 열거한다. 인물의 특성들을 열거하기 위해 그 인물에 대한 브레인스토밍을 하는 것이 좋다. 그런 다음 차례대로 다른 인물들의 특성을 살펴보고, 화자와 작중 인물, 인물간의 대화적 관계를 검토한다. 예컨대, 이청준의 「매잡이」에서 민태준은 전통에 대한 옹호, 자기 희생, 자기 양심 등을 '나'와의 관계를 통해 지속적으로 말하고 있음을 파악할 수 있을 것이다. 또한 '나'는 이런 민태준의 태도에 대해 끊임없는 자기 반성을 수행하면서, 민태준이 정직한 글쓰기와 삶의 관계를 성찰하는 인물이라는 점을 파악할 수 있을 것이다. 학습자는 각 인물의 관점을 정하기 위해 텍스트에 제시된 특별한 사건(예를 들어, 매잡이 곽서방을 '나'가 만나러 간 일)이 인물의 어떤 특성을 드러내는지, 그리고 학습자의 주목을 끄는 정보들을 어떻게 결합할 것인지 등을 정하기 위해 각 인물에 대한 보다 심도 있는 토의를 모둠별로 한다. 모둠별 토의 후에 학습자들은 발표를 한다. 발표는 10분 정도이며 15분을 초과해서는 안 된다. 모든 학습자가 발표문 작성과 발표에 참여해야 하는데, 발표 형식은 토론, 인터뷰, 토크쇼, 찬반 토론 형식 등을 취할 수 있다. 토론은 한 인물과 그의 관점을 분명히 드러내도록 상상력과 논리적 추론력을 사용한다. 발표 후에 학습자들은 텍스트에 대한 비평문을 쓴다.

작가의 글쓰기 방식에 대한 학습자의 비평은 소설 텍스트에 제시된 내용과 제시되지 않은 내용을 바탕으로 쓰여질 수 있는데, 이때 학습자들이 쓰는 비평문은 개별적으로 혹은 모둠별로 작성될 수 있을 것이다. 모둠별로 비평문을 쓸 때 학습자는 자신의 비평문을 동료 학습자들과 상호 비교하고 검토하는 활동을 할 수 있다. 학습자들은 각자 자신의 비평문을 큰 소리로 읽은 후, 발표를 하기 전에 리허설(예비 발표)을 한다. 그리고 15-20분 정도 발표를 하고, 나머지 15분 정도는 학급 전체가 발표된 비평문에 대해 토의를 한다. 비평문을 발표한 후, 학생들은 이청준의 「매잡이」를 읽고서 '나'와 '민태준', '곽서방'의 의식과 행동 특성들이 무엇인지, 작가가 자신의 글쓰기 방식을 통해 작중 인물들의 특성을 어떻게 형상화하여 독자와 소통하고자 했는지를 파악한다. 그리고 이청준의 「매잡이」를 영상화한 자료가 있는지 살펴보고, 영상화된 자료가 있다면 영상화된 자료에서의 장면 제시나 작중 인물들의 말 등이 실제 작품과 어떠한 차이가 있는지 살펴본 다음, 영상화된 자료에서 작중 인물간의 관계가 어떻게 형상화되고 있는지를 살펴본다. 이러한 학습 과정들은 모둠 활동을 통해 보다 심도 있게 이루어질 수 있고, 이를 통해 학습자는 보다 풍부한 텍스트와의 소통을 할 수 있을 것이다.

　이러한 교수 - 학습 모델에 의한 소설 수업은 작가의 글쓰기 방식과 삶의 현실을 관련지어 텍스트의 담론을 학습자가 검토할 수 있게 할 것이다. 그리고 작가의 자기 반영성이 어떠한 서사 전략을 통해 텍스트에 드러나고 있는지를 파악할 수 있게 하고, 이를 바탕으로 학습자가 텍스트에 대한 자신의 소통 전략을 세울 수 있게 할 것이다.

2) 소설 담론 주체의 특성에 맞는 독백극 전략

　보다 심도 있는 소설 담론 주체와의 소통을 위해 적용될 수 있는 교수 - 학습 모델은 학습자가 자신이 창조해 낸 담론 주체의 특성에 맞는 마스크를 쓰고, 소설 담론 맥락에 맞는 독백극을 실현하는 것이다. 학습자는 담론 주체의 추상적인 특성, 정서, 감정, 느낌 등을 선택하여, 이것들을 나타내기 위해 마스크를 장식한다. 마스크는 깃털, 가죽, 레이스 등으로 장식될 수 있을 것이다. 예컨대, 이청준의 「매잡이」에서 곽서방의 특성을 부각시키기 위해 곽서방의 마스크는 고지식하고 어리숙해 보이는 분위기가 드러나도록 장식할 수 있을 것이다. 그런 다음 학습자는 마스크에 묘사된 곽서방의 정서나 특성을 설명하는 비평문을 쓴다. 그리고 곽서방의 마스크를 쓰고서 자신의 비평문을 큰 소리로 읽는다. 학생들이 작성한 비평문은 학교 진열장에 전시되거나, 그 학교의 문학 잡지에 게재되어 많은 사람들이 읽을 수 있을 것이다. 이러한 수업 전략을 통해 학습자들은 이청준의 「매잡이」에 나타난 곽서방의 정서를 보다 심층적으로 체험할 수 있고, 이를 통해 곽서방과 대화적으로 소통하게 된다. 또한 이청준의 자기 반영적 글쓰기가 '곽서방'이란 인물을 통해 사라져 가는 전통적 가치에 대한 자기 반성을 수행하고 있음을 이해할 수 있을 것이다. 학습자들은 소설 담론 주체의 특성과 정서를 나타내는 마스크를 만듦으로써 담론 주체와 대화적으로 소통할 수 있고, 나아가 자신의 비판적 소통을 글쓰기로 표현할 수 있기 때문이다.

나. 학습자의 수용 맥락에 따른 교수 - 학습 전략

1) 비교수법(non teaching) 전략

학습자들은 텍스트의 내용, 작가의 전기적 사실, 작가의 비평문, 학습자 자신의 비평문 등을 통해 소설 텍스트에 대한 많은 흥미를 갖게 되고, 이를 통해 텍스트에 대한 소통 능력을 향상시킬 수 있다. 이것은 틀에 박힌 소설 수업의 교수 - 학습 모델인 '텍스트 읽기→해석 및 이해하기→시험 보기'의 방식을 피하고, 보다 활력 있는 소설 수업을 가능하게 할 것이다. 이를 위해서는 비교수법적 교수 - 학습 전략이 필요하다. 비교수법적 모델은 학습자가 토의 학습에 대한 책임감을 갖고서, 비평가로서 텍스트를 읽고, 텍스트를 분석할 수 있게 한다. 비교수법 전략에서 소설 수업은 4-5명 단위의 모둠으로 나뉘어 이루어질 수 있는데, 각 모둠은 작가의 다른 텍스트, 예를 들면 이청준의 「이어도」, 「황홀한 실종」, 「소문의 벽」을 선택하여, 이를 「매잡이」에 나타난 작가의 자기 반영성과 비교하여 작가의 글쓰기 방식을 보다 효과적으로 평가할 수 있을 것이다.

비교수법 교수 - 학습 전략에서 학습자들은 텍스트를 큰 소리로 읽으면서 텍스트의 의미 혹은 해석에 대한 어떤 의문 사항이 있을 때, 이 의문 사항 해결을 위해 상호 토의한다. 이때 문학 교사는 교실을 순회하면서, 학습자들이 제기한 질문에 직접적으로 답하기보다는 학습자들 스스로 그 답을 찾아낼 수 있도록 지도하는 것이 좋다. 예를 들어, 이청준의 「매잡이」에 나타난 '작가의 글쓰기 방식'과 이청준의 다른 텍스트들에 나타난 자기 반영적 글쓰기 방식 사이의 관련성에 대한 질문을 학습자들이 할 때, 교사는 메타픽션에 의한 글쓰기 방식이 화자의 관점에 의해 주제가 직접 도출되는 것이 아니라, '민태준'이나 '곽서방'에 대해 화자가 내리는 평가 속에 작가의 의도가 드러남을 학습자들이 알 수 있도록 지도한다. 이를 위해서는 「매잡이」의 담론 구조를 층위별로 분화시켜 설명한 다음, 각 층위에서의 담론 양상을 학습자들이 파악할 수 있게 한다. 이러한 교사의 지도에 의해 학습자들은 각 모둠별로 토의를 계속하면서 「매잡이」의 담론 구조와 담론 주체의 분화를 확인할 수 있을 것이다. 그리고 이러한 담론 구조를 통해 드러난 작가의 글쓰기 방식을 검토해 보고, 작가의 글쓰기 방식에 대한 자신의 평가를 다시 살펴본다.

학습자들은 작가와 텍스트의 내용에 대해 각 모둠별로 다르게 작성된 발표문을 모둠별로 발표하고, 나머지 학습자들은 발표 내용을 명료하게 하기 위한 논평을 하거나 추가적인 보충 설명을 요구할 수 있다. 이때 동료 학습자들이 보충 설명하거나 논평한 내용은 각자 자신의 반응 일지에 기록한다. 교사는 학습자들의 텍스트에 대한 소통 정도를 확인하기 위해 "민태준과 곽서방의 관계에 대해 말하시오"와 같은 질문을 할 수 있고, 잘못된 소통이나 내용 이해에 대해서는 적절한 교정을 해 주어야 한다.

이러한 교수 - 학습 전략을 통해 학습자는 소설 텍스트에 대한 평가가 자신의 삶과 어떤 관련성이 있는지를 알 수 있으며, 텍스트의 담론 구조와 작가의 글쓰기 방식에 대해 보다 잘 이해할 수 있게 될 것이다. 또한 작가의 글쓰기 방식에 대한 비평 활동을 통해 자신의 글쓰기에 대한 통찰력을 얻을 수 있을 것이다.

2) 역사 신문 만들기 전략

작가의 글쓰기 방식은 현실 사회의 모순에 대한 자기 반성이며, 이를 통해 작가는 사회에 대한 대항 담론을 만들어낸다. 예를 들어, 이청준의 「매잡이」는 급격한 산업화에 의해 전통적인 가치들이 현저하게 가치 절하되고 사장되어 가는 1970년대의 현실에 대한 작가의 자기 반성의 모색을 보여준다. 즉, 이 텍스트는 1970년대 산업화 시대의 사회적·역사적 상황 맥락을 텍스트 담론 형성의 인자(因子)로 간직하고 있는 것이다. 따라서 학습자가 이 텍스트에 형상화된 작가의 글쓰기 방식을 사회적·역사적 상황 맥락과 관련지어 이해하기 위해서는 작가의 글쓰기에 영향을 준 역사적 배경을 토의할 필요가 있다. 이러한 토의는 학습자에게 텍스트에 대한 흥미를 유발할 것이다. 이를 위한 교수 - 학습 전략으로 역사 신문 만들기를 생각해 볼 수 있다. 이청준의 「매잡이」를 학습할 때, 학습자는 1970년대의 사회 상황에 맞는 역사 신문을 만들어 봄으로써, 텍스트의 담론에 대한 심층적 이해에 도달할 수 있을 것이다. 이러한 소설 수업을 위해 교사는 학습자들에게 1970년대의 사회 상황을 일반적 차원에서 설명해 줄 필요가 있다. 학습자들은 교사의 설명을 바탕으로 하여 소설 텍스트에 반영된 1970년대의 사회 상황을 찾아보고, 이를 바탕으로 하여 「매잡이」와 관련된 역사 신문을 만들어 봄으로써 「매잡이」에 형상화된 시대 상황을 보다 주체적으로 이해할 수 있을 것이다. 역사 신문이 완성되기 위해서는 대략 1주일 정도 걸리지만, 학습자들은 「매잡이」를 재구성하여 1970년대의 신문을 만드는 것이 매우 흥미 있는 것이기 때문에 즐거운 마음으로 과제를 수행할 것이다. 이 과제를 통해 학습자들은 1970년대 사회·문화 상황이나 신문 편집 방식(일간지의 편집 방식) 등을 비판할 수 있을 것이다. 역사 신문을 만들기 위해 학습자들은 두 모둠으로 나뉘어, 각자의 역할에 따라 신문을 만들 수 있다. 역사 신문을 만들 때 학생들이 맡을 수 있는 역할은 다음의 것들이 있을 수 있다.

편집자, 지면 배정자, 논설 위원, 정치 풍자 만화가, 작중 인물에 대한 평가자, 외부 기고가, 사회면 담당 기자, 사진 기자, 법원 출입기자, 광고 편집

자, 타이피스트, 헤드라인 작성자, 교정자

이러한 역할에 학습자들이 자발적으로 참여하도록 하기 위해 교사는 학습자들이 자신의 관심에 따라 역할을 선택할 수 있도록 해야 한다. 그리고 학급 규모에 따라 역할 숫자를 조정하거나 추가적인 역할 배정을 할 수 있을 것이다. 학습자들은 각 모둠별로 역사 신문 발행에 따른 역할을 배정 받고 나서, '매잡이의 실체' 혹은 '매잡이와 중식이' 등과 같이 신문에 제목을 붙인다. 그런 다음 역사 신문을 만들기 위해 기사나 광고를 작성해야 하는데, 1970년대 상황에 맞는 역사 신문이 되도록 하기 위해 모든 기사와 광고는 그 시대에 적합한 것이 되어야 한다. 이처럼 역사 신문 만들기를 통해 학습자들은 1970년대를 살았던 사람들과 그 당시의 사건들을 보다 잘 이해하고 평가할 수 있을 것이다. 그러나 신문의 제목, 사건, 배경, 인물의 이름 등은 역사적인 것이 아니라, 철저하게 허구적일 필요가 있다. 역사 신문이 완성되면, 문학 교사는 각 모둠의 역사 신문을 교실 후면 게시판에 붙여, 모든 학습자들이 그 신문을 읽을 수 있게 한다. 이러한 역사 신문 만들기 수업 전략은 텍스트에 대한 학습자의 이해 능력과 표현 능력을 향상시키고, 설득적 글쓰기, 서사적 글쓰기, 그림 그리기, 편집하기, 사건 추적하기 등과 같은 구체적 활동을 통해 텍스트에 대한 학습자의 심미성을 보다 풍부하게 할 수 있다.

5. 결 론

학습자의 소설 읽기는 궁극적으로 자기 성찰과 자기 형성을 위한 것이다. 따라서 소설 교육은 학습자가 소설 담론과 대화적으로 소통하여 소설 담론의 의미화를 실현하고, 이를 통해 소설 담론의 가치를 내면화할 수 있는 것이 될 필요가 있다. 이를 위해서는 소설 교육의 교수 - 학습이 대화적 관점에서 수행될 필요가 있다. 대화적 관점에서의 교수 - 학습은 학습자가 소설 담론의 의미를 문학 교사나 동료 학습자와 대화적으로 소통하면서, 자기 성찰과 자기 형성을 도모할 수 있게 하기 때문이다. 본고에서 제시한 몇 가지 교수 - 학습 전략은 학습자의 주체적이고 비평적인 소설 읽기를 강조하면서, 학습자가 다른 교육 주체들과 소통하는 과정을 강조한 것이다. 학습자의 텍스트 이해와 수용은 일정한 진리나 작가의 의도를 찾아내는 것을 목적으로 하기보다는, 다른 교육 주체들과의 대화적 소통을 통해 보다 풍부한 문학적 체험을 하는 데 그 의의가 있기 때문이다. 즉, 진정한 소설 수업은 학습자가 특별하고 독립된 정보를 텍스트에서 찾아내는 것이 아니라, 다른 교육 주체들과의 대화적 소통을 통해 텍스트가 자신에게 어떤 의미를 주는지, 그리고 이를 자기 삶과 어떻게 연관지을 수 있는지를 성찰할 수 있도록 하는 것이 되어야 하는 것이다. 이러한 소설 수업을 통해 학습자는 소설 텍스트와 대화적으로 소통하면서, 타자와 대화적 관계를 형성하는 삶의 본질을 인식하고 새로이 자기를 형성할 수 있을 것이다.

초언어학과 소설 교육의 지향점 연구

1. 서 론

오늘날은 정보의 대량 복제 시대라고 할 수 있다. 누구든지 원하기만 하면 남들이 누리는 만큼의 정보를 인터넷에서 무한정 다운 받을 수 있다. 사회가 이렇게 급격하게 변하다 보니 전통적 관점에서의 교육의 위상이 크게 위협받고 있는 것이 사실이다. 현실 사회의 이러한 변화 속에 전통적 방법에서의 교육, 즉 제도권에서의 교육에 대한 회의의 목소리가 높아져만 간다. 그러나 교육이 장기간에 걸쳐 내재적인 행동의 변화를 그 최종적인 지향점으로 한다는 점을 전제한다면, 이러한 우려와 회의는 일면만을 보고 판단하는 우를 범하고 있다 하겠다. 교육이란 학습자에게 정보를 제공해줌으로써 그 사명을 다하는 것이 아니라, 특정한 교육 이념 아래 그 이념을 실현하기 위한 목표, 내용 등을 일련의 계획과 절차에 의해 실현되는 것이기 때문이다.

그런데 교육의 총체적인 효과를 위해 가장 우선 되어야 하고 또 가장 중요한 것은 교육 이념이라고 할 수 있다. 교육 이념에 의해서 목표, 내용, 방법 등 모든 것이 추출되어 나오고 규정되기 때문이다. 교육의 이념은 추상적인 개념 규정으로서, '왜 교육을 하는가?'에 대한 답을 제공하는 것이다. 목표는 교육 이념을 바탕으로 '인간 행동의 바람직한 변화'라는 교육 이념을 실현하기 위한 것으로 해당 사회가 이상적인 인간을 어떻게 설정하는가에 따라 달라지며, 그로부터 교육 내용의 체계가 도출되어 나온다. 따라서 교육의 목표는 인간을 보는 관점에 따라 달라질 수밖에 없다. 인간을 보는 관점은 구체적인 역사적 과제, 사회적 현실과 조응하는 가운데 존재해야 할 인간형에 대한 기획의 결과 제시된 것이다.[1]

이런 관점에서 문학 교육에 접근해 본다면, 교육의 하위 항목인 문학 교육의 목표도 문학 교육의 결과 형성하고자 하는 인간형에 대한 관점에 따라 달라진다고 할 수 있다. 물론 인간을 보는 관점을 어느 하나로 규정할 수 없듯이, 문학 교육 결과 형성하고자 하는 인간형도 단일한 틀 안에서 규정하기보다는 다원성을 인정하는 관점에서 접근해야 할 것이다. 더군다나 문학 교육의 기본 자료인 문학 자체가 근본적으로 다원성을 그 본질적 속성으로 하기 때문이다.

문학 교육에서 가장 중요한 변인[2]이 문학주체이고, 문학 주체 중에서도 학습자라는 점을 고려한다면, 학습자가 문학 교육의 결과 도달해야 할 지향점에 대해 고찰하는 것은 전체 문학 교육 구도에서 중요한 의미를 갖는다고 할 수 있다. 더군다나 자아 계발을 위한 문학 교육을 목표로 할 때에는, 문학 교육의 결과 형성될 '바람직한 문학 주체'의 개념에 대한 정치한 이론화와 의미의 세분화가 이루어져야 한다.

기존의 문학 교육에서는 문학 작품의 이해와 감상 차원에 치우친 결과,

---

1) 우한용 외(1997), 『문학교육과정론』, 삼지원, 67-69쪽.
2) 문학 교육에서의 변인에 관한 자세한 설명은 『문학교육과정론』(우한용 외(1997), 삼지원)의 93-133쪽을 참고하기 바람.

창작 교육이라든지, 가치관의 내면화 문제, 사회·역사적 맥락 속에서의 문학 교육 등을 홀대해 왔다. 따라서 '바람직한 문학 주체'에 대한 의미의 세분화가 이루어지지 못했고, 이론화도 크게 보여주지 못했다. 문학 작품의 이해와 감상이 인지적 영역인 문학지식을 바탕으로 형성되는 정의적 영역으로 설정하고서, 그 구체적인 이해와 감상의 모습을 제시하지 못했기 때문이다. 그러나 문학은 문학 현상으로서 작동하고, 문학 교육도 문학 교육 현상으로서 작용한다는 점을 고려한다면, 작품의 이해와 감상은 반드시 사회·문화적 맥락 속에서 '가치관의 내면화' 단계까지 나아가야 한다.

문학은 내용과 형식의 긴밀한 관계를 고려하여 의미 작용의 실현으로 보는 관점을 취해야 한다. 이는 문학을 역동적인 작용태, 혹은 기호론적 실천 이론에 입각하여 바라보는 것이다.[3] 문학이 언어적인 구조물로서 여겨질 소지는 그 매재가 언어이기에 가능한데, 문학의 매재로서의 언어는 랑그가 아니라 그 언어를 사용하는 주체와 상대자가 고려된 담론(discourse)의 차원에서 실현되는 것이다. 이처럼 담론 차원에서 실현된 문학을 문학 현상으로서의 문학이라고 할 수 있다.

문학 교육도 단순히 학교 현장에서 이루어지는 것으로 완결되는 것이 아니라, 오랜 시간에 걸쳐 학습자의 내면에서 작동하는 문학 교육적 메커니즘을 통해 학습자의 가치관 변모와 형성이 이루어지는 것이다. 문학 교육은 학습자를 둘러싼 사회·문화적 맥락을 반드시 고려해야 한다. 문학 교육은 학교 현장에서의 문학 교육으로 그 성과가 달성되는 것이 아니라, 문학 교육 현상으로서 학습자에게 평생 교육적 영향력을 행사하는 것이다. 이처럼 평생 교육적 영향력을 행사하는 문학 교육 현상을 통해 학습자가 최종적으로 도달해야 할 지점은 '문학 능력의 증진'[4]이라고 할 수 있다.

---

3) Tzvetan Todorov, 최현무 옮김(1987), 『바흐친: 문학사회학과 대화이론』, 까치, 39쪽.

4) 우한용 외(1997), 『문학교육과정론』, 삼지원, 108-111쪽. '문학 능력'의 개념 및 이에 대한

‘문학 능력의 증진’을 문학 교육의 궁극적 목표로 한다면, 문학 교육의 방향은 ‘학습자의 문학 능력을 어떻게 발달시킬 것인가?’의 문제가 된다. 그리고 이 문제는 문학 교육을 학습자의 삶의 양태와 관련을 맺게 하며, 학습자의 문학 문화의 고양을 지향하게 한다. 따라서 문학 문화의 고양을 위한 문학 교육은 필연적으로 사회 문화적 맥락에서의 고찰을 요구한다.

사회·문화적 맥락에서의 문학 교육을 강조한 기존의 연구자들로는 구인환 외, 김중신, 김대행 외, 우한용, 정재찬 외 등이 있다[5]. 사회·문화적 맥락에서의 문학 교육을 강조하는 연구들은 문학 교육의 지향점을 ‘문학문화의 고양’으로 설정하고서, 문학 교육을 문화 장(場)에서의 실천으로 보았다.

이러한 연구 성과들을 바탕으로 하여 본 논문은 ‘바람직한 문학 주체’의 형성을 문학 교육의 최종적인 도달점으로 상정하고, 문학 주체가 문화적 실천 양태인 문학 텍스트, 특히 소설 텍스트를 이해·해석·평가하는 가운데, 어떻게 가치관의 내면화를 이루어 가는가를 살펴보고자 한다. 물론 이러한 관점이 문학을 어떤 하나의 모델로 한정해서 이해하는 일면성을 갖는 것이기는 하지만, 지금의 시점에서는 어느 하나의 관점을 보다 정치하게 논의하는 것이 필요하다고 본다. 이런 전제하에 본 논문은 바흐친의 초언어학적 관점을 원용하여 의사 소통으로서의 소설 교육을 문화실천 및 재생산의 틀에서 접근하고자 한다. 교육현상은 말할 것도 없고 소설 교육도 그 자체가 이데올로기적 과정으로서 문화 실천의 한 양태이며, 의사 소통 행위로서 문화 주체들에 의해 규정받으며 또 그 주체들을 규정하는 현상이기 때문이다. 따라

자세한 설명은 위의 책과 『문학교육론』을 참고하기 바람.
5) 구인환 외(1988), 『문학교육론』, 삼지원.
  김중신(1997), 『문학교육의 이해』, 태학사.
  김대행 외(2000), 『문학교육원론』, 서울대학교출판부.
  우한용(1997), 『문학교육과 문화론』, 서울대학교출판부.
  정재찬 외(1997), 『문학교육과정론』, 삼지원.

서 소설 교육은 초언어학적 관점에서 의사 소통으로서 소설 교육이 되어야
한다.

2. 초언어학과 소설 담론

인간의 행위는 '나'의 것 뿐만 아니라 타자의 것도 사물(즉자적인 대상)로
주어질 수 없고 단지 자신에게, 그리고 타자에게 가치가 있는 기호를 통한
표현, '텍스트'를 통한 실현에 의해서만 주어질 수 있다.

이데올로기로서의 기호는 주체간의 상호 주관성의 과정을 통해서만 나타
난다. 이데올로기적인 내용이 기호적인 내용이 되므로, 한 개인 주체의 개인
의식은 기호로 채워지게 되고 사회적 상호 작용의 과정에서 이데올로기적인
내용이 된다.

이데올로기 기호는 사회적 시야에 따른 기호의 내용과 그 내용에 따른 가
치 평가적 액센트를 갖게 된다. 이데올로기 기호는 상호 주관성의 장(場), 즉
사회의 장에서 창조되며, 한 주체는 자신이 다른 주체와 공유하는 의미를 이
장에서 획득하여 기호를 형성하기 때문이다. 바꾸어 말하면 사회적 가치를
획득한 대상만이 이데올로기적 영역 안에 편입되어 형태를 갖추게 되고, 사
회적 가치 평가의 액센트를 부여받게 된다. 그러므로 모든 이데올로기상의
액센트는 사회적인 액센트이며 동시에 '사회적 승인'을 요구하고, 그러한 승
인에 의해서만 이데올로기 기호로서 물상화된다고 할 수 있다.

이데올로기로서의 기호의 의사 소통 역할이 가장 명료하고 완벽한 형태
로 나타나는 것은 언어(말)이다. 왜냐하면 언어는 사회적 상호 관계(의사 소
통)의 가장 순수하고 결정적인 매개체이며, 가장 훌륭한 이데올로기 현상(혹
은 현현)이기 때문이다. 다시 말하면 기호를 통한 의사 소통에서 이데올로기

적 현상이 가장 잘 발현되는 것은 언어(말)라는 매개체인 것이다.

바흐친은 언어와 담론의 관계를 초언어학적 입장에서 설명한다6). 그는 소쉬르의 일반 언어학에 대비되는 사회 언어학으로서의 초언어학을 상정했다. 소쉬르는 언어를 랑그와 빠롤로 나누면서, 빠롤은 개인적이고 우연적이므로 언어학은 빠롤을 제외한 랑그를 그 연구 대상으로 삼아야 한다고 했다. 이러한 소쉬르의 일반 언어학적 입장은 랑그의 언어학적 요소와 작품의 구성적 요소가 당연히 일치한다는 전제를 가정하지만, 그 두 개의 현상은 상이한 지평에 의존하고 있기 때문에 서로 일치하지 않는다. 그러나 바흐친은, 언어는 어떤 법칙성(랑그의 측면)으로 환원되는 '구심력(보편성)'과 함께 그것에서 벗어나려는 '원심력(개별성)'도 지니고 있다고 강조하면서, 빠롤을 랑그의 실현인 동시에 원심력의 측면도 또한 반영하는 것으로 생각했다. '빠롤'은 끊임없이 변화하는데 그 변화는 단순한 우연성과 개인성에 좌우되는 것이 아니라 사회와 이데올로기의 맥락 안에서 나타나는 것이다. 즉, 원심력과 구심력의 운동 속에서 담론(빠롤)은 역사적으로 변화하는 사회·역사적 성격을 지닌다. 바흐친은 사회적 맥락에서 파악할 수 있는 그 언어의 파롤적 측면을 '담론'이라고 불렀다.

수단의 체계로서의 랑그와는 달리 담론(빠롤)은 담론들을 종합하는 잠정적이고 단일화된 담론 유형이 없기 때문에 결코 완벽히게 번역될 수 없다. 담론들은 끊임없이 상황 맥락에 의해 변화해 가는 역사적이고 역동적인 재

---

6) Metalinguistics를 토도로프는 'Translinguistics'로 영역했는데, 이를 김욱동은 '초언어학', 이득재는 '반언어학'이라고 번역했다. 일반적으로 독백적인 발화 유형을 주장하는 일반 언어학에 비해, 바흐친이 상정하는 언어학이 대화적인 발화 유형을 주장한다는 점을 고려하여 본 연구에서는 바흐친의 언어학을 '초언어학'이라고 한다. 그리고 이 '초언어학'은 일반적인 의미에서의 메타언어학과는 다르다는 점을 강조하고자 한다. 메타 언어학은 '언어에 대한 언어'로서, 예를 들면 '푸르다는 형용사이다'라는 용법에서처럼 의미 구성으로서의 발화 의미보다는 일차적인 언어에 대한 설명으로서의 이차적 언어로서의 성격을 강하게 갖기 때문이다.

생산의 과정에 놓여 있기 때문이다[7].

언어가 갖는 의사 소통의 양상을 이해하기 위해 야콥슨과 바흐친의 의사 소통 모형을 살펴보자[8].

<table>
<tr><td align="center">(야콥슨)</td><td align="center">(바흐친)</td></tr>
<tr><td align="center">맥락</td><td align="center">대상</td></tr>
<tr><td align="center">발신자 – 전언 – 수신자</td><td align="center">발화자 – 언술 – 청취자</td></tr>
<tr><td align="center">접촉</td><td align="center">상호 텍스트</td></tr>
<tr><td align="center">약호</td><td align="center">랑그</td></tr>
</table>

야콥슨과 바흐친의 의사 소통 모형에는 두 가지 차이점이 있다. 야콥슨은 접촉을 독립적 요소로 분리시키고 있으나, 대조적으로 바흐친은 다른 언술들(츠베탕 토도로프의 용어로는 '상호 텍스트')과의 관계를 발견하는데, 이것은 야콥슨의 모형에는 없는 것이다. 다른 한편, 순전히 용어상의 문제와 관련되는 것으로, 야콥슨이 사용하는 언어학적이고 기호론적인 용어들은 좀 더 일반적인 용어들이라고 할 수 있는데, '맥락'과 '대상'은 '지시대상'에 상응된다.

그러나 이러한 용어상의 차이는 보다 근본적인 대립을 나타내준다. 야콥슨은 이 개념들을 "모든 언어적 사건, 모든 언어적 의사 소통 행위의 구성적 요소들"[9]을 묘사하는 것으로 제시하지만, 바흐친은 두 개의 근본적으로 구별되는 "사건들"이 있다고 했고, 그것들의 근본적 차이는 소쉬르의 일반 언

---

7) 본 논문에서는 '소설 담론'을 논의할 때 텍스트와 담론을 동일 층위에서 같은 의미로 사용한다. 왜냐하면 텍스트란 고정되고 폐쇄된 체계가 아닌 역동적이고 사회적인 체계로서, 독자들이 무한히 의미 생산을 이루는 공간이기 때문이다. 또한 본 논문에서는 언술과 담론을 언어학적 차원에서 유사의미로 사용한다.

8) 미하일 바흐친, 최현무 옮김(1988), 『바흐찐:문학사회학과 대화이론』, 까치, 85쪽.

9) R.야콥슨, 신문수 편역(1989),『문학 속의 언어학』,문학과지성사, 229쪽.

어학과 바흐친의 초언어학이 보이는 차이에 상응한다. 바흐친의 의사 소통 모형은 랑그에서 담론을 근본적으로 구별하는 것으로, 발화자와 수신자에게 공통되는 지평의 존재를 감안하는 것이다. 담론의 현실은 발화자와 수신자의 상관 관계를 설정하는데, 발화가 일어나기 전에는 담론의 현실이 존재하지 않는다. 이 점이 바로 랑그가 하나의 약호인 이유이며, 또한 바흐친이 '접촉'을 다른 요소들 중의 한 요소처럼 분리하지 않는 이유이다. 담론은 대상과 획일적인 관계를 유지하거나 단순히 대상을 반영하는 것이 아니라 구성하며 상황을 변모시키거나 해결한다.

이와 같은 바흐친의 의사 소통 모형에 의한다면, 언어는 인간을 구성하며, 또한 언어는 처음부터 끝까지 사회적이라고 할 수 있다. 진정한 언어의 축조로서 의미의 생산과 수신은 사회적 관계 속에서 형성되기 때문이다. 단어의 '의미 작용'과 이 의미 작용을 타자들이 '이해'하는 것은 독립적인 생리적 조직체의 한계에서 벗어나는 것이며, 여러 개의 조직체 사이의 상호 작용을 전제한다. 모든 언술(speech) 행위에서 언술의 상대자는 언술의 의미 형성에 참여하며, 이는 마치 발화의 맥락을 형성하는 사회적인 다른 요소들이 언술의 의미 형성에 참여하는 것과 같다. 어떤 언술도 단 한 사람의 발화자에게만 속할 수는 없으며, 언술은 이야기 상대자들의 상호 작용의 결과이고, 더 넓게는 언술이 발현되는 모든 복합적인 사회적 상황의 결과이다[10]. 그러므로 발화의 맥락은 언술의 전체적인 의미를 정하는 데 결정적인 역할을 하며, 이 맥락은 그 자체로 반복되지 않는 유일무이한 성격을 지닌다. 즉, 언술은 역사적으로 유일하고 개인적인 반복이 불가능하며 하나의 전체를 이룬다. 언어적 의사 소통의 실체들(언술)은 비록 우리가 그것을 인용할 수 있다고 할지라도 재생산되지 않으며, 그들 사이에는 대화적인 관계가 성립된다.

---

10) M.M.Bakhtin, Translated by Ven W.Mcgee(1986), *Speech Genres and Other Late Essays*, University of Texas Press, 60쪽.

이데올로기적 기호로서의 언어는 사회 체계와의 상호 연관성 속에서 특유한 가변성을 갖는다. 그러므로 청자가 화자의 발화를 이해한다라고 하는 것은 발화를 적절한 의미에서, 즉 특별히 주어진 상황 맥락 속에서 발화가 갖는 지향을 이해하는 것이다. 이 지향은 형성되어 가는 동적인 과정에서의 지향이지 정태적인 상황에서의 지향은 물론 아니다[11]. 그러므로 일상 생활 언어 층위 뿐만 아니라 소설 담론을 둘러싼 작가(화자)와 독자(청자)의 언어 의식은 주어진 소설 담론을 사용할 수 있는 모든 맥락의 총체라는 의미에서 규정된다. 만일 그렇지 않고 소설 담론이 문헌학적인 궁극적인 실체, 혹은 정전(canon)으로 간주된다면 소설 담론은 죽은, 추상화된 담론이 될 것이다. 이는 소설의 담론을 어떤 것에 대한 응답의 형태가 아니라, 고정된 실체로서 랑그의 관점으로 간주하는 것이다. 다시 말하면 미리 능동적인 응답을 원칙적으로 배제하고서 담론을 이해하는 수동적인 이해의 잘못에 빠지는 것이다. 또한 소설 담론을 동일성이라는 요인으로 파악하는 오류를 범하는 것이다.

이와는 달리 바흐친이 상정한 초언어학은 이데올로기로서의 기호(언어)를 전제한다. 그리고 언어를 통한 이데올로기상의 액센트는 각 사회 계급의 방언, 어법 등의 각기 고유한 언어를 통해서 서로 상이한 방향성을 가지면서 교차한다는 점을 강조한다. 이 교차에 의해서 이데올로기 기호로서 기호가 갖는 사회적 가치 평가의 액센트는 복수성을 갖게 되며, 이 복수성에 의해 기호는 생생하고 활동적이며 변화 가능하게 된다. 이처럼 이데올로기로서의 기호(언어)는 그 구성 방식에서 상호 주관적(사회적)이며, 이 특성은 인간에게 본질적이라고 할 수 있다. 왜냐하면 인간은 근원적으로 사회적인 존재이고, 인간은 생물학적인 차원으로 축소되지 않기 때문이다. 인간적인 개성은

---

11) 생성 과정 중에 있는 언어 형태에 대한 이해는 언어적인 상호 작용의 기초 위에서 새로운 맥락으로의 변환이라고 할 수 있다. 이는 개인 주체의 층위에서는 발화의 진위 문제가 아니라 타자의 발화가 갖는 개인 의식에의 침투라고 할 수 있다.

그가 속한 사회 계급 속에서, 그 사회 계급을 통해서, 전체 사회의 부분으로서만 역사적으로 사실적이며, 문화적으로 생산적이 될 뿐이기 때문이다. 따라서 인간 주체는 일련의 연속적인 이데올로기적 현상들 그리고 결과적으로는 사회학적인 현상들에 의존할 수밖에 없는 것이다.

이 이데올로기로서의 기호가 갖는 액센트를 사회 계급과 관련지어 논의한다면, 지배 계급은 이데올로기 기호에 대해 초계급적이며 무한히 영속하는 성격을 부여하고자 할 것이며, 기호 내부에 일어나는 여러 가지 사회적 가치평가에 관한 투쟁을 근절시키고 기호에 단일한 액센트를 부여하려고 할 것이다.

모든 이데올로기 영역은 그 체계 전체가 토대의 변화에 반응하는 하나의 통일된 전체이며, 이데올로기 기호는 제각기 질료로서의 고유한 특성을 갖는다. 따라서 현실의 존재(토대)가 이데올로기로서의 기호를 규정하는 방식과 이데올로기로서의 기호가 사회 현실을 반영하고 굴절시키는 방식은 문학 연구, 특히 소설 연구에 있어서 중대한 의미상의 가치를 갖는다. 이 연구에서 결정적인 좌표 결정 인자는 물론 언어(말)이다. 말은 원리적인 수준에서 이런 문제를 조망하기 위한 가장 적절한 대상이며[12], 순수한 기호가 아닌 현상으로서 사회와 그 구석구석까지 연관 관계를 갖는다. 말은 사람들 사이의 모든 행동과 접촉에 판련되어 있으며, 주체간의 사회적 상호 관세를 매개하고 이데올로기의 모든 영역에서 드러난다.

그러나 언어(말) 그 자체가 곧바로 이데올로기인 것은 아니다. 오히려 말은 이데올로기에 대해 중립적인 기호라고 할 수 있다. 말은 고정된 이데올로기로서의 기능을 갖는 것이 아니라, 과학, 미학, 윤리, 정치 등 그 어떤 이데올로기적인 기능도 수행할 수 있는 상황 맥락 의존성을 갖는다. 말이 이데올

---

12) M.M.Bakhtin, 송기한 옮김(1988), 『마르크스주의와 언어철학』, 흐거레, 28쪽.

로기화되는 것은 개인 의식의 매개체, 즉 의식의 기호적 실체(내적 발화)가 될 때이다. 내적 발화(내면화된 기호)로서의 개인 의식은 말을 매개체로 하여 사회학적 기호로서의 이데올로기가 될 수 있다. 그러므로 말은 모든 이데올로기 활동에 필연적으로 수반되며, 그 활동을 해석한다고 할 수 있다. 그리고 이데올로기적 창조성의 모든 현상(모든 비언어적인 기호)은 말의 흐름에 둘러싸여 말속에 흘러 들어가 있기 때문에 담론의 요소에서 분리될 수 없다. 물론 말(언어)이 다른 이데올로기 기호를 모두 대신하는 것은 아니다. 그렇지만 모든 이데올로기 기호들은 언어에 의해 기초지어진다. 따라서 생성·발전하고 있는 모든 이데올로기들은 언어를 통한 이데올로기적 굴절을 하게 된다[13].

주체간의 언어적 의사 소통의 형태 중에서 가장 본질적으로 주체간의 대화적 관계를 보여주는 것은 소설이라고 할 수 있다. 바흐친은 담론은 대화적 속성을 지니며, 그 '대화적' 성격은 시보다는 소설 속에서 가장 잘 드러난다고 했다. 담론이 대화적이라는 것은, 어떤 담론이든 응답자와의 대화적 관계 속에서 나타나며, 또한 담론의 대상 내부의 다른 언어와의 대화적 관계 속에서 구성됨을 뜻한다. 외견상 작가의 단일한 언어로 구성된 것으로 보이는 모든 담론들이 실상은 다른 수많은 사람들의 담론과의 대화적 관계의 산물인 것이다. 이러한 담론의 대화성은 '상호 텍스트성'(간텍스트성, intertextuality) 개념과 연결된다[14]. 상호 텍스트성이란, 어떤 한 텍스트는 동질성을 이루는 독립물이 아니라 많은 다른 텍스트들이 이질적으로 틈입한 생태를 이룬다는 개념을 전제로 한다. 실제로 아무리 독창적인 텍스트라 하더라도 그 텍스트

---

13) 바흐친에 의하면, 말은 기호적인 순수성, 이데올로기상의 중립성, 일상적인 의사 소통에의 관여, 내적 발화로서의 특성, 의식의 모든 행동 이면에 수반되는 현상으로서 반드시 나타나는 일 등의 특성을 갖는다.(M.M.Bakhtin, 송기한 옮김(1988), 『마르크스주의와 언어철학』, 흐겨레, 25쪽.)
14) 나병철(1997), 『문학의 이해』, 문예출판사, 73-74쪽.

가 사용하고 있는 개념과 언어, 담론의 구성은 많은 다른 주체들의 이질적이고 불규칙한 개념과 담론의 혼성물로 이루어져 있게 된다. 텍스트를 '인용의 과정'으로 상정한 바르트의 논의는 바흐친의 대화주의 개념과 그 접점을 갖는다. 바르트에 의하면 텍스트는 그것을 이루고 있는 시니피앙의 다각적이고도 물질적·감각적인 성격에 의해 무한한 의미 생산이 가능한 열린 공간이다[15]. 이 열린 공간은 바흐친이 상정한 대화적 담론에서만 가능하다. 왜냐하면 대화적 담론만이 독자의 유희 공간을 통해 무한한 의미 생산을 가져다주기 때문이다.

문학 장르로서의 소설 장르는 계속적으로 변전하고 있으며, 아직 완결되지 않은 장르라고 할 수 있다. 즉, 소설 장르의 발생과 발달은 역사의 강한 조명 아래 그 골격이 확고하게 자리잡지 않았다고 할 수 있다. 소설 장르는 여러 장르들 중의 한 장르가 아니라, 오랜 기간에 걸쳐 형성되었고, 부분적으로는 사멸한 장르 가운데서도 여전히 새롭게 변전되고 형성되고 있기 때문이다.

소설은 장르들 사이의 사회적 제한 혹은 교체를 통한 조화를 지향하는 것이 아니라, 다른 장르들이 가지고 있는 형식과 관습적인 언어들을 파괴함으로써 다른 장르들을 제거하고 재해석하여 다른 장르들을 소설 장르 속에 통합한다. 이와 같이 소설이 다른 장르들을 소설화할 때, 다른 장르들은 좀더 자유롭고 유연해지며, 그들의 언어는 문학 외적인 복수 언어주의와 문학 언어 속에 형성된 '소설적인' 층의 도움으로 갱신된다. 그 결과 소설화되는 장르들 사이에는 웃음, 아이러니, 패러디, 해학, 자기 풍자 등의 대화적 관계에 의한 상호 텍스트성이 성립된다. 그리고 소설은 이 장르들을 문제화하고 특수한 의미론적 미완성을 끌어들여서 변전중인 시대 현실과 생생한 접촉을

---

15) 롤랑 바르트, 김희영 옮김(1997), 『텍스트의 즐거움』, 동문선, 8-10쪽.

하게 되는 것이다.

바흐친은 소설 장르와 다른 장르들이 변별되는 세 가지의 특수성을 다음
과 같이 제시했다[16].

> 1) 소설 속에서 실현되는 복수 언어적인 의식에 관계된 삼차원적인 소설
> 의 문체, 2) 문학적 표현들의 시간적 좌표에 따른 소설 속의 근본적인 변
> 형, 3) 소설 내에서 일어나는 문학적인 표현들의 구조화의 새로운 지대로,
> 소설의 미완적인 국면에서 기인한 현재(현대성)와 최대한도의 접촉의 지대.

소설은 완결되지 않은 현재의 일차적인 힘들과 접촉하며, 이것이 소설 장
르가 고정되는 것을 막는다. 소설가는 아직까지 종결되지 않은 모든 것과 접
촉하며, 단지 재현에 영역에 인물로 출현하는 것 뿐만 아니라, 형식적이고
일차적인 작가(작가의 모습을 한 작가)는 그가 구상해 낸 세계의 재현과 새
로운 관계에 들어간다. 이들은 동일한 시간적, 가치론적인 기준을 가지고 있
으며, 재현해내는 작가의 담론은 인물의 재현된 담론과 동일한 지평에 위치
하고 있으며, 이 재현된 담론과 대화적 관계에 들어가고 뒤섞이게 된다. 재
현된 세계와 접촉하는 지대 속에서 작가가 차지하는 새로운 지위는 그의 진
정한 모습을 재현 속에서 드러나게 해준다. 이 새로운 상황은 서사적인(위계
질서적인) 거리의 제거에서 기인하며, 작가는 독자, 상황 맥락과 상호 연관
을 가질 뿐만 아니라, 소설 담론의 내적 주체들과도 대화적 관계를 형성하게
된다.

사회 윤리, 과학, 예술 및 종교 등의 확립된 이데올로기 체계들은 일상적
이데올로기의 결정(結晶)들이다. 이러한 결정들은 역으로 일상적 이데올로
기에 강력한 영향력을 행사한다. 그러나 이미 정식화된 이데올로기적 산물

---

16) 최현무, 앞의 책, 232-233쪽.

들은 일상적 이데올로기와 끊임없이 유기적인 접촉을 하며, 이를 통해 자양분을 얻는다.

물론 바흐친이 말하는 이데올로기는 일상적 경험과 이것에 직접적으로 연관된 외적 표현 전체로서의 일상적 이데올로기이다. 즉, 일상적 이데올로기는 우리의 모든 행위와 행동, 그리고 의식적 상태에 의미를 부여하는 비체계적이고 비고정적인 내적·외적 발화의 분위기이다. 이러한 일상적 이데올로기와 이미 정식화된 이데올로기적 산물의 생생한 접촉은 문학 작품, 특히 소설 담론에서 현저하다. 소설 담론은 일상적 이데올로기의 언어를 매개로 해서 특정한 사회 현실에 대한 가치 평가적 액센트를 갖는다. 바꾸어 말하면 일상적 이데올로기는 소설 담론을 특정한 사회 맥락으로 이끈다. 따라서 소설 담론은 변화하는 일상적 이데올로기와 밀접한 관련을 가져야만 하고, 일상적 이데올로기 속에 침투하여 그것으로부터 생생하고 역동적인 자양분을 획득해야 한다. 소설 담론은 주어진 시대의 일상적 이데올로기와 끊임없는 연관성의 정도에 따라 그 존립이 결정된다.

그런데 소설 담론이 일상적 이데올로기와 관련을 맺는 방식은 언어, 구체적으로 말하면 사회적·문화적 실천 행위로서의 발화의 과정을 통해 규정된다. 소설 담론에서의 발화(언술)는 담론이 행해지는 상황에 의해서 규정되는 타자 지향의 상호작용의 산물이며, 더 일반적으로는 담론 공동체의 총체적 사회적 구조에 의해 규정된다. 그러므로 소설 담론은 필연적으로 이데올로기적 실행의 모습을 띨 수밖에 없으며, 그 이데올로기적 실행은 사회적 구조에 의한 변화를 전제로 한다.

그러므로 소설의 담론은 상황 맥락과 동떨어져 독립된, 완결된, 폐쇄성을 갖는 독백적 발화로서의 담론이 아니다. 이데올로기로서의 언어 기호를 통한 소설 담론의 체계는 살아 있고 역동적인 사회적 기능과 상호 연관을 갖는 역사적인 현상이다. 따라서 소설 담론은 내·외적 주체들이 상호 연관을 갖는 이데올로기적 담론 구성체[17]라고 할 수 있다.

소설 담론은 주체간의 담론(언어적 발화)들 속에서 수행된 언어적 상호 작용의 사회적 사건이 된다. 소설 담론이 갖는 언어적 의사 소통은 주어진 사회 집단의 지속적이며 생생하고 구체적 상황 속에서만 이해될 수 있다. 그러나 소설 담론은 단순히 언어적 의사 소통에 의해서만 전적으로 규정되지는 않는다. 오히려 소설 담론은 담론 주체가 타자와 관계 맺는 경계 선상 위에서, 즉 언어적 상황과 언어 외적 상황에서 타자와 맺는 접선 위에서 이해되어야 한다. 그러므로 소설 담론의 이해 혹은 수용은 소설 담론에 대한 진위의 가치 평가 문제가 아니라, 타자가 수용 주체에게 영향 주는 침투의 정도에 대한 가치평가적 액센트의 문제라고 할 수 있다. 침투는 처음과 끝이 있는 것이 아니라, 담론 공동체 내에서 수용 주체가 갖는 내적 발화에서 끝없이 흔적을 드러내며, 그 흔적들은 사회학적 상황과 타자의 존재를 전제할 때만 정당한 의미를 지니게 된다.

3. 소설 담론의 대화성

언어의 실천적인 양상을 담론이라고 규정할 수 있는데, 담론에서 중요한 것은 그 실천의 양상이다. 그리고 이 실천은 담론을 담당하는 주체에 의해서 수행된다. 주체는 담론의 대상과 상호 작용을 하며, 상호 대화적 관계(분명

---

17) 푸코는 담론 구성체를 다음과 같이 규정했다. "일련의 언표들 사이에서 분산의 체계들을 기술할 수 있을 때, 대상들 사이에, 언표 행위의 유형들 사이에, 개념들 사이에, 테마(전략)적 선택들 사이에 규칙성(질서, 상호 관계, 위치와 기능 작용, 변환)을 정의할 수 있으며, 우리는 '과학'이나 '이데올로기' 또는 '이론'이나 '객관성의 영역'과 같이 위와 같은 분산을 가리키기에는 부적절한 그리고 그 조건이나 결과에 있어 너무 무거운 말들을 피해서, 담론 구성체(formation discursive)를 다루고 있다고 말할 수 있다". (미셸 푸코, 이정우 옮김(1992), 『지식의 고고학』, 민음사, 67-68쪽.)

한 외적 대화이든, 내적 대화이든지 간에)를 형성한다. 이러한 대화적 관계는 상호 응답성을 전제로 한다. 상호 응답성은 물음과 물음에 대답이라고 할 수 있는데, 이것은 쌍방적 행위 작용으로서 담론의 주체간에 상호 규정을 전제로 한다. 다시 말하면 담론 주체간에 의미 조정 과정을 통해 상호 지향의 이데올로기 지향을 갖는다는 말이다. 그리고 상호 지향의 이데올로기는 필연적으로 사회적 구조와의 관련을 갖게 된다. 그런데 담론 주체 간의 상호 응답성이 명백하게 드러나지 않는 경우, 즉 내적 대화의 경우에도 응답성은 존재한다. 담론 주체는 늘 타자를 염두에 두는 다성성을 내부의 목소리로 갖기 때문이다.

소설 담론은 이데올로기적 기호로서의 언어를 매재로 하여 형상화된다. 언어를 매재로 한다는 것은 언어가 갖는 속성인 이데올로기성을 소설도 갖는다는 것을 전제한다. 그리고 소설 담론이 갖는 이데올로기성은 소설 담론 주체들의 실천을 필연적으로 요구하게 되고, 그 실천은 소설에 있어서는 담론 주체간의 상호 작용, 즉 다성성으로 드러난다. 언어를 매재로 하는 소설 담론은 언어가 갖는 속성에 의해 규정받는데, 언어는 추상적 구조체가 아니라, 언술에 주체의 개입이 이루어지는 상호작용물이기 때문이다.

소설 담론의 이데올로기성은 소설 담론을 형성하는 물질적 조건들에 의해 규정된다. 다시 말하면 물질적 조건으로서의 사회적 관계에 의해 소설 담론이 규정되고 실천되는 것이다. 또한 소설 담론의 매재인 이데올로기 기호로서의 언어도 사회적 현실에 의해 규정된다. 이처럼 사회적 관계와 실천에 의해 규정되는 이데올로기적 형식으로서의 소설 담론은 그 소설 담론을 통해 이데올로기성을 포착하고 실천하는 '주체'를 전제한다. 이 주체는 물론 소설 담론을 실천하는 주체이기에 사회와의 연관성을 갖는 주체이다. 따라서 소설은 그 자체가 담론성을 필연적으로 갖게 되며, 단순히 언어의 용법을 실현해 보여주는 것이 아니라 언어적 실현의 양상이다. 소설 담론은 구조지향적 대상이 아니라 과정과 실천 지향을 갖기 때문이다. 언어적 실천을 한다는 것은 담론 주체간에 이데올로기적 상호 작용을 한다는 것을 의미한다. 그러므로 소설은 소설 텍스트를 내·외적으로 둘러싸고 있는 주체들의 담론적 연관성 차원에서 그 이데올로기적 실천들이 작용하게 된다. 다시 말하면 소설 담론은 다층적인 담론의 주체가 상호 연관성을 가지면서 언어적 실천을 이루는 장(場)이라고 할 수 있다. 바흐친에 의하면 이러한 소설 담론은 다성성에 의한 대화적 관계를 형성한다. 이러한 다성성은 초언어학적 견지에서 볼 때 감성과 대화, 비권위적 관계에 의한 것으로 언어의 절대적 의미, 즉 언어와 의미가 법칙으로 합체되는 로고스적인 절대 지식의 가능성을 필요로 하지 않는다[18]. 소설 담론의 대화적 관계는 소설 담론의 주체들이 역할을 교환할 수 있고, 내적인 분화를 이루는데서 비롯된다. 줄리아 크리스테바는 담론 주체의 분화를 다음과 같이 도식화하여 설명했다[19].

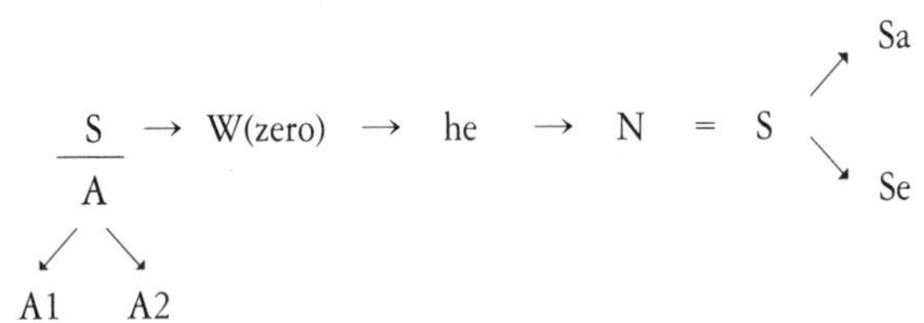

S : 서술의 주체

A : 서술의 수용자

A1 : 텍스트에 대한 기표 역할

A2 : 그 자신이 서술의 대상이 되는 기의 역할

W : (작자나 발화 주체로서의 익명의 인물)

he : 작중 인물, 언술의 주체

N : 고유명사로 나타나는 아무개

18) 마이클 라이언, 나병철·이경훈 옮김(1994), 『해체론과 변증법』, 평민사, 34쪽.
19) Julia Kristeva(1980), Desire in Language, Basil Blackwell, 75쪽.

Sa : 발화 행위의 주체
Se : 언술내용의 주체

　다시 강조하지만 소설의 언어를 담론(언술)의 차원에서 규정할 때, 중요 사항은 그 담론의 실천성이다. 소설 담론의 주체들이 담론을 조직하고 의미 공유와 조정의 상호 작용을 통해서 담론을 실천한다. 그러므로 소설 담론의 언어는 동적인 언어이며 실천의 언어가 된다. 따라서 소설은 단순한 기호론적 구조물이 아니라, 소설 외적 주체로서 작가와 독자가 소설 텍스트(담론)를 매개로 하여 대화하는 것이며, 이 대화를 통해 의사 소통을 하면서 의미의 동일시와 비동일시가 이루어진다. 이러한 동일시와 비동일시를 통해서 소설 담론은 문학 현상[20]으로서의 인식 대상이 되며, 주체들의 이데올로기적 실천이 중요하게 된다. 그러므로 소설 담론에 대해 바흐친이 상정하는 대화주의가 갖는 평가 기준은 담론 주체들이 갖는 인식의 정도가 얼마나 정확한 것인가가 아니라, 표현하고 말을 하는 존재로서의 타자의 주체에 대한 침투의 깊이라고 할 수 있다. 왜냐하면 타자는 주체와 결코 일치하지 않으며, 주체는 타자를 자신과 완전히 동화시키지 않은 채, 타자의 이질성을 극복하기 때문이다.

　일상적 담론에서 담론의 주체는 담론의 발신자인 화자와 수신자인 청자이다. 화자와 청자는 상황 맥락의 공유를 전제하며, 이 전제 속에서 자신들의 사회적 위치, 약호의 체계, 스키마 등의 제한을 받으며 담론을 생산한다. 그러나 소설 담론의 주체는 일상적 담론의 주체와는 달리 직접적 대면에 의한 상황 맥락의 공유를 전제하지 않는다.

---

20) 문학 현상이란 문학이 우리의 삶과 문화(또는 교육) 속에서 실제로 존재하고 작용하는 일체의 과정과 모습을 일컫는 말이다. 즉, 문학의 존재와 소통은 문학 텍스트를 중심으로 이루어진다는 것을 전제로 문학 텍스트가 생성되고, 문학 텍스트 자체의 구조가 독자들에게 수용되고, 텍스트와 삶의 현실간에 반영을 드러내는 등 일련의 작용 과정을 뜻한다. (서울대학교 국어교육연구소(1999), 『국어교육학 사전』, 대교출판사, 311쪽.)

　바흐친에 의하면 소설 담론의 내적 주체들은 서술자, 피서술자의 단순한 개념의 주체가 아니다. 내적 주체들은 각자가 고유성을 지니면서도 항상 타자를 의식하는 관계에 놓이게 되며, 이 타자성을 통해 각자의 주체성을 형성하게 된다. 다시 말하면 '나'의 목표는 '나'가 '나'를 어떻게 평가하느냐가 아니라, 타자들이 '나'를 어떻게 평가하느냐이다. 그 역도 마찬가지 관계에 있다. 이와 같은 타자성을 통해 소설 담론의 내적 주체들은 자신의 의미 영역(이데올로기 체계)을 확장시켜 나가면서, 끊임없이 작가, 독자에게 영향을 준다. 소설 담론의 내적 주체들이 작가, 독자에 의해서 일방적으로 규정되고 해석되는 대상들이 아니라, 자신들의 담론 체계를 통해 제 2의 독자로서 작가에게 이데올로기적 변화를 촉발한다. 그리고 독자는 소설 담론의 내적 주체들을 자신의 인식 지평의 영역 내에서 이해·해석을 하지만, 내적 주체의 담론 체계와의 상호 소통 과정을 통해 소설 담론을 재생산하게 된다. 이 재생산을 소설 교육적 차원과 연관시켜 말해 본다면, 학습자가 단순히 소설 담론을 이해·해석하는 차원을 넘어서서 소설 담론의 인물들과 끊임없는 내적 대화(은폐된 논쟁, 혼성 등의 형식에 의해 이루어지는 내적 대화)를 통해 새로운 소설 담론(해체적 관점에서 글쓰기)을 생산한다.

　소설 담론의 다성성은 담론 내적 층위에서 작중인물의 상호 주관성을 통해 드러난다. 작중인물들은 계층적 다양성에서 비롯되는 특유한 고유성을 간직한 채, 타자들과는 변별되는 이질적 언어를 통해 소설 담론을 구성한다. 작중인물들은 이질적 언어를 통해 자신의 담론 체계를 구성하면서 담론적 실천의 주체가 된다. 그러므로 소설 담론은 담론 외적 층위로서 작가와 독자의 담론 뿐만 아니라, 내적 층위로서 작중인물들의 담론 체계도 소설 담론 전체의 실천에 상호 관련성을 갖는 다성성을 갖게 되는 것이다. 바흐친은 소설 담론의 층위를 내적인 대화 관계와 조직 양상에 따라 다음과 같이 세 영역으로 나누었다[21].

1) 화자의 최종적 의미상의 판단의 표현으로서 직선적이고 직접적으로 자신의 대상을 향한 말

2) 객체화된 말(묘사된 인물의 말) - 객체화의 다양한 정도
　가) 강한 사회적 전형
　나) 강한 개인적 전형

3) 타인의 말을 지향하는 말(이중적 목소리의 말)
　가) 단일 방향의 이중적 목소리를 가진 말 - 객체화가 저하될 때 목소리들을 융합시키려 한다. 즉, 첫 번째 유형의 말이 되고 만다.
　　a. 양식화
　　b. 화자의 서술
　　c. 작자의 구상을 전해 주는 (부분적으로) 주인공의 비객체화된 말
　　d. 일인칭 서술
　나) 여러 방향을 가진 이중적 목소리의 말 - 타자의 사상의 객체성, 작용력이 내적으로 대화화되고 제1유형의 두 말(두 목소리)로 분열되기 쉽다.
　　a. 모든 뉘앙스를 가진 패러디
　　b. 패러디풍의 서술
　　c. 패러디풍의 일인칭 서술
　　d. 패러디풍으로 묘사된 주인공의 말
　　e. 타인의 말을 액센트를 바꾸어 전달하는 모든 말
　다) 능동적 유형(반영된 타인의 말) - 타인의 말은 밖으로부터 작용한다. 타인의 말과의 가장 다양한 상호 관계의 형식이 가능하며, 그 말을 탈형식화시키는 영향력의 여러 정도
　　a. 은닉된 내부 논쟁
　　b. 논쟁적으로 채색된 자서전과 고백
　　c. 타인의 말을 곁눈질하는 모든 말
　　d. 대화의 응답
　　e. 속에 감춘 대화

---

21) M.M.Bakhtin, 김근식 옮김(1988), 『도스또예프스키 詩學』, 정음사, 287쪽.

바흐친은 소설 담론의 유형을 이렇게 정리하면서, 소설 담론은 이데올로기의 실천태라는 초언어학적 관점을 상정했다. 이때 바흐친이 말하는 이데올로기는 일상 생활에서 개인의 태도나 의향 등으로 통해 드러나는 일상적 이데올로기이다. 일상적 이데올로기를 통해 소설 담론의 주체들은 늘 타자를 염두에 두는 타자성과 대화성에 의한 다성적 관계를 형성한다.

소설 담론이 작가와 독자 사이에서 갖는 대화 관계가 잘 드러나는 소설을 바흐친은 다성적 소설(Polyphonic novel)이라고 했다. 그러므로 소설 담론은 외적 주체로서 작가와 독자의 상호 작용 속에서 이해되어야 한다. 그리고 외적 주체인 작가와 독자는 내적 주체로서의 작중인물들과 상호 작용을 한다. 이처럼 다중적 조직성을 갖는 소설 담론은 내적·외적 층위의 분화를 통해 대화적으로 의사 소통하게 된다.

그러므로 소설의 담론은 담론 그 자체의 언어학적인 특성이나 구조보다는 그러한 담론을 작가가 어떻게 소설적인 맥락에 어울리게 조정하는가 하는데 따라 소설 담론으로서의 의미가 규정된다. "문제는 순수한 언어학적 가치기준에 따른 특정한 언어 스타일, 사회적 방언 등의 존재 여부에 있는 것이 아니라, 그것들이 어떠한 대화적 각도에서 대비되거나 대치되는가에 있다."[22] 그러면 바흐친 상정한 다성적 소설을 대화적 담론을 통해 살펴보자.

(전략)

그와 같은 인물에게는, 그러한 가페라든 하는 곳에서 이름도 모를 양주를 몇 잔 대접하느니, 오히려, 어디 콘 요릿집으로라도 하룻밤 모셔 가는 것이 얼마나 긴할는지 모르겠다고, 그러한 의견을 내어 놓는 사람도 있기는 있었다. 그러나, 어쩌면, 나 먹은 한약국집 영감에게는 인연이 멀은 것이기 때문에, 도리어 그러한 오색등불 휘황한 곳이, 은근하게 그의 마음에는 기뻤을지도 모르겠다는 이발소 주인의 말이 가만히 생각하여 보면, 사

---

22) M.M.Bakhtin, 김근식 옮김(1988), 앞의 책, 264쪽.

실 그럴 상도 싶었다. (후략) - 「천변풍경」중에서 - 23)

위의 예문에서 소년(재봉)의 의견은 동네 사람들의 의견과 일치하고 있다. 즉, 소년은 동네 사람들과의 동일한 의견 교환을 통해 인식의 공유를 하고 있다. "오히려, 어디 큰 요릿집으로라도 하룻밤 모셔 가는 것이 얼마나 긴할는지 모르겠다"와 "어쩌면, 나 먹은 한약국집 영감에게는 인연이 멀은 것이기 때문에, 도리어 그러한 오색등불 휘황한 곳이, 은근하게 그의 마음에는 기뻤을지도 모르겠다"와 같은 자유간접화법24)을 통해 타자들(동네 사람들)의 말이 화자의 관념 속에 들어오고 있지만, 이 말들은 화자의 의식에 응답성을 통한 내적 논쟁을 야기하기보다는 화자가 타자들의 말에 공감하는 양상을 보이고 있다. 따라서 이것은 바흐친이 상정한 의미에서의 대화적 담론이 아니다. 대화적 담론은 타자의 말이 화자의 의식 속에 침투해 들어오고, 침투해 들어온 타자의 말에 대해 화자는 계속적으로 응답을 통한 내적 논쟁을 하면서 자신의 의식 체계를 형성해 가기 때문이다. 위의 예문처럼 타자의 말에 대해 화자가 전적으로 공감하는 양상의 담론은 종결성을 지향하기에 자신의 신념 체계의 파괴, 일탈을 지향하는 대화적 담론과는 거리가 있다.

> (전략)
> "그까짓 일이십만원 더 생긴다고 뭐가 달라질 거라구……."
> "뭐라구?"
> "관둬."
> "관둬? 나만 돈벌레 악덕 집주인 만들어 놓고 관둬?"
> "제발 좀 관둬."

---

23) 박태원, 「천변풍경」, 한국해금문학전집간행위원회(1989), 『한국 해금문학 전집3: 박태원 I』, 삼성출판사, 58쪽.
24) 자유간접화법은 인물의 화법을 화자가 중개하는 경우로, 인물의 시점과 화자의 시점이 뒤섞인 '이중적인 서술 상황'을 드러낸다.

　　"당신이야말로 제발 좀 관둬! 제발 좀 관둬란 말이야!"

　　엉겁결에 나온 소리였다. 남편의 얼굴이 창백해지는 것을 윤영은 보았다. 그러나 더욱 창백해져 있는 것은 윤영이었다. 이렇게 급작스레 아무런 계산 없이 그런 말을 하게 되리라고는 생각도 못했던 윤영이었다. 그러나 다시 주워담을 수는 없는 말이었다. 이미 내뱉어진 말이어서가 아니라, 그렇다. 그것은 부지불식간에 튀어나오긴 했으나, 어쩌면 가슴에 맺힌 돌맹이 같은 말이 아니였던가. 어쩌면 그 어느 것보다도 가장 하고 싶었을, 차마 내뱉을 용기를 내지 못해 매일같이 가슴에 결려 오는 통증을 느끼면서도 내내 붙안고 있을 수밖에 없었으나 언제라도 가장 열렬히 하고 싶었을 …… 그랬다. 그 말은 더 이상 피해갈 수 없는 둘 사이의 내정한 현실이었던 것이다. (후략) -「당신」중에서 - 25)

　　이 소설은 생활의 고난을 둘러싸고 남편(전교조원)과 아내(윤영) 사이에 전개되는 신념 일탈의 양상(논쟁적 어조를 통한 폐쇄성으로서의 신념 파괴)을 보여준다. 서로 "제발 관둬"라고 상대방에게 말함으로써 상호간에 공유된 신념이 아니라, 논쟁을 통한 자기 신념의 파괴 양상을 보여주고 있다. 논쟁적 양상의 말은 "가슴에 박힌 돌맹이 같은 말"이 되고, "차마 내뱉을 용기를 내지 못해 매일같이 가슴에 결려 오는 통증을 느끼면서도 내내 붙안고 있을 수밖에 없었으나 언제라도 가장 열렬히 하고 싶었"던 말이다. 이 말들은 서로에게 침투하여 서로를 상처내는 말이 되며, 화자들은 늘 서로를 염두에 두게 된다.

　　아내(윤영)는 자기 내부의 소시민성을 무의식적 주체(타자성)를 통해 발견하며, 이 발견을 통해 자신의 내면 세계에 각인된 남편(타자)의 존재를 깨닫고, 끊임없이 이에 저항한다. 아내와 남편 사이에는 공유된 신념(기의)이 존재하지 않고, 공유된 신념은 잠정적 화해 모습을 취한 채 끝없이 연기되고 있다. 이는 끝없는 기의의 연기를 통한 타자성의 깊은 각인의 흔적이다.

---

25) 김인숙, 「당신」,『칼날과 사랑』, 창작과 비평사, 1993, 68쪽.

이처럼 이 소설의 문제 의식은, 주인공의 신념이나 그 신념을 허무는 현실의 논리로 환원되는 것이 아니라, 그 둘의 대화적 관계에 초점이 맞춰진다. 이러한 주인공들의 내면적 대화성은 타자의 말들과의 끊임없는 논쟁으로 이어진다. 이 소설의 현실성 역시 외면적 인물들의 행동과 사건 뿐만 아니라, 그것을 연결하는 내면적 대화적 관계에 의해 얻어진다. 이 소설에서 인물들은 단순히 단일한 관점으로 외부 현실에서 행동하는 것이 아니라, 타인의 관점을 대화적으로 받아들임으로써 그 말들의 내면적 관계를 통해 현실성을 드러낸다. 외부 현실에서 행동하는 주인공은 자신의 관념을 고집하는 한 현실을 바로 보지 못할 것이다. 그러나 타자의 말들이 내면에 침투하여 그 관념을 무너뜨림으로써 보이지 않던 현실을 보이게 만든다.[26]

한편 외적 층위에서의 소설 담론의 일차적 주체인 작가와 독자는 소설 텍스트를 매개로 하여 간접적인 방법으로 의사 소통하게 되며, 이 의사 소통을 통해 상호간에 타자성을 인식하게 된다. 이를 도표로 나타내보면 다음과 같다.

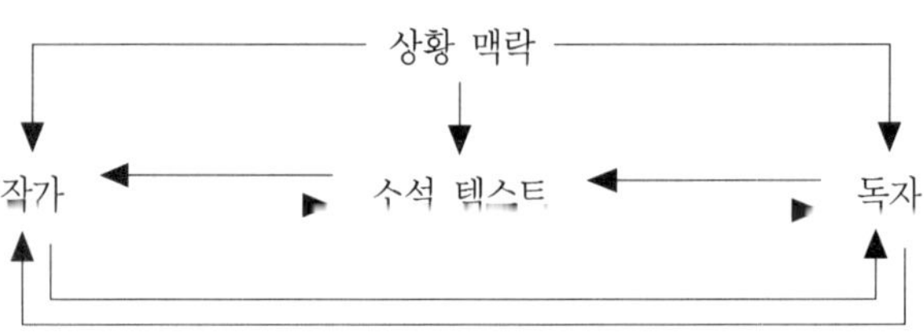

소설 담론을 의사 소통의 관점에서 볼 때, 소설 담론의 일차적 주체는 작가와 독자(학습자)이다. 기본적인 관점에서 볼 때 작가와 독자는 자신들의 의미 구성에 각자의 담론(텍스트)을 연합시킨다[27]. 먼저 작가와 소설 텍스트

---

26) 나병철(1996, 『한국문학의 근대성과 탈근대성』, 문예출판사, 321-347쪽.
27) Robert Hodge(1990), *Literature as Discourse*, Basil Blackwell, 48쪽.

사이의 상관성을 검토해 보자. 소설 담론의 의사 소통 구조에서 외적 주체로서 작가는 담론 실천 과정에서 일차적인 텍스트 생산자이다. 작가가 텍스트를 생산한다는 것은 타자성을 배제한 물리적 행위만을 의미하는 것이 아니라, 또 다른 소설 담론 주체로서 독자와의 상관 관계를 전제한 것이다. 그리고 작가는 자신의 소설 담론 생산을 통해 자신의 일상적 이데올로기를 재생산 - 소설 담론을 통해서 자신의 이데올로기가 굴절된다는 의미에서 - 한다. 그러나 작가가 자신의 소설 담론을 구성할 때, 자신의 이데올로기를 소설 담론에 투영하지만, 이때 작가가 투영하는 이데올로기는 소설 담론 속에 완전히 전이되지는 않는다. 즉, 작가의 의도와 소설 담론이 완전히 일치하는 것은 아니다. 그리고 작가가 갖는 이데올로기도 그 자신의 고유한 것이라기보다는 다른 이데올로기 담론 체계(구성체)를 수용한 '내적 대화'의 결과물이다. 그러므로 작가가 소설 담론을 생산하는 것은 문학적 의사 소통의 완성이 아니라 출발점이다. 작가는 소설 담론을 매개로 독자와의 간접적 의사소통을 하게 되며, 독자가 이데올로기 체계에 의해 영향받고, 이 과정을 통해 자신의 소설 담론에 대한 또 다른 독자가 되기 때문이다.

독자는 소설 텍스트를 읽음으로써 작가와의 상호 작용을 하게 되고, 담론의 주체로서 다른 주체들과 대화적 관계를 형성한다. 그러나 독자는 소설 담론이 전해준 이데올로기를 그대로 수용하지는 않는다. 독자는 소설 담론의 이해·해석 과정을 통해 소설 담론의 이데올로기를 가치 평가적으로 수용한다. 즉, 독자는 소설 담론의 이해·해석 과정을 통해 의식적·무의식적으로 소설 담론의 이데올로기와 마주치고, 소설 담론이 생성한 이데올로기와 관계를 맺는다. 이처럼 독자는 자신의 상황 맥락 속에서 늘 타자를 지향하고 있으며, 이 타자 지향을 통해 타자들이 갖는 이데올로기적 구성체와 상호 관계를 갖는다. 그러므로 독자는 자신의 이데올로기적 지평 안에서 제한된 정도로만 소설 담론에 나타난 이데올로기를 수용하거나, 아니면 거부하여 자신의 이데올로기를 강화하게 된다. 그리고 더 나아가 자신의 이데올로기를 통해 소설 담론에 대한 가치 평가적 액센트를 갖게 됨으로써 소설 담론에 대한 규정력을 갖게 된다.

학습자가 소설 담론에서 이데올로기를 인식하고 가치 평가하는 것은 일종의 '비평적 읽기'[28]라고 할 수 있다. 비평적 읽기를 통해 학습자는 상황 맥락 속에서 소설 담론이 자신에게 주는 의미를 비평하면서, 동시에 소설 담론이 갖는 상호 텍스트성, 타자성, 내적 결합 관계 등을 고찰한다. 그러므로 학습자는 소설 담론을 읽고서 거기에 대한 올바른 응답을 찾으려고 노력한다[29]. 학습자가 소설 담론에 형상화된 이데올로기에 대한 가치 평가를 하는 것은 전형적인 비평적 읽기라고 할 수 있다. 학습자가 비평하고 가치 평가하는 것은 소설 담론만을 향한 것이 아니라, 주체로서 학습자 자신을 스스로 정립하는 가치관의 내면화 단계라고 할 수 있다. 학습자는 소설 담론에 전개된 이데올로기적 양상을 수용하든, 수용하지 않든, 이 과정들을 통해서 이데올로기성을 획득하는 소설 교육의 주체로서 구성되기 때문이다. 소설 교육의 주체로서 학습자는 소설 담론의 이데올로기성에 대해 비평적으로 가치 평가하는 방법을 통해서, 소설 담론에 드러난 의미와 이데올로기에 대한 "동일시와 비동일시"[30]의 어느 한 지점에 놓이게 된다. 이러한 동일시와 비동일시는 해체론적 관점에 의하면 위계적·대립적 구분을 배제하는 방식으로, 각기 서로를 보충하면서 각각의 내부에서 상호 연결된다[31]. 학습자는 소설 담론의 이데올로기와 자신을 동일시함으로써 소설 담론의 이데올로기와

---

28) '비평적 읽기'는 문학적 의사 소통 모델의 요소가 갖는 상황 맥락 내에서의 읽기라고 할 수 있다.(Gram Atkin et al(1995), *Studing Literature : A Practical Introduction*, Harvester Wheatsheaf, 101쪽.)

29) Stephen Tchudi / Diana Mitchell(1999), *Exploring And Teaching The English Language Arts*, Addison-Wesley Educational Publishers, 156쪽.

30) M.Pecheux(1975), *Language ·Semantics ·Ideology*, St.Martin Press, 191-194쪽.

31) 마이클 라이언, 나병철·이경훈 옮김(1994), 『해체론과 변증법』, 평민사, 47쪽.

동일한 주체로서 자신을 정립해 가거나, 소설 담론의 이데올로기와 자신을 비동일시 함으로써 학습자는 자신의 이데올로기를 더욱 강화해 가는 주체가 될 수 있다.

4. 초언어학적 관점에서의 소설 교육의 지향점

바흐친의 초언어학적 관점을 소설 담론에 원용해 본다면, 소설 담론은 이데올로기적 실천의 대상으로서 그 자체가 문화 실천의 한 양태라고 할 수 있다. 문화 실천의 한 양태로서의 소설 담론은 독백적 담론의 형태가 아닌 문학 주체들의 개입과 그 주체에 대한 타자들의 끊임없는 침투를 허용하는 대화적 담론이 되어야 한다. 소설 담론이 대화적 담론이 되어야만 텍스트 내적으로는 인물들 간에 상호 주관성을 통한 가치 평가적 태도가 학습자에게 형성되고, 텍스트 외적으로는 사회·문화적 맥락이 문학 교육에 스며들 수 있다.

이처럼 초언어학적 관점을 견지하면서 소설 교육에 접근한다면, 소설 교육은 제도 교육을 통해 완성되는 것이 아니라, 끊임없는 자기 혁신, 타자와의 계속적인 상호 작용으로서의 소설 교육이 될 수 있다. 그리고 소설 담론을 대화적 담론으로 상정하고서, 소설 담론을 텍스트 내·외적으로 그 개념을 확장시킨다면, 소설 교육은 생활 문화로서의 소설 교육이 될 수 있다. 생활 문화로서의 소설 교육은 일상적 삶의 방식인 이데올로기와 필연적으로 연관을 맺게 된다. 소설 교육이 일상적 이데올로기와 연관을 맺게 되는 지점에 소설 교육이 문화 장으로 확장될 수 있는 근거가 마련된다. 그런데 문화 장에서의 소설 교육은 기존 문화형태를 전수하는 데서 그 소임을 다하는 것이 아니다. 문화 장에서의 소설 교육은 그 자체가 이미 하나의 문화 양태이

며, 기존의 문화를 전수할 뿐만 아니라 새로운 문화를 재생하는 행위가 된
다. 또한 문화 장에서의 소설 교육은 문화를 재생할 뿐만 아니라, 이 문화에
의해서 다시 규정받는 역동적 작용태이다.

물론 문화 장에서 문화 재생산으로서 소설 교육을 보는 관점은, 소설 교
육을 수업 단위별로 완결되는 것으로 보는 것이 아니다. 오히려 소설 교육은
어느 일정 기간을 두고 완성되는 것이라기 보다는 '바람직한 소설 주체'의
형성을 위한 과정 그 자체라고 할 수 있다. 우리 삶의 현상들이 완결이 아니
라 차연이며 끝없는 흔적이라는 해체주의자들의 주장처럼 말이다. 이 관점
은 소설 교육을 통해 얻을 것이 '지금에는 아무 것도 없다'는 것이 아니다.
그보다는 '바람직한 소설 주체'의 모습이란 그 자체 완결적인 모습으로 제시
될 수 없으며, 끊임없는 자기 갱신을 이어간다는 점을 강조하고자 하는 관점
이다.[32]

소설 교육은 작가, 소설 텍스트(담론), 학습자(독자)가 각자의 고유성을 유
지한 채, 서로에 대한 타자성을 갖고 상호 연관 관계를 유지하는 의사 소통
체계 내에 이루어지는 담론 구성체로 파악되어야 한다. 소설 교육은 단순히
소설 담론(텍스트)에 대해서 연구하는 것이 아니다. 그보다는 소설 담론의
생산자와 수용자, 그 외부 환경(사회적·문화적, 정치적 환경 등) 등의 역동적
작용 양상을 연구하는 것이다.

그러나 소설 담론은 작가, 소설 텍스트, 독자를 둘러싼 외부적 상황 맥락
에 의존해서만은 완전한 의사 소통에 도달할 수 없다. 왜냐하면 이러한 외부
적 상황 맥락은 소설 담론의 내적 맥락과 반드시 일치하지는 않고, 다만 구
조적 상동성만을 갖기 때문이다. 그러므로 소설 담론의 온전한 의사 소통을
위해서는 소설 담론의 내·외적 상황 맥락에 대한 동시적 통찰을 통한 다성

---

32) 이 관점에 대한 자세한 논의에 대해서는 졸고 「문화 실천과 소설 교육의 철학적 기초」
(선주원(2000), 『한국어문교육』 제 9집)을 참고하기 바람.

적 이데올로기에 대한 천착으로 나아가야 한다.

그러면 대화적 담론으로서의 소설 담론을 통해 사회·문화적 의사소통을 지향하는 소설 교육의 교육과정은 어떠해야 하는지를 살펴보자.

소설 교육과정의 구성 요소들은 여러 변인들의 총체적 작용에 의해 이루어진다. 이 여러 변인 중에서 가장 중요하고 결정적인 변인은 물론 소설 주체 변인이다. 소설주체로 쉽게 생각해 볼 수 있는 것은 소설 담론의 생산자인 작가, 소설 담론의 수용자이면서 비판자로서 문화 실천 및 재생산을 행하는 학습자, 소설 담론의 생산자와 수용자에 대한 중개자로서의 교사 등을 생각해 볼 수 있다. 작가, 학습자, 교사 등의 변인을 고려하면서 사회·문화적 맥락 속에 문화 실천 및 재생산으로서의 소설 교육의 교육과정의 모델을 생각해보자.

사회 문화적 맥락에서 문화 실천 및 재생산 관점	
소설 교육의 목표	문학적 문화의 고양, 상상력의 발달, 삶의 총체적 체험, 문화 실천 및 재생산
텍스트관	이데올로기적 실천으로서의 소설 담론
학습자관	타자성을 의식하는 가치관의 내면화 존재로서의 문화 주체
이론적 틀	해체론 및 포스트모더니즘
교육 내용 구성의 원리	주체적이고 비평적으로 소설 담론을 비평하고, 해체적 글쓰기를 할 수 있는 환경의 제공
교수 - 학습 방법	주체적인 소설 담론 비평을 통한 문화실천 및 재생산 행위로써 해체적 글쓰기
분석 단위	소설 담론의 생산과 수용의 장인 문화 공동체

〈문화실천 및 재생산으로서의 소설 교육과정〉33)

---

33) 이 표는 사회·문화적 관점에 의해 문학 교육과정을 상정한 관점을 원용하여 만들었다. (우한용 외(1997), 『문학교육과정론』, 삼지원, 317-326쪽.)

이 모델은 소설 교육을 해체론과 포스트모더니즘의 관점에서 접근한 결과 도출된 것으로, 문화 장에서의 문화 실천 및 재생산을 통한 문학 능력의 증진을 소설 교육의 궁극적 지향점으로 상정한 것이다. 소설 교육 주체로서 학습자의 문학 능력 증진은 수업 현장에서의 교육만으로는 달성되지 않는다. 학습자의 문학 능력 증진은 평생 교육적 차원에서 접근되어야 하기에, 문학 능력의 증진은 증진을 지향하는 과정 그 자체에 의의를 두어야 한다. 그러므로 소설 교육은 텍스트의 이해와 감상에 최종적 목표를 두는 것이 아니라, 가치관의 내면화를 통한 문화 주체 형성을 그 도달점으로 삼아야 한다. 이를 위해서는 의미의 차연을 통한 가치관의 내면화 과정이 이루어져야 한다. 이에 대한 자세한 논의는 다음의 기회로 미루기로 하고, 현재로선 다만 하나의 모델을 제시하는데 만족하고자 한다.

이상의 논의와 같이 바흐친의 초언어학적 관점에 의한 대화적 담론으로서의 소설 담론을 통한 소설 교육은 결국 '문학 능력의 증진'을 목표로 하지만, 그 완성이 목표가 아니라 과정 그 자체에 의의를 두는 것이다. 물론 '문학 능력의 증진'이 문학 교육의 최종적 지향점이듯이, 이는 소설 교육의 최종적 지향점이기도 하다. 본 논문은 사회·문화적 맥락과 끊임없는 상호 작용을 통해 소설 주체로서의 학습자의 소설적 능력이 증진된다는 관점을 취했디.

5. 결 론

소설 담론은 이데올로기로서의 언어를 통해 삶의 현실을 반영·굴절시킨 담론으로 주체들의 개입을 전제로 하며, 주체들 사이의 상호 주관성을 통해 현실에 대한 적극적인 가치 평가적 액센트를 형성해 간다. 그런데 이러한 소설 담론은 단지 작가, 소설 텍스트, 독자를 둘러싼 외부적 상황 맥락에 의존해서만은 완전한 의사 소통에 도달할 수 없다. 이러한 외부적 상황 맥락은 소설 담론의 내적 맥락과 반드시 일치하지는 않기 때문이다. 따라서 소설 담론의 온전한 의사 소통을 위해서는 소설 담론의 내·외적 상황 맥락에 대한 동시적 통찰을 통한 다성적 이데올로기에 대한 천착으로 나아가야 한다.

소설 담론의 내적 주체들은 각자가 고유성을 지니면서도 항상 타자를 염두에 두는 관계에 있으며, 이 타자성을 통해 각자의 주체성을 형성할 수 있다. 타자성을 통해 소설 담론의 내적 주체들은 자신의 의미 영역(이데올로기 체계)을 확장시켜 나가면서, 끊임없이 작가, 독자에게 영향을 준다. 소설 담론의 내적 주체들이 작가, 독자에 의해서 일방적으로 규정되고 해석되는 대상들이 아니라, 자신들의 담론 체계를 통해 제 2의 독자로서 작가에게 이데올로기적 변화를 촉발한다. 그리고 독자는 소설 담론의 내적 주체들을 자신의 인식 지평의 영역 내에서 이해·해석을 하지만, 내적 주체의 담론 체계와의 상호 소통 과정을 통해 소설 담론을 재생산하게 된다. 이 재생산을 소설 교육적 차원과 연관시켜 말해본다면, 학습자가 단순히 소설 담론을 이해·해석하는 차원을 넘어서서 소설 담론의 인물들과 끊임없는 내적 대화(은폐된 논쟁, 혼성 등의 형식에 의해 이루어지는 내적 대화)를 통해 새로운 소설 담론(해체적 관점에서 글쓰기)을 생산한다.

따라서 가치 평가적 액센트를 갖는 소설 담론을 교육하고자 하는 소설 교육은 담론 구성체들의 장(場)들이 갖는 상호 연관성 속에서 이해·분석하며, 해석하고 평가하는데서 완결되는 것이 아니라, 교실에서의 소설 교육을 통해 학습자가 스스로 소설 담론을 재생산하는 문화 활동으로서의 소설 교육을 최종 지향점으로 설정해야 한다. 그러므로 소설 교육은 작가, 소설 텍스트(담론), 학습자(독자)가 각자의 고유성을 유지한 채, 서로에 대한 타자성을 갖고 상호 연관 관계를 유지하는 의사소통 체계 내에 이루어지는 담론 구성체로 파악되어야 한다.

소설 교육은 소설 교육 자체의 교육과정에 의해서 소설 담론을 이해하고 해석하는 활동을 통해서 학습자가 스스로 의미를 생성하고, 문화 실천 및 재생산하는 행위로서의 교육의 장이 되어야 한다. 따라서 소설 교육은 소설 담론의 분석을 통한 개별적인 사실의 확인과 해석에 머무르는 것이 아니라, 학습자가 스스로 의미를 생성하고 가치관의 내면화를 달성하는 것이 되어야 한다. 그리고 가치관의 내면화란 완결성을 지향하는 것이 아니라, 가치관과 가치관의 대화적 관계에 놓여 있는 역동적인 과정이라고 할 수 있다. 다성적 소설 담론의 학습을 통해 학습자가 구체적으로 어떻게 가치관을 내면화하는가에 대한 고찰은 추후로 미룬다.

# 타자성의 관점에 의한 소설 교육

1. 서 론

오늘날의 철학은 절대적 이성 혹은 진리를 지닌 주체가 인식의 중심 혹은 삶의 중심이 될 수 없음을 드러내면서 주체의 죽음 혹은 주체의 해체를 강조하고 있다. 이러한 철학적 흐름은 타자를 자신의 이념적 틀에 가두려는 타자에 대한 주체의 지배에 대한 반성 의식과 회의를 보여준다. 주체 중심적 사상은 개인 주체가 소유한 이성을 절대적 원환으로 설정하면서, 이 원환에 따른 폐쇄적인 경계선을 주체와 타자 사이에 긋고 있다. 따라서 이 경계선을 넘지 못하는 타자와 주체 사이에는 배타적인 상호 분리가 생겨나고, 이에 따라 주체는 타자를 배제하고 도구화하려는 의지[1]로 세계를 통제하고 규정할 수 있었다. 바흐친은 이러한 주체 중심적 사상 체계를 '독백적 철학'이라 규정하고, 이러한 독백적인 사고 체계를 극복하기 위해 '대화주의'를 제시하면서 그 철학적 틀로 '타자성(The otherness)'을 제시하였다. 바흐친의 타자성 개념은 기존의 사상 체계를 '거꾸로 뒤집은 것'으로 '주체에 대한 타자의 관

---

1) 나병철(1996), 『한국문학의 탈근대성과 근대성』, 문예출판사, 15-25쪽 참조.

계'가 아니라 '타자에 대한 주체의 관계'를 강조한다. 이것은 '타자에 대한 주체의 관계'를 강조함으로써 주체와 타자가 사건성(The eventness)에 의해 상호 관련을 맺는 삶의 실제성을 드러낸다.

삶과 세계 인식에서 가장 중요한 것은 주체와 타자의 관계 설정이라고 할 수 있다. 이 관계 설정은 실재 세계에서 주체와 타자가 맺는 표상의 문제를 어떻게 바라보는가에 따라 달라진다. 하이데거는 근대성의 본질이 주체가 자기 앞에, 그리고 자기에게로 실재 세계의 대상을 표상하는 것이라고 했다. 그에 따르면, 개인 주체가 존재와 관계 맺는 방식은 주체의 계산 아래, 주체의 측정 아래서만 가능하게 된다. 그 결과 세계는 주체 앞에 세워진 그림으로서만 존재하게 된다. 이처럼 주체는 표상 활동을 통해 세계의 대상을 자신의 이념 체계 속에 넣는다. 이러한 하이데거의 관점은 주체가 타자를 자신의 체계 속에 절대적으로 가두려는 관점을 부정하면서, 주체가 타자와 끊임없이 상호 작용을 함을 강조하고 있다. 그러나 그의 관점은 타자가 주체에게 행하는 강력한 영향력을 간과하는 한계를 갖고 있다고 할 수 있다. 주체와 타자의 관계에 대해 호르크하이머와 아도르노도 근대의 계몽은 이성 중심주의 절대성을 강조한 것이라고 하면서, 모든 표상 활동이 주체에 종속되는 현상의 부정성을 강조한다.[2] 이 관점은 바흐친이 강조한 타자성과 맥을 같이하면서 주체와 타자의 상호 인식을 전제하고 있다고 할 수 있다.

표상 활동을 할 수 있는 주체는 '의식'을 지닌 인간이다. 세계를 자기가 고안한 계산을 통해 자기 앞에 표상하는 주체의 뒤에는 타자를 주체의 지평 위에 통합할 수 있는 능력인 '의식'이 존재한다. 이처럼 주체가 갖는 표상 활동은 서로 차이를 보이는 타자들을 주체의 '지평'에 종속되게 만드는 활동이다. 이렇게 하기 위해서는 주체는 '하나의 전체 표상'을 설정하고서, 그 아

---

2) 호르크하이머 & 아도르노, 김유중 역(1996), 『계몽의 변증법』, 문예출판사.

래 타자가 지닌 다양성을 자신의 '표상' 속에 결합하고자 한다. 그 결과 주체는 근본적으로 타자들을 자신과 동일한 의식에 관련시키고자 한다.[3] 그리하여 폐쇄적이고 권위적인 주체는 자신보다 열등한 타자를 도구화하여 지배하려고 한다. 그러나 타자를 주체의 표상 앞에 내세우려는 욕구는 타자가 갖는 세계 인식의 새로움을 제거하여 주체가 자신의 체계 속에 함몰되어 타자와 절연되게 한다. 이러한 현대의 사유 현상을 보면서 들뢰즈는 "표상 개념이 철학을 독살한다"[4]고 했다. 이러한 사유 현상을 부정하면서 바흐친은 "내가 타자가 될 뿐만 아니라 내 의식 안의 <not-I>까지도 인정하는 복수적인 의식"을 강조했는데, 이것은 들뢰즈가 말한 사유의 최종 근거로서의 주체를 존재 사건의 저자로 설정한 것이다.

주체는 표상 활동을 통해 세계를 동일적인 형식 속에 가두는 독백적인 사유를 할 수가 없다. 표상 활동은 주체의 독백적인 사유 체계 속에 종속되지 않는 파편적인 사건들로 구성되어 있기 때문이다. 그리고 삶의 사건을 구성하는 존재들 사이의 차이는 상위의 동일적인 체계로 회귀하지 않고 주체와 타자가 지니는 '존재론적 차이'를 그대로 보여준다. 그런데 이러한 '존재론적 차이'는 현실에서 주체와 타자의 반복적인 사건(만남)을 통해 존재하게 된다. 이러한 반복적인 사건을 통해 '존재론적 차이'를 드러내는 타자성은 주체가 끊임없이 자기 동일성을 파괴할 수 있는 자장이 된다. 들뢰즈에 의하면 주체는 자기와는 절대적으로 이질적인 자, 늘 현재하는 현존으로 소환할 수 없는 타자를 그 실체가 아닌 흔적으로서만 만나게 된다. 이에 대해 레비나스는 흔적을 결코 현재화되지 않는다는 것, 다시 현재화하는 행위인 표상 활동이 거머쥘 수 없다는 것, '절대적으로 지나간 과거'라는 뜻으로 말했다.

---

3) 이는 루카치의 '형이상학적 원'의 이미지로 바흐친이 강조한 독백주의의 모습이다. 그리고 헤겔이 강조한 절대정신의 자기 전개이기도 하다.
4) 서동욱(2000), 『차이와 타자』, 문학과지성사, 17쪽에서 재인용.

한편 데리다는 흔적의 또 다른 이름인 '대리 보충 supplement'의 개념을 제시했다. 레비나스가 의미하는 흔적은 그 흔적이 가리키는 바의 소환을 끊임없이 '연기'하는 동시에 오로지 그런 '연기'의 방식으로만 현존하게 해주는 것인데, 이는 데리다의 대리 보충 개념과 정확히 일치한다.

'나-타자'의 관계는 단순한 회전이나 순환의 관계가 아니라 제 3자가 개입하여 사건이 만들어지는 창조적 전환의 구조를 갖고 있다. '나-타자'의 관계를 창조적 전환의 관계로 파악하게 되면 '나'는 타자가 되는 것이 아니라 타자의 타자가 된다. 이 타자의 타자가 제 3자가 되는 셈이다. 타자의 타자는 대화에 직접 참여하지는 않지만 대화에 참여한 나와 타자의 관계에서 '나'와 타자의 대화를 반성하는 존재이기 때문이다. 제 3자는 '나'와 타자의 두 의식 사이의 비융합성으로 인해 생긴 '잉여 시선'[5]을 통해 구체화되며, '나'와 타자간의 갈등을 조정하고 해소하는 구체적인 담지자이다.

본고는 바흐친의 타자성의 개념(타자의 타자성)에 근거하여, 표상 활동을 통해 타자를 자기의 지평 위에 종속시키는 권위적인 주체가 아니라 타자의 존재를 통해 비로소 탄생하는 주체의 개념이 소설 담론 속에 어떻게 형상화되고 있는지, 그리고 이러한 타자성이 소설 교육의 장에 어떻게 적용될 수 있는지를 살펴보는 것을 그 목적으로 한다. 이러한 목적을 위해 본고는 박완서의 「도둑맞은 가난」을 대상 텍스트로 삼아, 이 텍스트에 드러난 타자성을 확인해 보고, 이를 바탕으로 타자성의 관점에 의한 소설 교육의 실천 모형으로 논쟁하기 전략을 살펴볼 것이다. 이러한 논의를 바탕으로 본고는 박완서의 「도둑맞은 가난」이 근대적 주체의 표상 활동을 비판적 표적으로 삼아 동일적 체계에 종속되지 않는 '존재론적 차이'를 드러내려는 양상과 주체 혹은

---

5) 시선의 잉여분이란 '나'와 타자의 시선의 차이인데, 이 시선의 차이에 의해 '나'와 타자 사이에 대화가 가능해진다. 바흐친이 말하는 두 의식 사이의 비융합성을 보장해 주는 것도 이것이다.

의식으로 환원되지 않는 '타자'의 현존을 밝혀 타자의 타자성 문제를 규명할 것이다. 또한 타자의 타자성 개념을 바탕으로 타자의 관점에 의한 소설 교육을 틀을 세운 다음, 학습자의 소설 텍스트 읽기 과정이 일정한 합의점에 의해 수행되는 것이 아니라 학습자간, 학습자와 재귀화된 학습자 자신 사이의 '차이적 과정'에 의해 수행되고 있음을 해명하고자 한다.

2. 타자성의 철학

근대 철학은 주체를 표상 활동의 근원으로 상정하고 있는데, 이러한 주체 상정은 주체가 '그 자체에 의해 존재할 수 있다'는 데카르트의 실체 정의에서 출발한 것이다. 그러나 주체 개념을 이와는 전혀 다른 관점, 즉 '상처 받음'을 통해 사유 활동과 주체의 발생을 기술하려는 시도가 있다. 이 시도는 주체의 자율성에 반하여 주체에게 상처를 주는 사건, 상처를 주는 사람이나 다른 대상과의 관계 속에서 주체를 규정하려는 트라우마(trauma)론이다. 트라우마론에서 타자는 상처줌을 통해 주체에 개입하며, 상처를 입히는 타자의 손길에 의해 주체는 발생한다. 이 관점은 멀게는 플라톤과 칸트까지 올라갈 수 있고, 프로이트, 들뢰즈, 레비나스 등에게서 그 실체를 엿볼 수 있다. 레비나스는 '내'가 세계의 주인으로서, '나'의 욕구에 따라 세계를 향유하고 관리하는 존재 양식, 혹은 나 자신에게 몰두하여 끊임없이 나의 세계로 귀환하는 사유를 일컬어 '존재론'이라고 부른다. 이와 반대로, 나의 존재 유지를 위해 먹고 마시고 도구를 만드는 '나'의 세계로부터 떠나, 나의 바깥 혹은 '나'와 절대적으로 다른 자에게로 가고자 하는 사유를 '형이상학'이라고 부른다[6].

6) 레비나스는 자기에게 몰두하는 사유인 존재론을 귀환의 이야기인 율리시즈에, 낯선 곳으

우리에겐 '나'의 존재 유지를 위해 대상을 소유하고자 하는 '욕구(bedoion)'
와는 다른 '욕망(desire)'이 있다[7]. 욕구는 대상을 향해 주체 바깥으로 나갔다
가 그 대상을 주체의 소유물로 삼음으로써 다시 주체에게로 귀환하는 것이
지만, 무한을 향한 욕망은 귀환없이 주체의 바깥으로 초월하고자 한다. 이
욕망은 플라톤이 "욕망할 수 있는 최고의 것으로서 존재자들 너머에 있는
최고 선의 이데아"를 이야기 했을 때의 욕망, 곧 '초월'하고자 하는 욕망이
라고 할 수 있다.

이러한 초월의 욕망을 갖고 있는 주체가 자기와는 절대적으로 다른 자,
곧 타자를 만나게 되는 것은 주체의 능동성에 의한 것이 아니라 트라우마의
수동성에 기인한다. 타자는 모든 것이 박탈된 궁핍한 '얼굴', 고통받는 '얼
굴'로 주체에게 현현하기 때문이다. 고통받는 타자의 얼굴은 주체가 어떤 식
으로도 소유할 수 없는 자, 어떤 방식으로든지 주체에게 환원되지 않는다.
그 얼굴은 대상 세계를 소유하고 지배하려고 하는 주체의 힘을 무력화시키
고, 주체의 윤리적 행동을 촉구하는 '윤리적 저항'을 한다. 그 결과 주체는
타자의 얼굴에서 오는 저항에 의한 트라우마에 의해 수동적으로 타자성을
지향한다. 이처럼 타자는 주체에게 윤리적으로 행동하기를 명령하고 주체는
그 명령을 회피하지 못한다[8]. 따라서 주체가 타자의 얼굴과 만나게 되는 것
은 정서적인 체험이라기보다는 '존재 자체의 궁극적 사건'이 된다. 타자와의

로의 초월의 사유인 형이상학을 고향을 버리고 미지의 땅으로 떠돌아 다니는 아브라함에
비유한다.(서동욱(2000), 앞의 책, 141-142쪽.)

7) '욕구'와 '욕망'에 서로 대립적인 의미를 부여한 것은 레비나스와 바흐친 철학의 가장 유
명하고도 기본적인 내용이다. 레비나스는 욕구와 대비되는 개념으로 욕망을 나와 전혀 다
른 자, 내가 어떤 방식으로도 규정할 수 없는 무한자에게로 가고자 하는 '형이상학적 욕
망'을 의미한다. 한편, 바흐친은 '욕구'를 타자를 늘 자기화하는 것으로, '욕망'을 자기를
말소하고 소멸시키면서 타자를 지향하는 것으로 보았다.

8) 레비나스가 의미하는 윤리적 명령의 무조건성이란 타자가 주체보다 높은 곳에 있는 있는
비대칭적 관계를 통해서 성립되는 것이지, 주체와 타자의 평등적·대칭적 관계 속에서 성
립되는 것은 아니다.

만남이 존재 자체의 궁극적인 사건이기에, 레비나스는 내 이웃의 얼굴이 신처럼 나에게 나타나며, 신을 섬기듯이 고통받는 내 이웃을 섬겨야 한다고 했다[9].

이러한 레비나스의 '이탈성의 철학' 혹은 '초월성의 타자성'에 대해 바흐친은 외재성으로서의 타자성을 강조한다. 바흐친은 '나'와 타자는 동등한 권리를 갖는 것이기 때문에 한 쪽에 의해 다른 쪽이 일방적으로 흡수되거나 용해되는 일은 있을 수 없음을 말한다. 주체는 타자가 체험한 것을 보고 알아여 하는데, 이때 주체의 회귀는 주체 중심의 철학에서 말하는 주체로의 회귀가 아니라, 주체와 타자의 비융합성에서 오는 회귀이다. 즉, 주체는 자신이 책임져야 하는 자리와 위치에서 주체의 타자성을 생각할 수 밖에 없고 주체 자신 안에서부터 타자성을 체험할 수 밖에 없기 때문이다. 이처럼 바흐친이 주체의 타자성을 말하면서 주체 자신으로의 회귀를 강조하는 것은 바로 주체와 타자는 융합하지 않는다는 것을 말하기 위함이다. 이것이 바로 타자의 외재성이다[10].

주체와 타자의 근본적인 차이와 대립으로 나타나는 타자의 외재성은 데리다가 말하는 차연이나 레비나스가 말하는 이탈성과 흡사한 면을 갖고 있다. 레비나스가 말하는 이탈성으로서의 타자성은, 타자가 언제나 주체를 초과해 있고 이탈해 있는 것으로 본다는 점에서, 타자가 주체의 바깥에 있다고 보는 바흐친의 외재성과 같다. 타자의 주체가 타자가 아니고 주체의 바깥으로 이탈해 있는 타자라고 본 점에서 바흐친이나 레비나스는 타자성('나'에 대한 타자가 아닌)을 지향하는 일치점을 갖는 것이기도 하다.

---

9) 레비나스의 이러한 관점에 대해 데리다는 레비나스의 사유가 신의 얼굴과 내 이웃의 얼굴 사이, 신으로서의 무한한 타자와 다른 사람으로서의 무한한 타자 사이의 '유비 놀이'를 하고 있다고 말한다.(엠마누엘 레비나스, 강영안 옮김(1998), 『시간과 타자』, 문예출판사, 71-93쪽 참조)

10) 이득재(1996), 「차이와 타자」, 고려대학교 대학원 박사학위논문, 85-85쪽.

한편 데리다의 '차연의 철학'도 바흐친이 의미하는 타자성으로서의 외재성과 비슷하다. 주체는 타자의 흔적일 뿐이고 '너'의 타자에 불과한 것이 '나'라는 데리다의 생각은 바흐친이 말하는 외재성과 비슷하다. 그러나 레비나스, 데리다는 주체의 타자성이 아니라 타자의 타자성, 외재성을 강조하면서 타자에 대한 '욕망'을 갖고 있다는 점에서는 바흐친과 일치하지만, 주체의 소멸을 전제한다는 점에서는 바흐친과 뚜렷이 구분된다. 데리다의 차연은 존재하는 것이 아니라, 언제나 존재함이 연기되는 것을 의미한다. 데리다는 인간의 자아를 존재가 아니라 '흔적'으로서 이해하였다. 데리다에게 자아란 타자의 타자일 뿐이고, 타자의 흔적이며 타자가 연기된 것일 뿐이므로 존재하는 것이 아니다[11].

바흐친의 상정한 존재는 사건, 즉 행동으로만 의식되는 것으로, 주체는 자신의 생각과 행동의 의미에 대한 가치 평가를 내리면서 세계에 참여하여 대상으로서의 세계를 바꾸어 나간다. 대상으로서의 세계에 대한 가치 평가를 내리는 의식은 움직이고 활동하며 행동하는 살아있는 것이다[12]. 의식은 '참여하는 사유'를 동반하기 때문에 언제나 현재를 지향한다. 이러한 의식을 갖는 두 개의 목소리는 서로 수렴되거나 일치하지 않는다. 타자가 타자성을 갖기 위해서는 주체와 타자 사이에 서로가 서로를 바꿀 수 없는 데서 생기는 상호 주관적인 공간이 있어야 하기 때문이다. 바로 이 공간에 시선의 잉여분이 쌓여 있다. 시선의 잉여분은 주체의 지평과 타자의 환경간의 차이이다. 주체가 볼 수 있는 것과 타자가 볼 수 없는 것의 차이가 시선의 잉여분인데, 주체와 타자, 주체와 세계 사이의 이러한 차이에 의해 양자의 만남은 수렴되지 않고 발산된다. 그 결과 주체가 세계를 바라보는 시선의 지평과 타자가 주체를 바라보는 시선의 환경 사이에는 본질적인 차이가 존재하게 된다. 이

---

11) 자크 데리다, 남수인 옮김(2001), 『글쓰기와 차이』, 동문선, 150-176쪽 참조
12) 이득재(1996), 앞의 논문, 90-92쪽.

러한 주체의 지평과 타자의 환경간의 차이는 사건으로서의 존재를 풍요롭게 하고 생산적으로 만든다.

주체와 타자는 기본적인 가치 범주를 갖고 세계에 대한 가치 평가를 하게 되는데, 주체와 타자가 갖는 가치 평가의 차이에 의해 존재는 사건 속에서 운동하게 된다. 사건은 그냥 흘러가는 것이 아니라, 참여하는 사유, 행위를 통해 세계 속에서 바뀌게 된다. 이러한 주체들의 행위, 정서적이고 의지적인 행동, 참여하는 사유, 행동하는 사고에 의해 세계와 사건은 창조되고, 이때 새로운 인간과 가치 맥락이 생겨난다. 그리고 이러한 맥락 속에서 주체와 타자는 다시 대화에 참여하게 되어, 결국 우리 인간 주체가 산다는 것은 대화에 참여하는 것이 된다.

바흐친의 이러한 타자론은 대립물의 통일이 아니라, 대립물을 서로 대립한 채로 더 큰 차원에서 통일시키는 것이다. 대립에 의한 차이는 동일성으로 해소되지 않고 반복되며, 이러한 차이의 반복이 계속된다. 차이의 반복 속에서 사건이 만들어지고, 서로가 서로의 삶의 사건을 풍요롭게 하면서 사건들이 대화의 고리를 엮어 나간다. 이와 같이 바흐친의 의미하는 차이는 들뢰즈가 말하는 거리로서의 차이에 가깝다. 대립하는 것의 동일성이 중요한 것이 아니라, 차이가 있는 것의 상호 적극적인 거리가 중요한 것이다.

들뢰즈의 타자 이론의 일반적인 특성은 1) 주체의 구성에서 타자가 하는 역할이 무엇인가 2)타자가 부재할 때의 효과는 무엇인가라는 두 가지로 나눌 수 있다. 들뢰즈는 타자의 효과란 "내가 지각하는 각각의 사물과 내가 사유하는 각각의 관념의 주위에서, 내 지각의 변두리의 세계, 즉 […] 배경을 조직하는 것"이라고 말한다. 이 점을 타자와 관련지어 주체가 사물을 지각할 때를 생각해보면, 주체는 대상의 어떤 일부분만 보게 되고, 주체가 보지 못하는 부분은 타자가 보는 부분이다. 그 결과 주체가 자신이 보지 못한 부분에 도달하려고 할 때, 주체는 대상 뒤에 있는 타자와 결합하여, 대상에 대해 주체 자신이 미리 예측했던 전체화를 완성할 수 있게 된다. 그 결과 대상은 '음영지어'지게 된다[13]. 들뢰즈는 대상에는 늘 가시화되지 않은 '잠재적인' 부분이 있는데, 주체가 이 잠재적인 부분까지 종합하여 대상을 체험할 수 있는 것은 돌연히 타자가 나타날 수 있는 가능성이, 언제든 주체의 지각 중심에 올 수 있기는 하지만 주체의 주의력 변두리에 위치하는 대상들의 세계에 희미한 빛을 던져주기 때문이다. 우리가 지각하지 못하는 부분을 지각하고 있을 타자의 존재를 전제하고서만 우리의 의식은, 우리가 일상적으로 체험하는 바와 같은 하나의 전체화된 세계를 체험할 수 있게 된다[14]. 그러므로 주체는 타자를 통해서만 이 전체화된 세계의 상관자가 된다.

그런데 이러한 타자의 역할은 주체의 대상 인식 뿐만 아니라, 주체의 정서적인 측면을 포함한 주체의 지각 활동에도 영향을 끼친다. 주체는 타자의 얼굴을 통해 주체의 지각이 미치지 못하는 부분, 주체가 현실적으로 지각하지 못하는 잠재적인 부분까지 통틀어 전체로서 하나의 세계를 구성할 수 있는 것이다. 그렇기에 들뢰즈는 타자를 '가능 세계의 표현' 혹은 '지각적 장의 구조'라고 정의한다. 타자는 주체가 지금 자각하고 있는 현실적인 세계가 아니라, 하나의 완전하고 통일되고 조직된 지각장을 가능하게 해 주는 '선험적 타자'로 이해되어야 한다.

이러한 들뢰즈의 타자론은 심리학적인 지각 작용의 관점에서 전개된 것으로, 타자를 존재의 사건이나 삶의 사건을 풍요롭게 하는 구체적인 존재로 보는 바흐친의 타자론과는 다르다. 바흐친이 상정한 타자는 들뢰즈에게서처럼 절대적 구조로서의 선험적인 타자가 아니라, 존재를 사건으로 만드는 살아있는 의식, 사건 속에서 행위하며 살고 사건을 지향하는 구체적인 타자이

---

13) 들뢰즈의 이론은 그 문제 제기 방식이 후설의 영향을 받고 있다고 할 수 있다. 지각 대상은 그것이 가진 삼차원성 때문에 항상 음영지어지게 되기 때문이다.
14) 질 들뢰즈, 이정우 옮김(2000), 『의미의 논리』, 한길사, 478-480쪽.

다. 바흐친에게 사건은 적극적으로 만들어지고 창조되는 것이지만, 들뢰즈의 사건에는 무한한, 참을 수 없는 차이의 반복 계기만이 있을 뿐 창조적인 변화의 계기, 갱신의 계기는 없다.

3. 소설 담론에 형상화된 타자성

작가와 작중인물 사이의 거리에 의해 작중인물이 작가의 이념에 도전하는 소설들이 등장하게 되었는데, 이로 인한 작가 위치의 위기 상황을 보여주는 소설이 다성적인 소설이라고 할 수 있다. 다성적 소설에서 모든 작중인물들이 서로 동등한 위치와 목소리를 지니게 되고, 이에 따라 화자(작가)가 작중인물에 대한 우월한 위치를 지니지 못하게 됨으로써, 소설 담론 내에는 작중인물과 화자의 '융합되지 않는 두 개의 목소리'가 드러나게 된다. 이처럼 융합되지 않은 두 개의 목소리를 지닌 다성적 소설은 그 희미한 경계선 위에서 두 개의 목소리가 하나의 차원으로 융합되지 않고, 적극적으로 갈등하고 충돌하는 타자성을 드러내게 된다. 두 개의 목소리는 서로 동시적으로 존재하고 병치되거나 대립되면서 상호 관계를 맺고 상호 영향을 끼친다.

바흐친은 소설 담론에서 작중인물들의 목소리(말)들은 상호 주체적이라고 하면서, 말은 화자(작가)와 독자에게 동시에 속한다고 말한다. 말은 이해되었다고 해서 끝나거나 멈추는 것이 아니라, 화자가 다시 독자가 되고 독자가 다시 화자가 되는 과정 속에서 들려진다. 이처럼 말은 들려지고 이해되며 응답받기를 원한다고 할 수 있다. 타자가 듣거나 이해하지 못하거나 질문에 응답하지 않으면 대화는 이루어지지 못한다. 그러므로 소설 담론은 작가의 질문에 독자가 응답하는 과정 속에서 이해되는 것이 아니라, 한 인물의 응답에 다른 인물이 응답하는 과정의 대화로 파악되어야 하고, 작중인물들은 소설 담론 내에서 복잡하고 역동적인 특별한 형태의 관계를 형성한다. 한 인물과 다른 인물들은 타자의 외재성 덕분에 시선의 잉여분을 갖고서 내적 대화를 나누기 때문이다. 그러므로 한 인물로서의 주체가 타자로서의 다른 인물과 맺는 관계는 서로간의 본질적인 차이에 의해 서로의 응답에 응답하는 과정을 통해 이루어진다. 따라서 소설 담론에서 본질적으로 중요한 것은 주체들 간의 대화 양상을 타자의 타자성이라는 관점에서 파악하는 것이 된다. 타자의 타자성으로 소설 담론을 분석함으로써 텍스트의 전체 의미가 새롭게 창조되고, 풍요로운 삶의 사건을 만날 수 있기 때문이다. 그러면 박완서의 「도둑맞은 가난」을 통해 바흐친이 말하는 타자의 타자성이 어떻게 드러나고 있는가를 살펴보자.

> 그렇지만 두 가구가 한 가구가 됨으로써 이익보는 수돗값, 전깃값, 오물세까지 따지면서도 가장 중요한 건 일부러 빼먹었다. 서로 좋아한다는 것, 실상은 이게 둘이 같이 사는 가장 중요한 이유일 텐데 나는 그 말을 번번이 빼먹었다. 그 말에 부끄럼을 타기도 했지만, 그 말만은 상훈이가 나에게 하게 하고 싶었다. 나는 같이 살자는 제안을 내 쪽에서 먼저 하면서도 그 말을 안 했다. 심지어 두 방을 쓰다가 한 방을 쓰면 연탄을 네 장에서 두 장으로 절약하는데 그치는 게 아니라, 둘이 한 이불 속에서 꼭 껴안고 잠으로써 다시 하루 반 장 내지 한 장의 연탄을 더 절약할 수 있다는 소리까지 거침없이 하는 배짱이 그 소리는 안 했다. 안 한 게 아니라 아껴두었다. 언제고 제가 나에게 그 소리를 하게 할 테다. 나는 그렇게 벼르고 있을 뿐이다.[15]

주인공은 상훈이라는 청년과 같이 살자고 먼저 말하고 같이 살게 되었다. 그런데 둘이 같이 살게 된 이유를 물질적 절약 때문이라고 표면상 말하고 있지만, 보다 근본적으로는 상훈과 주인공이 존재론적으로 서로를 규정해

---

15) 박완서(1997), 『나목·도둑맞은 가난』, 민음사, 447쪽. 이하 인용은 쪽수만 밝힘.

주는 관계, 즉 "서로 좋아한다는 것"을 주인공이 인식하고 있기 때문이다. 주인공이 생각하기에, 주인공을 좋아하는 상훈의 존재(실제로는 그렇지 않다)는 삶의 활력을 갖고 살아가게 되는 주인공을 탄생시킨다. 이것은 주체로서의 주인공이 자신을 상훈이라는 타자에 의해 규정함을 통해서만 가능한 것으로, 존재로서의 사건을 행하는 것이다. 다시 말하면, 상훈이 '주인공이 아님'이라는 부정이 주체로서 주인공의 존재를 타자인 상훈의 존재에 의해 규정되게 하고, 이것은 주체(주인공)와 타자(상훈)의 관계를 '내적 관계'(서로 사랑하는 것)를 통해서 규정하게 되는 전제가 된다. 만일 타자와 주체 사이에 어떤 내적 관계도 없다면, 주체는 타자의 출현이나 소멸로 인하여 주체 자신의 존재에 대해 아무런 영향도 받지 않을 것이다. 이 경우 타자의 나타남과 소멸은 그저 하나의 외적 대상의 나타남 및 소멸과 구별되지 않는 '외적 관계'를 이룰 것이다. 즉, 주인공과 상훈 사이에 '사랑하는 마음'이 없다는 것을 주인공이 미리 알고 있었다면, 하나의 인식 주체로서의 주인공은 또 하나의 인식 주체인 상훈과의 관계를 그저 스쳐감과 소멸의 관계 속에서만 생각했을 것이다. 그러나 주인공은 상훈과 자신의 관계를 인식적인 차원에서가 아니라, 존재론적 차원에서 서로가 서로를 발생시키는 상관자로 생각함으로써 상훈과 타자적 관계를 형성하게 된다. 즉, 존재 사건을 발생시키는 행위라고 할 수 있는 상훈과의 만남을 통해 주인공은 '자신에 대한 상훈'이 아니라, '상훈에 대한 자신'의 관계를 생각하게 된 것이다.

주인공이 이처럼 상훈과 존재론적 측면서 타자적 관계를 형성하려고 하는 데는 근본적인 이유가 있다. 상훈이라는 존재가 주인공으로 하여금 치열성을 갖고 살아가게 하는 데 필수적이기 때문이다. 그런데 주인공이 삶의 치열성을 갖고 살아가고자 하는 이유는 점차 몰락해 가면서도 끝까지 가난을 받아들이려고 하지 않았던 어머니를 보면서, 어머니와 자신과의 근본적인 차이, 절대적으로 같지 않는 비융합성 때문이었다. 이렇게 절대적으로 같지 않은 어머니와 주인공은 서로가 내적인 관계를 형성하기 못한 채 끝까지 외적인 관계로 남는다.

> 가난을 정면으로 억척스럽게 사는 사람들의 어떤 특이한 발랄함을 우리 어머니는 얼마나 치를 떨며 경멸했던가. 배알도 없는 것들이 천덕스럽고 극성스럽기만 하다고. 그래서 어머니는아버지와 아들을 꼬여서 같이 죽어버렸던 것이다. 흡사 찌개 속의 멸치처럼 눈을 동자 없이 하얗게 뒤집어쓴 추한 주검과, 냄새 나는 가난을 나에 떠맡기고.
> 그들이 죽기를 무릅쓰고 거부한 가난을 내가 지금 얼마나 친근하게 동반하고 있나에 나는 뭉클하니 뜨거운 쾌감을 느꼈다.(450쪽)

어머니는 가난한 사람들은 그 영혼까지도 가난한 것으로 생각하고, 어머니 자신의 신체는 가난과 함께 하고 있지만, 영혼만은 가난을 받아들일 수 없다는 자존심에 아버지와 오빠들을 꼬드겨서 자살을 한다. 이런 어머니에 대해 주인공은 어머니가 자신에게 남기고 간 것은 현실로서의 가난일 뿐, 영혼까지의 가난은 아님을 알기에 가난과 친근하게 살아가고 있는 자신의 현실에 대해 가슴 뭉클한 감동을 느낄 수 있다. 주인공의 이런 상황은 '여타의 다른 외부의 대상과 같은 물체로서의 가난은 어머니와 주인공을 서로 격리했지만, 이 물체의 장벽을 뛰어넘는 곳에는 가난을 이겨낼 수 있는 영혼이 있다'고 믿는 것이다. 이러한 영혼을 어머니는 믿지 않았고, 주인공은 믿었다는 데서 둘 사이의 근본적인 차이가 생겨난다. 주체 내부의 폐쇄된 틀을 벗어나 주체가 타자의 외재성을 인식하게 됨으로써 주인공은 가난을 이겨낼 수 있었던 것이다.

> 그러면서도 어머니는 우리가 알거지가 됐다는 걸 인정하려 들지 않았다. 고리타분하고 시척지근한 가난의 냄새에 발작적으로 진저리를 쳤고, 가난

　　한 사람들의 끈질긴 생활력을 더러운 짐승처럼 징그러워했고, 끝내 가난뱅
　　이하곤 상종을 안 했다. 아무리 없는 것들이기로서니 인두겁을 쓰고 어
　　떻게 이런 굴 속 같은 방에서 이렇게 비위생적으로, 이런 지독한 냄새를
　　풍기며 살 수 있을까 하고 흉을 보았다.(454쪽)

　가난한 자들과 절대로 하나가 될 수 없다는 어머니의 생각은 일회적인 것이기에, 어머니는 이런 상태에서 벗어나기 위해 허영을 부리다가 점점 더 몰락해 간다. 어머니의 허영과 가정의 몰락은 주인공에게 삶에 대해 사유하도록 강요한다. 그리고 주인공이 자신의 삶에 대해 해석하기를 요구한다. 이런 주인공의 상황은 살아가고자 하는 삶에 대한 욕구를 스스로 갖게 한 것이 아니라, 심성에 주어진 자극에 의해 '비자발적으로' 시작하게 된 것이다. 살아야겠다는 개념은 주인공의 사유에 상처를 입히는 근원적인 폭력으로써의 가난에 의해 촉발된 것이다. 그러므로 주인공의 사유 가능성은 주체의 사유할 수 있는 능력이나 진리에 대해 사유하고자 하는 의지에 의존하는 것이 아니라, 주체 바깥에서 오는 '깊은 숙고를 요하는 것, 즉 가난'에 의존한다. 이처럼 사유하도록 강요하고 사유에 폭력을 행사하는 것, 즉 상처를 줌으로써 사유를 시작하게 만드는 것을 가리켜 들뢰즈는 '기호signe'라고 부른다[16]. 주인공에게 다가온 가난은 주인공의 자율 의지에 의해 온 것이 아니라, 주인공에게는 '우연히 맞닥뜨린 것'으로 주인공이 풀어가야 할 기호가 된다. 이 기호은 주인공의 삶에 가난이라는 폭력을 행사하면서 적합한 표상도 수반하지 않은 채 나타나 주인공에게 사유하기를 강요하는 '비표상적 상처', 즉 트라우마를 남긴다. 그 결과 주인공은 가난이라는 기호의 폭력이 자신에게 상처를 입혔을 때, 그 기호가 숨기고 있는 진실, 즉 가난의 극복이라는 진실을 해독하기 위해 비로서 수동적으로 사유 활동을 시작한다[17].

---

16) 서동욱(2000), 앞의 책, 101-102쪽.
17) 이 사유 활동은 비인격적이고 익명적인 것이다.

한편 레비나스는 가난이라는 상처, 즉 트라우마의 자극을 통해 탄생하는 윤리적 주체의 모습을 제시한다. 레비나스에게서 이런 폭력을 행사하는 트라우마는 바로 '타자'로부터 온다. 레비나스는 주체의 지평 위에 자리잡을 수 없는 나와 전적으로 다른 자, 즉 표상될 수 없는 이 타자를 가리켜 '흔적 trace'이라고 불렀다. 주인공에게 어머니라는 존재는 자기와 전적으로 다른 자로서의 흔적이다. 주체로서 주인공은 삶의 곳곳에서 어머니의 흔적(가난에 대한 혐오감)을 느끼면서, 어머니의 흔적을 단순히 따라가는 존재가 아니라 어머니가 남김 흔적의 고리를 넘어서서 초월적인 존재를 지향한다. 그 결과 주인공은 자신의 인식적 소유물이 될 수 없는 타자로서의 어머니의 흔적을 통해 윤리적 주체로 태어나게 된다.

본고는 이러한 들뢰즈와 레비나스의 견해에 반해 바흐친의 관점을 취해, 주인공이 갖게 되는 어머니에 대한 태도와 삶에 대한 애착은 하나의 사건으로서 주인공의 행위를 통해 수행되는 것이라는 관점을 취하고자 한다. 들뢰즈의 견해에서처럼 주인공은 수동적으로 사유를 하게 되는 것이 아니라, 자신의 삶을 풍요롭게 하게 적극적으로 헤쳐나가기 위한 존재로서 사건을 만들고 창조하는 가운데 '가난'이라는 타자에 대해 타자성을 갖게 된다. 즉, '나에 대한 가난'의 관계가 아니라, '가난에 대한 나'의 관계를 상정하기에 주인공은 삶의 의욕을 가질 수 있게 된다.

> 합심하면 살 수 있어요. 이 동네 사람들이 다들 그렇게 사니까 창피할 것 하나도 없어요. 아이들도 벌고 어른들도 벌고, 노인들도 벌고, 개같이 벌어서 정승같이 살고들 있어요. 텔레비전 놓고 사는 집고 있고, 며칠에 한 번씩 돼지고기 구워 먹으면서 사는 집고 있고, 아무튼 시끌시끌 노래도 부르고 낄낄낄 웃기도 하며 살고 있어요. 우리도 그렇게 살아요, 네.(457쪽)

가난을 받아들이지 못하는 어머니의 개입을 통해, 주인공은 이기적인 주체에서 윤리적인 주체로의 변모를 하게 된다. 즉, 주인공은 가족 중에서 가장 어렸기에 가족의 생계를 걱정하지 않아도 되던 '존재 안에 머무르려는 경향'을 갖고서 물질적 향유를 하던 이기적인 주체성을 던져버리고, 헐벗고 고통받는 타자인 가족들의 상황에 의해 트라우마를 받는다. 그 결과 주인공은 트라우마로부터 존재의 사건을 겪으며, 이 사건에 의해 삶의 의미를 스스로 만들어 가야 했다. 이러한 사건들에 의해 주인공은 가족의 생계를 위해 어머니의 친구인 아주머니의 미싱 공장에서 미싱 일을 하게 된다.

그러던 어느 날, 주인공이 공장에서 집으로 돌아왔을 때 가족들은 주인공만을 남겨둔 채 모두 자살을 하고 말았다. 가족들이 주인공만을 남겨두고 모두 자살을 한 사건은 주인공과 가족 사이에 영원한 타자의 부재 관계를 형성한다. 이 타자의 부재 관계는 주인공이 가족과의 진정한 타자성을 형성할 수 없게 하는 요인이 된다.

그러나 어머니는 오냐 우리가 너한테 기댈까봐, 안 기댄다 안 기대 두고 보렴 하더니 그 다음 날 내가 공장에서 돌아왔을 때 우리 식구는 죽어 있었다. 가을이라곤 하지만 노염이 가시지 않은 무더운 날, 방에 연탄불을 피워 놓고 문틈은 꼭꼭 봉하고 네 식구가 나란히 죽어 있었다. 나만 빼놓고 자기들끼리만 죽어 있었다.(455쪽)

가족이 모두 죽어버린 상황은 주인공에게는 타자의 부재를 의미한다. 타자의 부재는 주인공에게는 삶에 대한 책무성, 가능성을 송두리째 말살시킨 사건이 된다. 타자의 부재는 주체의 존재 가능성을 부정하는 사건(요소)이기 때문이다. 이러한 타자의 부재 속에서 주체는 또 다른 타자를 지향하게 되고, 그 타자와 동등한 관계 속에서 타자의 응답에 응할 수 있는 타자성의 관계를 원한다. 주인공은 자신의 존재성을 확인하고, 사건의 존재 속에서 타자 속으로 몰입하지 않고 스스로에게 귀환하고자 한다. 그런데 주인공이 생각하는 이러한 타자에의 열망은 타자의 트라우마를 통해 발생하는 것이다.

> 한 이불 속에 든 남녀라면 누구나 할 수 있는 짓을 하면서도 나는 이게
> 아닌데, 아아, 이게 아닌데 하고 생각했다. 그건 우리가 둘 다 서로 그 방면
> 에 풋내기라는 데서 오는 초조감하곤 달랐다. 나는 그 짓을 통해 따뜻하고
> 평화스러운 느낌이 되길 바랐지만 정반대의 느낌으로 끝나게 마련이었다.
> 그래서 나는 울고 싶었다. 그러나 억지로 참았다. 나는 행복했던 적에도 울
> 기 잘하는 계집애여서 울고 난 후에 모든 것이 씻겨내린 듯한 상쾌감을 알
> 고 있었다. 그러나 나는 지금 모든 것을 씻겨낸 후의 내 모습을 보는 것을
> 원치 않았다.(458쪽)

타자의 신체적 표현이 인식 대상으로 주어진다면, 주체는 결코 타자의 존재를 직접 경험할 수 없고 감정이입 등의 우회로를 거쳐야만 한다. 그리고 이런 식의 접근은 타자의 존재에 대한 개념적인 이해 밖에는 주지 않는다. 주인공은 상훈과의 육체적 관계를 가지면서도 늘 '이게 아닌데'라는 회의에 젖는다. 상훈과의 육체적 관계는 "따뜻하고 평화스러운 느낌"이기보다는 늘 정반대의 느낌을 주인공에 준다. 이런 현상은 상훈이란 타자가 주체인 주인공에게는 신체라는 대상으로 주어졌음을 뜻한다. 이는 대상으로서의 타자, 즉 타자의 신체적 표현 행위에 대한 인식을 통해 그 후에 있는 타자의 존재를 체험하는 것이다[18]. 이러한 체험은 타자를 대상으로서 맞이하는 것으로, '나에 대한 타자'의 관계이지 '타자에 대한 타자'의 관계가 아니므로 바흐친적 의미에서의 타자성과는 거리가 있다. 주인공(주체)은 상훈의 신체적 표현을 매개로 해서만 상훈(타자)과 관계를 맺게 된다. 그러나 주체든 타자든 신체적 표현과 심적 상태는 차원이 다른 문제이다. 따라서 주인공은 억지로 울

---

18) 이러한 타자 이론은 후설의 타자 이론과 맥을 같이 하는데, 후설의 타자 이론은 사르트르에 의해서 비판받은 바 있다.

음을 참으며, 상훈(타자)과의 진정한 타자적 관계를 열망한다. 즉, 주인공과 상훈간의 신체적 관계 맺음에 의한 가능성으로서의 개연적인 타자성이 아니라, 신체 배후에 있는 내면성의 타자성, 즉 존재론적 측면에서 타자와의 관계 맺음을 원하는 것이다. 이러한 열망이 있기에 주인공은 "지금은 모든 것을 씻겨낸 후의 내 모습을 보는 것을 원치 않았던" 것이다.

주체들은 모두 각자의 내면 속에 반성하는 의식을 지님으로써 존재하게 된다. 주체가 자신의 내면성에 대한 타당한 반성 의식을 갖게 되는 것은 '오로지' 그 내면의 의식으로부터 얻어질 뿐이지, 신체를 매개로 한 외면적 관계를 통해서는 얻어질 수 없다. 인식을 통해 존재를 측정하고자 한다면, 이것은 타자가 자신의 타자를 인식함으로써만 가능하다.

'나'의 내면과 타자의 내면은 '나'에 대해서 결코 동일한 정도의 명확성을 가지지도 않고 동일한 정도로 부재하지도 않는다. 그러므로 주체와 타자의 관계는 인식의 측면에서 해결되는 것이 아니라 존재론적 측면에서 해결된다고 할 수 있다.

> 가난뱅이답지 않게 수려한 이목구비도 백치스러워 보였다. 나는 그런 그에게 맹렬한 저항을 느꼈다. 그래서 와락 짜증을 내면서 없는 사람끼리 그러면 못쓴다고 돈을 추렴해 가지고 문병 가서 가족을 위로하고 특히 본인에겐 곧 나을 테니 걱정 말고 몸조리나 잘 하라고 거짓말을 시켜야 한다고 가르쳤다. 죽을 때까지 가끔가끔 그렇게 해 줘야 된다고 타일렀다.(457쪽)

주인공은 고통받는 타자 앞에서 자신의 이기적 자아를 버리고 레비나스적 의미에서 그 타자에 대한 윤리적 주체가 된다. 주인공은 병든 폐병장이(만식)를 지향성과 이해 가능성의 측면에서 자신(동일자)에게 환원시키는 것이 아니다. 만일 주인공이 동일자에게 환원시키는 방식으로 폐병장이를 돕는다면, 타자로서의 폐병장이는 주인공의 인식 속에 주어진 대상으로 존재

한 채, 그 타자성을 상실하고 주체의 주관적인 지평 위에 인식적 소유물이
되고 말 것이다. 그런데 주인공이 폐병장이를 돕기로 한 것은 폐병장이를 위
해서가 아니라, 자신도 "뭔가 좋은 일을 하고 있다"는 자기 존재의 당위성
때문이다. 이런 자기 존재의 당위성 속에서 타자로서 폐병장이는 주인공의
존재 자체를 가능하게 하는 타자로서의 기능을 한다. 이렇게 됨으로써 주체
와 타자는 서로 얼굴을 마주하면서 서로를 규정하게 된다.

> 그렇다고 그가 그 폐병장이를 뼈아프게 동정했던 것도 아니란 걸 나는
> 안다. 둘 다 그에겐 조금도 절실하지 않았다. 바로 그것이 문제였다. 따라
> 서 도와주고 싶은데 돈은 아깝고, 그래서 돈을 꺼냈다 넣었다, 이천 원을
> 내놓을까, 삼천 원을 내놓을까, 천 원 상관으로 십분도 넘어 괴로워하고 도
> 와줄까 말까로 한 시간도 넘어 애타심과 이기심이 투쟁을 하는 그 뼈아픈
> 갈등을 전연 겪지 않고, 헌신짝 버리듯 무심히 삼만여 원을 그냥 버렸던
> 것이다. 그걸 까닫자 나는 오한처럼 오싹 기분 나쁜 불안감을 느꼈다.(459
> 쪽)

> 도대체 넌 뭐냐? 삼만 원이 넘는 돈을 헌신짝처럼 버리고 편히 잠들 수
> 있는 너는 뭐냐. 기가 죽지 않는 건 좋다고 치자. 그렇지만 너의 그건 가난
> 뱅이들의 억척스럽고 모진 그 청청함하곤 확실히 다르다. 전연 이질적인
> 것이다. 나는 깊이 전율했다.(459-460쪽.)

상훈은 자신의 이해 가능성 혹은 사유의 표상을 통해 폐병장이를 도움으
로써 폐병장이를 자신의 지평 위에 귀속시켜 자신의 인식 대상으로 삼는다.
그러나 주인공에게 폐병장이는 주인공 자신에게 귀속되는 대상적 존재물이
아니다. 즉, 폐병장이는 주인공에게 대상 혹은 신체적 표현으로 주어지는 것
이 아니라, 주체로서 주인공에게 직접 주어진 자이다. 주인공은 폐병장이를
외적 관계로만 파악하는 것이 아니라, 자신과 내적 관계를 가질 수 있는 자,

'나의 나됨의 규정'에 개입하는 자로 파악한다. 따라서 주인공은 애타심과 이기심 사이의 갈등에서 타자(폐병장이)로 인해 자기됨("내가 살고도 남아 남을 돕는다")을 가질 수 있게 된다. 그러나 이런 주인공의 자기됨은 상훈에 의해 무참히 깨진다. 상훈은 폐병장이를 자신의 시선으로만 바라볼 뿐, 폐병 장이의 시선에 의해서 자신이 보여지고 있음을 인식하지 못한다.

상훈의 이러한 태도가 주인공에게는 전연 이질적인 것으로 다가온다. 상훈의 태도는 자신의 지각 장(field) 위에 폐병장이를 올려다 놓고 타자를 개연적 대상으로 삼는 것이다. 그리하여 상훈에게 폐병장이는 '가난한 자'라고 하는 유적 개념을 매개로 해서 나타난다. 그 결과 폐병장이는 상훈에게 존재론적 차원에서의 타자가 아닌 인식론적 대상이 된다.

제 3자로서의 폐병장이를 사이에 두고 주인공과 상훈 사이에 놓인 시선의 차이는 근본적으로 대립된다. 이러한 두 인물의 시선 차이는 두 개의 목소리가 되며, 이 두 개의 목소리는 타자성의 전제 조건을 형성한다. 이 전제 조건은 비융합성을 갖고서, 차이와 대립을 나타난다. 차이와 대립으로서 상훈과 주인공의 시선 차이는 서로가 같은 영역 내에서 행해지는 행위가 아니라, 근본적으로 다른 영역에서 행해지는 행위이며, 이것은 하나의 사건을 유발한다.

> 그러던 어느 날 그는 아무런 예고 없이 집에 들어오지 않았다. 다음 날도 그 다음 날도 계속 들어오지 않았다. (중략) 밥벌이를 위해서도 공장에는 나가야 했지만, 공장에 나가 있는 동안 그가 돌아와 있을지도 모른다는 생각, 꼭 돌아와 있을 것만 같은 확신으로 하루를 보내고, 방에 불이 켜져 있을 것을 믿으며, 산동네의 비탈길을 미친 듯이 달음질치는 뜨겁고 부푼 기대의 시간을 위해서 공장에 나가는 거였다.(461쪽)

주인공은 자신과 상훈이 시선의 차이에 의해 근본적으로 분리[19]된 존재이지만, 바로 이 때문에 서로간의 타자성이 존재하게 된다. 이 타자성은 '가난'이라는 제 3자가 매개될 수 없음을 원한다. 상훈은 타자를 '가난'이라는 매개적 개념 없이 그 타자를 자체로만 이해하려고 한 것이다. 그러나 이러한 타자성에의 지향은 근본적으로 성취될 수 없는 것이다. 주인공과 상훈 사이에는 '가난 - 부'라는 제 3자의 매개, 다시 말하면 '경제적 차이'라는 것이 둘 사이에 가로놓여 가난을 희롱하려는 부자(상훈)들의 태도가 주인공과 상훈 사이의 존재론적 동일성을 근본적으로 불가능하게 함으로써 항구적인 비융합성을 가져온다.

> 어느 날, 내 방에 불이 켜져 이었다. 그리고 상훈이가 돌아와 있었다. 그는 냉랭하고 남남스러운 얼굴로 나를 맞았다. 그는 좋은 옷을 입고 있었고, 머리 끝에서 발끝까지 깨끗했다. 그래서 그런지 그가 내 방에 앉아 있는 게 아주 비현실적으로 보였다. 나는 그가 비참하게 돼서 돌아오는 경우만 상상했지 이렇게 훌륭하게 돼서 돌아오는 경우를 전연 예기치 못했으므로 우두망찰을 했다.(462쪽)

> "응, 돈 갚으려고. 그때 그게 삼만 얼마더라?"
> 그는 은행원처럼 친절하고 사무적인 태도로 말했다. 나는 내 속에서 꿈틀대던 정다운 것들이 영영 사라져가고 있는 것처럼 느꼈다. 지독한 혼란이 왔다.(462쪽)

> "(전략) 이 기회에 이런 끔찍한 생활을 청산해. 이건 끔찍할뿐더러 부끄러운 생활이야. 연탄을 애끼기 위해 남자를 끌어들이는 생활을 너도 부끄러워 할 줄 알아야 돼."
> 암 부끄럽고 말고, 부끄럽다. 부끄럽다. 부끄럽다. 당장 이 몸이 수증기처럼 사라질 수 있으면 사라지고 싶게 부끄럽다.(464쪽)

---

19) 레비나스는 인간 존재자는 제 3자의 매개 없이 오로지 그 존재자들 사이의 분리라는 관계 자체 속에서만 이해되어야 한다고 했다.(서동욱(2000), 앞의 책, 176-177쪽.)

주인공은 지금까지 연탄을 아끼기 위해 상훈과 함께 살아온 것을 후회해 본 적이 없었다. 주인공은 상훈을 자신과 같은 처지의 고아로 생각하고, 상훈을 존재론적으로 서로 규정해주는 주체로 생각해 왔다. 그러나 사실 상훈은 부잣집 아들이고 대학생이었다. 이런 그가 일부러 가난뱅이 노릇을 한 다음, 주인공에게 "부끄러워 할 줄 알아야" 한다고 말한다. 이러한 상훈의 말에 주인공의 비반성적인 의식[20]은 지금까지의 자신의 생활에 대해 '수치'를 느낀다. 그런데 이러한 수치감은 주인공 자신의 것이 아닌, 곧 타자인 상훈의 의식을 매개로 하여 생겨난 것으로, 상훈 앞에서 느끼는 '수치'이다. 주인공의 수치가 비반성적인 이유는 사르트르가 말한 대로 "수치는, 수치로서의 자기에 (대해) 비정립적인 의식"[21]이기 때문이다. 이처럼 주인공의 수치는 스스로 자아를 형성하는 것이 아니라, 상훈의 시선 때문에 생겨난 비반성적인 수치이다. 주인공은 상훈의 시선을 통해, 의식의 자발적인 능력이 아닌 수동적으로 자아를 출현시킨 것이다. 이는 애초에 자기 안에 자아를 갖고 있지 않던 주인공의 의식이 비반성적인 층위에서 타자의 시선으로 인한 수치심 속에서 자아를 발생시키는 것이다. 수치는 자신에 대한 수치이기 때문이다.

요컨대 타자의 시선을 통해 등장하는 타자에 대한 의식이 수치를 발생시키고, 수치는 그 수치의 대상으로 자아를 발생시키는 것이다. 이는 주인공이 타자의 시선에 의해 타자에게로 몰입되는 것이 아니다. 주체는 자신의 시선을 통해 자신의 처지, 상황 등을 생각하면서 다시 주체로 귀환하고 있기 때문이다.

---

20) 여기서의 비반성적인 의식은 사르트르적 의미에서의 비반성적인 의식이다.
21) 서동욱(2000), 앞의 책, 184-185쪽에서 재인용. 의식은 언제나 의식 외재적인 무엇에만 정립적이고, 의식 자신에 대해서는 결코 인식적이거나 정립적이지 않다.

어떻게 그걸 알아들을 수가 있단 말인가. 우리 어머니는 부자들이 얼마나 호강들을 하며 사나에 대해 아는 척하기를 좋아했다. 세상에 돈만 있으면 안 되는 게 없고 못하는 게 없고, 인생의 온갖 열락들이 돈 주위에 아양을 떨며 모여든다고 했다. 그렇지만 가난뱅이짓을 장난삼아 해 보는 부자들에 대해선 들은 바가 없다.(463쪽)

부자들이 제 돈을 갖고 무슨 짓을 하든 아랑곳할 바 아니지만 가난을 희롱하는 것만은 용서할 수 없지 않은가. 가난한 계집을 희롱하는 것만은 용서할 수 있다손치더라도 가난 그 자체를 희롱하는 건 용서할 수 없다. 더군다나 내 가난은 그게 어떤 가난이라고. 내 가난은 나에게 있어서 소명(召命)이다.(463-464쪽)

나는 돈을 받아 그의 얼굴에 내동댕이치고 그리고 그를 내쫓았다. 여섯 방의 식구들이 맨 발로 뛰쳐나와 구경을 할 만큼 목이 터지게 악다구니를 치고 갖은 욕설을 퍼부어 그가 혼비백산 도망치게 만들었다.(464-465쪽)

주인공은 상훈에게 받은 돈을 내동댕이 치고 갖은 욕설을 퍼부어 상훈을 내쫓는다. 상훈을 내쫓으면서 주인공은 수동적으로 가지게 되었던 '수치를 느끼는 자아'를 외재적으로 극복하면서, 자신을 인격적 주체로 세운다. 인격적 주체로서 주인공의 자아는 스스로 떳떳하고 용감하게 가난을 지켜 왔다는 자부심을 이끌어낸다. '가난'이 주인공에게는 존재론적 숙명이며, 주체를 발생시키는 또 다른 타자였기 때문이다. 타자의 시선을 통해 다시 자신에게 귀환한 주체는 타자의 시선에 비친 자신의 모습을 통해 자신의 삶을 풍요롭게 하는 길로 들어선다. 그러나 이러한 상태는 그리 오래 지속되지 못한다.

나는 그를 쫓아보내고 내가 얼마나 떳떳하고 용감하게 내 가난을 지켰나를 스스로 뽐내며 내 방으로 들어왔다. 그런데 내 방은 좀전까지의 내 방이 아니었다. (중략) 그것들은 다만 무의미하고 추했다. 어제의 그것들은 서로 일사분란 나의 가난을 구성하고 있었지만, 지금 그것들은 분해되고 추한 무용지물일 뿐이었다. 판잣집이 헐리고 나면 판잣집을 구성했던 나무 판대기, 슬레이트, 진흙덩이, 시멘트 벽돌, 문짝들이 무의미한 쓰레기더미가 되듯이 내 가난을 구성했던 내 살림살이들이 무의미하고 더러운 잡동사니가 되어 거기 내동댕이쳐져 있었다. 나는 그것들을 다시 수습할 수 있을 것 같지가 않았다. 내 방에는 이미 가난조차 없었다. 나는 상훈이가 가난을 훔쳐갔다는 걸 비로소 깨달았다. 나는 분해서 이를 부드득 갈았다. 그러나 내 가난을, 내 가난의 의미를 무슨 수로 돌려받을 수 있을 것인가.(465쪽)

나는 우리가 부자한테 모든 것을 빼앗겼을 때도 느껴보지 못한 깜깜한 절망을 가난을 도둑맞고 나서 비로소 느꼈다.
나는 쓰레기더미에 쓰레기를 더하듯이 내 방 속에, 무의미한 황폐의 한가운데 몸을 던지고 뼈가 저린 추위에 온몸을 내 맡겼다.(466쪽)

주인공과 상훈의 관계는 내적 관계가 아닌 외적 관계에 의해 서로에게 직접적인 대상이 되었기에, 상훈의 존재는 가난을 떳떳하고 용감하게 지켜나갈 수 없게 한다. 즉, 상훈의 떠남은 가난을 이겨내려는 주체의 '나의 나됨;에 개입하지 못하는 것이다. 떠나버린 상훈(또 하나의 주체)은 주인공(주체)과 외적으로 관계하는 양상을 보여주면서, 가난을 이겨내려는 주인공의 내면적인 반성 의식을 불가능하게 만든다. 이러한 상황은 존재의 측면에서 볼 때 주체의 내면성이 타자(상훈)를 경유해서 성립되지 못하게 한다. 여기서의 주체와 타자의 관계는 존재와 존재의 관계가 아니라, 서로가 서로를 외적 대상으로 인식하는 인식론적 관계에 놓여 있기 때문이다.

4. 타자성의 관점에 의한 소설 교육

가. 소설 교육과 학습자

소설 교육은 학습자가 소설 텍스트를 읽고 이해하고 해석하는 과정을 통해, 소설 담론의 의미화를 실천하여 자기 삶을 성찰하고 새로이 형성할 수 있도록 하는 것이라고 할 수 있다. 학습자의 자기 성찰과 새로운 자기 형성은 소설 담론에 대한 학습자의 능동적인 소통 과정을 통해 이루어진다. 소설 교육은 학습자가 능동적인 소통 과정을 통해 소설 담론의 의미화를 새로이 실천하는 과정이라고 할 수 있기 때문이다[22].

수용 미학적인 관점에서 볼 때 학습자의 소설 읽기는 학습자가 텍스트의 미확정 부분을 채워 넣는 텍스트와의 상호 작용이라고 할 수 있을 것이다. 따라서 학습자가 소설 텍스트를 읽고 학습하는 과정은 작가가 소설 담론에 형상화 해 놓은 의미를 수동적으로 받아들이는 것이 아니라, 소설 텍스트의 새로운 의미 생산자로서 텍스트를 작품(Werk)으로 의미 전환 시키는 것이라고 할 수 있다[23]. 학습자와 텍스트의 상호 작용은 학습자의 주체적이고 비판적인 사고 과정에 위해 다성적인 양상을 드러낸다[24]. 그런데 학습자와 소설 텍스트의 다성적인 상호 작용은 학습자가 소설 담론에 형상화된 의미를 수동적으로 받아들이는 것이라기보다는 소설 담론에 대한 이해와 해석을 통해 다른 해석 주체와 관련을 맺게 되고, 이 관련은 소설 교육을 둘러싼 맥락과 깊은 상관 관계를 갖게 된다.

---

22) 담론은 담론 주체의 능동적인 의미화 과정, 즉 실천을 전제한다.(H.C. Celo, 박순경 옮김 (1998), 『탈구조주의 교육과정 탐구』, 교육과학사, 27-28쪽.)

23) 수용 미학에서 텍스트(Text)와 작품(Werk)은 서로 별개의 개념을 갖는다. 텍스트는 작가가 산출해 놓은 것으로 아직 독자의 의미화 실천 과정을 거치지 않은 것이고, 작품은 독자가 텍스트와의 상호 작용을 통해 텍스트의 미확정 부분을 채워넣고 이를 통해 새로운 의미화 실천을 한 것이라고 할 수 있다.

24) 우한용(1993), 「소설 교육의 기본 구도」, 우한용 외, 『소설 교육론』, 평민사, 18-19쪽.

소설 교육이 교육 주체들 사이의 상호 관계의 맥락 속에서 수행되기에 소설 교육은 하나의 현상으로 존재한다고 할 수 있다. 소설 교육은 단순히 소설 담론과 학습자만의 상호 작용에 의해 수행되기보다는 다른 교육 주체들과의 상화 관련성 속에서 수행되는 현상으로 존재하기 때문이다.

소설 교육이 수행되는 현상은 크게 제도적 교육의 안팎으로 나뉠 수 있다. 문학 교실을 중심으로 이루어지는 제도적 교육은 '문학 교사'의 매개에 의해 소설 교육이 수행된다. 문학 교사는 단순히 소설 담론을 학습자에게 매개해 주는 존재자이기보다는 소설 담론에 대한 자신의 소통을 학습자와 끊임없이 상호 작용하는 교육의 주체가 된다. 따라서 소설 교육에서 학습자와 문학 교사는 상호 주체적으로 영향을 주고받게 되고, 이러한 관계는 학습자와 동료 학습자의 사이에서도 발생한다. 그러므로 소설 교육은 학습자와 문학 교사, 학습와 동료 학습자 사이의 상호 주체적인 관계를 보다 깊이 규명하고, 이러한 관계가 소설 교육에 어떤 영향을 주는지를 파악할 필요가 있을 것이다. 따라서 소설 교육은 학습자와 문학 교사, 학습자와 동료 학습자 사이의 상호 주관성, 즉 타자성을 필연적으로 고려할 필요가 있을 것이다. 본고가 소설 교육에서 타자성을 주목하는 이유는 여기에 있다.

반면에 문학 교실 밖에서 이루어지는 소설 교육은 잠재적 교육과정에 의할 수밖에 없다. 잠재적 교육과정에 의한 소설 교육은 학습자가 제도적 교육과정을 통해 학습한 바를 바탕으로 하여, 자신의 실제 삶과 관련지어 문학을 향유하는 문학 생활화와 관련이 있다. 학습자의 문학 생활화는 문학 교사의 중개 작용 뿐만 아니라 소설 텍스트에 대한 비평가들의 견해와 상호 작용을 하는 가운데서 수행된다[25]. 학습자가 비평가들과 상호 작용을 함으로써 소설 교육은 당대의 문화 틀에 크게 좌우되게 되고, 또 역으로 소설 교육 자체

---

25) 소설 텍스트에 대한 비평가들의 영향력 정도는 학습자의 연령이 높아감에 따라 어느 정도 비례하다가 학습자가 고급 독자가 되었을 때 다시 감소하는 경향을 보인다.

가 당대의 문화적 틀의 토대가 되기도 한다. 그러기에 소설 교육의 모습은 학습자 개인의 가치관에 따라 달라지기보다는 교육 공동체가 소설 교육에 대해 갖고 있는 관점에 따라 달라지는 양상을 보인다.

소설 교육에서 가장 우선적으로 고려되어야 할 것은 학습자와 문학 교사, 학습자와 동료 학습자 사이에서 형성되는 소설 텍스트에 대한 소통맥락과 문학 능력이라고 할 수 있을 것이다. 소설 텍스트에 대한 소통 맥락과 문학 능력은 학습자가 자신의 삶을 성찰하고, 이를 바탕으로 새로이 자기 삶을 형성하는 과정을 보여주면서 소설 교육의 지향점이 소설 교육 주체들간의 타자성을 드러냄을 보여준다.

지금까지의 소설 교육은 문학 능력이 뛰어난 문학 교사가 자신보다 문학 능력이 떨어진 학습자에게 보다 상위의 문학 능력을 주입하고, 이를 바탕으로 학습자가 정전으로서의 소설 텍스트에 담긴 진리나 절대적 가치를 획득하는 것을 목표로 해 왔다. 따라서 소설 텍스트에 대한 문학 교사의 문학 능력, 가치관은 하나의 규범으로서 학습자에게 전달되고, 학습자는 수동적으로 소설 교육에 참여하는 존재로 규정되어 왔다. 그러나 소설 텍스트에 대한 문학 교사의 수용 정도가 곧 학습자의 텍스트 수용으로 이어질 수는 없다. 소설 텍스트에 대한 학습자의 소통은 학습자의 문학 능력, 가치관, 소통 맥락 등에 따라 달라지는 양상을 보인다. 이것은 소설 교육이 텍스트와 학습자의 대화 과정, 즉 소통 과정이 초점이 주어지고, 이 과정에서 학습자가 자기 성찰과 자기 형성을 해 나가는 양상을 규명해야 함을 의미한다. 자기 성찰과 자기 형성을 위한 소설 교육을 위해 학습자는 주체적이고 비판적 사고 활동을 통해 텍스트의 의미화를 실현하면서 다른 교육 주체들과 타자성을 형성할 필요가 있다. 다른 교육 주체들과 타자적 관계를 통해 학습자는 소설 텍스트에 대한 보다 풍부한 이해와 해석, 비판을 할 수 있기 때문이다. 이때 문학 교사는 텍스트에 대한 자신의 이해와 해석을 바탕으로 학습자가 자기 성찰과 자기 형성을 할 수 있도록 하는 매개자가 되어야 한다. 이를 위해 문학 교사는 소설 텍스트에 담긴 담론 질서와 교육적 의도 등을 통합적으로 고려하면서 학습자가 자신의 길을 골골이 열 수 있도록 하는 안내 독서(guided reading)를 해야 한다. 반면에 학습자는 교사의 안내 독서를 통해 비평적인 소설 읽기를 수행하면서, 소설 텍스트와의 적극적인 대화 과정을 통해 텍스트를 자신의 삶과 관련지어 평가할 수 있는 태도를 지녀야 한다. 이러한 태도는 가치 평가적 태도를 지니는 것으로 소설 담론에 대한 비평적 이해를 전제한다. 따라서 소설 교육의 궁극적인 지향점은 학습자가 소설 텍스트에 대한 비판적 이해를 바탕으로 하여, 이를 자기 성찰과 자기 형성을 위한 과정으로 만드는 것에 두어야 한다. 이는 소설 텍스트가 학습자에게 '어떤 의미'를 주는가가 소설 교육의 핵심이 아니라, 소설 텍스트에 대한 이해를 통해 학습자가 '어떠한' 주체가 되는가가 소설 교육의 핵심임을 의미한다.

학습자와 소설 텍스트의 대화적 소통을 전제하는 소설 교육에서 핵심 변인은 물론 학습자이다[26]. 이는 소설 교육의 주요 관심사가 학습자의 문학 능력, 텍스트의 소통 맥락, 텍스트 소통을 통한 학습자의 자기 성찰 및 자기 형성이 되어야 함을 의미한다. 이를 위해서는 학습자가 소설 텍스트를 어떤 과정을 통해, 어떻게 수용하는가와 텍스트 수용을 통해 어떠한 자기 성찰과 자기 형성을 해 나가는가를 고려해야 한다. 이는 소설 담론이 지닌 역동적인 소통 구조를 학습자가 어떻게 이해하고 평가하는가와 소설 담론에 대한 이해와 해석을 통해 학습자가 문학 교사, 동료 학습자 등과 어떠한 타자적 관계를 형성하는가를 규명해야 한다. 소설 교육에서 학습자가 갖는 타자적 관

---

26) 수용 이론에 의하면, 문학 교육은 텍스트의 세계와 학습자의 세계가 하나의 살아 있는 의미를 형성하면서 그 상호 작용 속에서 새롭게 열린 지평을 향해 나간다."(구인환 외 (1996), 『문학교육론』, 삼지원, 166쪽.)

계는 텍스트와의 관계, 문학 교사와의 관계, 동료 학습자와의 관계, 사회·문화적 상황 맥락과의 관계, 교육적 맥락과의 관계 등이 있을 수 있다. 본고는 이 관계들 중에서 학습자의 소설 담론에 대한 이해와 해석에 가장 본질적으로 작용하는 학습자와 동료 학습자의 관계에 초점을 두어 소설 교육 현상에서의 타자성을 논하고자 한다. 이를 위한 틀로는 협동 학습 모형을 생각해 보고, 이 모형을 통해 학습자의 비판적 사고 능력과 문학 능력이 어떻게 형성되고 증진될 수 있는지를 고찰할 것이다.

나. 타자성의 관점에 의한 소설 교육의 틀

학습 내용이 동일하다고 할지라도 어떠한 학습 전략을 갖고 학습에 임하느냐에 따라 학습 성과가 달라진다. 학습 전략에 따른 학습 성과의 차이는 소설 교육에도 마찬가지 현상인데, 본고가 강조점을 두는 타자성의 관점에 의한 소설 교육에 맞는 학습 전략은 논쟁하기 전략이라고 할 수 있을 것이다. 본고가 상정한 타자성은 '나에 대한 타자'의 관계가 아니라 '타자에 대한 나의 관계', 즉 타자의 타자성이었다. 이러한 타자성의 철학을 생각해 볼 때, 본고가 강조하는 소설 교육에 맞는 학습 전략은 협동학습 전략 중에서 학습자들 사이의 갈등과 논쟁을 통해서 학습의 성과를 얻을 수 있는 논쟁하기 전략이라고 할 수 있다. 논쟁하기 전략이 최종적인 학습 결과를 도출하기 위해 학습 주체들간의 합의를 지향한다는 점에서, 이 전략은 원칙으로 타자성의 철학과는 배치되는 양상을 보이기도 한다. 그러나 철학과 교육적 틀이 말 그대로 정확하게 일치할 수는 없다는 점, 논쟁하기 전략이 추구하는 합의 과정이 학습자들 사이의 갈등과 차이에 주목한다는 점 등을 고려한다면, 이 전략은 본고가 상정한 타자성의 관점에 의한 소설 교육의 틀로서 어느 정도 부합된다고 할 수 있다.

협동 학습은 학업 성취 뿐 아니라 집단이나 개인간의 수용적 태도, 폭넓은 인간 관계 개선과 자아 존중감의 촉진을 목적으로 하는 학습 전략으로, 이는 인식론적 차원이 아니라 존재론적 차원에서 타자의 존재성을 필요로 하는 타자성의 관점에 의한 소설 교육과 부합된다. 이처럼 타자성의 관점에 의한 소설 교육에 부합되는 협동 학습은 학습자 주도의 활동을 통해 사회적인 측면과 정의적인 측면에서 학습 목표를 성취할 수 있도록 한다는 점에서 소설 교육에 시사하는 바가 크다. 소설 텍스트의 수용이 텍스트와 독자의 상호 작용을 바탕으로 한 <작가-텍스트-독자>간의 소통에 있다는 점을 염두에 둘 때, 소설 교육에서 강조되어야 할 것은 독자로서의 학습자가 소설 텍스트를 어떻게 수용하여, 이를 자신의 삶과 관련지어 텍스트의 의미를 재생산하느냐라고 할 수 있을 것이다. 학습자는 텍스트의 수동적인 이해자가 아닌 능동적인 수용자, 생산자이기 때문이다. 텍스트는 학습자의 수용 양상에 따라 그 의미화가 달리 실천되므로, 학습자의 주체적 수용이 텍스트의 발생적 영향 이상의 의미를 갖게 된다고 할 수 있다[27]. 학습자가 주체적이고 비평적으로 소설 텍스트에 반응하는 것을 전제하는 타자성의 관점에 의한 소설 교육의 상황과 조건을 충족시키기 위해서는 학습자간의 상호 작용이 촉발되어 학습자간에 '타자에 대한 나의 의식'이 세워져야 한다.

논쟁하기 전략은 소설 담론의 이해와 평가 행위가 학습자의 비판적인 사고 과정 뿐만 아니라 동료 학습자와의 대화 과정을 통해 보다 풍부하고 심오해질 수 있음을 강조하는 것이다. 이 전략은 논점이 되는 문제에 대해 서로 다른 입장이 되어 함께 논쟁하는 비판적 사고 과정을 통해 학습자의 문학 능력이 보다 향상될 수 있음을 전제한다. 따라서 이 전략은 학습자간의 상호 의존성을 바탕으로 학습자간에 대화를 수행함으로써, 주어진 문제를

---

27) 차봉희(1985), 『수용미학』, 문학과지성사, 28-30쪽 참조.

해결해 나가는 과정을 지향한다. 이러한 지향은 궁극적으로 학습자의 소설 담론에 대한 이해와 평가 행위가 다른 교육 주체들과 상호 작용을 통해 수행되며, 이 과정에서 학습자가 자기 성찰과 새로운 자기 형성을 할 수 있는 소설 교육의 틀을 강조한다. 따라서 이 전략은 소설 담론에 대한 학습자 개인의 이해와 평가보다는 동료 학습자와의 상호 작용을 통한 소설 담론 이해와 평가를 강조하여, 탈맥락화된 소설 읽기가 아닌 대화 과정으로서의 소설 읽기를 통해 창의적으로 문제를 해결할 수 있도록 한다. 창의적인 문제 해결과 같은 종합적이며 새로운 문제 해결을 목표로 하여 논쟁을 수행하는 이 전략은 제안된 행동의 유리함과 불리함에 대해 학습자끼리 서로 신중히 토의할 때 논쟁이 해결되는 과정을 갖는다. 논쟁이 구조화되면, 논쟁 참여자들은 자신의 주장을 준비해야 한다. 그런 다음 관련 정보를 수집하여 자신의 관점을 변론한다. 또 상대방의 정보를 반박하고, 연역적·귀납적 방법으로 상대방 정보의 오류를 증명한다. 그 뒤 다른 사람의 관점과 자신의 관점을 종합하여 모두가 수긍할 수 있는 관점을 세우고, 이를 요약한다. 이러한 과정을 갖는 논쟁하기 전략에 따른 학습 방법을 표로 나타내면 다음과 같다.

<표 1> 논쟁 경향의 네 가지 교수법

성 격	논쟁 전략	토 론	의견 일치 시키기	개별 학습
긍정적인 목표 상호 의존성	○	×	○	×
긍정적인 자료 상호 의존성	○	○	×	×
부정적인 목표 상호 의존성	×	○	×	×
충돌	○	○	×	×

개별 학습은 학습자가 소설 담론에 대한 자시만의 이해와 평가를 수행하는 것으로, 텍스트 안에 존재하는 소설 담론의 진리에 영향받게 되므로 학습

자의 비판적인 사고와 대화적 관점에서의 소설 읽기가 어렵게 한다. 이러한 소설 읽기에서는 학습자간의 상호 협력과 이해의 공유 활동은 일어나지 않으며, 학습자들은 서로 경쟁 관계에 놓이게 된다. 토론 하기는 학습자들의 텍스트 이해와 평가 중에서 어떤 것이 옳은지 판단하기 위해 먼저 하나의 입장을 결정한 후 찬반 토론을 하여 목표 달성을 하는데, 상호 의존하여 협력하는 관계라기보다는 부정적인 관계를 가지기 때문에 텍스트 이해와 해석에 대한 충분한 공유와 심도 깊은 의미 구성이 이루어지지 않는다. 의견 일치 시키기는 학습자가 소설 담론에 대한 이해와 평가를 하나로 결론 내려 과제를 완성하기 위해 가장 빠른 타협점을 찾는 동안 일체의 의견 불일치를 피하고 어떤 토론도 하지 않은 채 과제를 수행하는 방법이다. 그런데 이것은 능동적인 학습 방법이라고 할 수는 없을 것이다.

Deitsch(1973)는 학습이 효과적이기 위해서는 그 과정과 절차에서 협동과 충돌이 모두 혼합되어 존재해야 하는데, 협동적인 효소가 많아지고 경쟁적인 요소가 적어질수록 충돌은 더 잘 구조화될 수 있다고 한다[28]. 그러나 협동적 요소만으로 충돌의 적절한 해결을 보장할 수는 없다. 충돌과 협동이 모두 존재해야 한다. 이런 점에서 볼 때, 논쟁하기 전략은 충돌과 협동의 긍정적인 요소를 적절하게 구조화시킨 학습 전략이라고 할 수 있을 것이다. 논쟁하기 전략은 토의 학습의 산만함을 극복하고 참여자들의 문제 해결 의지를 높이기 위해 좀 더 계획적으로 학습자에게 책무성을 부여하면서 진행되는 학습 전략이다. 논쟁하기 전략이 가지고 있는 긍정적인 측면은 잘 구조화된 상황에서 학습자들이 서로 의견을 교환할 때 발생할 수 있다. 그들 사이에 생각과 결론, 이론, 정보, 의견, 관점들이 충돌하게 되는데, 이 과정들이 잘 계획되어야 효과적인 학습이 이루어질 수 있다.

---

28) Stahl, R.J.(1995), *Cooperative Learning in Language Arts*, Addison-Wesley Publishing Comphany, p.366.

소설 교육의 장에서 논쟁하기 전략은 D.W. Johnson과 R.T. Johnson이 밝힌 논쟁 해결 과정의 6단계를 변형하여 적용할 수 있을 것이다[29]. 논쟁하기 전략은 논쟁을 하는 과정에서 참여자들의 공동 노력과 협력이 요구될 뿐만 아니라 논쟁을 준비하고 결과를 발표하는 과정에서도 참여자들의 협동적 학습 상황이 요구되는데, 소설 교육에 적용하여 본고가 상정한 논쟁하기 전략 모형은 <표 2>와 같다.

<표 2> 논쟁하기 전략에 따른 소설 교수 - 학습 모형

과정 1		논쟁거리를 확인하고, 논쟁을 통한 학습의 목표 알기
과정 2	조별 논쟁 활동	논쟁 과제 확실히 정하기
		자신의 의견 발표하기
		소설 담론에 대한 이해와 해석을 자유롭게 교환하며 논쟁하기
		반대 입장에서 의견 발표하고 논쟁하기
		논쟁을 통해 동료 학습자와 자신의 차이점을 알고, 자신의 가치관을 내면화하고 이에 따라 논쟁점에 대한 대안 찾기
과정 3		논쟁 활동 후 논쟁 과제에 대한 대안을 매체를 활용하여 발표하기

1) 과정 1

과정 1의 단계는 논쟁적인 협동 학습을 위해 학습자들을 3-5인 정도로 모둠 편성을 하고, 모둠별로 학습해야 할 소설 담론에서 논쟁할 만한 것들을

---

29) D.W. Johnson과 R.T. Johnson가 밝힌 논쟁 해결 과정의 6단계를 정리해 보면, 다음과 같다. : 1단계 - 정보 조직하고 결론 이끌어 내기, 2단계 - 자신의 입장을 발표하기, 변호하기, 3단계 - 반대 입장의 도전 받기, 4단계 - 개념적 충돌과 불확실성 경험하기, 5단계 - 인지적 호기심과 관점 받아들이기, 6단계 - 재개념화하기, 종합하기, 통합하기(Stahl, R.J.(1995), *Cooperative Learning in Language Arts*, Addison-Wesley Publishing Comphany, p.368-382.)

찾는 과정이다. 그리고 논쟁 학습을 통해 도달하고자 하는 것이 학습자들간의 합의점 도출이나 의견 일치가 아니라, 학습자들끼리 '차이가 있는 그대로' 논쟁점에 대해 자기 나름의 대안을 찾는 과정임을 확인하게 된다. 학습에서 반드시 어떤 일정한 결론이나 해결점을 지향한다는 것이 지금까지의 일반적인 소설 교육의 틀이었으나, 타자성의 관점에 의한 소설 교육에 의하면 학습은 '타자에 대한 나'의 관계이므로 '나'가 타자에 혹은 타자가 나에게 융합되는 것이 아니라, 갈등과 논쟁적 상황을 통해 학습자 내면에서 가치관이 형성되고 내면화된다는 관점의 틀을 취해야 할 것이다.

[학습 준비 및 학습 요소]
 - 박완서의 「도둑맞은 가난」의 학습을 위해 학습자들을 모둠 편성한다.
 - 박완서의 「도둑맞은 가난」에서 논쟁할 만한 것들을 찾는다.
(예: 논쟁점들
 - 주인공의 어머니가 허영을 부리며 '아줌마' 소리를 듣기 싫어한 것에 대한 생각은?
 - 주인공이 상훈과 같이 살게 된 것에 대한 생각은?
 - 상훈이가 부잣집 아들이면서도 가난을 체험하려 한 것에 대한 주장은?
 - 상훈이가 부잣집 아들이란 것을 안 주인공이 취한 행동에 대한 생각은?
 - 상훈을 내쫓고 나서 주인공은 갖게 된 생각을 어떻게 평가하는가?

2) 과정 2 - 모둠별 논쟁 활동

1단계: 논쟁 과제 확실히 정하기

이 단계는 학습자들이 논쟁점에 대한 찬성과 반대의 입장을 할당받고, 모둠원끼리 상호 의존하면서 텍스트 이해와 평가를 공유하며, 주어진 입장에 대해 발표할 준비를 한다. 발표를 준비하는 과정에서 반대편 입장을 지지하는 정보는 어떤 정보라도 상대방에게 주어져 한다. 개별적 책임에 의거하여 입장 발표를 위한 설득력 있는 논리적 근거를 변론지어 기록하며 논쟁을 준비한다.

[논쟁 과제] 주인공이 상훈과 같이 살게 된 것에 대한 생각은?
: 주인공이 상훈과 같이 살게 된 것은 지독한 외로움을 견디기 위함과 삶의 희망을 갖기 위함이었다.
: 주인공이 상훈과 같이 살게 된 주인공의 심정은 이해하지만, 주인공과 상훈이 같이 사는 것은 결혼을 전제하지 않은 것이기에 다소 무책임한 행동이다고 할 수 있다.

2단계: 자신의 입장에서 의견 발표하기

자신의 입장을 가장 잘 대변할 수 있도록 강력하고도 설득력 있게 발표를 한다. 모둠원 모두가 참여를 해야 하는데, 이때는 논쟁을 해서는 안 된다. 교사는 학습자들이 상대방의 의견에 경청할 것을 당부하고 논쟁이 일어나지 않도록 주의를 준다.

3단계: 소설 담론에 대한 이해와 평가를 자유롭게 교환하며 논쟁하기

의견 발표를 통해 반대편의 의견을 확인한 다음, 반대편의 주장이 내세운 논리적 근거를 비판적으로 평가하고, 자신의 입장을 논리적으로 방어한다. 반대편의 주장을 공격하고 자신의 입장에 대한 공격에 반박해야 한다. 반대편의 의견이 지지할 만한 사실일 때, 이를 인정하고 질문을 하고 반대 의견을 제시한다. 이때 논쟁 참가자들은 긍정적인 논쟁을 위해 발언 기회 등의 규칙을 준수해야 하고, 교사는 활발하게 논쟁이 이루어질 수 있도록 격려를 한다.

4단계: 반대 입장에서 의견 발표하고 논쟁하기

입장을 바꾸어 의견을 발표하고 반대편의 논리적 문제점을 지적해야 하는데, 반대편이 발표한 의견을 그냥 그대로 반복하는 것이 아니라 반대편이 발표한 의견에 새로운 사실이나 자료를 첨가하고 다른 정보를 관련시킨다. 이렇게 함으로써 자신의 주장이 보다 타당함을 강조할 수 있다.

5단계: 논쟁을 통해 동료 학습자와 자신의 차이점을 알고, 자신의 가치관을 내면화하고 이에 따라 논쟁점에 대한 대안 찾기

논쟁하기 학습을 통해 학습자는 자신과 동료 학습자가 논쟁점에 대해 어떤 의견 차이를 갖는지를 확인할 수 있다. 이 확인을 통해 학습자는 자신의 의견이 자신의 가치관에 의해 나온 것인지 아니면 다른 동료 학습자의 영향에 의해 형성된 것인지를 확인할 수 있다. 이를 통해 학습자는 자신만의 의견, 즉 다른 학습자들과 다른 고유한 자신의 의견이 무엇인지를 알게 되고, 그 결과 자신의 고유한 생각을 형성하려고 노력한다. 이러한 노력은 학습자가 자신의 가치관을 내면화하는 과정으로 이어지고, 가치관의 내면화는 학습자가 논쟁점에 대한 대안을 모색하는 기제가 된다. 이러한 학습 과정은 바흐친이 상정한 타자의 타자성, 즉 차이로서의 시선의 잉여성에 부합된다고 할 수 있다.

예컨대, 박완서의 「도둑맞은 가난」에서 주인공과 상훈의 관계에 대해 논쟁을 한다고 할 때, 학습자는 주인공의 편에서 혹은 상훈의 편에서 자신의 의견을 개진하고 나서, 그 의견의 논리적 근거를 통해 다른 학습자들을 설득해야 한다. 그런데 설득은 완전히 이루어지지 않는다. 본질적으로 학습자들 사이에는 시선의 잉여성에 의한 '차이'가 놓여 있기 때문이다. 따라서 학습자는 주인공과 상훈 중에서 어느 한 쪽 편을 드는 것이 중요한 것이 아니라, 이 두 인물이 존재론적으로 갖게 되는 차이가 소설 담론의 전체 구조 속에서 어떤 역할을 하는가를 생각해 보고, 이러한 차이가 학습자의 자기 성찰과

자기 형성에 어떤 영향을 주는가를 숙고해야 한다. 이러한 학습자의 소설 읽기는 작중인물간의 차이를 이해하고 해석하는 대화 과정으로서의 소설 읽기라고 할 수 있는데, 두 작중인물의 차이를 학습자의 자신의 가치관으로 내면화할 수 있을 것이다. 이러한 소설 교육은 학습자로 하여금 작중인물간의 존재론적 차이가 형상화하는 소설 담론의 역동적인 구조를 이해하고 이를 평가할 수 있게 한다.

3) 과정 3 - 논쟁 활동 후 논쟁 과제에 대한 대안을 매체를 활용하여 발표하기

논쟁 학습을 통해 학습자는 논쟁 과제에 대한 자신의 고유한 관점을 확인하면서, 논쟁 과제에 대해 자기 나름대로의 대안을 갖게 된다. 이 과정은 논쟁 과제에 대해 학습자가 새롭게 갖게 된 대안을 제시하는 단계라고 할 수 있다. 예컨대, 박완서의 「도둑맞은 가난」에서 주인공과 상훈의 차이는 인식론적 차이가 아닌 존재론적 차이이며, 이 존재론적 차이는 어느 한 인물이 다른 인물을 자신의 인식 지평 속에 융합하고나 통일하는 관계가 아님을 인식할 수 있게 된다. 이 인식을 통해 학습자는 소설 담론이 작중인물간의 존재론적 차이에 의해 형상화되며, 소설 담론에 대한 이해는 텍스트에 제시된 작중인물들간의 다성성과 타자성을 파악하는 것이 핵심임을 그 대안으로 제시할 수 있을 것이다.

5. 결론

본고는 타자성의 관점에 의해 타자성의 철학이 소설 담론의 분석을 위한 유효한 틀이며, 이 틀이 소설 담론 분석을 넘어서서 우리 삶의 전 영역에서

삶의 본질을 규정하고 있음을 전제하였다. 그리고 타자성의 철학이 사회·문화적 현상에 대한 해명 뿐만 아니라, 소설 교육 현상에도 유효한 틀이 됨을 살펴보았다. 이를 통해 본고는 소설 교육이 교육 주체들간의 타자적 관계 속에서 수행되고, 타자와의 관계는 소설 교육의 주체인 학습자가 다른 교육 주체들과 갖는 '차이'에 의해 보다 유의미하게 수행될 수 있음을 논하였다. 이러한 본고의 관점은 논쟁하기 전략을 통해 구체화되었는데, 본고는 논쟁하기 전략의 협의 과정을 '차이 확인의 과정'으로 변용하였다. 이러한 변용을 통해 본고는 타자성의 관점에 의한 소설 교육이 학습자간의 텍스트 수용 맥락의 차이에 의해 학습자의 문학 능력의 증진과 새로운 자기 형성을 가능하게 함을 강조하였다.

소설 텍스트에 대한 학습자의 이해와 해석은 고정되고 단일한 담지체라기보다는 학습자의 문학 경험과 텍스트에 대한 대화 과정을 통해 역동적으로 소설 담론의 의미화를 실현하는 과정이라고 할 수 있다. 그런데 이 과정에서 동료 학습자와의 상호 작용은 소설 담론에 대한 학습자의 대화 과정을 질적으로 변화시키는 변인으로 작동한다. 소설 담론에 대한 학습자의 대화 과정에 질적인 영향을 주는 동료 학습자와의 관계를 본고는 논쟁하기 전략을 통해 살펴보았는데, 논쟁하기 전략을 통해 학습자는 텍스트에 대한 동료 학습자의 이해와 평가와 상호 작용을 한다. 따라서 소설 담론에 대한 학습자간의 이해와 평가가 갖는 유사성과 차이성은 소설 교육 수행의 핵심 변인이되며, 이러한 맥락 속에서 학습자는 사건으로서의 소설 읽기를 수행하게 된다. 그리고 사건으로서의 소설 읽기를 통해 궁극적으로 학습자는 자기 성찰과 새로운 자기 형성을 지향함으로써 문학 생활화를 향유하는 주체가 될 수 있을 것이다.

상호 텍스트성의 관점에 의한 소설 교육

1. 서론

크리스테바에 의하면, 텍스트는 창 없는 단자나 독백적인 구조물이 아니라, 다른 텍스트에 대한 반응으로 읽히고 해명될 수 있다. 이 관점에 의하면 박태원의 「소설가 구보씨의 일일」과 최인훈의 『소설가 구보씨의 일일』은 현재와 과거의 다양한 언어 구조가 서로 내적 대화를 나누고 있다. 이 내적 대화는 서로 다른 서사 텍스트간의 소통에 의한 것으로, 이 소통은 두 텍스트를 매개로 하여 단순히 언어적 '재료'를 대상으로 한 형식적 실험이 아니라 특정한 사회적 입장의 표현이라고 할 수 있다.

두 텍스트 간의 소통을 사회적 입장의 표현의 관점에서 보는 것은 이데올로기를 언어적 구조로, 즉 사회어로 파악하는 것이다. 이 관점에 따르면 소설 담론 분석은 이데올로기적 언어 활동이 텍스트 속에서 일으키는 소통 작용을 탐구하는 것이 된다. 이 같은 이유에서 바흐친은 소설을 다양한 목소리들이 만나 서로를 상대화시키는 '다성적' 텍스트로 읽었다.

소설 읽기는 개별 텍스트에 대한 면밀한 읽기를 통한 미적 체험에 그치지 않고, 대상 텍스트가 동시대의 다른 텍스트와 맺고 있는 상호 관련성을 파악함으로써 더욱 명료해질 수 있다. 이 상호 텍스트성은 특정한 텍스트가 여타의 텍스트와 공유하고 있는 보편성을 기저로 하여 특수성을 규명하는 방향으로 진행되어야 한다.[1] 특정 소설 텍스트가 갖는 이러한 상호 텍스트성이 교육 차원으로 전이될 때는 그 층위가 달라진다. 소설 교육은 학습자, 문학 교사, 동료 학습자 등의 인적 변인이 핵심적으로 작용하여 수행되는 하나의 현상이기 때문이다. 따라서 특정 텍스트가 다른 텍스트와 갖는 상호 텍스트성은 소설 교육 차원에서는 학습자가 타자(문학 교사, 동료 학습자 등)와 갖는 상호 텍스트성과 중첩되어 보다 중층적 구조를 형성한다.

교육이 유의미한 행동의 변화를 전제하고, 결과보다는 과정에 강조를 둔다는 것을 인정할 때, 상호 텍스트성의 개념은 교육 현상에도 많은 시사점을 준다. 교육은 주체와 대상으로 구분되는 것이 아니라, 다양한 층위에서의 주체들의 활동임을 생각할 때, 교육 주체들 사이의 갈등 그리고 조화는 하나의 중심을 전제해서는 그 실마리를 찾을 수 없다. 하나의 중심을 상정할 것이 아니라, 다양한 목소리, 다양한 과정들, 다양한 결과들을 인정하는 틀이 필요하다. 이런 틀은 교육 현상의 상호 텍스트성을 고려해야만 만들어질 수 있다.

본고는 상호 텍스트성이 소설 담론의 본질임과 소설 교육 현상의 추동 원리임을 전제하고서, 소설 담론에 나타난 상호 텍스트성을 박태원의 「소설가 구보씨의 일일」과 최인훈의 『소설가 구보씨의 일일』을 통해 살펴보고자 한다. 그리고 소설 담론에 나타난 상호 텍스트성이 소설 담론의 틀 내에서만 유효한 것이 아니라 텍스트 외적 층위인 소설 교육 현상에서 학습자를 통해 수행됨을 강조하고자 한다.

---

1) 김상욱(1996), 「50년대 소설의 교육적 해석 방법론」, 『소설 교육의 방법 연구』, 서울대출판부, 116쪽.

2. 상호 텍스트성과 소설 담론

가. 소설 담론의 이어성과 상호 텍스트성

상호 텍스트성이란 용어는 엄밀하고 포괄적으로 말한다면, 이 개념은 인류가 문학적 활동, 아니 문화적 활동을 시작함과 더불어 시작되었다고 할 수 있다. 한 작가에 의한 천재적 문학 창작이란 지나친 환상이기 때문이다. 그러므로 플라톤의 모방 이론이나 소크라테스의 대화법은 몇 가지 점에서 오늘날의 상호 텍스트성의 개념과 많은 공통점을 갖고 있다.[2]

그러나 한 텍스트가 다른 텍스트와 갖는 상호 관련성을 탈주체성, 탈정전화와 관련해 전개한 것은 포스트모더니즘에서였다. 포스트모더니즘적 관점에서 상호 텍스트성을 문학적 개념으로 맨 처음 도입한 사람은 줄리아 크리스테바이다. 1960년대에 '텔 켈 그룹'[3]의 대표적인 멤버로 활약한 그녀는 논문 「언어, 대화, 그리고 소설」(1966)에서 이 개념을 처음 체계적으로 사용했다. 이 논문에서 그녀는 어느 한 발화가 화자(작가)나 청자(독자) 또는 다른 발화(문학 텍스트)와 갖는 상호 관련성(상호 텍스트성)을 크게 '수평적 관계'와 '수직적 관계'의 두 가지로 구별한다. 수평적 관계란 한 발화(하나의 텍스트)가 발화 내적으로 화자나 청자와 맺는 관계를 가리키며, 수직적 관계란 발화가 그 이전 또는 동시대의 다른 발화와 맺는 텍스트간의 관계로 통시성 혹은 공시성을 갖는다. 그런데 크리스테바는 상호 텍스트성이란 용어

---

2) 플라톤의 모방 이론이나 소크라테스의 대화법은 항상 이미 주어진 대상이나 대화 내용을 바탕으로 한 것이기 때문이다.

3) '텔 켈'은 1968년에 창간된 계간지로서 언어학·기호학적 측면에서 텍스트의 신비성을 벗기고 사회학, 정신 분석과 연결된 <형식화할 수 있는> 언어학적 대상으로 텍스트를 만들었으며, 바따이유, 푸코, 데리다, 줄리아 크리스테바 등과 긴밀한 연관을 맺고 있다. 이 잡지는 친공산(~1970)→친중공(1970~1977)→친미(1977이후)로의 정치적 노선 변경을 행하며, 이러한 움직임은 1968년 이후 프랑스의 지적 변모의 한 상징적 예로 기록될 만하다.(이에 대해서는 김현, 『프랑스 비평사』 현대편, 18-21쪽 참조)

를 발화의 수직적 관계를 드러내기 위해 사용했다. 즉, 모든 발화(텍스트)는 마치 모자이크와 같아서 여러 인용문들로 구성되어 있고, 모든 텍스트는 다른 텍스트들을 흡수하고 그것들을 변형시킨 것에 지나지 않는다는 것이다.[4]

크리스테바에 따르면, 텍스트는 문화적 혹은 사회적 텍스트, 다른 담론 방식들, 발화의 방식들, 문화에 의해 구성되는 구조와 체계들 등에 의해 구성된다. 따라서 텍스트는 개인적이거나 대상과 분리된 채 존재하기보다는 문화적 텍스트성을 바탕으로 형성된다. 개인적인 텍스트와 문화적 텍스트는 똑같은 텍스트 재료로부터 구성되며, 이것들은 서로 분리될 수 없다. 그러므로 모든 텍스트는 이데올로기적 구조, 담론을 통해 표현되는 사회적 갈등을 포함하고 있다. 이러한 측면에서, 크리스테바는 상호 텍스트성의 개념을 배경이나 맥락에 의해 전통을 기반으로 도출되는 '재료' 혹은 '영향' 관계와는 그 층위가 다름을 강조했다.[5]

한편 츠베탕 토도로프도 상호 텍스트성에 깊은 관심을 보였는데, 그는 어느 한 언술(utterance)이 다른 언술과 맺고 있는 상호 관련성을 지적하기 위해 이 상호 텍스트성이란 용어를 사용한다. 그는 본질적으로 언술은 다른 언술들과의 연관성 없이는 존재하지 않는다[6]고 하면서, 이들의 관계는 바흐친적 의미에서 대화적이라고 했다. 두 개의 언술 사이의 모든 관계는 상호 텍스트적이고, 언어적인 두 작품, 중첩된 두 개의 언술은 대화적이다. 이처럼 언술(혹은 텍스트)과 언술(혹은 텍스트)이 무한한 대화적 관계를 형성하게 되면 삶은 그 자체가 하나의 거대한 언술(혹은 텍스트)이 된다.

---

4) Julia Kristeva, ed. Leon S.Roudiez, trans. Thomas Gora, Alice Jardine, and Leon Roudiez(1980), "Word, Dialogue, and the Novel," *Desire in Language: A Semiotic Approach to Literature and Art*, Columbia University Press, 66쪽.!
5) Graham Allen(2000), *Intertextuality*, Routledge, 35-36쪽.
6) 츠베탕 토도로프, 최현무 역(1987), 『바흐찐: 문학사회학과 대화이론』, 도서출판 까치, 93-94쪽.

이 대화적 관계들은 언어적 의사 소통의 모든 언술들 사이의 의미론적 관계이다. 따라서 이러한 대화적 관계들이 의지하고 있는 것은 소쉬르적인 랑그의 체계가 아니라, 담론의 체계에 속하는 초언어학이다. 이 대화적 관계에서 각 언술들은 주체나 객체간의 의미론적인 관계들의 현현 속에 담론 즉, 이 언술의 창조자인 저자를 갖는다. 그러기에 어떤 하나의 언술은 하나의 세계관의 표명처럼 인식되며 여기에 없는 언술은 또 다른 세계관의 표명이다.[7] 대화적인 반응은 이들 세계관의 상이한 표현 사이에서이다.

바흐친에 의하면 모든 언어는 그것이 처음 만들어진 상태대로의 순수성을 간직할 수 없다. 최초의 언어도 최후의 언어도 없기 때문에, 언어는 누군가를 통해서 나에게 전달될 때 불가피하게 굴절을 겪게 된다. 또한 그 전달된 언어를 실제로 사용하는 '나'는 '내'가 전달받은 그대로 그 언어를 사용하는 것이 아니라, '나'의 가치 평가적 액센트에 따라 그 언어를 사용한다. 바흐친은 언표 수행 행위 상황에서 언어를 사용하는 '나'의 가치 평가적 액센트를 '원심적' 언어와 '구심적' 언어의 개념을 통해 설명한다. 구심적 언어는 어느 한 중심을 향하여 지향되어 있는 언어를 말한다. 이 유형의 언어는 여러 방향으로 분산되어 있는 언어의 힘을 단일화하여 그것을 계급적으로 조직화하려 한다. 이 언어 유형은 항상 언어의 의미를 축소하면서 단일 액센트를 강조한다. 이러한 구심적 언어를 바흐친은 단어성(單語性, monoglossia)이라 부른다. 이 언어는 언어의 절대적 단일성을 믿는 것으로, 집단들에 의해 공유된 이데올로기적 지평이 존재한다. 문학 텍스트의 단어성은 고전 서사시나 설화, 유교 이념에 충실했던 고소설을 말할 수 있을 것이다.

반면에 원심적 언어는 그것이 속해 있는 중심을 벗어나 그 범위를 확장시키고자 한다. 언어가 가지고 있는 다원적이고 상대적인 특징을 강조하며, 중

---

7) 츠베탕 토도로프, 최현무 역(1987), 앞의 책, 94-95쪽.

심화와 통일화를 해체하는 동시에 언어의 역동적인 생성과 발전에 큰 관심을 보인다.[8] 원심적 언어는 언어의 의미를 주체(동일자)에 한정하려는 것이 아니라 그 의미를 확충하고 복수 액센트화함으로써 주체성(동일성의 논리 혹은 언어의 단어성)을 무력하게 만들고자 한다. 바흐친은 이 원심적 언어를 이어성(異語性, heteroglosia)이라고 불렀다. 언어의 이어성은 주어진 어느 한 언어의 통시적인 측면뿐만 아니라, 공시적인 측면에서 서로 상이한 여러 층위로 나누어짐을 의미한다. 언어는 통시적인 측면에서 볼 때, 바흐친이 말한 대로 "하루하루마다 제각기 그 특유의 슬로건, 그 특유의 어휘, 그 특유의 강조점을 지닌다."[9] 또한 언어는 공시적인 측면에서 볼 때 사회적 신분이나 직업 또는 나이나 성별 등에 따라서는 사회적 방언이, 그리고 공간적 차이에 따라서는 지리적 방언이 존재한다.

이어성은 단어성과 대조되는 개념이다. 언어의 원심적 현상에 기초하고 있는 이 언어 현상은 언어의 다층적이고 다원적 특성을 강조한다. 이 특성을 철학과 관련지어 말한다면, 탈주체성의 철학, 해체론적 관점이 될 것이고, 문화 및 문학 현상을 통해 말한다면 탈 장르성 및 상호 텍스트성의 개념과 연관된다. 바흐친에 따르면 이어성이 가장 현저한 문학 장르는 소설이다. 우상 파괴적이고 심지어는 혁명적인 특성을 지니는 소설 장르는 내적으로 분화되고 다양한 언어가 사용되기 때문이다. 바흐친이 상정하는 소설 담론에 사용되는 언어는 작가의 동일성 혹은 텍스트 구조적 통일성에 구속되는 언어가 사용되지 않는다. 오히려 작가의 직접적인 통제를 받지 않는 독립적이고 다양한 목소리를 가진 작중인물들에 의해 소설 담론은 전개된다. 바흐친

---

8) 이러한 원심적 언어의 특성은 주체성과 동일성에 대항하는 타자성의 이론, 해체 이론과 일맥 상통하다.

9) Bakhtin, ed. Michael Holquist, trans. Caryl Emerson and Michael Holquist(1981), "Discourse in the Novel," *The Dialogic Imagination: Four Essay*, University of Texas Press, 263쪽.

은 소설 장르가 다른 장르와 구별되는 가장 핵심적인 특성을 바로 여기서 찾은 것이다.

이러한 바흐친의 이어성의 관점을 원용할 때, 소설 텍스트에서 강조되어야 할 것은 텍스트 그 자체라기보다는 텍스트가 놓여 있는 사회·문화적 상황 맥락이다. 텍스트가 놓여 있는 맥락이 어떤 맥락인가에 따라 그 텍스트에 대한 가치 평가는 달라지기 때문이다. 그런데 이 가치 평가는 텍스트가 갖는 상호 텍스트성처럼 가치 평가 참조틀 사이의 대화적 소통을 수행한다. 텍스트뿐만 아니라 텍스트에 대한 가치 평가가 대화적 소통에 의한 상호 텍스트성을 갖기에, 텍스트와 텍스트를 수용하는 교육 주체들은 늘 상호 텍스트성 장에 놓여 있다. 학습자는 자신이 수용하고자 하는 텍스트의 의미를 파악하기 위해 텍스트를 구성하는 요소에 다른 텍스트와의 관련하에서 반응한다[10]. 이 반응의 과정에는 선행 텍스트에서 얻은 스키마, 문학 교사를 통해 얻은 문학 감상 능력 등이 바탕이 된다. 그러므로 소설 담론의 상호 텍스트성을 물론, 소설 교육 현장에서의 상호 텍스트성의 관점이 필요하게 된다.

나. 소설 담론 실천 양상으로서의 상호 텍스트성

최인훈의 『소설가 구보씨의 一日』은 자칭 '소설 노동자'인 丘甫가 하숙집, 출판사, 식당과 같은 일상적 공간에서 생활하는 것을 기록한 듯이 서술한 텍스트이다., 이 텍스트는 작중인물로 소설가가 나오고 거리나 동물원 등을 산책하면서 사물에 대한 단상을 펼치고, 이 단상과 자신의 삶을 연관짓는다는 점, 30년대의 구보나 70년대의 구보는 모두 소설가이며, 이 소설가는 삶의 어질머리를 느끼며 벌거숭이가 된 존재라는 점, 더 나아가 사회의 어떤 규범적 지위체계로부터 떨어져 있고, 벌거숭이가 된 마음을 확인하는 자기

---

10) Edited by Michael Worton and Judith Still(1990), *Intertextuality: Theories and Practices*, Manchester University Press, 56쪽.

반영성(self-reflectiveness)으로서의 글쓰기를 하고 있다는 점에서 선행 텍스트인 박태원의 「소설가 구보씨의 一日」과 상호 텍스트적인 관계를 맺는다.11)

그러나 두 텍스트가 갖는 상호 텍스트성은 두 텍스트가 공유하고 있는 서사 구조가 순환 구조라는 구조성에 있다. 두 텍스트는 모두 소설가 구보가 하루를 기점으로 일상성에 대한 탐구 방법으로서 거리 배회, 거리 관찰을 기본 서사 구조로 갖고 있다. 박태원의 「소설가 구보씨의 일일」은 하루라는 서사 단위를 중심으로 하여 외출하여 다시 집으로 돌아가는 순환구조 속에 소설가 구보가 갖는 단상들이 서술된다. 최인훈의 『소설가 구보씨의 일일』의 경우, 비록 물리적 시간 단위가 박태원의 텍스트보다는 훨씬 긴 1년 6개월 동안을 그 단위로 하고 있지만, 구보가 겪는 거리 관찰 및 배회가 일종의 연작 소설처럼 구성되어 있다. 박태원의 텍스트에서 구보의 하루는 단순히 일회성을 갖는 하루 동안의 외출과 외출로부터의 돌아옴이 아니었음을 생각할 때, 최인훈의 텍스트에서 구보가 갖는 반복성, 일상성과 등가 관계를 갖는다. 이러한 등가 관계를 이 두 텍스트는 순환 구조를 형성하는데, 순환구조가 갖는 의미는 외출 이전의 구보와 외출 이후의 구보가 다르다는 점에서 반복성 뿐만 아니라 작중 인물의 인식상의 변화를 수반한다.12) 그런데 작중 인물 구보는 거리 관찰을 통해 글쓰기를 하게 되고, 이 글쓰기를 통해 그의 인식 변화가 가능하다는 점에서, 구보에게 외출은 그의 의미가 확장되어야 한다. 박태원의 텍스트에서 구보는 1930년대 경성 거리를, 최인훈의 구보는

---

11) 김외곤은 박태원과 최인훈의 구보를 비교, 대조하면서, 그들의 공통점으로 '소설이나 소설가의 존재에 대한 새로운 의미'를 모색함으로써 '소설가의 존재 방식'에 대한 성찰을 보이고 있다는 점을 지적한다. 반면, 차이점으로는 이들 구보가 세계에 대해 취하는 태도를 언급하면서, 사회에 대한 그들의 인식상의 거리를 든다.(김외곤(1992.9), 「소설가에 의한 소설, 소설가의 존재 방식에 대한 탐색」, 『문학정신』(1992년 9월호), 158-159쪽.)

12) 오승은(1997), 「최인훈 소설의 상호 텍스트성 연구: 패러디 양상을 중심으로」, 서강대학교 석사학위논문, 65-66쪽.

70년대의 서울 거리를 외출하고, 거리 관찰을 한다. 그리고 거리 관찰을 통해 얻어진 단상을 바탕으로 글쓰기를 전개해간다는 점에서 이 두 텍스트는 서사 구조에서 병행성을 가지며, 이를 통해 두 텍스트간의 상호 텍스트성이 확인된다.

두 텍스트에서 보여지는 구보의 갖는 이러한 유사성은 사건의 인과성에 의한 서사 구조를 갖지는 않는다. 구보는 사건의 인과성이 아닌 외부 세계의 사물에 지각과 이를 통한 환유적 연상으로 자신의 인식적 지향을 드러낸다. 그러므로 두 텍스트의 서사 구조는 구보가 특별한 사건을 겪거나 외부 사물에 대한 객관적 반응을 나타내는 구조가 아니라, 구보의 심리적 반응을 통해 이루어지고 있다. 즉, 두 텍스트에서 구보는 거리에서 수동적으로 사물을 보고, 이 사물의 통해 자신의 과거 기억이나 유사하게 환기되는 사물을 떠올려 '생각하고', 자신의 생각을 부질없다고 느끼면서 다시 거리를 걷는다.[13]

그러나 이상에서 살펴본 두 텍스트에서 구보가 갖는 심리적인 유사성, 외출과 외출에서 돌아옴이라는 순환 구조라는 유사성이 두 텍스트의 상호 텍스트성적 관계를 결정한다고 할 수는 없다. 보다 본질적인 상호 텍스트성의 의미는 서사 구조, 이데올로기적 기호 체계로서의 언어를 통한 인물의 담론적 실천 양상, 컨텍스트성 등을 고려해야 하기 때문이다. 그러므로 하나의 텍스트는 다양한 다른 텍스트들의 여러 영향 관계, 장르간의 혼합에 의한 영향, 사회·문화적 상황 등에 의해 구성된다[14]. 따라서 박태원의 텍스트와 최인훈의 텍스트는 단지 어느 하나가 선행 텍스트이고 다른 하나가 후행 텍스트로서, 서사 담론이 유사하기 때문만에 상호 텍스트적 관계를 갖지 않는다. 그러면 이 두 텍스트를 상호 텍스트적이게 하는 것은 무엇인가? 많은 논자

---

13) 오승은(1997), 앞의 논문, 65-66쪽.

14) Edited by Ulrike H. Meinhof & Jonathan Smith(2000), *Intertextuality and the Media: from genre to everyday life*, Manchester University Press, 12쪽.

들은 이 두 텍스트간의 상호 텍스트성을 패러디적 관계를 통해 규명하고자 하지만15), 본고는 패러디적 관계보다는 인물의 담론적 실천 양상을 통해 그 상호 텍스트성을 살펴보고자 한다. 본고가 이렇게 담론적 실천이라는 틀로 상호 텍스트성에 접근하는 이유는 상호 텍스트성이 패러디의 하위적 범주가 아니라, 오히려 패러디가 상호 텍스트성의 하위 범주라는 점, 그리고 상호 텍스트성은 단순히 기법적 차원의 문제가 아니라 탈주체성의 철학 및 사회·문화적 현상에서 대두되었다는 인식에서이다. 이러한 인식틀을 갖고서 본고는 두 텍스트에서 구보가 갖는 의식 실천 양상이 단순히 심리적 유사하다는 점이 아니라, 구보의 의식 실천은 그 나름의 사회적 실천 행위, 즉 자기 반영성으로서 글쓰기 방식을 통한 사회 문화 실천임을 살펴보고자 한다.

먼저 박태원의 텍스트에서 구보의 의식이 드러난 부분부터 살펴보자.

> 또다시 너무나 가엾은 여자의 뒷모양이 보였다. 레인코트 위에 빗물은 흘러내리고, 우산도 없이 모자 안 쓴 머리가 비에 젖어 애닯다. 기운 없이, 기운 있을 수 없이, 축 늘어진 두 어깨. 주머니에 두 팔을 꽂고, 고개 숙여 내어디디는 한 걸음, 또 한 걸음, 그 조그맣고 약한 발에 아무러한 자신도 없다. 뒤따라 그에게로 달려가야 옳았다. (중략) ㉠구보는 대체 무슨 권리를 가져 여자의, 그리고 자기 자신의 감정을 농락하였나. 진정으로 여자를 사랑하였으면서도 자기는 결코 여자를 행복하게 하여주지는 못할 게㉡라고, 그 不全感이 모든 사람을, 더욱이 가엾은 애인을 참말 불행하게 만들어버린 것이 아이였던가. 그 길 위에 깔린 무수한 조약돌을, 힘껏, 차, 흩뜨리고, ㉢구보는, 아아, 내가 그릇하였다, 그릇하였다.16)

박태원의 텍스트에서 서술자와 작중인물인 구보의 목소리를 서로 교차하

---

15) 이런 관점에서 연구를 한 논자로는 오승은(1997), 윤정현(1992), 장양수(1997) 등이 있다.

16) 박태원, 「소설가 구보씨의 일일」,『한국현대문학대계』4, 태학사, 1988, 52-53쪽. 이하의 인용은 쪽수만 밝힘.

면서 혼용되어 있다. ㉠ 부분은 1인칭으로 대체할 수 있는 1인칭 <나>의 대용명사 기능을 갖고 있다. 그리고 ㉡ 부분을 통해서, 구보 자신의 독백적 목소리처럼 보이지만, 사실 이것은 서술자가 구보의 의식을 간접 인용한 부분임을 밝혀주고 있다. 이는 ㉡ 전후에 서술자가 구보의 의식에 간접적으로 개입하고 있음을 드러낸다. 그러다가 ㉢ 부분에서는 '구보'가 갖는 내적 독백과 간접 인용의 중간적 형태를 보이면서, 서술자와 작중인물 구보의 시점이 착종된다. 이것은 서술자가 구보라는 3인칭의 목소리로 자신의 의식을 발화하게끔 하면서도, 자신의 목소리를 최대한 축소시키고 서술의 객관화를 확보하고자 하는 의도에서 비롯된[17] 자유간접화법의 형태를 보여주고 있다. 자유간접화법은 서술자가 삼인칭 대명사와 보다 앞선 시제의 의해 미리 전제되므로, 내적 독백과는 다르다. 그리고 ㉢ 부분은 인물로부터 비롯된 것으로 인물의 언어인 '서술된 독백(narrated monologue)'이라고 할 수 있다[18]. 서술된 독백은 서술 보고(내적 분석)와는 다르다. 서술 보고에서는 인물의 사고나 말이 서술자의 말을 통해서 전달되지만, 서술된 독백은 소설 텍스트에서 누구의 목소리가 말하고 있는지를 알기 어렵다. 이와 같이 박태원의 텍스트에서 서술자는 인물과의 거리 조정을 의도적으로 교란시킴으로써, 인물에 대한 서술자의 주관적 거리를 유지한다.

반면 최인훈의 텍스트에서 구보의 의식은 서술자와 인물의 목소리의 혼합 양상이 문장 단위로 구별되어 있어 비교적 작가의 개입이 뚜렷하게 부각된다.

구보씨는 버스 정류장에서 혼자 차를 기다렸다. 낮에도 매짠 날씨더니

---

17) 오승은(1997), 앞의 논문, 67쪽.
18) 자유간접화법은 인물로부터 비롯되는 것과 화자로부터 비롯되는 것 등으로 하위 분류될 수 있다.

지금은 어지간히 떨렸다. 한 시인을 축하고 사람들은 뿔뿔이 흩어지고. 에익, 또. 구보씨는 사랑에 굶주린 거지 같은 자기 몰골을 생각하고 화가 났다. 벌거숭이 된 내 마음. 오 거지 같은 내 마음. 그는 하늘을 쳐다봤다. (중략) 빛나는, 하늘의 그 고운 것들과 고운 것들 사이에 놓인 공간이 아름다움이면서 무서움인 것처럼, 한 시인을 축하한 사랑은, 뿔뿔이 흩어져야 하는 무서움이기도 하다는 것을 생각한다.[19]

위의 인용에서 서술자와 구보의 목소리는 '구보'와 '나'로 구분되고 있다. 물론 마지막 문장처럼 인물의 목소리와 서술자의 목소리가 혼합된 것처럼 보이기는 하지만, '-을 생각한다.'는 서술자의 목소리이다. 그렇기 때문에 서술자는 여전히 객관적 위치를 확보하면서 독자에게 구보의 의식을 자연스럽게 전달한다.

㉠그들과 자기와의 사이에 있는 공간이 깊은 낭떠러지처럼 아래와 위로 벌어지는 것을 구보는 보았다. 그들이 저 겨울옷 속에 지니고 있는 시간. 그리고 구보의 시간. 그 사이에는 아무 관련이 없었다. ㉡구보야, 너는 아까 어린 학생들 앞에서 우리들은 모두 떨어질 수 없는 연대(連帶) 속에 살고 있으며, 인간의 일은 모든 인간에게 무관할 수 없다고 하지 않았느냐. ㉢물론. 물론 그렇게 말했다. 그러나 이것은 다르다. ㉣무엇이 다르단 말인가. 학교의 강연에서와 너의 마음속의 진실은 다르단 말인가. ㉤아니다. ㉥말해봐. ㉦구보는 다그치는 물음에 약간 비켜서는 투로 차를 한 모금 마셨다. ㉧내가 말하는 것은, ㉨하고 구보는 천천히 생각했다. ㉩내가 말하는 것은 무슨 어렵지도 신기하지도 않은 이야기다. 동네 시어머니란 말이 있지 않은가. 인간은 어울릴 수 있는 것과 없는 것이 있다.(최인훈, 17쪽)

---

19) 최인훈(1999), 『소설가 구보씨의 일일』 최인훈문학전집4권, 문학과지성사, 38쪽. 앞으로의 인용은 쪽수만 밝힘.

위 인용에서 서술자의 객관적 서술은 ㉠㉣㉢ 뿐이다. 엄밀히 말해서 이것들도 "자기" 혹은 "약간 비켜서는 투로", "천천히"와 같이 서술자의 개입을 보이고 있지만, '구보'라고 지칭함으로써 외부 서술자의 위치를 드러내주고 있다. ㉡㉤㉦은 서술자가 구보를 2인칭 '너'로 호명하면서 작중인물과 간접적으로 대화하는 부분이다. 물론 이 부분은 구보의 내적 독백이라기보다는 서술자의 목소리로, 서술자가 작중인물 구보와 간접적으로 대화를 함으로써 서술자와 작중인물 사이에 타자적 관계가 형성되고 있다. 이 타자적 관계는 서술자가 구보의 의식을 계속적으로 인식하고, 이 인식을 통해 자신의 존재의 의의를 형성하는 관계이다. ㉢㉥㉧㉨은 작중인물인 구보의 대화적 응답이다.[20] 이 부분에서 '구보'는 대상화되어 인물과의 거리를 드러내면서 대화적인 양상을 보여준다. 또한 구보의 내면의 갈등이 대화의 형식, 즉 질의 응답을 통해 낯선 타자의 경계를 넘보면서 텍스트와의 대화를 재개하여 서술자를 다시 참여시키고, 서술자의 두 번째 응답을 유도하는 대화를 한다. 이러한 대화는 응답적 이해를 바탕으로 하고, 이러한 이해력은 가다머의 말처럼 "완전함을 기대하는 마음"에서 나오며, 나아가 남을 통한 자기 이해를 결정하게 된다.[21]

이상에서 살펴본 것처럼 박태원과 최인훈의 텍스트는 구보라는 인물을 공통적으로 설정하고, 이 인물의 의식에 대한 서술자의 태도상에서 차이를 드러낸다. 이는 서술자가 인물에 대해 갖는 거리화의 정도에 따라 내포 작가의 규범이 텍스트 표면에 어떻게, 얼마만큼 드러나는가를 설명하기 위함이라고 할 수 있다.[22] 내포 작가의 규범은 텍스트 자체에 제시되는 것이 아니

---

20) 낱말이 질문에 대한 대화적 응답으로서의 대답이 되는 한 낱말은 대답의 성격을 갖는다. 이는 문장 단위에서도 마찬가지이다.
21) 한스 로베르트 야우스, 윤효녕 옮김(1997), 「문학적 의사 소통의 대화론적 이해」, 여홍상 엮음(1997), 『바흐친과 문학 이론』, 문학과지성사, 149-150쪽.
22) 내포 작가는 독자에 의해 서사물로부터 재구된다. 그는 화자가 아니라 오히려 서사물에

라 독자가 독서 과정에서 재구성하는 것이다. 그런데 독자가 재구성하는 서술자와 작중인물의 응답적 이해를 통한 대화는 작중인물의 행위(거리 산책)와 이 행위에 의해 촉발되는 의식을 통해 확인할 수 있다. 이 확인에서 중요한 매개는 은 박태원의 텍스트와 최인훈의 텍스트에서 당시의 거리를 어떻게 보는 가이다. 거리의 모습을 인식하는 방식에 따라 구보의 의식의 흐름도 달라지고, 서술자의 서술 관점도 달라지기 때문이다.

> 구보는, 벗이, 그럼 또 내일 만납시다. 그렇게 말하였어도, 거의 그 것을 알아듣지 못하였다. 이제 나는 생활을 가지리라. 생활을 가지리라. 내게는 한 개의 생활을, 어머니에게는 편안한 잠을--평안히 가 주무시오, 벗이 또 한번 말했다. 구보는 비로소 그를 돌아보고, 말없이 고개를 끄떡하였다. 내일 밤에 또 만납시다. 그러나 구보는 잠깐 주저하고, 내일, 내일부터, 나 집에 있겠소, 창작하겠소……
> 「좋은 소설을 쓰시오」(박태원, 67쪽)

박태원의 텍스트에서 구보는 질병 이미지에 노출된 조선의 생활상과 그로 인해 그 생활에 동화될 수 없었던 자신의 문제 의식을 글쓰기에 대한 욕망으로 전이시킨다. 이러한 글쓰기에 대한 욕망은 궁극적으로 작가가 작고 있던 근대화에 대한 의식의 다른 모습이다. 즉, 작가는 물질화되고 근대화되어 가는 조선의 모습에 동화될 수 없었던 자신의 삶의 방식을 글쓰기를 통해 해소하고자 한 것이다. 박태원의 텍스트에서 이러한 해소에의 욕망은 구보가 자신이 관찰한 거리의 모습들과 이 모습들을 통해 갖게 된 자신의 의

존재하는 모든 것을 따라서, 이러저러한 방법으로 몰래 무엇을 준비하고, 이러저러한 말과 이미지로 인물에게 이러저러한 일들을 일어나게 하는 화자를 고안하는 원리이다. 화자와는 달리, 내포 작가는 우리에게 아무 것도 말할 수 없다. 그는 어떠한 목소리도, 어떠한 의사 소통의 도구도 가지지 못한 자이다. 그는 전체 짜임새를 통해서, 그가 우리에게 알리기 위해서 선택한 모든 수단들에 의해 침묵적으로 우리를 가르치는 것이다.(시모어 채트먼, 김경수 옮김(1996), 『영화와 소설의 서사구조』, 민음사, 179-180쪽.)

식을 기록함으로써 이루어진다. 그리고 이 글쓰기에 대한 욕망은 소외를 양산해 내는 근대화에 대한 자기 방어의 수단이었다.

반면에 최인훈의 텍스트에서 구보는 자신이 접촉한 거리의 모습과 거리에서 느끼는 일상을 치밀하고 객관적으로 관찰한다. 아침에 일어나서 신문을 펼치면, 마치 과거와의 연속성이 단절된 듯한, 엉뚱하고도 감당하기 힘든 사건이 버젓이 벌어지는 세계에 대해 구보는 한탄한다. 구보에게 일상은 비일상적 사건의 폭력에서 자유롭지 못하며, 그 결과 구보는 이러한 비일상성 때문에 괴로워한다. 일상성으로 가장된 비일상성은 개인에게 폭력을 가한다. 물론 이 폭력은 권력의 형태로 개인주체에게 압박해 들어온다. 푸코에 의하면 권력은 타인에게 직접적이고 즉각적으로 작용하지 않는 행위의 방식이다. 대신에 권력은 작용에 대한 작용, 기존하는 작용에 대한 작용, 현재나 미래에 일어나게 될 작용에 대한 작용이다. 폭력의 관계는 신체나 사물들에 작용하여 강요하고, 구속한다. 그러기에 주체는 수동성을 지니게 된다.23) 수동성을 지향하는 주체는 폭력에 대한 대항의 수단으로써 자기 반영적인 글쓰기를 지향하게 된다. 그러나 이 지향은 비일상성의 폭력에 의해 무력해지는 것이기도 하다.

이상으로 박태원의 텍스트와 최인훈의 텍스트가 갖는 상호 텍스트성을 살펴보았다. 박태원의 텍스트에서 구보는 근대화된 조선의 질병 이미지를 주관적으로 인식하면서, 이러한 인식의 틀 내에서 글쓰기를 생각한다. 반면에 최인훈의 텍스트에서 구보는 비일상적인 폭력 앞에서, 현실의 비일상적 측면을 서술자의 객관적 진술로써 객관적으로 인식하고 있다. 그 결과 두 구보가 파악하는 글쓰기의 위상은 작중인물과 서술자가 갖는 거리의 정도에 따라 달라진다. 박태원의 텍스트에서 구보가 갖는 글쓰기에 대한 욕망은 새

---

23) 드레피스·라비노우, 서우석 역(1996), 『미셸푸코; 구조주의와 해석학을 넘어서』, 나남출판, 311-314쪽.

로운 생활을 찾고자 하는 구보의 개인적인 욕망과 관련된 것이었으나, 최인훈의 텍스트에서 구보의 글쓰기는 절대적 진실이 또 하나의 우상으로 군림하는 현실에 대한 대항 의식에서 나온 것이었다.

3. 소설 교육 현상의 상호 텍스트성과 학습자의 반응 전략

소설 교육에서 중핵을 이루는 것은 학습자가 소설 텍스트를 어떻게 해석, 이해, 수용하는가이다. 학습자가 갖는 해석, 이해, 수용은 몇 가지 층위에서 이루어지는데, 그 층위는 문학 교사와의 관계 층위, 텍스트 자체 층위, 텍스트와 학습자의 내재적 스키마(혹은 텍스트) 층위, 텍스트와 학습자의 사회·문화적 실천 층위, 학습자와 동료 학습자와의 관계 층위로 나뉜다. 이러한 층위들은 모두 텍스트와 텍스트 사이의 상호 작용인 상호 텍스트성의 관점에서 접근할 수 있다. 소설 텍스트를 둘러싼 여러 상황들을 하나의 텍스트로 설정할 수 있기 때문이다.

그런데 소설 교육에서 학습자를 둘러싼 상호 텍스트적 상황에서 가장 결정적으로 키를 쥐고 있는 것은 학습자 특히 학습자의 가치관이라고 할 수 있다. 학습자는 소설 텍스트를 이해, 해석, 수용하는 과정을 통해 미적 향유를 하게 되고, 미적 향유를 통해 자신의 삶에 대한 응답성을 기를 수 있기 때문이다. 그러므로 소설 교육에서 가장 강조점을 두어야 할 것은 상호 텍스트적인 소설 교육 상황에서 학습자의 가치관을 어떻게 내면화시켜 가고, 이를 통해 학습자가 또 다른 소설 교육으로 나아가게 할 것인 가이다. 이러한 문제 해결을 위해 본고는 소설 텍스트에 대한 학습자의 상호 텍스트성을 고찰해보고, 이를 바탕으로 소설 텍스트 자체가 갖는 상호 텍스트성과 소설 교육이 갖는 상호 텍스트성이 층위는 다르지만 소설 교육 논의의 핵심임을 논하고자 한다.

소설 교육에서의 상호 텍스트성이 소설 교육이 수행되는 상황 자체에만 국한되는 것은 물론 아니다. 보다 근본적으로 상호 텍스트성은 학습자와 소설 텍스트 사이에 놓여 있다고 할 수 있다.[24] 학습자는 특정한 소설 텍스트와 주제, 소재, 배경, 인물, 행위, 갈등, 담론 방식, 영상 등의 측면에서 연관을 가지는 다른 소설 텍스트와의 상호성을 최대한 살려 가면서 텍스트를 읽을 수 있도록 계획하고 실천할 필요가 있다[25]. 그러므로 소설 교육에서의 상호 텍스트성은 텍스트 내적 관계만이 아니라 텍스트와 텍스트 혹은 텍스트와 텍스트 외부 세계와의 관계까지도 고려하는 개념으로 이해될 필요가 있다.

소설 교육에서 교사의 몫 가운데 하나는 학습자가 풍부한 상호 텍스트성을 가지고 소설 텍스트에 접할 수 있도록 하는 일이다. 상호 텍스트성은 학습자의 문학적 능력이 성장함에 따라 자생적으로 증대되어 나가는 특징이 있다.

소설 교육에의 내용 요소는 소설 교육을 통해 가르치고 배워야 할 내용이라고 할 수 있는데, 이것은 소설 교육이 지향하는 바가 무엇인가에 따라 결정되는 성질을 지닌다. 소설 교육이 지향하는 목표는 소설 교육의 모든 기획의 근간을 이루며, 교육적 실천에서 부딪히는 선택의 국면에 맞닥뜨릴 때마다 그 선택을 가능하게 해 주는 기준이 된다. 나아가 소설 교육을 근본적으로 방향 짓는 교육과정과 교재, 교수법, 평가 방법 등을 조정하는 근거가 된다.[26] 이처럼 교육, 더 좁혀 말하면 소설 교육의 근간이 되는 목표는 소설

---

24) 학습자가 소설 텍스트의 의미를 해독하고 그 의미를 재구축하는 의미 생산의 과정은 텍스트 내의 각 요소들이 어떤 관계 위에서 상호 작용하고 있는가를 밝히는 것으로, 이를 통해 학습과 소설 텍스트의 관계는 상호 텍스트성의 관점에서 접근될 필요가 있음을 알 수 있다.(정효구(1989), 『현대시와 기호학』, 도서출판 느티나무, 27-29쪽.)
25) 서울대학교국어교육연구소(1999), 『국어교육학 사전』, 대교출판사, 407쪽.

교육이 궁극적으로 지향하는 본질과 관련된다.

물론 소설 교육을 통해 문화 유산의 전승, 개인의 자아 실현이나 인격의 성장, 문학의 본질에 대한 이해, 문학의 수용 능력과 창작 능력 신장, 문학에 대한 태도 함양 등을 도모할 수 있을 것이다. 그러나 이들 모두를 동시에 만족시킬 수 있는 소설 교육을 설계하기란 대단히 어려운 일이다. 그러므로 이들 모두를 고려에 두지만, 소설 교육이 지향하는 방향에 있어 중심항을 설정할 필요가 있다. 이 중심항을 바탕으로 하여 여타의 것들이 조건으로 존재하는 틀이 되어야 한다. 이러한 인식 하에 본고는 소설 교육을 자아 실현과 자아의 성장을 도모하고, 교육은 학습자의 내적 욕구를 충족시키기 위한 것임을 강조하고자 한다. 또한 학습자의 내적 욕구가 가치관에 의해 달라짐을 강조하고자 한다. 그 결과 소설 교육의 지향점으로 문학 능력의 신장을 통한 가치관의 내면화와 삶의 대한 응답성의 신장임을 전제하고, 이 전제에 따라 소설 교육의 목표와 그 목표에 따른 내용 요소도 이에 따라 설정되어야 한다고 본다.

그러면 소설 교육의 이념, 목표, 내용간의 상호 관계를 검토해 보자. 주지하다시피 소설 교육의 이념, 목표, 내용은 서로 긴밀하게 연결되어 있으며, 이것들은 연속되어 있는 층위로서 각기 별개로 분석될 수 있는 것은 아니다. 제7차 교육과정에 제시된, "문학의 수용과 창작 활동을 통하여 문학 능력을 길러, 자아를 실현하고 문학 문화 발전에 능동적으로 참여하는 바람직한 인간을 기른다"27)로 설정된 문학 영역의 목표 진술에서, 문학 교육의 목표는 크게 개인의 문학 능력 신장과 문학 문화 발전으로 초점화되고 있다. 이러한 목표 달성을 위한 기초로 문학의 '수용과 창작 활동'을 들었는데, 이는 소설 교육의 구체적인 내용이라고 할 수 있다. 그리고 '문학 능력'을 기르는 것은

---

26) 김상욱(1997), 「문학교육의 이념과 목표」, 우한용 외, 『문학교육과정론』, 삼지원, 66쪽.
27) 교육부(1997), 『고등학교 교육과정 해설』, 302-303쪽.

소설 교육의 목표가 되며, '자아를 실현하고 문학 문화 발전에 능동적으로 참여하는 바람직한 인간'은 소설 교육의 이념이 된다. 그러나 이처럼 소설 교육의 이념, 목표, 내용은 서로 인과적으로 일직선적 층위에서 결정되는 것은 물론 아니다. 앞에서 7차 교육과정을 바탕으로 소설 교육의 이념, 목표, 내용을 분석한 것은 이념, 목표, 내용이 상호 관련성을 가짐을 강조하기 위해서였다.

소설 교육에서 구체적인 교육 활동의 과정들은 늘 소설 교육의 목표로 송환되고, 목표를 참조 틀로 삼게 된다. 학습의 과정 및 결과로서 소설 교육 활동은 소설 교육의 이념에 송환되는 것이 아니라, 소설 교육의 목표에 송환된다. 따라서 소설 교육의 목표는 소설 교육의 내용을 전체적으로 조정하고 구체적인 교육활동에 연결되어야 한다. 그러기에 소설 교육에서 어떤 목표를 세우느냐는 소설 교육의 내용 요소뿐만 아니라 소설 교육 전체의 모습을 결정짓는다. 이처럼 중요한 의미를 갖는 소설 교육의 목표는 몇 가지 층위에서 그 설정을 모색할 수 있을 것이다. 우선적으로 생각할 수 있는 소설 교육의 목표가 다원성을 지녀야 한다는 것이다. 소설 교육의 목표가 다원성을 지닌다 함은, 소설 교육의 목표를 어떤 수준에서 설정하는가, 소설 교육의 주체를 누구로 보는가, 학습자를 소설 교육의 주체로 본다면 학습자의 역할 모델은 무엇인가, 학습자와 텍스트와 상호 작용을 어떻게 볼 것인가 등과 같은 문제가 선결되어야 한다. 이 문제들이 선결되어야만 소설 교육의 목표와 목표에 따른 내용 요소가 결정될 수 있을 것이다. 그런데 문학 교육 연구자들 사이에 문학 교육의 목표를 '문학 능력의 신장'으로 설정하는데 대체적인 합의가 이루어진 것 같다. 이는 문학 교육 나아가 소설 교육의 목표를 설정할 때 그 중심점을 학습자에 둔다는 것을 의미하며, 그 중심점이 학습자에 있다 함은 제도적 장치로서의 표면적 교육과정만이 아니라 잠재적 교육과정까지도 소설 교육 목표 설정의 참조 틀이 됨을 의미한다. 이 관점을 따른다면,

소설 교육의 목표는 텍스트 중심의 틀을 벗어나 학습자 중심, 사회·문화적 맥락 중심의 장에서 설정되어야 하고, 이를 바탕으로 소설 교육의 내용 요소가 설정되어야 함을 알 수 있다.

학습자는 소설 텍스트를 인지적 이해의 결과를 바탕으로 해석하고 수용하며, 이를 통해 자신의 문학 능력을 함양하고, 문학 문화의 향유 주체가 된다. 학습자가 문학 문화의 향유 주체가 된다 함은 문화의 장 내에서 소설 교육을 학습하고, 이를 통해 문화 실천의 주체가 됨을 의미한다. 그리고 학습자가 문화 실천의 주체가 되기 위해 가장 중요한 전제는 학습자의 자아 성장이며, 자아 성장은 학습자의 내면화된 가치관에 의해 결정된다. 그러므로 소설 교육은 단순하게 학습자가 소설 교육의 주체임을 강조하는 차원이 아니라, 학습자가 사회·문화적 맥락 속에서 자신의 가치관을 어떻게 함양하고 문학 문화를 향유하는가에 따라 그 모습이 달라짐을 알 수 있다.

소설 교육이 수행되는 상황에서 생각할 수 있는 상호 텍스트성은 학습자를 중심 변인으로 놓고 볼 때, 학습자 - 소설 텍스트, 학습자 - 교사, 학습자 - 동료 학습자, 학습자 - 사회·문화적 텍스트 등이 있다.[28] 이러한 상호 텍스트성의 층위가 있음을 통해, 소설 교육의 내용 요소는 이 층위에 맞게 설정되어야 함을 알 수 있다.

본고는 이들 층위 중에서 학습자와 소설 텍스트간의 상호 텍스트성에 초점을 두어 소설 교육의 내용 요소를 추출하기 위해 학습자가 가질 수 있는 전략들에 논해보고자 한다. 앞서 분석한 박태원의 「소설가 구보씨의 일일」과 최인훈의 『소설가 구보씨의 일일』을 가지고 논해 보자. 이 두 작품은 작

---

28) 소설 교육에서 수행되는 상호 텍스트성을 안성수는 매체와 장르의 관점에서, 입체적 독서의 차원에서, 구조와 기법의 차원에서, 인물 욕망의 차원에서, 주제의 차원에서, 문학사 서술의 차원에서 논한 바 있다. 그러나 안성수의 논의는 문학 텍스트가 갖는 상호 텍스트성의 틀로는 유효하지만, 소설 교육이 수행되는 상황에는 다소 미흡한 점이 있다.(안성수(1998), 「상호 텍스트성과 문학교육」, 『문학교육학』 제2호, 290-296쪽.)

중인물, 서사 구조 등에서 상호 텍스트성을 갖고 있다.

작중 인물의 층위에서 두 텍스트는 주인공의 이름이 같은 점, 인물의 행동 동기와 경로가 같은 점(거리 산책 및 관찰을 통한 의식의 전개), 사회적 상황에 대한 반응으로 자기 반영적 글쓰기를 하는 점 등에서 상호 텍스트성을 갖는다. 그리고 시간과 플롯을 놓고 볼 때 두 텍스트는 그 서사 구조의 '순서, 지속, 빈도' 등에서 상호 텍스트성을 보이고, 화법에 있어서 작중인물의 목소리와 서술자의 목소리가 서로 혼합된 자유간접화법의 형태를 보이고 있다는 점에서 상호 텍스트성을 갖는다. 이러한 상호 텍스트성의 내용들이 소설 교육에서 학습자에게 학습되어야 할 내용 요소라고 할 수 있는데, 이들 내용 요소들은 앞에서 말했듯이 '문학 능력의 신장 및 이를 통한 문화 실천'을 위한 소설 교육의 목표에 부합되어야 한다. 소설 교육의 목표에 부합되기 위해 이들 내용 요소들은 학습자의 가치관과 연결되어야 한다. 이것들이 가치관과 연결된다 함은 학습자가 소설 텍스트의 상호 텍스트성을 어떻게 인지하고, 이를 이해 수용하느냐의 문제가 된다. 이 문제를 해결하기 위해서는 학습자가 소설 텍스트에 반응하는 전략들을 살펴봐야 한다.

일반적으로 상호 텍스트성의 관점에서 볼 때, 한 텍스트의 의미는 확정적이라기보다는 유동적이고 비결정적인 상태로 텍스트와 학습자 사이의 상호 작용에 의해 그 의미가 무한히 생성된다. 이렇게 무한히 확장되는 텍스트의 의미는 학습자가 그 의미를 어떻게 인식하는가, 상호 텍스트성의 구조는 어떠한가 등을 해결하는 과정에서 도출될 것이다. 그러므로 학습자는 텍스트가 갖는 상호 텍스트성의 층위를 인물의 층위와 서사 구조의 층위에서 찾아야 하고, 이를 바탕으로 상호 텍스트성을 갖는 소설 텍스트에 대한 반응 전략을 갖추어야 한다. 또한 소설 교육 자체가 갖는 상호 텍스트성의 여러 층위를 동시에 아우를 수 있어야 한다.

4. 결론

본고는 소설 텍스트 수용 과정에서 강조되어야 할 것은 텍스트 그 자체보다는 텍스트가 놓여 있는 사회·문화적 맥락이라는 전제하에 소설 텍스트와 소설 교육 자체가 갖는 상호 텍스트성을 논하였다. 이러한 논의를 통해 소설 텍스트와 소설 텍스트를 수용하는 학습자들은 늘 상호 텍스트성의 장에 놓여 있고, 학습자는 자신이 수용하고자 하는 텍스트의 의미를 파악하기 위해 텍스트를 구성하는 요소에 다른 텍스트와의 관련하에서 반응한다는 점을 확인했다. 이 반응의 과정에는 선행 텍스트에서 얻은 스키마, 문학 교사를 통해 얻은 문학 감상 능력 등이 바탕이 되기에, 소설 교육은 소설 담론의 상호 텍스트성을 물론 소설 교육 현상의 상호 텍스트성이 그 본질임을 알 수 있었다.

또한 소설 교육의 목표는 단선적으로 생각할 수 없고, 소설 텍스트와 학습자를 중심으로 하여 인적 변인, 사회·문화적 변인, 학습자의 문학 능력 변인 등을 고려하여 설정되어야 하기에 소설 교육의 목표는 다성적 관점에서 접근되어야 한다. 그리고 이러한 접근은 소설 텍스트를 둘러싼 변인들을 또 다른 텍스트로 상정하는 것을 가능하게 해준다. 물론 소설 텍스트를 둘러싼 여러 변인들을 하나의 텍스트로 상정하는 것은 다분히 확장된 텍스트의 개념을 염두에 둔 것이기는 하다. 이처럼 확장된 텍스트의 개념은 단순히 소설 텍스트의 심급을 넘어서서 교육이라는 또 다른 심급에 보다 쉽게 접근할 수 있게 하는 유효한 틀이 된다. 이러한 틀을 통해서 소설 교육에 접근하면 소설 교육은 교육이 이루어지는 장을 둘러싼 수많은 텍스트간의 상호 작용임을 쉽게 알 수 있다.

소설 교육에서 중핵을 이루는 것은 학습자가 소설 텍스트를 어떻게 해석, 이해, 수용하는 가이다. 학습자가 갖는 해석, 이해, 수용은 몇 가지 층위에서 이루어지는데, 그 층위는 문학 교사와의 관계 층위, 텍스트 자체 층위, 텍스트와 학습자의 내재적 스키마(혹은 텍스트) 층위, 텍스트와 학습자의 사회·문화적 실천 층위, 학습자와 동료 학습자와의 관계 층위로 나뉜다. 이러한 층위들은 모두 텍스트와 텍스트 사이의 상호 작용인 상호 텍스트성의 관점에서 접근할 수 있다. 소설 텍스트를 둘러싼 여러 상황들을 하나의 텍스트로 설정할 수 있기 때문이다.

그런데 소설 교육에서 학습자를 둘러싼 상호 텍스트적 상황에서 가장 결정적으로 키를 쥐고 있는 것은 학습자 자신, 특히 학습자의 가치관이라고 할 수 있다. 학습자는 소설 텍스트를 이해, 해석, 수용하는 과정을 통해 미적 향유를 하게 되고, 미적 향유를 통해 자신의 삶에 대한 응답성을 기를 수 있기 때문이다. 그러므로 소설 교육에서 가장 강조점을 두어야 할 것은 상호 텍스트적인 소설 교육 상황에서 학습자의 가치관을 어떻게 내면화시켜 가고, 이를 통해 학습자가 또 다른 소설 교육으로 나아가게 할 것인 가이다. 이러한 문제 해결을 위해 본고는 소설 텍스트에 대한 학습자의 상호 텍스트성을 고찰해보고, 이를 바탕으로 소설 텍스트 자체가 갖는 상호 텍스트성과 소설 교육 현상이 갖는 상호 텍스트성이 층위는 다르지만, 소설 교육의 본질임을 논의하였다.

제2부

소설 교육의 방법

상상력 형성을 위한 이해와
표현으로서의 소설 교육

1. 소설 교육과 상상력의 연관성

학습자가 소설 작품을 읽으면서 어떤 문학적 사고와 문학 능력을 동원하는지, 그리고 이러한 학습자의 문학적 사고와 문학 능력을 촉진하는 교수 - 학습이 무엇인지는 소설 교육 실천의 장에서 매우 중요하다고 할 수 있다. 학습자의 문학적 사고와 문학 능력, 교수 - 학습 방법은 소설 교육의 전체 구도를 크게 좌우하는 소설 교육의 핵심 변인들이라고 할 수 있기 때문이다. 따라서 이 변인들 속에 학습자가 소설 작품을 어떻게 이해하고 해석하는지, 이를 통해 자기 성찰과 새로운 자기 형성을 어떻게 해 나가는지가 소설 교육의 중심 영역이 될 필요가 있다. 이러한 소설 교육은 궁극적인 지향점을 자기 형성적 주체(self-formative subject) 함양에 둘 필요가 있다[1]. 자기 형성적 주체 함양을 위한 소설 교육은 학습자 중심 소설 교육의 틀을 전제하는 가운데, 학습자의 문학적 사고와 문학 능력의 증진, 지적이고 풍부한 사고를 통한 비판적 자기 인식에 도달할 수 있는 학습 과정을 강조한다. 이를 위해

---

[1] 선주원(2002.8), 「대화적 관점에서의 소설 교육 연구」, 한국교원대학교 대학원 박사학위 논문.

서는 소설 텍스트, 문학 교사, 학습자, 동료 학습자, 상황 맥락(context) 등이 상호 대화적으로 소통되는 소설 교육의 장(場)이 전제되어야 한다. 학습자의 소설 읽기와 문학적 체험 과정은 지적이고 사회적인 과정 속에 지속적으로 변화되는 가변성을 지니며, 문학 교실은 소설 텍스트의 학습 뿐만 아니라 문학적 사고, 지적 추론 능력, 감수성 향상을 위한 좋은 환경이 되기 때문이다. 이러한 환경을 제공하는 소설 교육을 위해 본고는 소설 작품에 대한 이해와 표현을 위한 교수 - 학습 전략을 논하고자 한다. 특히 소설 작품에 대한 학습자의 이해와 표현 과정을 분화시켜, 이 과정들에 인식적 상상력, 조응적 상상력, 초월적 상상력 등과 같은 상상력이 어떻게 작동되는지를 논하고자 한다.

지금까지 문학 교육과 관련지어 학습자의 상상력을 강조한 대표적인 논의는 우한용(1983), 구인환 외(2001) 등이 있다. 우한용은 코울리지와 바슐라르, 사르트르의 상상력에 대한 관점을 수용하여 작가의 작품 생산과 관련된 상상력을 학습자(독자)의 작품 수용과 관련지어 논의하고 있다. 그에 따르면, 상상력의 기능은 세 가지로 나뉠 수 있다[2]. 첫째는 인식적 상상력으로, 이것은 세계에 대한 형식화 기능으로 문학을 통한 세계 계시의 능력과 관련된다. 둘째는 조응적 상상력으로, 이것은 현실에 대한 인식·비판 기능으로 문학을 통한 세계와의 상호 교섭 작용과 관련된다. 셋째는 창조적 상상력으로, 이것은 가능한 모델 창조의 기능으로 세계에 대한 비전을 가지고 세계를 재구성하는 능력과 관련된다. 이러한 상상력의 기능들은 학습자가 작품의 내용에 대한 이해를 바탕으로, 실제 삶과 작품을 연관지어, 보다 나은 삶을 설계하려는 문학 교육의 지향점을 드러낸다.

상상력에 대한 이러한 논의는 구인환 외(2001)에서 보다 구체화되어, 학

---

2) 우한용(1983), 「문학교육론 서설」, 『난대 이응백 박사 회갑 기념 논문집』, 보진제.

습자 중심의 상상력 형성을 지향하는 문학 교육의 지향점을 보다 분명하게 드러낸다. 이 논의에 따르면, 문학 교육에서 상상력의 세련이 갖는 의미는 세 가지 정도로 생각해 볼 수 있다[3]. 첫째가 작품 해석의 심화, 둘째, 인간적 가치 체험의 실현, 셋째, 삶에 대한 비전의 발견이다. 이들은 인식적 상상력을 텍스트 속에 제시된 내용을 이해하는 것으로 보았고, 조응적 상상력은 작품에 제기된 문제를 파악하고 작품의 구조와 의미를 연결지어 해석하여 그 결과를 유기적으로 파악하는 것으로 보았다. 초월적 상상력은 작가가 나타내려고 했던 삶의 세계와 조건을 인식하면서 가능한 새로운 모델을 창조하여, 독서가 심화될 수 있는 것으로 설명했다.

한편 문학 작품을 통해 접근하려는 상상력을 언어적 상상력으로 규정한 논의도 있다[4]. 여기서는 문학 교육을 통하여 학생들에게 길러주고자 하는 상상력도 언어적 상상력이라고 규정하였다. 언어적 상상력은 인간이 언어적 존재라는 것에 뿌리를 두고 있다. 그렇지만 언어를 어떻게 보는가에 따라 언어적 상상력은 다양하게 상정될 수 있다. 문학으로 수행되는 언어를 정당하게 이해하기 위해서는 언어를 기호론적 실천으로 보는 관점에 서야한다고 보고 있다. 이는 언어를 매개로 하여 주체들 사이에 상징적 상호 작용을 하는 능력과 활동으로 언어를 바라보는 관점이다. 이것은 "인간은 언어를 통하여 의미를 공유하고, 의견을 조정하며, 이념을 모색하고 실천한다"[5]는 개념으로 요약될 수 있다. 이와 같이 언어를 통한 상호 작용으로 의미를 교환하는 활동인 언어적 상상력은 문학 교육에서 문제 삼는 상상력이라 할 수 있다.

일반적으로 소설 작품을 읽는 행위는 학습자가 소설 담론에 형상화된 담

---

3) 구인환 외(2001), 『문학교육론』제4판, 삼지원, 73-83면 참조.
4) 구인환 외(1998), 『문학 교수·학습 방법론』, 삼지원.
5) 구인환 외(1998), 앞의 책, 328면.

론을 매개로 하여 삶의 의미를 상상력을 동원하여 발견하고, 이것들 사이의 관계를 추출하며, 이러한 관계에 의미를 부여하는 일을 뜻한다. 따라서 학습자의 소설 읽기는 대상을 상상하는 것과 대상에 대한 의미 부여의 활동을 모두 포함하는 것으로 인식적 상상력, 조응적 상상력, 초월적 상상력이 종합적으로 작동한다. 이러한 소설 읽기는 학습자가 소설 텍스트를 읽고 새로운 의미를 구현하는 활동으로 학습자의 자기 성찰 및 자기 형성으로 이어질 수 있을 것이다. 이러한 소설 읽기를 위해서는 학습자의 비평적이고 주체적인 태도가 필요하다. 소설 작품을 주체적으로 읽는 일은 작품을 읽어나가는 과정에서 끊임없이 의문을 가지고, 이 의문들을 해결할 때 가능하다. 그런데 이런 읽기를 위해선 학습자가 자신의 텍스트 수용을 종합적으로 사고할 수 있는 글쓰기(표현 활동)가 필요하다. 글쓰기는 텍스트의 모든 내용과 형식 요소에 대한 분석적이고도 종합적인 사고를 통해 궁극적으로는 학습자의 자기 성찰과 자기 형성을 가능하게 하기 때문이다. 따라서 소설 작품에 대한 보다 풍부한 수용과 자기 성찰을 위해 학습자는 상상력을 동원하여 작품의 수용을 글로 표현하는 활동을 할 필요가 있다. 학습자의 상상력은 소설 작품에 대한 이해와 해석의 과정에서만 요구되는 것이 아니라, 소설 작품의 의미를 실제 삶과 관련지어 학습자가 자기 성찰과 자기 형성을 할 수 있는 표현의 과정에서도 필수적인 역할을 하기 때문이다.

　새로운 상상력 형성과 기존의 상상력 증진을 통해 학습자는 소설 작품을 읽어 가는 과정에서 소설 작품에 대한 문학적 지식과 반응을 지속적으로 변화시켜 가면서, 소설 작품의 내용에 대한 의문을 가지는 "형성 과정에 중에 있는 의미"(meanings-in-motion)의 증진으로서의 소설 작품에 대한 이해와 해석을 할 수 있게 된다. 그리고 이러한 이해와 해석은 소설 텍스트와 학습자의 소통에 따라 증진되는 학습자의 문학적 사고와 문학 능력을 지향한다. 그리고 이러한 교수 - 학습의 지향점은 학습자의 문학적 사고와 문학 능력이 소설 작품에 대한 학습자의 이해와 해석의 양상에 따라 변화하는 특성을 지닌다는 점, 이 특성들이 실제 교수 - 학습 현상에서 학습자와 문학 교사, 학습자와 동료 학습자 사이의 대화적인 상호 작용으로 확장되어 드러난다는 점, 소설 작품에 대한 학습자의 이해와 해석은 어떤 특정한 진리나 무분별한 무리를 지향하기보다는 작품이 지닌 교육적 가치와 교육 목표에 의해 일정한 일리를 추구한다[6]는 점 등을 지향한다. 따라서 이러한 소설 교육의 실현을 위해서는 학습자의 문학적 이해(literary understanding) 과정과 교수 - 학습의 상황 맥락, 교사와 학습자의 상호 작용 등에 대한 규명이 필요하다. 이것은 살아있는 소설 수업과 학습자의 자발적이고 적극적인 참여, 학습자의 비판적 사고 증진을 통한 교수 - 학습 환경 조성, 학습자의 상상력 증진을 어떻게 도모할 것인가와 관련되는 문제이기도 하다.

이러한 문제를 해명하기 위해 본고는 인식적 상상력, 조응적 상상력, 초월적 상상력 등이 학습자의 소설 읽기 과정에서 구체적으로 어떻게 작동하고 형성될 수 있는지를 살펴보고자 한다. 이를 위해 제 7차 교육과정에 의거하여 편집된 고등학교 '문학' 교과서 실린 현진건의 「운수 좋은 날」을 대상 텍스트로 삼아, 이 작품에 대한 학습자의 '발견적 읽기', '해석적 읽기', '비판적 읽기' 과정을 '인물 분석'과 '주요 작중인물의 성격 소개', '자신과 작중인물 비교하기' 활동을 통해 살펴볼 것이다. 또한 이러한 읽기 과정에 따라 학습자의 표현 활동이 어떻게 구현될 수 있는지를 '모방하여 쓰기', '변형하여 쓰기', '아이디어 활용하여 쓰기' 등의 활동을 통해 살펴볼 것이다.

---

6) 소설 작품에 대한 학습자의 반응이 일정한 일리를 추구한다는 것은 기존의 신비평적 관점이 추구하는 작품이 지닌 일정한 가치, 진리 등을 습득하거나 무분별하게 작품에 대한 반응을 드러내는 소위 '잘못된 열린 교육'의 양상들을 극복하려는 관점을 기저에 깔고 있다. 교육은 목표 지향적이고, 학습자의 변화 가능성을 추구한다고 할 때, 소설 교육을 통해 학습자의 문학적 반응은 무리나 진리를 지향하기보다는 교육의 목표에 부합되는 일정한 패턴을 지향한다고 할 수 있을 것이다.

2. 문학적 상상력과 과정 중심 소설 교육

소설 작품에 대한 이해는 수학이나 과학과 같은 교과에서 요구되는 논증적인 추론 능력과는 달리 학습자의 응답적이고 상호 작용적인 반응을 전제한다. 따라서 소설 작품에 대한 이해는 소설 작품에 형상화된 사건을 따라가면서, 의미의 역동성을 파악하는 것이라고 할 수 있다[7]. 소설 작품에 대한 학습자의 문학적 이해가 무엇인지 규명하기 위해서는 다음 몇 가지 질문이 해명될 필요가 있다.

> 1) 문학적 체험을 통해 학습자가 텍스트의 의미를 어떻게 구성하는가, 그리고 이러한 의미화는 추론적 목적을 갖는 이해 활동과는 어떻게 다른가?
> 2) 소설 작품의 의미화는 학습자의 읽기, 쓰기, 토론 활동 등에 따라 어떻게 실현되는가?
> 3) 학습자가 가지고 있는 문학적 지식과 경험, 문학 능력 등에 따라 학습자의 상상력이 어떻게 생성되고 증진되는가?
> 4) 소설 작품에 대한 이해를 바탕으로 학습자는 실제 삶에 대한 이해를 어떻게 할 수 있는가?
> 5) 증진된 문학 능력과 상상력은 학습자의 문학적 체험에 어떻게 작용하는가?

이러한 질문들을 해명함으로써 소설 작품에 대한 학습자의 문학적 체험, 이 체험에 의한 소설 작품의 의미화 실현, 학습자의 상상력 형성과 세련, 문학 능력의 증진 과정 등이 밝혀지고, 이 과정들에 따른 학습자의 자기 성찰과 자기 형성의 모습이 구체화될 수 있을 것이다.

일반적으로 학습자가 자기 삶에 대한 이해를 증진시켜 보다 나은 삶을 설

---

7) 폴 리쾨르, 박병수·남기영 편역(2002), 『텍스트에서 행동으로』, 아카넷, 15-16면.

계할 수 있는 사고 방식은 문학적 지향과 논증적 지향으로 나뉠 수 있다. 즉, 문학 작품에 대한 이해를 통한 비판적 사고와 비문학적인 글을 읽고, 이에 대한 비판적 사고를 할 수 있는 두 지향으로 나뉠 수 있는 것이다. 그런데 이 두 지향은 그 목적이 서로 다르다. 따라서 서로 다른 지향을 드러내는 이 두 가지 사고 방식을 통해 학습자가 보다 나은 삶을 설계하기 위해서는 서로 다른 지향태가 필요하다. 문학적 상상력은 문학적 체험을 통해 타자와의 대화를 하고, 이를 바탕으로 자기 형성적 주체를 지향하는 반면, 논증적 상상력은 텍스트의 내용을 이해하고 텍스트에서 새로운 정보를 찾기 위한 과정을 통해 논증적 주체 형성을 지향하기 때문이다.

본고가 문제 삼는 소설 교육이 지향하는 바는 물론 문학적 지향이다. 소설 교육에서 학습자는 소설작품의 의미화를 새로이 실현하기 위해 자신을 포함한 인간 존재에 대한 성찰을 하게 된다. 이 성찰은 주체가 타자와의 존재론적 관계 형성을 맺는 데서 시작되는데, 일반적으로 소설 작품에 대한 반응이 주체의 자기 성찰로 이어지기 위해서는 주체가 작품의 내용에 대한 가능성을 탐구하는 '가능성의 탐구 지평'이 가능해야 한다. 학습자의 소설 읽기는 작품에 숨겨진 내용을 밝혀내야만 하는 이야기에 대한 탐색이 아니라, 작품의 내용과 자신의 실제 삶과의 관련성을 토대로 하여 자기 성찰과 자기 형성을 하는 과정이라고 할 수 있을 것이다. 따라서 학습자는 자기 성찰과 자기 형성의 과정에 대한 인식을 토대로 하여 소설 작품을 이해하고 해석해야 할 것이다. 이러한 과정은 소설 작품에 대한 학습자의 반응이 불확실성과 개방성을 가지고, 새로운 이해가 다른 이해를 지속적으로 형성하는 것으로 이해될 필요가 있다. 그러므로 소설 작품에 대한 이해는 설명적 글에서 정보를 얻고, 이를 공유하기 위한 논증적 지향과는 매우 다른 양상을 보인다고 할 수 있다.

목표 지향적이고 자기 형성적 과정을 강조하는 소설 교육에서 중요한 것은 학습자의 논증적 능력이기보다는 문학적이고 능동적인 자기 형성을 통한 자기 갱신에 그 초점이 있다. 따라서 소설 교육은 학습자가 작품의 내용에 대한 이해와 해석을 해 나가는 과정 혹은 활동에 강조점을 두어 실천될 필요가 있다. 이 실천은 학습자가 교수 - 학습의 주체로서 문학 교사, 동료 학습자와 대화적으로 소통하는 과정을 통해 구체화되며, 이 과정은 소설 작품의 의미를 보다 풍부하게 의미화한다. 그러므로 소설 텍스트는 일정한 진리와 의미를 담지하는 객관화된 담지체가 아니다. 소설 텍스트는 학습자의 창의적 오독(creative misreading)에 의해 그 의미화가 실현되며[8], 이를 통해 학습자의 텍스트 이해와 해석도 다성적(polyphonic)인 양상을 드러낸다고 할 수 있다. 텍스트는 끊임없이 재구성되는, 의미화 과정에 놓인 '쓸 수 있는 텍스트(writely text)'[9]가 되기 때문이다. 텍스트와 학습자의 이러한 관계를 고려해 본다면, 학습자의 소설 읽기는 텍스트와 대화하는 행위라고 할 수 있을 것이다.

소설 텍스트와 대화하는 학습자의 소설 읽기 과정에는 문학적 상상력이 작동된다. 문학적 상상력을 통해, 학습자는 소설 텍스트를 읽을 때나 비평적 글쓰기를 할 때 비판적 사고를 할 수 있고, 소설 텍스트에 대한 다양한 태도 형성을 통해 문학적 의미에 대해 질적으로 다른 관점을 취할 수 있다. 문학적 상상력 형성 과정과 관련된 학습자의 문학적 태도는 다음과 같이 생각해 볼 수 있을 것이다.

　1) 텍스트에 대한 상상력 형성과 자신의 경험 대상화 단계.(소설 텍스트의 의미화가 학습자의 삶과 갖는 연관성 관련짓기)
　2) 기존의 문학 능력을 해체하여 새로운 상상력을 형성하는 단계(기존의

---

8) 리차드 로티, 박지수 옮김(1998), 『철학 그리고 자연의 거울』, 까치, 192-232면 참조
9) R. Barthes, 김희영 옮김(1999), 『텍스트의 즐거움』, 동문선, 37-47면 참조

여 작품의 내용 및 주제에 대한 상상력을 향상시킬 수 있는 단계.)
> 문학적 지식과 경험을 바탕으로 하여 새로운 자기 인식 및 성찰을 하
> 여 작품의 내용 및 주제에 대한 상상력을 향상시킬 수 있는 단계.)
> 3) 상상력 향상을 통해 새로운 문학 능력을 형성하는 단계.(문학 작품에
> 대한 이해와 해석을 통해 새로이 형성된 상상력을 통해 새로운 문학
> 능력을 형성하는 단계.)
> 4) 새로이 형성된 상상력과 문학 능력을 바탕으로 자기 성찰과 자기 형
> 성을 통해 미래에 대비할 수 있는 단계

학습자의 이러한 태도들은 소설 텍스트 이해와 해석, 그리고 실제 삶과 소설 작품과의 연관성을 고려하는 상상력 형성을 위한 소설 교육에 많은 시사점을 줄 수 있을 것이다. 이러한 태도들은 유동적이고 반복되는 잠재성을 갖고, 때로는 동시에 작동한다. 이것들은 특정한 소설 작품과 상호 교섭하는 학습자의 특정한 학습 경험에 따라 달라지는 양상을 보인다. 따라서 학습자의 이러한 태도를 강조하는 소설 교육은 학습자의 문학적 체험을 고려하면서, 학습자가 이 체험을 얼마나 풍부하게 할 수 있는가에 논의의 초점이 주어질 할 필요가 있다[10]. 학습자의 문학적 체험은 소설 텍스트, 수용 맥락, 타자들의 목소리, 자신의 상상력 사이에서 이리저리 이동하고 변화하는 가변성을 갖기 때문이다. 따라서 앞으로의 소설 교육은 소설 읽기를 구성하는 상황 맥락들의 다양한 망(web)을 해명하면서, 학습자가 자신의 문학적 이해를 어떻게 하면 보다 풍부하게 할 수 있는가를 문학 교사가 고려하는 교수 - 학습 방법을 필요로 한다.

소설 텍스트에 대한 학습자의 의미 형성을 위한 최선의 교수 - 학습 방법은 있을 수 없지만, 수용 맥락과 문학 능력에 따라 학습자가 보다 풍부한 문학적 체험을 할 수 있도록 하는 방법들은 있을 수 있다. 문학 능력이 부족하거나 형성 중에 있는 학습자는 소설 교수 - 학습 활동에 그다지 적극성을

---

10) 정정호(2001), 『세계화 시대의 비판적 페다고지』, 생각의 나무, 375-403면 참조.

보이지 않거나, 자신의 삶과 관련지어 문학적 체험을 수행하는 활동에 참여하지 않는다. 따라서 문학 능력이 부족한 학습자는 소설 작품에 대한 이해를 통한 자신의 상상력 향상을 역동적이고 응집성 있는 것이 아니라, 작품의 내용을 수동적으로 받아들이는 것으로 생각한다. 그 결과 문학 능력이 미숙한 학습자의 상상력은 텍스트가 어렵거나 자신의 삶과 별 관련성이 없을 때는 쉽게 손상된다. 그러므로 문학 능력이 부족한 학습자의 상상력은 문학 교사와 동료 학습자와의 대화적 소통에 의해 향상될 필요가 있다. 반면에 기존의 문학적 체험이 풍부하고 문학 능력이 향상된 학습자는 보다 활동적으로 자신의 상상력을 형성하고, 자신의 문학 능력에 따라 소설 작품의 내용을 이해하고 해석하여 새로운 의미화를 실현한다. 이러한 의미화 실현은 학습자가 소설 작품의 내용에 대한 이해와 해석을 바탕으로 자기 성찰과 자기 형성을 가능하게 할 것이다.

그런데 소설 작품에 대한 이해의 과정에서 작동되는 상상력은 이해를 표현하는 과정에서 보다 구체화되고 풍부화될 수 있다. 학습자의 표현 활동이 소설 작품에 대한 이해를 증진시킨다는 관점은 제 7차 교육과정의 지향점과 맥을 같이 한다. 제 7차 교육과정에 따른 고등학교 '문학' 과목의 목표는 크게 개인의 문학 능력 신장과 문학 문화 발전으로 나뉜다. 이는 문학이 개인의 자아 실현을 위한 활동일 뿐만 아니라, 포괄적인 국어 문화 현상의 일부라는 점을 고려한 것이다. 이러한 목표를 달성하기 위한 기초로 문학의 '수용과 창작 활동'을 들었는데, 이는 잘 계획되고 조직된 문학 경험이 문학 교육의 바탕이 되어야 함을 뜻한다. 이는 작품에 대한 인지적 접근과 정의적 접근을 통합하여 작품을 이해하고 창작(표현)하는 것이 언어 활동이라는 점을 강조하기 위한 것이다. 물론 여기서의 '창작'은 본격적인 의미에서의 예술 창작을 의미하지는 않는다.

이 관점을 소설 교육으로 옮겨 논의해 보면, 학습자의 소설 작품 수용은 작품의 내용을 수동적으로 받아들이는 것이기보다는 작품의 의미를 자신의 가치관, 삶 등과 관련지어 주체적이고 능동적으로 구성하는 사고 과정이라고 할 수 있을 것이다. 그런데 이러한 사고 과정으로서의 소설 작품 수용(이해)은 서사적 글쓰기(표현) 활동을 통해 보다 풍부해지고 완전해질 수 있을 것이다. 소설 교육은 학습자가 소설 작품을 읽고, 작품의 내용에 대한 이해와 해석을 바탕으로 자기 성찰을 하고, 새로이 자기 삶을 형성할 수 있도록 하는 것이 되어야 하기 때문이다. 수용과 창작을 아우르는 소설 교육은 학습자의 상상력을 세련시키면서, 학습자가 자기 형성적 주체가 될 수 있게 할 것이다. 따라서 수용과 창작을 아우르는 소설 교육을 위해선 학습자가 소설을 읽고 수용하는 과정과 작품의 수용을 글로 표현하는 창작 과정에 강조를 둘 필요가 있다. 이를 위해서는 학습자의 소설 읽기와 표현이 일정한 과정에 따라 논의되어야 할 것이다.

전통적인 소설 교수 - 학습은 소설 작품을 아무런 전략도 없이 읽게 하고, 소설 작품의 문학적인 요소를 분해하여 암기하거나 감상의 결과만을 강조해 왔다. 그러나 소설 작품에 대한 풍부한 수용은 소설 작품을 수용하는 구체적인 과정과 전략에 따라 이루어진다. 즉, 소설 작품에 대한 이해, 해석, 감상과 반응 등의 과정에 따라 보다 풍부한 소설 작품 수용이 이루어질 수 있는 것이다. 따라서 보다 풍부한 작품 수용을 위한 소설 읽기는 학습자의 텍스트 이해와 해석의 과정에 따라 '발견적 읽기', '해석적 읽기', '비판적 읽기'로 분화되어 논의될 필요가 있다. 이러한 과정 중심 접근11)은 소설 작품이 일정한 진리나 작가의 특정한 의도를 내재하고 있다는 정전성을 문제 삼기보다

---

11) 과정 중심 접근(process-oriented approach)은 결과 중심 접근(product-oriented approach)에 대한 반성 의식에서 대두된 것으로, 학습자의 문제 해결 능력과 사회적 상호 작용을 강조하는 하나의 관점이라고 할 수 있다.(이재승(2002),『글쓰기 교육의 원리와 방법: 과정 중심 접근』, 교육과학사, 14-20면 참조)

는 학습자의 주체적이고 비평적인 소설 읽기에 의한 새로운 의미 창조를 강조한다. 이러한 과정 중심 접근법에 의해 소설 읽기는 소설 창작으로 이어져야 하는데, 학습자의 표현(창작)은 '모방하여 쓰기-변형하여 쓰기-아이디어 활용하여 쓰기' 등의 과정으로 분화될 수 있을 것이다.

3. 상상력의 형성과 세련을 위한 이해와 표현 전략

상상력이 학습자의 소설 작품 이해와 해석, 작품의 의미화 실현 과정에서 구체적으로 어떻게 작동하고, 이것들이 소설 교육에서 어떠한 의미가 있는지를 규명하기란 그리 쉬운 문제가 아니다. 따라서 이 문제에 대한 지금까지의 논의는 일반적인 차원에서의 언급에 그치는 한계를 갖는다[12]. 본고는 이러한 한계를 극복하고 실제 수업 현장에서 상상력이 학습자의 이해와 표현 과정에 어떻게 작동하고 있는가를 규명하고자 하는 목적을 갖고 있다. 본고의 이러한 목적은 7차 교육과정이 지향하는 이해와 표현을 아우르는 문학 교육의 지향점과 부합된다. 그러므로 이 문제의 해명을 위해서는 실제 수업 현장에서의 구체적인 학습 전략과 이 전략에 따른 학습자의 학습 활동이 무엇인지를 규명하는 논의가 필요하다.

학습자의 상상력 형성과 세련을 지향하는 소설 교육에서 학습자는 소설 작품에 대한 자신의 이해와 해석의 가능성을 탐구하기 위해 동료 학습자들과 상호 작용을 한다. 이러한 학습자간의 상호 작용은 문학 교사의 중재와 조정에 의해 보다 촉진될 수 있는데, 문학 교사는 자신과 학습자, 학습자간의 사회적 상호 작용을 촉진하는 교수 - 학습을 수행할 필요가 있다. 이러한

---

12) 윤여탁(1999), 「문학교육에서 상상력의 역할」, 『문학교육학』제 3호, 태학사.

교수 - 학습 환경은 소설 작품에 대한 교육 주체들의 해석을 보다 풍부하게 할 뿐만 아니라, 소설 작품의 내용과 실제 삶의 관련성을 관련지어 학습자가 자신의 삶을 성찰하는 윤리적 실천을 하게 한다.

소설 작품에 대한 이해와 해석을 바탕으로 학습자가 자신의 삶을 성찰하고, 이를 통해 새로운 주체를 형성하기 위해서는 소설 교육의 교수 - 학습의 환경이 다음과 같이 변화될 필요가 있다.

> 1) 학습자들은 일생 동안의 상상력 형성자로서 간주된다.
> 2) 질문과 토론 활동은 문학적 경험의 일부이다.
> 3) 학급 활동은 이해를 향상시키는 시간이다.
> 4) 다양한 관점은 해석을 풍부하게 한다.

소설 수업에서 문학 교사와 학습자, 학습자와 동료 학습자간의 대화적 소통은 소설 작품에 대한 학습자의 이해와 해석을 향상시키며, 소설 텍스트를 역동적인 담론으로 구상화하는 힘을 갖는다. 따라서 문학 교사와 학습자들은 소설 작품에 대한 잘못된 이해와 해석 혹은 잘못된 관점 등이 교육 주체들간의 상호 작용에 의해 끊임없이 수정되는 과정을 통해 보다 풍부한 문학적 체험에 도달하게 됨을 전제한다. 따라서 소설 작품에 대한 교육 주체들간의 이해와 해석의 불일치나 관점의 차이 등은 학습자의 상상력 형성을 촉진하는 것이 된다. 이것들은 사고를 유발하는 사회적 맥락(context)을 만들고, 이 맥락에서 학습자들은 자신의 이해력을 향상시키기 위해 텍스트를 즐겨 읽게 되고, 일리(一理)를 지향하는 소설 읽기를 통해 문학 능력을 향상시킬 수 있게 된다.

학습자의 상상력을 형성하기 위한 교수 - 학습에서 문학 교사와 학습자는 '토론하는 방법들'과 '생각하는 방법'에 대한 논의를 통해 상호 작용을 할 필요가 있다. 이러한 교수 - 학습 방법은 교육 주체들이 대화적으로 상호 소통하는 가운데 일리를 지향하는 소설 교육을 구현하기 때문이다. 일리를 지향하는 소설 교육을 통해 학습자는 자신의 삶에 대한 성찰을 통해 타자에 대한 존재론적 인식을 하게 되고, 이를 바탕으로 문학적 지식, 상상력을 새로이 형성할 뿐만 아니라, 궁극적으로는 자기 형성적 주체가 될 수 있을 것이다. 이러한 주체 형성을 통해 학습자는 자신을 이해하고 형성하는 방식을 새로이 알게 되고, 자신의 삶이 지향해야 할 바를 보다 분명히 인식하고, 이를 실천할 수 있을 것이다. 이러한 학습자의 상(象)을 위해서는 학습자가 자기 성찰과 자기 형성을 할 수 있도록 하는 대화적 관점에 의한 생산적인 상상력의 형성이 필요하다고 할 수 있다.

그러나 이러한 교수 - 학습은 실행되기가 상당히 어렵다. 많은 교사들은 단 하나의 최상의 해석을 전제하고, 처음부터 끝까지의 플롯을 다시 추적하고 작가의 메시지에 친밀한 독서, 학습자들이 얻지 못한 것을 채우기 위해 수업의 많은 시간을 사용한다. 또한 학습자들이 자신의 사고에 따라 수용 전략을 세울 수 있도록 도와주기보다는 보다 전통적인 소설 교육으로 되돌아가려고 한다. 본고가 상정하는 교수 - 학습 방법은 이러한 전통적인 교수 - 학습 방법에 나름대로의 대안을 제시하면서 문학 교실 현장에서 교육 주체들간의 상호 작용에 의한 대화적인 소설 교육을 지향한다. 따라서 본고가 상정하는 '상상력 형성과 세련을 위한 소설 교육'을 통해 학습자는 읽기나 토론에 참여하고, 읽었거나 읽고 있는 소설 텍스트에 대한 이해를 증진시키는 나선형적인 교육 목표에 도달하는 과업들에 참여할 수 있게 된다13). 그리고 이러한 문학적 이해를 통해 또 다른 문학적 체험을 수행할 수 있게 된다.

---

13) 학습자의 소설 읽기 과정에서 문학 교사의 관점과 학습자의 관점은 지속적으로 상호 작용하면서 학습자의 문학적 체험이 보다 풍부하게 되도록 하기 때문에 순환적인 구도를 지니게 된다. 따라서 학습자의 상상력 형성을 지향하는 소설 교육의 목표는 직선형을 추구하기보다는 나선형을 추구할 수 밖에 없을 것이다.

이러한 소설 수업은 소설 작품에 대한 학습자의 이해와 해석 단계와 정도에 따라 '발견적 읽기', '해석적 읽기', '비판적 읽기'의 단계로 위계화 되어 수 행될 수 있을 것이다.

가. 상상력의 형성과 세련을 위한 이해 전략

학습자의 소설 읽기 과정은 소설 텍스트에 대한 학습자의 이해와 해석, 반응의 정도에 따라 '발견적 읽기', '해석적 읽기', '비판적 읽기' 과정으로 위계화될 수 있을 것이다. '발견적 읽기' 활동에서 학습자는 작품의 내용에 대한 흥미를 보이거나 읽고 싶은 동기를 보이게 된다. 또한 작품의 주제에 반응을 보이면서, 작중 인물과 더욱 일체감을 가지기도 한다. 이러한 발견적 읽기는 학습자가 작품의 내용을 확인하고 흥미를 갖는 단계이기 때문에, 이 읽기에는 인식적 상상력이 작동된다. '해석적 읽기' 활동은 소설 작품에 대한 학습자의 초기 이해와 해석 능력 향상을 촉진하는 단계로, 특정 주제, 작중 인물, 사건에 학습자의 주의를 집중시키기 위한 것이다. 이 활동은 학습자와 작품 사이의 상호 작용을 도와주기 위한 것으로, 학습자가 작품의 사건, 작중 인물에 반응하도록 하면서 작품에서 가장 의미 있다고 생각하는 것을 찾게 한다. 해석적 읽기는 학습자가 작품과 상호 작용하는 것이므로, 여기에는 학습자가 실제 삶과 허구적 현실을 대비할 수 있도록 하는 조응적 상상력이 작동된다. '비판적 읽기' 활동은 학습자가 비평적 태도를 갖고 상황 맥락을 파악하여 자기 성찰과 자기 형성을 할 수 있도록 하는 단계로, 학습자가 작품에 대한 반응을 더욱 심화하여 하게 하고, 작품의 주제, 주요 사상들 사이의 관련성을 파악할 수 있도록 하기 위한 것이다. 또한 이 활동은 다른 작품과의 상호 텍스트성을 검토하여 보다 확장된 작품 이해를 할 수 있도록 하기 위한 것이기도 하다. 이러한 비판적 읽기는 학습자가 소설 작품의 의미화를 바탕으로 자기 성찰과 새로운 자기 형성을 하도록 하기 때문에, 실제 삶에 대한 학습자의 성찰을 요구하는 초월적 상상력이 작동된다.

이와 같이 학습자의 소설 읽기 과정을 위계화하여, 이 과정들에서의 따라 학습자의 능동적인 역할을 강조하는 교수 - 학습 상황에서, 학습자는 수동적 존재가 아니라 교수 - 학습 활동의 주체로서 자율적으로 학습에 참여하는 자기 형성적 주체가 될 수 있다. 이러한 교수 - 학습은 학습자가 개별 학습보다는 협동 학습이나 토론 학습 등과 같은 모둠 활동을 다양한 상황에서 수행할 수 있게 한다. 이러한 학습을 통해 학습자는 자신의 상황 맥락에 맞도록 학습 방향을 설정하고, 이에 따라 작품의 의미를 탐구하고 비판한다. 그러나 전통적인 소설 교육의 교육과정 목표(문학적 요소, 장르, 문학적 용어 등에 관한 문학적 지식 습득)도 전연 간과될 수는 없다. 상상력 형성과 세련을 위한 소설 수업에서는 지속적인 사고 형성과 의사 소통의 구성 요소가 되는 소설 담론의 구성 요소, 문학 개념들, 문학 언어 등의 향상과 작중 인물과 화자, 작중 인물간 대화적 소통도 중요하기 때문이다. 문학적 언어와 개념들은 학습자가 작품의 내용에 대해 반응을 하고 탐구하도록 하며, 문학적 언어와 개념은 학습자가 마음 속에 형성하는 담론의 구성 요소와 반응들, 옹호하고자 하는 문학적 이해 등을 구성한다. 이러한 교수 - 학습의 상호 작용은 문학적 개념과 언어들에 대한 학습자의 이해를 향상시킨다. 그리고 작중 인물과 화자, 작중 인물간의 대화적 소통 양상에 대한 이해를 통해 학습자는 자신의 삶을 둘러싼 타자와의 대화적 관계를 이해할 수 있을 것이다. 이와 같이 학습자의 상상력을 형성하기 위한 교수 - 학습은 학습자가 알고 있는 것 뿐만 아니라, 소통하고자 하는 것에 대한 다양한 반응을 가져온다.

본고에서는 상상력 형성과 세련을 위한 소설 작품 이해의 전략으로 '인물 분석', '주요 작중인물의 성격 소개', '자신과 작중인물 비교하기' 등과 같은 활동을 7차 고등학교 '문학' 교과서에 실린 현진건의 「운수 좋은 날」을 대상 텍스트로 삼아 적용하고자 한다.

1) 인물 분석(Character analysis)

가) 활동의 목적

이 활동은 학생들이 적극적인 학습자가 되게 하는 데 그 목적이 있다. 학생들은 작품을 읽을 때, 작중 인물에 대한 사항을 노트에 기록한다. 학생들은 또한 작품에 드러난 정보, 담론 구조 등을 활용하여 작중 인물이 좋아할 만한 인물인지를 1-3개 정도의 문장으로 기록한다.

나) 활동 방법

이 활동은 학생들의 발견적 읽기, 해석적 읽기 활동에서 사용될 수 있다. 주요 작중 인물에 대한 대부분의 정보는 일반적으로 작품의 시작 부분에 제시된다. 이 활동은 개별학습, 짝별 학습, 소집단 학습의 형태로 수행될 수 있을 것이다.

다) 활동의 실제

·지시 사항 : 보다 많이 알고 싶은 작중 인물을 선택한다. 그런 다음 일반적으로 사람들이 우리에게 무엇을 말하는지, 어떻게 행동하는지를 생각한다. 이런 방식으로 소설 작품에 형상화된 작중 인물의 행동을 살펴보고, 이 인물에 대한 정보를 기록한다.

○ 작중 인물의 이름 : **김 첨지**
 · 외형적 묘사
 - 노르탱탱한 얼굴이 바짝 말라서 여기저기 고랑이 파이고 수염도 있대야 턱밑에

만 마치 솔잎 송이를 거꾸로 붙여 놓은 듯한
- 제 자식뻘밖에 안 되는 어린 손님에게 몇 번 허리를 굽히며
- 그 웃음소리들이 사라도 지기 전에 김 첨지는 훌쩍훌쩍 울기 시작하였다.

· 성격 묘사
- 열화와 같이 성을 내며(급한 성격)
- 김 첨지의 눈시울도 뜨끈뜨끈한 듯 하였다.(아내에 대한 애정)
- 야단을 쳐 보았건만 못 사 주는 마음이 시원치는 않았다.
- 제 입으로 부르고도 스스로 그 엄청난 돈 액수에 놀랐다.
- 문득 김 첨지는 미친 듯이 제 얼굴을 죽은 이의 얼굴에 한데 비비대며 중얼거
  렸다.

· 배경 정보
- 동소문 안에서 인력거꾼 노릇을 하는 김 첨지
- 근 열 흘 동안 돈 구경도 못한 김 첨지
- 앓는 아내(그의 아내가 기침으로 쿨룩거리기는 벌써 달포가 넘었다.)
- 조밥도 굶기를 먹다시피 하는 형편
- 이상하게도 꼬리를 맞물고 덤비는 이 행운 앞에 조금 겁이 났음이다.
- 집을 나올 제 아내의 부탁이 마음에 켕기었다.
- 다리를 재게 놀려야만 쉴새 없이 자기의 머리에 떠오른 모든 근심과 걱정을 잊
  을듯이.
- 마음대로 할 양이면 거기 있는 모든 먹음먹이를 모조리 깡그리 집어삼켜도 시
  원치 않았다.
- 김 첨지는 화증을 내며 확신 있게 소리를 질렀으되 그 소리엔 안 죽을 것을
  믿으려고 애쓰는 가락이 있었다.
- 발길에 차이는 건 사람의 살이 아니고 나무등걸과도 같은 느낌이 있었다.

· 삶의 문제
- 내리는 사람 하나 하나에게 거의 비는 듯한 눈결을 보내고 있다가
- 백동화 서 푼 또는 다섯 푼이 찰칵하고 손바닥에 떨어질 제 거의 눈물을 홀릴
  만큼 기뻤었다.
- 일 원 오십 전이란 돈이 얼마나 괴이치 않고 괴로운 것인 줄 절절히 느끼었다.

- 오늘 내가 돈을 막 벌었어. 참 운수가 좋았느니.

· 이 인물을 좋아하는 이유

김 첨지는 가난 때문에 약 한 첩 제대로 쓰지 못하고 죽은 아내에 대한 한없는 후회와 애정을 갖고 있다. 물론 그의 행동이 오늘날의 관점에서 보면 좋지 못한 점도 있지만, 아내를 사랑하면서도 가난 때문에 아내에 대한 사랑을 표현하지 못한 그의 행동에 위로를 하고 싶다.

라) 평가

이 활동을 통해 학생들은 김 첨지에 대한 자신의 이해를 모니터할 수 있고, 김 첨지를 실제 살아 있는 사람처럼 만들기 위해 작가가 플롯을 통해 제시한 정보들을 인식할 수 있을 것이다. 이 활동은 학습자가 소설 작품의 내용을 확인하고, 이에 대한 흥미를 갖게 하는 인식적 상상력과 관련된다. 따라서 이 활동은 학습자의 인식적 상상력이 얼마나 풍부한가에 의해 평가되어야 할 것이다.

2) 주요 작중 인물의 성격 소개

가) 활동의 목적

이 활동은 학생들이 소설 작품 속에서 특별한 정보를 찾아내 주제를 이끌어 내고, 이를 바탕으로 주요 작중 인물의 성격을 이해하도록 하기 위한 것이다. 학습자는 타자와 자신을 보다 잘 이해하기 위해 해석적 읽기 과정 혹은 비판적 읽기 과정에서 소설 작품에 제시된 내용을 파악하고 이를 비판할 것이다.

나) 활동 방법

이 활동은 해석적 읽기, 비판적 읽기 활동에 활용될 수 있을 것이다. 그러나 이 활동을 시작하기 전에 학습자가 자신의 성격에 관한 활동을 해보도록 하는 것이 중요하다. 학습자가 자신의 반응 일지에 원을 그리고, 원을 절반으로 나누어 한쪽 반원에 다른 색깔을 칠하도록 한다. 그런 다음 학습자가 자신의 성격상의 특징을 2가지 정도 적도록 한다. 이 활동은 보다 풍부한 상상력을 통해 학습자가 작중 인물을 잘 이해할 수 있는 통로를 마련해 줄 것이다. 그런 다음 학습자는 주요 작중 인물의 성격상의 특징을 이 인물의 대화, 행동 등에 따라 내향적 측면과 외향적 측면으로 나누어 기록한다. 이것은 학습자가 보다 풍부한 문학적 체험을 하고, 이를 통해 생산적인 상상력을 형성할 수 있게 할 것이다. 이 활동을 통해 생산되는 상상력은 학습자가 실제 삶과 관련지어 소설 작품에 형상화된 작중 인물을 이해하도록 하는 조응적 상상력이다.

다) 실제 적용

·지시 사항: 소설 작품에서 중요하다고 생각되는 작중 인물을 선택하여, 작가가 직접 묘사에 의해 언급한 외향적인 특징을 3-5개 정도 찾아 적는다. 그런 다음 작품 전체 내용을 통해 제시된 작중인물의 말, 행동 혹은 태도를 통해 학습하게 된 내향적인 성격상의 특징을 3-5개 정도 적는다.

· 학습자 자신의 성격상 특징

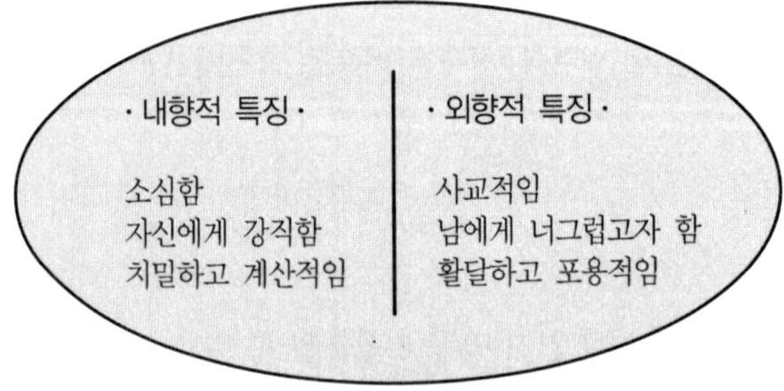

· 작중인물 '김 첨지'의 성격상 특징

·내향적 특징	·외향적 특징
아내를 사랑함	아내를 구박함
돈을 저주함	돈을 벌기 위해 애씀
가난에 순종함	가난을 벗어나려 애씀

라) 평가

이 활동은 학습자가 소설 작품에 드러난 특별한 예들을 사용하여, 김 첨지를 얼마나 잘 이해할 수 있는가에 의해서 평가될 수 있을 것이다. 만일 이 활동에 학급의 모든 학습자들이 참여하고 있다면, 학습자들의 참여도가 중요한 평가 항목으로 고려되어야 할 것이다.

3) 자신과 작중 인물 비교하기

가) 활동의 목적

이 활동의 목적은 학생들이 작중 인물의 성격적 특징과 묘사적 진술(language)에 친숙하도록 하게 하는 것이다. 이 활동은 또한 학생들이 (소설 작품의) 플롯에서 사건을 혹은 작중 인물의 특징을 뒷받침해 주는 행동을 찾을 수 있는 신중한 독자가 될 수 있게 한다.

나) 활동 방법

이 활동은 해석적 읽기, 비판적 읽기 활동을 위해 활용될 수 있을 것이다. 따라서 이 활동은 학습자가 작품의 의미를 자신의 삶과 관련지어 이해하고 해석하여 자기 성찰 및 자기 형성을 할 수 있도록 하므로, 조응적 상상력과 초월적 상상력이 작동된다. 학생들은 자신이 선택한 인물의 특징을 설명하기 위해 소설에 나타난 특별한 사항들을 기록한 다음, 자신이 그 인물과 같은 특질을 지녔는지를 결정하기 위해 모든 자료를 보다 자세히 분석한다. 그런 다음 학생들은 학급 학생들과 자신의 결정이 맞는지를 토론한다.

다) 실제 적용

·지시 사항 : 먼저 주요 작중 인물을 선택한다. 선택한 작중 인물에 적용할 수 있는 특별한 특징을 찾는다. 그리고 작중 인물의 특징들을 보여주는 사건이나 행동들을 기록한다. 그런 다음 작중 인물의 특질이 자신이 알고 있거나 혹은 다른 학습자가 알고 있는 것인지를 결정한다.

· 작중 인물의 이름 : 김 첨지

특 질	플롯에 나타난 사건 혹은 행동	자신과의 유사점 혹은 차이점
성급한	아내의 만류를 뿌리치고 일을 나감	상황을 깊이 생각하지 않는 급한 성격이 나와 유사함
비굴한	자식뻘 밖에 안 되는 어린 학생에게 몇 번이나 허리를 숙임	비교적 자존심이 강한 나와는 조금 다른 성격임
불안한	집에 가까이 다다르자 발걸음이 느려짐	어떤 일에 대해 막연한 불안감을 갖는 것이 나와 유사함
말이 많은	치삼이와 술을 마시면서 횡설 수설함	비교적 말이 적은 나와는 다른 성격임
애통한	죽은 아내의 얼굴에 얼굴을 비비면서 욺.	슬픈 일에 아주 애통해 하는 것은 나와 유사한 성격임

라) 평가

이 활동은 학생들이 지시 사항을 잘 따르고 있는지, 그리고 활동을 통해 얼마나 많은 통찰력(insight)을 얻었는지에 따라 평가되어야 한다. 학생들은 자신이 학습한 것을 구두로 혹은 글로 써서 요약할 수 있을 것이다.

나. 학습자의 표현 활동

소설 읽기란 작품과 학습자가 상호 소통하는 과정 속에 진행되는 사고 과정이라고 할 수 있다. 작품과 학습자가 상호 소통하는 과정에서 소설 작품의 의미가 구성되기 때문이다. 그런데 소설 작품에 대한 이해는 학습자가 새로이 형성한 '의미'를 글로 표현할 때 보다 풍부해질 수 있다. 따라서 보다 풍부한 작품 이해를 위한 소설 교육은 학습자의 상상력을 형성하고 증진하는 데 초점을 두어 과정 중심 접근에 의해 수행될 필요가 있다.

소설의 창작(표현)은 제 7차 교육과정 「문학」 과목에서 특히 강조되는 활동이다. 이 활동이 강조되는 이유는 생활 속에서 문학적으로 표현하려는 태도가 문학을 생활 속에서 실천하고 향유하는 것이기 때문이다. 따라서 창작 활동을 통해 소설 작품이 작가들만의 전유물이 아니라, 누구라도 소설을 생산하고 향유할 수 있다는 점을 깨달을 수 있을 것이다. 이 과정은 전문가를 기르기 위한 교육이 아니기 때문에, 생활 속의 문학 실천의 차원에서 접근되어야 한다. 과정 중심 접근법에 의한 소설 창작의 절차는 다음과 같다[14].

1) 작품의 일부분이나 구성 요소를 모방하여 소설 창작하기

이 활동은 화자, 작중 인물, 줄거리, 시점 등을 모방해서 쓰는 활동이다. 이 활동은 가장 낮은 수준에서의 소설 창작으로 화자의 신분, 지위, 역할, 입장 등을 고려하여 어조, 태도, 관점 등을 모방하여 쓰기, 작중인물의 성격,

---

14) 본고가 상정한 과정 중심 소설 창작 교육의 단계들은 일반적인 쓰기 과정과는 다소 다르다. 일반적인 쓰기 과정이 '계획하기-내용 생성하기-내용 조직하기 - 고쳐 쓰기'로 이루어지는데 비해, 본고가 강조하는 단계들은 소설 작품의 내용에 대한 이해를 바탕으로 '모방하여 쓰기-변형하여 쓰기-아이디어 활용하여 쓰기' 등으로 나뉜다. 이처럼 본고가 상정하는 소설 창작의 과정이 일반적인 쓰기 과정과 다른 것은 소설 창작하기와 설명적 혹은 설득적 글을 쓰는 양상이 다르기 때문이다. 따라서 본고의 관점과 일반적인 쓰기 교육에서 강조하는 쓰기 과정은 어느 것이 보다 효과적이라는 측면보다는 교수 - 학습 방법의 차이에서 비롯되는 것으로 이해되어야 할 것이다.

특성 등을 모방하여 쓰기, 작품의 줄거리를 모방하여 쓰기 등이 있을 수 있다. 이 활동은 학습자가 소설 작품의 내용에 대한 이해를 바탕으로 이루어지기 때문에, 이 활동에는 인식적 상상력이 작동된다.

2) 소설의 내용을 변형·첨가하여 창작하기

이 활동은 작품의 요소를 변형시키는 활동과 작품에 새로운 내용을 첨가하는 활동들로 이루어진다. 즉, 개작과 첨작 활동이 주로 이루어진다. 이 활동은 자기 형성적 주체 함양을 위한 소설 창작 교육의 중간 단계에 해당된다. 여기에는 이야기의 구성 요소(인물, 사건, 배경, 줄거리, 시점 등) 바꿔쓰기, 허구적으로 작품의 내용 이어 쓰기, 작품의 상황 맥락 바꿔 쓰기 등이 있을 수 있다. 이 활동은 학습자가 소설 작품의 내용에 대한 이해를 바탕으로, 이를 자기 삶과 관련지어 변형하는 것이므로 이 활동에는 조응적 상상력이 작동된다.

3) 작품의 아이디어를 활용하여 소설 창작하기

이 활동은 작품을 모방하거나 내용을 첨가하는 차원보다는 작품의 아이디어를 활용해서 새로운 소설 창작을 하는 것이다. 가령, 작품의 주제, 사건 등을 자신의 경험에 비추어 새롭게 써본다거나, 작품에서 얻은 발상을 바탕으로 새로운 이야기를 창작해 보는 활동을 할 수 있을 것이다. 이 활동은 학습자가 소설 작품의 내용을 바탕으로 자기 성찰과 자기 형성을 하기 위한 것이므로, 이 활동에는 초월적 상상력이 작동된다.

4) 학습자의 소설 창작의 실제

활동 1 : '운수 좋은 날'의 이야기를 바탕으로 하여, 이 소설의 뒷 이야기를 지어 보자.

· 활동의 의의

이 활동은 소설 창작의 단계 중에서 '변형·첨가하여 소설 창작하기' 단계에 해당된다. 이 활동은 작품의 내용을 이어 쓰는 것으로, 이 활동을 통해 학생들이 작품의 내용을 보다 풍부하게 수용하면서, 작품의 수용을 자신의 삶과 관련지을 수 있도록 지도하는 것이 좋을 것이다.

· 예시 글

집에 돌아와 죽은 아내와 빈 젖꼭지를 빨고 있는 아들을 발견한 김 첨지는 그 길로 인력거에 아내의 시신과 아들을 싣고 공동 묘지로 가서 아내를 장사 지낸다. 장사를 지낸 후 김 첨지는 더 나은 삶을 위해 간도로 떠난다. 그러나 간도에서의 소작농 생활은 인력거꾼 노릇이나 별반 다를 바가 없었다. 지주의 횡포로 인해 소출의 대부분을 빼앗기고 허기진 배를 채우기에도 부족했다. 이런 생활을 몇 해나 하던 김 첨지는 임시 정부 요원을 위한 밀정 노릇을 하면서 점차 민족 의식을 각성해 나가는데…….

활동 2 : 이 작품의 주인공을 '김 첨지'가 아닌 김 첨지의 아내 설정하여 어느 한 부분을 써 보자.

· 활동의 의의

이 활동도 '변형·첨가하여 소설 창작하기'에 해당되는 것으로 이야기의 구성 요소(인물, 사건, 배경, 줄거리, 시점 등)을 바꿔 쓰는 것이다. 이 활동을 통해 학생들이 작품의 구성 요소가 무엇이며, 이것들이 작품 내에서 어떤 역할을 하는지를 보다 잘 이해할 수 있도록 지도하는 것이 좋을 것이다.

· 예시 글

며칠 전 조밥을 먹다 체한 김 첨지의 아내는 오늘 아침 일 나가는 남편을 만류했으나 남편이 말을 듣지 않자, 왠지 오늘 자신이 죽을 것만 같은 생각에 젖는다. '내가 죽으면 저 불쌍한 것은 구가 거두누? 가진 것 없고 볼썽사나운 남편 시중은 누구 들꾸? 나야 어차피 먹을 것도 없는 세상에 태어난 팔자를 탓해야 하지만, 처자식 멕여 살리겠다구 저 고생을 하는 남편이 참 불쌍도 하구나!' 자꾸 이런 생각이 들자 김 첨지의 아내는 문득 이 세상에 왔다가 간다는 것이 한없이 덧없고, 돈 많은 사람들이 미워지기 시작했다. '어떤 사람들은 날 때부터 부자로 났을까? 자기들 배만 채우느라 정신없는 돼지들보다는 불쌍하게 죽더라도 남 속이지 않고 세상 뜨는 내가 더 나은 것 같기도 하다마는……' 이런 생각들이 아련하게 밀려오더니 어느덧 눈이 스르르 감기기 시작한다. 옆에서 보채는 아들 녀석도 자꾸만 멀어져 간다. …….

4. 이해와 표현을 위한 소설 교육의 의의

지금까지 본고는 상상력 형성 및 세련을 위한 소설 교육의 전략을 살펴보았다. 이를 위해 소설 읽기 과정을 학습자의 작품 이해와 해석의 과정에 따라 '발견적 읽기', '해석적 읽기', '비판적 읽기'로 나누고, 이 과정들에 작동하는 상상력을 살펴보았다. 살펴본 결과, 발견적 읽기는 작품의 사실적 내용을 인식하는 인식적 상상력과 관련되며, 해석적 읽기는 소설 담론을 학습자의 삶과 관련지어 이해하고 해석하는 조응적 상상력이 관련됨을 알 수 있었다. 그리고 소설 담론을 학습자의 삶과 관련지어 이해하고 이를 바탕으로 자기 성찰과 자기 형성을 지향하는 비판적 읽기는 미래의 삶을 대비하도록 하는 초월적 상상력이 관련됨을 알 수 있었다.

소설 작품에 대한 이해와 해석을 통해 학습자는 자기 삶의 가능성을 탐색하게 되는데, 이 탐색의 지평을 통해 학습자는 자기 성찰과 새로운 자기 형성을 지향하는 윤리적 실천을 하게 된다. 그러므로 윤리적 실천을 지향하는 소설 교육을 위해선 학습자가 자기 삶과 소설 담론을 상호 관련짓고, 이 관련성을 이해하고 평가할 수 있는 상상력이 필요하다. 본고는 소설 담론에 대한 학습자의 이해와 해석이 '삶의 가능성 탐구'라는 전제하에, 이것들에 작동되는 상상력을 인식적 상상력, 조응적 상상력, 초월적 상상력으로 나누어 살펴보고, 이 상상력을 형성하고 세련하기 위한 교수 - 학습 전략으로 '인물 분석', '주요 작중인물의 성격 소개', '자신과 작중인물 비교하기' 활동 등을 살펴보았다. 그런데 이러한 활동들은 학습자가 소설 작품의 의미를 이해하고 해석할 수 있게 할 뿐만 아니라, 소설 작품의 의미에 대한 학습자의 반응을 유도하기 위한 것이었음을 알 수 있었다. 또한 소설 작품에 대한 학습자의 이해와 해석이 표현 활동으로 이어져야만 보다 풍부하게 됨을 알 수 있었다. 이를 위해 본고는 학습자의 표현 활동은 '모방하여 쓰기', '변형하여 쓰기', '아이디어 활용하여 쓰기' 등으로 나누고, 이 과정들에 작동되는 상상력을 살펴보았다. 살펴본 결과 '모방하여 쓰기' 단계는 학습자가 소설 작품에 형상화된 허구적 현실을 인식하고, 이를 모방하여 쓰는 것이므로, 이에는 인식적 상상력이 작동됨을 알 수 있었다. 그리고 '변형하여 쓰기' 단계는 소설 작품의 주제, 작중인물, 배경 등을 학습자가 자신의 삶과 관련지어 이해하고 해석하여 변형하는 것이므로, 이에는 소설 작품의 의미를 실제 삶과 관련지어 평가할 수 있는 조응적 상상력이 작동됨을 알 수 있다. 또한 '아이디어 변형하여 쓰기' 단계는 학습자가 소설 작품의 의미를 바탕으로 실제 자기 삶의 이야기를 허구적으로 표현하는 것으로, 이에는 학습자가 자기 삶을 새로이 설계하도록 하는 초월적 상상력이 작동됨을 알 수 있었다.

상상력 형성 및 세련을 위한 이해와 표현으로서의 소설 교육은 탈교과적 성격을 지닌다고 할 수 있다. 소설 작품을 읽고, 이에 대한 이해와 해석을 하는 것은 소설 교육 뿐만 아니라 다른 교과의 학습에서 학습자의 세계에 대한 인식과 이해 양상의 심화, 초월적 상상력을 통한 새로운 삶의 가능성 탐구, 타자와의 대화적 관계에 의해 인식되고 형성되는 주체의 삶에 대한 지속적인 참조 틀(frame of reference) 형성 등을 가능하게 하기 때문이다. 또한 상상력의 형성 및 세련은 소설 교육 분야에서만 이루어질 수 있는 것이 아니라, 세계에 대한 보다 정확한 인식과 보다 나은 미래를 설계하도록 하기 위한 일반적인 교육 철학과도 궤를 같이 하기 때문이기도 하다. 따라서 엄격한 교과 구분에 의해 문학적 이해와 상상력 형성이 소설 교육에만 해당된다는 관점은 지양되어야 하고, 나아가 교과의 목표 설정도 재고되어야 한다. 탈교과적 교육 목표를 설정하면서, 교육에 필요한 상상력이 무엇인지, 이 상상력이 학습자의 세계 인식과 자기 형성에 어떤 역할을 하는지 등이 검토되어야 한다. 본고는 소설 작품을 대상으로 하여 이러한 검토를 어떻게 수행할 수 있는지를 보여주는 하나의 틀에 불과하다. 보다 다양한 교육 영역에서 상상력의 작동 범위와 작동 현상에 대한 논의가 있기를 바란다.

# 패러디를 활용한 허구적 글쓰기 교육

1. 서론

서사물을 통해 인간은 자신의 삶을 둘러싼 사실들에 대한 인식을 하게 되고, 나아가 자신의 삶을 적극적으로 표현·수용하면서 향유하고자 하는 욕망을 갖는다. 이것은 인간이 갖는 자기 서술의 욕망인데, 이러한 욕망이 가능한 것은 삶 자체가 서사적 특성을 갖고 있기 때문이다. 자기 서술의 욕망[1]은 인간 주체가 언어를 통한 서사 행위에 능동적으로 참여함으로써 해소되는데, 이 해소는 타자와의 연관 속에서만 의미를 갖는다. 인간 주체가 타자와의 연관 속에서 갖는 자기 서술의 양상은 자신의 서사를 구현하는 것일 수도 있고, 타자의 서사에 대한 패러디적 양상을 통해서 구현될 수도 있다.

---

[1] 우리가 태어나서(처음) 살아가다가(중간) 종국에는 죽게 되는 것(끝) 자체가 한편 기나긴 서사라고 할 수 있다. 삶 자체가 갖는 서사성 때문에 인간은 자기 서술의 욕망을 갖는다. 그리고 한 편의 서사체인 삶의 이야기를 언어를 매재로 하여 또 다른 이야기로 형상화하거나 해석해 내는 것은 인간의 존재 구현에 매우 중요하게 작용한다. 언어를 매재로 한 서사물은 인간이 자신의 삶이 타자와 갖는 연관성을 성찰할 수 있는 가능성을 제공해 주기 때문이다. 서사물을 만들어 내고, 이해하며, 보존하는 것은 인간이 자기와 타자들의 사고 구조들에 대한 이해를 돕는 일종의 사실 인식이 된다. 인간의 삶 자체를 한 편의 서사로 보는 관점은 알래스데어 매킨타이어의 논의가 가장 대표적이다.(Alasdair Macintyre (1981), *After Virtue*, 이진우 옮김(1997), 『덕의 상실』, 문예출판사.)

　그러나 본질적으로 인간의 삶 자체가 타자와의 대화적 관계에 의한 것임을 전제한다면, 인간의 자기 서술은 타자의 삶을 통해 반영된 자기 삶에 관한 반성이라고 할 수 있다. 이 반성은 자기 반영적 서사 행위로서의 패러디를 통해 구체화될 수 있다. 따라서 주체가 자기 서사 과정에서 타자의 삶에 대한 패러디를 하는 행위는 결국 타자를 위한 것이 아니라 자기 창안을 위한 것임을 알 수 있다. 따라서 자기 서술로서의 패러디적 글쓰기 현상에 대한 교육적 고려가 있어야 한다.

　패러디의 언어는 본질적으로 위반을 꿈꾸는 위장의 언어라고 할 수 있다. 패러디가 본질적이고 생산적이기 위해서는 패러디한 언어와 패러디된 언어가 대화적 의사 소통을 통해 새로운 의미가 창출되는 것이어야 한다. 패러디는 인간 삶의 대화성과 본질적으로 연관을 갖는 것으로, 이것은 소설 텍스트의 이해와 감상 뿐만 아니라, 인간 삶에 대한 이해를 위해 필수불가결한 것이다. 더군다나 소설 교육을 소설 텍스트에 대한 이해와 감상을 넘어선 대화적 의사 소통의 양상을 파악한다면, 패러디는 소설 교육이 갖는 대화적 양상을 가장 잘 드러낼 수 있는 문학적 장치가 된다. 따라서 소설 교육은 이해 감상을 통한 텍스트 수용에서 삶과 문학에서 '패러디'라는 장치가 갖는 대화적 의사 소통의 양상의 의미를 규명해야 한다.

　소설 교육은 삶의 실천에서 가치를 구현하는 일이다. 더구나 패러디는 자신의 외적 세계를 이해하고 자신을 모색하고 세계를 구축하는 상상력과 감수성을 촉진시키는 역할을 한다. 따라서 패러디를 활용한 허구적 글쓰기[2]가

---

2) 본고에서는 패러디를 활용한 허구적 글쓰기에 논의를 국한하고 있으나, 지금까지 문학 교육에 관한 논의들 중에서 창작 교육에 관한 논의들은 상당히 많이 이루어져 왔다. 문학 교육에서 창작 교육에 관한 논의들로는 다음의 것들이 있다.
　노진한(1997), 「창작교육을 위한 소론」, 『선청어문』25, 서울대 국어교육과.
　유영희(1995a), 「패러디를 통한 시쓰기와 창작교육」, 『국어교육연구』2, 서울대 국어교육연구소
　유영희(1995b), 「메타언어적 시쓰기와 창작교육의 가능성」, 『선청어문』23, 서울대 국어교

교육 현장에서 수행될 필요가 있다.

본고에서는 고소설『춘향전』과 최인훈의 소설 「춘향뎐」이 갖는 패러디적 관계를 소설 담론의 대화적 소통 양상으로 보고, 이를 통해 허구적 글쓰기를 하는 방법에 대해 살펴보고자 한다. 그리고 이 패러디를 활용한 허구적 글쓰기가 소설 창작 교육의 한 방안이 될 수 있음을 살펴보고자 한다.

2. 패러디와 삶의 대화적 양상

가. 대화적 의사 소통으로서의 패러디

어떤 한 텍스트가 다른 텍스트와 맺고 있는 관계가 패러디적인지 아닌지를 구분하는 것은 그리 쉬운 일이 아니다. 패러디의 개념을 어떻게 규정하느냐에 따라 그 판단이 얼마든지 달라질 수 있기 때문이다. 따라서 패러디 연구의 선결 조건은 당연히 그 개념 정립에 있다.

패러디는 논자에 따라 하나의 텍스트가 다른 텍스트를 '조롱하거나 희화화'시킨다는 좁은 개념으로 사용되기도 하고, 텍스트와 텍스트간의 '반복과 다름'이라는 넓은 개념으로 사용되기도 한다.[3] 전자의 협소한 개념은 과거

육과.

유영희(1997), 「창조적 글쓰기와 문학교육 평가」,『문학교육학』제1호, 한국문학교육학회.

유영희(1999), 「창작교육의 필요성과 가능성」,『문학과 교육』7호, 문학과교육연구회.

우한용(1998), 「창작교육의 이념과 지향」,『문학교육학』제2호, 한국문학교육학회.

김창원(1998), 「述而不作에 관한 질문」,『문학교육학』제2호, 한국문학교육학회.

유영희(1999), 「이미지 형상화를 통한 시 창작교육 연구」, 서울대학교 박사학위논문.

허왕욱(2000), 「시 창작교육에서 수용자의 권리와 역할」, 한국문학교육학회 2000년도 제18차 연구발표회 발표문, 한국문학교육학회.

문학과문학교육연구소(2001),『창작교육, 어떻게 할 것인가』, 푸른사상.

3) 일반적으로 패러디의 어원으로 알려진 희랍어 parodia는 para+odia(賦)가 결합된 것으로 '반대노래Counter-Song'라는 뜻이다. 그러나 그 접두사 para는 '반대하는counter' 혹은 '반하는against'의 대비 혹은 대조란 뜻과, '곁에beside' 혹은 '가까이close to'의 일치와 친밀

문학 작품에 대한 조롱이나 경멸을 위해 사용되었던 시적 장치로서 오랜 문학적 관습에 그 뿌리를 두고 있으며, 후자의 개념은 과거의 문학 작품이나 관습에 되비추어 봄으로써 문학 형식의 새로운 가능성을 찾고자 하는 보다 폭넓은 이해에 기반하고 있다. 전자의 의미에 강조점을 둘 때 패러디는 특정한 작품의 풍자적 모방이라는 트라비스타(Travesty)나 벌레스크(bulesque)와 유사한 형식으로 한정될 수 있으며, 후자의 의미에 강조점을 둘 때 그것은 다성성(polyphony)·상호 텍스트성(intertextuality)·메타픽션(metafiction)·혼성 모방(pastiche) 등과 함께 지극히 포괄적인 의미로 사용될 수 있다.[4] 본고는 후자의 관점에서 패러디의 대화적 의사 소통 양상에 주목하고자 한다.

바흐친은 패러디를 전통적인 이데올로기를 위반하거나 전복시키는 장치로 이해하고서, 고대부터 다양한 형식과 변형된 형태를 지니고 있는 패러디를 '패러디적-희화적 형식'이라고 부른다.[5] 바흐친은 '패러디적-희화적 형식'이 두 가지 측면에서 공통점을 지닌다고 보았다. 첫째, 이 형식은 현존하는 모든 직설적인 장르·언어·스타일·목소리에 웃음이라는 일종의 교정 방법과 비판을 부여해주며, 사람들로 하여금 이런 범주 밑에 숨어 있는, 다른 방법으로는 도저히 포착될 수 없는 모순적인 다른 실재를 경험할 수 있도록 해준다. 둘째, 패러디적 모든 형식에서, 언어 그 자체는 다른 곳에서는 직접적인 표현의 수단으로 사용되지만 이런 새로운 맥락 속에서는 언어의 이미지, 즉 직접적인 말의 이미지가 된다. 따라서 장르 외적이거나 장르 내적인 패러디의 세계는 내적으로 통일될 뿐만 아니라, 경우에 따라서는 그 자체로서 하나의 총체성을 지니게 된다.[6] 그 결과 패러디는 언어의 절대적 권위를

함이란 뜻을 갖는다.(린다 허치언, 김상구·윤여복 옮김(1998), 『패러디 이론』, 문예출판사, 54-56쪽.)
4) 정끝별(1997), 『패러디 시학』, 문학세계사, 29-30쪽.
5) 김욱동(1991), 『대화적 상상력: 바흐친의 문학이론』, 문학과지성사, 220-221쪽.
6) 김욱동(1991), 앞의 책, 221쪽.

파괴하는 데 있어 웃음과 풍자를 그 무기로 삼게 된다.

바흐친적 의미에서 패러디는 독백성(monologism)의 세계가 높게 쌓아올린 언어의 벽을 무너뜨림으로써 결과적으로 소설 장르가 탄생되는 길을 열어주었다. 패러디는 언어 속에 갇혀 있던 대상을 언어의 힘으로부터 해방시켰으며 언어를 동질화시키는 신화의 힘을 파괴시킨 것이다. 그 결과 패러디는 이질 언어(heteroglossis)들간의 대화적 양상을 보여줄 수 있게 된다.

바흐친은 한 텍스트 안에서 서로 다른 여러 언어 체계가 일으키는 갈등에 초점을 맞춰, 그 언어를 사용하는 집단의 사회적 삶이 규범화되면 될수록 변두리의 낯선 언어는 강력한 흥미와 관심을 끌게 되고, 그 독특한 개성과 활동성은 강화된다는 사실을 밝혀낸다.[7] 언어 체계간의 갈등 속에는 서로 다른 직업·계급·관심·이데올로기간의 대립이라는 사회적 차원의 문제가 내포되어 있다. 따라서 변두리 언어의 본질인 저항과 위반의 힘을 낯설게 끌어들이는 패러디는 은폐된 모순이나 진실을 드러낼 수 있는 이데올로기적 담론이 될 수 있다.

한편 린다 허치언(Linda Hutcheon)은 패러디를 '차이가 있는 반복'[8]으로 보았는데, 이 개념은 패러디 작품들 사이의 대화적 의사 소통의 양상을 암시해준다. '차이가 있는 반복'에서 '반복'은 과거의 풍요롭고 위대한 문학 유산과의 대화적 연관을 의미하며, '차이'는 작가의 '비평적 거리'로 대화적 의사 소통에 의한 작가의 자기 인식이라고 할 수 있다. 창작 기법이나 전략, 그리고 비평적 맥락에서는 원텍스트의 담론적 권위나 지위에 의존하지만, 원텍스트의 의미 체계와는 전혀 다른 새로운 텍스트를 생산해 내고자 하는 욕망은 두 텍스트간의 대화적 의사 소통의 과정에서 필연적으로 생겨나는 것이다. 이 대화적 의사 소통에 의해 패러디는 원텍스트를 다르게 반복하는 '의

---

7) M.M. Bakhtin, 이득재 편역(1988), 『바흐찐의 소설미학』, 열린책들, 293-294쪽.
8) Linda Hutcheon, 김상구·윤여복 옮김(1998), 『패러디 이론』, 문예출판사, 37쪽.

미 있는 차이'를 생산하는 것이다.

하나의 담론은 다른 담론들과의 대화적 의사 소통 없이는 존재할 수 없는데, 이러한 관점에서 바흐친은 텍스트 내의 다양한 목소리의 대화적 관계에서 패러디 문제를 검토한다. 바흐친은 "두 작품, 중첩된 두 개의 언술은 우리가 대화적이라고 부를 수 있는 의미론적 관계의 특수한 유형을 형성한다"[9]라고 지적하면서, 그 언술적 특성을 대화성 혹은 다성성으로 설명한다.

언어의 대화적 관계가 일어나기 위해서는 무엇보다도 다른 사람의 목소리가 전제되지 않으면 안 된다. 바흐친은 다른 사람의 목소리가 섞여 있는 '이중적 목소리'[10]을 세 유형으로 나누고 있다. 첫 번째 유형은 다른 사람의 목소리가 작가의 의도를 표현하는 언술이다. 양식화, 작가의 의도를 수행하는 객관화되지 않은 서술, 1인칭 서술의 경우인데, 이때 작가의 목소리는 다른 사람의 목소리 속에 침투하여 충돌하지 않고 드러나므로 '단일 방향적' 언술이다. 두 번째 유형은 다른 사람의 목소리가 작가의 의도와 상충되게 나타나는 언술이다. 모든 패러디적 서술이 여기에 해당하는데, 이때의 언술은 작가의 목소리가 다른 사람의 목소리와 팽팽하게 맞부딪쳐 나타나므로 '복수 방향적 언술'이다. 그런데 이 두 유형의 경우, 작가가 자신의 의도를 효과적으로 드러내기 위해 다른 사람의 목소리를 이용하는 것이므로, 다른 사람의 목소리는 언술 속에서 수동적인 역할을 할 수밖에 없다. 다른 사람의 목소리가 언술 속에서 능동적인 역할을 하는 것이 세 번째 유형인데, 숨겨진 내적 논쟁, 논쟁적으로 채색된 자서전이나 고백, 다른 사람의 말을 계산에 넣은 모든 말, 대화의 응답, 숨겨진 대화 등의 경우이다. 작가의 목소리 밖에 있으면서도 작가의 목소리에 영향을 미치고 있는 언술이라고 할 수 있다.

---

9) 츠베탕 토도로프, 최현무 역(1987), 『바흐찐: 문학사회학과 대화이론』, 까치, 93쪽.
10) 바흐친은 다른 사람의 목소리가 섞여 있지 않은, '하나의 목소리'로 된 언술의 유형으로 '(이름짓고, 전달하고, 표현하고, 묘사하는데 사용되는) 대상을 향한 직접적 언술'과 '(주인공의 직접화법처럼) 객관화된 언술'을 들고 있다.

‘하나의 목소리’로 되어 있는 언술의 유형을 포함해 이러한 모든 유형의 언술은 동시에 다른 유형이나 하부 유형의 범주에 속할 뿐만 아니라, 쉽게 다른 유형이나 하부 유형의 형태로 전환될 수 있는데, 이것은 언어가 물질적인 실체가 아니라 대화적 상호관계의 매개체이기 때문이다.[11]

언어로 쓰인 두 작품, 두 개의 언술인 패러디는 독백성(monoglossia)의 세계가 높게 쌓아 올린 언어의 벽을 깨뜨리고 다양한 목소리를 제공하며, 과거의 의미들을 대화의 과정 속에서 끊임없이 새롭게 하고 변형시키는, 열려 있는 문학의 형식이라고 할 수 있을 것이다.[12]

패러디는 기존의 글쓰기를 대상으로 한다는 점에서 메타픽션(metafiction)과의 관련성을 갖는다.[13] 메타픽션은 현실을 모방하는 전통적 의미의 글쓰기가 아니라, 글쓰기의 진실성과 허구성을 응시하는 언어에 대한 자의식(selfconscious)에 기반한 글쓰기이다. 더 이상 현실을 재현할 수 없어 제 모습을 되돌아보는 이 자기 반영적(selfreflective) 글쓰기야말로 글쓰기에 관한 글쓰기이고, 이것은 곧 패러디의 전략과 통한다.[14]

패러디 텍스트의 세계는 원텍스트와의 대화적 의사 소통을 통해 ‘의미 있는 차이’를 추구한다. 이 ‘의미 있는 차이’는 메타픽션의 자기 반영적(self-

---

11) M.M. Bakhtin, 김근식 옮김(1988), 『도스또예프스키 시학』, 정음사, 263-294쪽.

12) Margaret A. Rose(1995), *Parody: ancient, modern, and post-modern*, Cambridge U.P., 128-130쪽.

13) 패러디를 상호 텍스트성(intertextualuty)과의 관련성을 통해서 살펴볼 수도 있다. 패러디가 가진 상호 텍스트성은 이미 존재하는 원텍스트의 세계와 그 속에 구현된 대상들을 소재로 해서 또 다른 허구의 세계를 만든다는 점에서 확인된다. 그러나 모든 패러디가 상호 텍스트성을 갖지만, 상호 텍스트성에 의한 모든 작품들이 반드시 패러디적 관계를 맺는 것은 아니다. 패러디는 반드시 의식적으로 원텍스트를 전경화시키고 그 원텍스트와 대화적 관계를 이룬다. 바로 여기에 패러디와 상호 텍스트성의 차이가 있다. 이러한 차이는 패러디와 다성적 텍스트간의 차이에도 그대로 적용될 수 이 다. 모든 패러디는 다성성을 갖고 있지만, 화법·화자의 목소리 등의 이중성까지도 포함하는 모든 다성적 텍스트가 패러디 텍스트인 것은 아니다.

14) 정끝별(1997), 앞의 책, 48쪽.

reflective) 성격을 드러내는 것이기도 하다.

그러면 원텍스트와 패러디 텍스트가 갖는 대화적 소통의 양상을 간단하게 살펴보자. 원텍스트는 패러디스트의 해독 과정을 거쳐 패러디스트에게 해독된다. 이렇게 해독된 의미에 패러디스트의 '의미 있는 변환'을 위한 창작 동기가 첨가되어 '의도된 의미 체계'로서의 패러디 텍스트가 생산된다. 그러나 패러디스트가 '의도한 의미 체계'가 패러디 텍스트에 그대로 옮겨지는 것이 아니기 때문에, 패러디 텍스트에 '구현된 의미체계'를 상정할 수 있다. 독자 층위 혹은 소설 교육에서 학습자 층위에서 문제가 되는 것은 텍스트에 '구현된 의미 체계'라고 할 수 있다. 학습자는 텍스트에 구현된 의미 체계와 대화적 의사 소통을 수행하기 때문이다. 패러디 텍스트와 학습자 사이의 의사 소통 양상에 대해서는 다음 장에서 살펴보기로 한다.

나. 패러디 텍스트에 대한 학습자의 대화적 의사 소통

패러디 텍스트가 원텍스트와 갖는 '대화성'은 원텍스트와의 차이를 강조함으로써 획득되며, 이 과정에서 원텍스트는 의미론적 변환을 겪게 된다. 원텍스트에 대한 새로운 해석, 초문맥화(transcontextualize), 변용·인용, 재맥락화(recontextualize), 재기능화(refunctioning) 등을 통해 이루어지는 의미론적 변환은 패러디 텍스트의 독창성과 예술성을 규정해준다.

패러디 텍스트와 원텍스트 사이의 대화성은 학습자 측면에서 볼 때, 학습자로 하여금 원텍스트에 대한 기대 지평을 유발하고 기대 지평의 전환을 가져온다. 원텍스트에 대한 기대 지평과 패러디 텍스트에 대한 기대 지평의 차이는 학습자의 해석·이해의 전환을 유도하며, 나아가 학습자로 하여금 삶에 대한 자기 반성을 하게 한다.

따라서 소설 교육 현상과 관련지어 패러디를 생각해 볼 때, 패러디는 원텍스트와 패러디 텍스트, 패러디 텍스트와 학습자라는 두 층위에서의 대화적 의사 소통을 수행한다. '원텍스트와 패러디 텍스트' 사이에서 이루어지는 제1 소통 과정에서 대해서는 앞 장에서 살펴본 바 있다. '패러디 텍스트와 학습자' 사이에 이루어지는 제2 소통 과정에서 학습자는, 원텍스트와 패러디 텍스트를 비교함으로써 그 대화성을 감지할 수 있는 문학 능력을 갖추고 있어야 한다. 즉, 학습자는 원텍스트의 의미와 패러디 텍스트의 의미 변환을 읽어낼 수 있는 문학 능력을 갖추어야 한다. 이 문학 능력에 의해 학습자는 자신이 인식하고 있던 원텍스트와 새롭게 의미 변환된 패러디 텍스트의 대화적 의사 소통의 양상을 읽어낼 수 있는 것이다. 이를 간단히 도식화하면 다음과 같다.

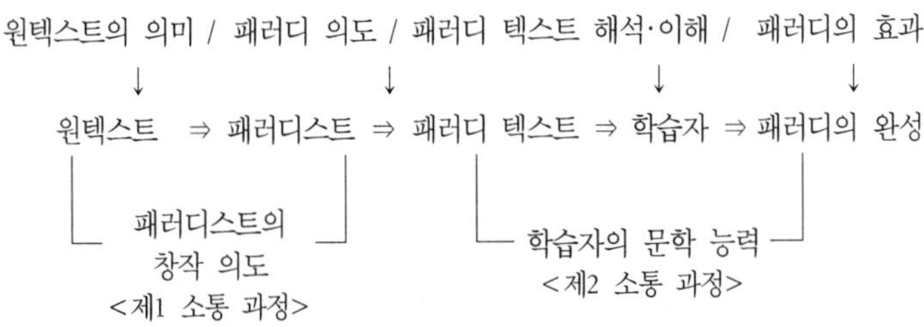

패러디 = 원텍스트 + 패러디 텍스트(대화적 의사 소통)
패러디의 효과 = 패러디스트의 패러디 의도 + 학습자의 해석·이해(대화적 의사 소통)

위의 대화적 소통 모델에서 근간이 되고 있는 '작가-패러디 텍스트-학습자'라는 세 가지 주체는 각각 '패러디의 창조성-작품의 구조적 미학-능동적 수용'에 초점을 맞춰 접근할 수 있는 대상들이다. 제1 소통 모델에서는 패러디스트가 원텍스트를 어떻게 이해하고 있으며 어떤 의도와 목적으로 패러디하고 있는가가 문제가 되며, 제2 소통 모델에서는 패러디 텍스트가 어떠한 미학적 구조를 구현하고 있는가와 학습자는 이 구조를 어떻게 이해하고 감상할 수 있는가 하는 점들이 문제가 된다.

학습자는 원텍스트와 패러디 텍스트 사이의 '의미 있는 차이'를 통해 자신의 기대 지평의 전환을 경험한다. 제2 소통 과정은 패러디스트가 텍스트에 숨겨놓은 여러 단서들을 학습자가 재조합하고 구조화함으로써 패러디 텍스트의 의미를 완성해 내는 과정이다. 패러디 텍스트에 구현된 의미 체계는 학습자의 적극적인 참여 및 해석 과정을 거치면서 학습자에게 '수용된 의미체계'로 완성된다. 따라서 패러디 텍스트에 대한 학습자의 수용 과정은, 학습자 자신이 알고 있었던 원텍스트의 의미와 패러디 텍스트에 구현된 의미를 함께 읽어냈을 때에 완전하게 이루어진다. 이것은 학습자가 원텍스트와 패러디 텍스트 사이의 대화적 관계, 그리고 패러디 텍스트와 자신의 수용과의 대화적 소통 관계를 분명하게 인식하는 것을 의미한다. 물론 학습자의 수용 능력에 따라 패러디 텍스트에 구현된 의미와 수용된 의미는 다를 수 있다.

패러디 텍스트와 학습자의 대화적 소통 관계를 보다 잘 이해하기 위해서는 '독자 반응 이론 혹은 수용 이론'[15]의 관점이 필요하다. 의미의 미결정체로 남아 있는 '텍스트의 개념'은 패러디에서 특히 학습자의 능동적 역할을 강조한다. 원텍스트를 전제로만 성립될 수 있는 패러디의 특성상, 패러디스트는 일차적으로 독자이며 또 다른 실제 독자(학습자)를 향해 자신의 창작

---

15) 독자 반응 이론(reader-response criticism)과 수용 이론(reception theory)은 다소 차이가 있다. 전자가 텍스트의 국면과 관계되는 용어라면 후자는 독자와 관련되는 용어이다. 또한 전자가 미국 비평계를 중심으로 사후적으로 주어진 명칭이라면, 후자는 독일 콘스탄스 대학을 중심으로 이루어진 의식적이고 집단적인 작업을 지칭한다. 이 둘은 상호 교류나 영향관계 없이 개별적으로 진행되었다. 또한 수용 이론과 수용 미학(aesthetics of reception)도 구별된다. 전자는 작가와 텍스트에서 독자에게로의 일반적인 관심의 전이와 관련된 맥락에서 사용된다. 수용이론은 야우스와 볼프강 이저의 이론체계 뿐만 아니라 경험적 연구, 그리고 영향에 관한 전통적인 연구를 총망라하는 하나의 포괄적 용어로 사용된다. 반면에 후자는 야우스의 초기의 이론적 저술만을 가리키는 용어로 사용된다.(Robert C. Holub, 최상규 역(1999), 『수용미학의 이론』, 예림기획, 5-10쪽 참조)

의도를 약호화한다. 패러디스트의 분명한 동기에 의해 패러디가 창작되는 것은 사실이지만, 그러나 학습자가 대화적 의사 소통에 의한 텍스트의 이중적 목소리와 상호 텍스트적 문맥을 인지하지 못한다면 일반 텍스트와 구별되기 어렵다. 그 패러디적 진술을 발견하여 의미를 해석하고 이해하는 것이 학습자의 역할이다.

　로즈는 패러디를 인식하는 정도에 따라 네 종류의 독자[16]를 가정했는데, 이를 바탕으로 패러디 수용 정도에 따른 학습자를 분류해 보자.

① 패러디의 실재를 인식하지 못하는 학습자
② 원텍스트와 패러디 텍스트의 현존은 인식하지만 패러디스트의 의도나 두 텍스트간의 대화적 관계를 이해하지 못하는 학습자
③ 원텍스트에 친밀한 학습자로 패러디 텍스트의 패러디 효과를 인식할 수 있는 학습자
④ 원텍스트와 패러디 텍스트간의 대화적 관계로부터 패러디의 효과를 인식하는 가장 이상적인 학습자

　①이 패러디에 대해 가장 무지한 학습자라면, ④는 패러디에 대해 가장 '이상적인 학습자'이다. ①, ②, ③과 같이 패러디스트의 약호와 학습자의 수용 사이에 간극이 발생하는 이유는, 그 둘간의 지적 수준·사회적 계층·연령·직업의 차이, 지역적 방언에 의한 약호상의 편차들 때문이다. 각기 상이한 경험 지평과 기대 지평, 의도와 감정, 심리적·생리적 상태, 특정한 전략이나 상황적 요인들 및 최종적으로는 제도적 규범들 역시 그 간극 형성에 영향을 미친다. 따라서 이러한 편차들은 ④와 같은 '이상적 학습자'에 의해 패러디 수용 과정에 종합적으로 고려되어야 한다. 그런 점에서 패러디 학습자는 원텍스트 및 패러디 텍스트의 배경이 되고 있는 문화적 내지 사회적 문맥을

---

16) Marget A. Rose(1995), 앞의 책, 27쪽.

알아차릴 수 있는 문학 능력이 필요하다. 패러디스트의 전략을 알아차리고, 패러디의 가치를 확인하고, 나아가 패러디 텍스트가 갖는 소설 교육적 효과를 알아내기 위해서는 학습자의 적극적인 수용의 과정이 필요한 것이다.

3. 소설 담론에 나타난 패러디의 양상

가. 원본 텍스트와 패러디 텍스트의 대화성

고소설 「춘향전」의 주제 의식은 중세적 신분 질서에 대한 저항 의식과 이를 통한 주체적 자아의 각성이라고 할 수 있다. 그러나 이런 주제 의식이 중세적 신분 질서 자체를 뛰어넘으려는 것은 아니었다는 측면에서 볼 때 여전히 자기 회귀적인 속성을 갖는다. 이러한 속성을 갖기에 춘향전은 조선 후기 사회 민중들의 삶의 양상을 여실히 드러내 주는 담지체로서 작용할 수가 있었고, 춘향전에 드러난 민중들의 삶의 양상은 오늘의 문학적 세계에서도 여전히 패러디의 원본 텍스트로서 구실을 할 수 있으며, 원본 텍스트 춘향전에 대한 패러디 텍스트의 하나가 최인훈의 「춘향뎐」이다. 원본 텍스트와 패러디 텍스트의 대화성을 살펴보기 위해 두 텍스트의 서사 구조를 살펴보자.

원본 텍스트 춘향전을 완판본 「열녀춘향수절가」[17]를 중심으로 살펴보면 다음과 같다.

1. 숙종시대 남원의 춘향이가 남원 부사의 아들 이도령과 사랑을 하다.
2. 아버지 이부사가 서울로 전보되어, 이도령은 춘향과 기약을 하고 이별을 하다.
3. 새로 부임한 부사 변학도의 수청을 거부하여 춘향이가 옥에 갇히다.

---

17) 구자균 校註(1978), '춘향전', 한국고전문학전집 제 2권, 진성문화사.

4. 이도령이 과거에 장원 급제하여 삼남 암행 어사로 남원에 내려오다.
5. 이어사가 변학도를 봉고파직하고 옥에 갇힌 춘향이를 구하다.

패러디 텍스트로서 최인훈의 「춘향뎐」[18])의 서사 플롯 구조는 다음과 같다.

1. 춘향이가 변사또의 수청을 거부하여 남원옥에 갇히다.
2. 그 때 한양의 이몽룡 집이 옥사를 당하고, 이몽룡의 아버지가 유배지
   에서 사약을 받다.
3. 이몽룡이 옥에 갇힌 춘향이를 만나다.
4. 암행어사가 출도하여 옥에 갇혔던 춘향이가 풀려나다.
5. 암행어사가 춘향을 탐내기에 춘향과 이도령이 밤도망을 치다.
6. 산삼을 캐는 한 노인이 깊은 산속에서 어떤 가족을 만나다.
7. 그 노인이 큰 산삼을 캐다.

위의 플롯 구조에서 알 수 있는 것처럼 최인훈의 텍스트는 춘향이가 변사
또의 수청을 거부하여 옥에 갇혀 있는 원본 텍스트의 플롯 구조 3에서부터
시작되고 있다. 그리고 이도령이 옥에 갇힌 춘향을 상봉한 이후에는 작가가
개입하여 원본 텍스트와 갈라서고 있다. 작가가 "여기서 우리는 원본 춘향
전과 갈라져야 되겠다."라고 말함으로써, 패러디 텍스트는 원본 텍스트와
'차이가 있는 반복'을 통한 대화적 의사 소통을 나타낸다.

이처럼 원본 텍스트와 '차이 있는 반복'을 나타내는 대화적 의사 소통을
통해 최인훈의 텍스트는 '춘향'을 새롭게 재조명한다. 원본 텍스트에 대한
최인훈의 의도는 대화적 의사 소통에 의한 비평적 거리를 통해 구체화되는
데, 이 비평적 거리는 패러디스트로서 최인훈의 창조성과 당대 현실에 대한
비판적 인식을 보여준다. 즉, 최인훈은 과거의 텍스트를 심미적 모델로 하여

---

18) 최인훈(1981), 「춘향뎐」, 『느릅나무가 있는 風景』, 민음사. 이하 작품의 지문 인용은 쪽
    만 밝힘.

패러디함으로써, 작가가 살고 있던 현실과 문학적 관습에 대한 비판적 태도를 지향하고 있다.

나. 패러디 텍스트의 창조성

패러디스트로서 최인훈의 의도는 패러디 텍스트가 원본 텍스트와 갈라선 이후 부분에 드러나 있다. 원본 텍스트와 갈라서고 어사 출도가 있고 난 다음에 최인훈은 소설의 담론 속에 개입한다. 그는 춘향에게 수청을 요구하는 변학도를 나쁘다고 할 수 없다며 두둔하는데, 그 이유는 다음과 같다.

> 그러면 무엇 때문인가. 그것은 다름이 아니다. 악역인 변학도에게 가능한 최대한의 공정함을 베푼 다음에 우리들의 사랑하는 주인공들의 문제를 살펴보면 그들의 비극의 보다 진실한 모습이 떠오르리라고 믿기 때문이다. 다시 말해서 변학도는 어떻든 간에 더 정확히 말해서 변학도가 봉고파직이 돼서 무대에서 사라진 뒤에도 이몽룡 성춘향 양인의 앞에는 여전히 캄캄한 밤이 기다리고 있었다는 말이다.(최인훈, 59-60쪽)

이러한 작가의 말은 '우리들의 사랑하는 주인공들의 문제'에서 변학도는 중심 변인이 아니라는 의미이다. 춘향이를 구한 암행 어사도 이몽룡이 아니었고, 이몽룡이 멸문지화를 당해서 갈 곳이 없는 춘향의 기둥서방에 불과한 상황은 춘향에게 캄캄한 밤일 뿐이다. 더군다나 변학도를 봉고파직한 암행 어사가 춘향이를 소실로 소망하는 상황은 춘향으로 하여금 더더욱 캄캄한 절망의 상태에 빠지게 한다. 이러한 절망의 상황에서 춘향이 정절을 지키는 유일한 방법은 이몽룡과 함께 밤도망을 치는 것이었다. 춘향과 이몽룡의 밤도망은 탐관오리에 대한 항거를 통해 민중의 저항 의식을 보여주며, 민중이 승리할 것에 대한 소망을 품었던 원본 텍스트의 담론적 의미를 희석시킨다. 이러한 희석은 미시권력이 남용되고, 개인 주체가 점차 소멸되어 가는 현실에 대한 작가의 비판적 자기 반영성이 투영된 결과이며, 원본 텍스트가 갖고 있던 해피엔딩의 고결한 민중적 사랑이 더 존재할 수 없음을 드러내는 것이다. 이는 패러디 텍스트가 원본 텍스트와의 대화적 의사 소통을 수행하고 있음을 보여준다.

'연놈이 밤도망을 친' 그 이후의 이야기가 소백산맥의 기슭에 살면서 산삼을 캐는 늙은 노인을 통해서 제시된다. 너무나 오랜만에 세상 소식을 전해 주는 사람을 만난 남정네는 밤늦게까지 세상 돌아가는 일을 이것저것 물으면서 이야기를 이어가다가 아낙네에 이끌려 방을 나서게 된다. 그리고 밤중에 소피를 보러 나온 노인에게 들린 남정네와 아낙네의 이야기가 제시된다.

> 밤중에 노인은 소피를 보러 나왔다가 문풍지에 그림자가 마주앉은, 불 밝힌 방안에서 새어나오는 아낙네의 말소리에 걸음이 멎어졌다.
> "씨팔놈의 세상 일 알아서 뭐할랍디여?"
> 그러자 응얼응얼하는 남정네의 목소리.
> "오매 속 뒤집는 소리 마씨요잉. 효도에도 양반상놈 있읍디여?"
> 이번에는 남정네의 대꾸가 없다. 어떤 말끝이었는지는 모르지만 방안의 말소리가 끊어지자 노인은 자기가 엿들은 것이 알려졌을까봐 황급해서 얼른 발소리를 죽여 방으로 들어왔다. 그쪽에서는 더는 기척이 없었다. 노인은 깊이 잠들었다. 꿈에 노인은 산삼을 캤다. 아주 큰 산삼을. 그것은 주인 아낙네였다…….(최인훈, 61-62쪽)

춘향은 새삼스럽게 세상일에 관심을 갖는 남정네(이도령)를 질타하면서, 세상을 '씨팔놈의 세상'이라고 저주한다. 이러한 춘향의 저주는 현실 세계가 여전히 자기들을 받아들여주지 않는 세상임과 이러한 세상은 아직도 캄캄한 밤임을 드러낸다.

며칠 후 산삼은 캐지 못한 채 빈손으로 마을로 돌아온 노인은 죄가 사면된 어떤 남녀를 관가에서 찾는다는 소식을 듣는다. 노인은 "자기가 하룻밤을 지낸 그 집 이야기를 입밖에 내지는 않"은 채 다시 한 번 그 집을 찾아갔다. 그러나 아무리 헤매도 그 집은 찾지 못한 채 엄청나게 큰 산삼을 캐게 된다.

> 노인이 캐어 온 산삼은 유별나게 큰 것이었다. 마을 사람들은 이렇게 큰 삼은 보는 것도 처음이려니와 들은 적도 없다고 말하였다. 어떤 사람은 허양귀비 허벅다리 같네 하였다. 노인은 문득 얼굴이 뜨거워졌다.
> 노인은 평생 그 일을 입 밖에 내지 않았는데 어쩐지 그래서는 안될 것 같다는 여전한 생각에 겹쳐서 문득 얼굴이 뜨거워졌던 일이 늘 그 집에서 보낸 그날 밤 꿈의 칠흑 같은 어둠을 생각케 했기 때문이다.(최인훈, 62-63쪽)

노인은 자기가 하룻밤을 지낸 그 집에서 잘 때, 아주 큰 산삼을 캐는 꿈을 꾸었는데, 꿈에서 캐낸 것은 주인 아낙네였다. 이제 현실에서도 노인은 산삼을 캤는데, 그 산삼은 "양귀비 허벅다리"같이 큰 것이었다. 마을 사람이 산삼을 보고 "양귀비 허벅다리"라고 한 말에, 노인은 얼굴이 뜨거워졌다. 노인은 왜 얼굴이 뜨거워졌을까? 산삼은 주인 아낙네(춘향)였기 때문이다. 이는 '산삼=주인 아낙네'이고, '주인 아낙네=춘향'으로 연결되는 구조인데, 이러한 구조를 통해 확인할 수 있는 것은 노인이 온갖 시련을 극복하고서 산삼을 캐내었듯이, 춘향도 온갖 희생을 감내하고 지켜낸 것이 사랑이었음을 보여준다. 그러나 이 사랑은 현실 속에서 화려하게 성취된 사랑이 아니라, 칠흑 같은 어둠 속에 숨겨져 있는 사랑이다. 그러기에 패러디 텍스트에서 작가는 이몽룡과 춘향의 사랑을 칠흑 같은 어둠 속에서만 나타내면서, 작가적 현실에 대한 비판적 거리를 드러낸다. 즉, 도시화, 산업화로 인해 순수한 사랑보다는 물질적 가치가 우선되는 현실의 어둠에 대한 비판적 자기 반영성을 보여준다.

패러디 텍스트는 텍스트의 이해, 해석, 수용을 학습자의 판단에 맡긴다. 그리고 그 시대의 언어 현실을 반영하면서, 삶이 갖는 대화성과 소설 텍스트가 갖는 대화성, 그리고 학습자와 텍스트 소통의 대화성을 보여준다. 그러면 소설 텍스트의 대화성을 읽어내는 것이 허구적 글쓰기와 어떤 관련을 맺는지, 그리고 그 구체적인 방법들은 무엇인지 살펴보자.

4. 패러디를 활용한 허구적 글쓰기

가. 패러디를 활용한 허구적 글쓰기의 필요성

패러디의 작용 속에는 텍스트의 생산과 수용의 대화적 의사 소통 관계가 나타나 있다. 원텍스트와 패러디 텍스트 사이에 대화적 관계에 의한 목소리의 혼성이 드러나 있고, 이 목소리의 혼성은 비평적 행위를 창출한다. 대화적 관계를 통한 목소리의 혼성은 작가의 비평적 행위뿐 아니라, 텍스트를 수용하는 독자의 비평적 행위를 요구한다.

패러디와 글쓰기의 관계는 패러디가 이중의 비평 활동이라는 측면과 맞물린다. 패러디된 작품은 우리가 기존에 잘 알고 있던 작품에 대해 나름대로의 방식으로 의미화함으로써 일차적 비평을 하는 것이다. 그 다음에 오늘날의 상황에서 그것이 어떤 의미를 지니는지에 대한 의미화 작용을 통해 이차적 비평을 한다. 그러므로 학습자들은 소설 텍스트를 읽으면서 기존의 텍스트에 대한 비평까지도 흡수하게 된다. 이는 비평의 목적 중에 하나인 교육적 효과까지도 유발함을 의미한다. 즉 소설 읽기를 통해 간접적인 비평 교육이 이루어지게 된다.[19] 따라서 패러디 텍스트를 활용한 소설 교육은 간접적인

---

19) 유영희(2001), 「패러디를 통한 시 창작교육」, 문학과문학교육연구소(2001), 『창작교육, 어떻게 할 것인가』, 푸른사상, 174쪽.

비평 교육으로서의 '이해' 교육을 지향하게 된다. 그러나 소설 교육은 이해에서 완성되는 것이 표현의 차원으로까지 전이되어야 한다. 표현을 통해 이해의 과정이 완성되고, 학습자의 수용이 가치관의 내면화로 나아갈 수 있기 때문이다.

제 7차 국어과 교육과정에서는 학습자의 수용 뿐만 아니라 표현 교육의 차원, 즉 창작 교육에 강조를 두고 있는데, 이는 문학 교육이 이해의 차원을 넘어서 표현의 차원을 궁극적으로 지향해야 함을 의미한다.

제 7차 국어과 교육과정에서 창작 교육과 관련된 내용 중에서, 7학년~10학년에 해당하는 것은 다음과 같다.[20]

> 7학년 [내용] (3) 작품이 지닌 아름다움과 가치를 파악한다.
> [심화] 작품이 지닌 아름다움과 가치를 글로 표현한다.
> 8학년 [내용] (6) 여러 갈래의 글을 쓴다.
> [기본] 시, 소설, 수필, 희곡 등 여러 갈래의 글을 쓴다.
> 9학년 [내용] (3) 작품에 쓰인 여러 가지 표현 방식을 이해한다.
> [심화] 작품에 쓰인 여러 가지 표현 방식을 이용하여 글을 쓴다.
> 10학년 [내용] (6) 자신의 생각이나 느낌을 문학적으로 표현한다.
> [기본] 자신의 생각이나 느낌을 정리하여 말하고, 이를 문학적인
> 글로 표현한다.

위에 예시한 창작 교육과 관련된 교육 내용 항목 중에서, 기본에 해당하는 내용은 8학년과 10학년에만 있다. 7학년과 9학년은 심화 과정에서 이루어지는 교육 내용이다. 이렇게 본다면 교육과정에 명시된 창작 교육과 관련된 내용은 매우 소략하며, 그 내용도 갈래별 글쓰기, 문학적 글쓰기로 한정되어 매우 추상적이고 단편적인 수준에 그치고 있다. 이는 창작 교육을 단편적인 상황에서의 글쓰기로 한정하여 통합적인 창작 활동을 통한 인격의 고

---

20) 교육부 고시 제 1997-15호, 『국어과 교육과정』, 교육부.

양을 기대할 수 없게 한다.[21]

고등학교 「문학」 과목에서 창작 교육과 관련된 사항은 "문학의 수용과 창작"이란 항목이다. "문학의 수용과 창작"의 항목을 제시하면 다음과 같다.

> (가) 문학의 수용과 창작 원리
> ① 문학의 갈래와 작자, 문화적 배경 등에 따라 미적 구조가 다양함을 이해한다.
> ② 내용, 형식, 표현이 긴밀하게 연관되어 작품이 이루어짐을 이해한다.
> ③ 작품의 주제는 주체, 구조, 맥락의 상호 작용을 통해 구성됨을 이해한다.
> (다) 문학의 창조적 재구성
> ① 문학을 수용자의 처지에서 비판적, 창조적으로 재구성한다.
> ② 문학 활동의 결과를 내면화하여 자신의 삶으로 구체화한다.
> (라) 문학의 창작
> ① 다양한 시각과 방법으로 기본 갈래에 해당하는 작품을 창작한다.
> ② 창작한 작품을 발표하고 서로 평가한다.

교육과정 상에 창작 교육에 대한 진술이 포함되게 된 것은 창작 교육에 대한 재개념화가 어느 정도 합의되었기 때문[22]이라고 할 수 있다. 천재적 재능을 가진 작가들만이 문학적 창작을 할 수 있다는 낭만주의적 사고에서 벗어나, 문학 창작을 서사적 삶을 살아가는 인간의 자기 서술의 일종으로 간주하는 관점에 의해 창작 교육에 대한 재개념화가 이루어질 수 있었다. 이러한 재개념화에 의해 창작 교육은 문학 작품의 심층적 감상을 돕기 위한 것임을 교육과정상에 명시하고 있다.

---

21) 임경순(2001), 「서사표현교육의 방법과 실제」, 문학과문학교육연구소(2001), 『창작교육, 어떻게 할 것인가』, 푸른 사상, 307쪽.
22) 류덕제(2001), 「소설 창작교육의 방안과 전망」, 문학과문학교육연구소(2001), 앞의 책, 281-282쪽.

특히, 문학의 창작 지도에서는 개작, 모작, 생활 서정의 표현 등 작품의 심충적 감상을 돕는 학습 활동을 강조한다.(제7차 교육과정 국어 과목 '나. 교수 - 학습 방법')

사. 작품의 창작 활동은 처음부터 높은 수준을 요구하지 말고 학습자의 요구에 따라 개작, 모작, 생활 서정의 표현과 서사문 쓰기 등의 단계를 거치되, 자신의 삶과 밀접하게 연관지어 지도한다. 특히, 모든 학습자에게 전문적인 문예 작품 창작 활동을 지나치게 강조하지 않는다.(제 7차 교육과정 문학 과목 '4. 교수 - 학습 방법')

교육과정에 나타난 창작 지도는 심충적인 감상을 가능하게 하자는 의도를 갖는 것으로, 이것은 전문적인 작품 창작을 목표로 하지 않는다. 창작이 수준 높은 작품 창작을 지향하는 것이 아니라 문학적인 표현을 사용하여 말하거나 글을 쓰는 것, 문학에 관해서 자기의 의견을 피력하는 것 등을 포함하는 것이다.[23] 창작 교육을 이런 관점에서 보는 것은, 창작을 '창조적인 언어 활동 전반'[24]으로 보거나 '언어의 문학적인 표현 방법으로 확대하여 재개념화'[25]하는 것이다.

작품의 수용과 창작은 별개의 활동이 아니라 상호 보완적인 활동이다. 감상을 수준을 높이는 데 창작 경험이 도움이 될 수 있고, 창작 능력의 신장에 수준 높은 감상 능력이 좋은 길잡이가 될 수 있다. 이러한 측면을 들어 문학 교육의 순환성(循環性)[26]이라 할 수 있다.

창작 교육의 재개념화는 문학 교육에서 창작 교육을 가능하게 하는 발판

---

23) 이인제 외(1997), 『제7차 국어과 교육과정 개발 연구』, 한국교육개발원 교육과정개발연구위원회.
24) 우한용(1998), 「창작교육의 이념과 지향」, 『문학교육학』 제2호, 한국문학교육학회.
25) 정구향·최미숙(1999), 「제7차 국어과 교육과정과 창작교육」, 『국어교육』100호, 한국국어교육연구회.
26) 류덕제(2001), 앞의 글, 283쪽.

이 된다. 또한 삶으로서의 서사에서 자기 서술을 질적 수준이 아닌 자기 욕망의 발현이라는 수준에서 가능하게 한다. 그러나 창작 교육은 목적이나 필요성을 선언적으로 강조하는 데서 그치는 것이 아닌 실천의 문제이다. 따라서 보다 구체적인 실천의 방법이 모색되어야 한다. 본고에서는 창작 교육의 가능성을 패러디를 활용한 허구적 글쓰기를 통해 그 구체적인 방법을 모색하고자 한다. 패러디를 활용한 허구적 글쓰기는 화자나 작중인물의 특성, 사건, 줄거리 등을 모방하거나 변형하는 글쓰기 방식을 포괄한다. 즉, 원텍스트의 모방과 변형의 글쓰기 방식은 현실에 대한 변혁을 꿈꾸는 패러디를 활용한 글쓰기의 가장 낮은 수준에 해당하고, 개작과 첨작의 단계, 작가의 아이디어를 활용한 글쓰기 단계로 위계화된다. 이 위계화는 패러디를 활용한 글쓰기가 궁극적으로 지향하는 학습자의 대화적 소통 능력 향상과 자아 창안을 위한 과정의 단계로 설정된 것이지, 이것이 학습자의 문학 능력을 구분해 주는 것은 아니다. 작가의 관념, 주제, 작중인물의 대화적 소통 관계, 담론 구성 방식 등을 학습자가 주체적으로 소통하여 자신의 상황 맥락에 맞게 글쓰는 것은 일정한 단계를 밟아 수행되기보다는 총체적으로 수행되는 면이 강하기 때문이다. 이러한 글쓰기는 삶과 글쓰기의 통풍을 전제하는 것으로, 학습자가 자신의 삶에 끊임없이 '자의식적 성찰'을 수행하는 데서 가능하다. 또한 학습자가 자신의 삶이 갖는 타자와의 대화적 본질을 인식하고 있어야만 그 의미가 확장될 수 있는 것이기도 하다.

나. 패러디를 활용한 허구적 글쓰기 방안

1) 아이디어 생성하기 및 조직하기

일반적으로 아이디어(내용) 생성하기는 말하기와 쓰기에서 주제를 전개하기 위해 내용을 탐색하는 활동을 말한다. 린다 플라워에 의하면, 사고 과정으로서의 쓰기 과정은 계획하기, 작성하기, 재고하기 단계가 있는데[27], 아이디어 생성하기는 목표 설정하기와 아이디어 조직하기와 더불어 계획하기의 과정에 속한다. 아이디어 생성하기 단계는 화제에 관련된 쓸거리를 찾아내는 일이 중심이 된다. 아이디어 생성하기 위한 활동으로 토론하기, 깊이 생각하기, 역할 놀이, 생각그물 만들기(mind mapping), 브레인스토밍(brainstorming) 등을 들 수 있다.

본고는 패러디 텍스트를 활용하여 허구적 글쓰기를 하는 과정에서의 아이디어 생성 과정을 브레인스토밍과 반응 일지를 통해 살펴보고자 한다. 브레인스토밍과 반응 일지는 패러디 텍스트에 대한 학습자의 소통을 원할하게 하여 학습자의 심미성을 구체화 시켜주고, 나아가 학습자가 패러디를 활용한 허구적 글쓰기를 보다 원활하게 수행할 수 있게 한다.

소설 텍스트의 구성 요소는 이야기(기의 혹은 서사 내용)/담론(초점화와 서술 행위)/텍스트 자체 등이다. 인물, 사건, 배경은 이야기와 관련되고, 초점화 서술 행위는 담론과 관련된다. 이 요소들은 패러디를 활용한 허구적 글쓰기를 구체화하는 동시에 주제를 구현하는 매개 역할을 한다. 그러므로 각 요소들을 효과적으로 설정하기 위한 활동이 필요하다. 각 요소들에 따른 글쓰기 조직 활동들은 다음과 같다.[28]

   ① 이야기 층위
     인물 만들기 - 자유롭게 생각 꺼내기, 꺼낸 생각 구체화하기
     사건 만들기 - 자유롭게 생각 꺼내기, 이야기 다발 짓기, 사건 연쇄
                       만들기, 스토리보드 만들기
     배경 만들기

---

27) Linda Flower(1993), Problem-Solving Strategies for Writing, 원진숙·황정현 옮김(1998), 『글쓰기의 문제해결 전략』, 동문선.
28) 임경순(2001), 앞의 글, 326-339쪽 참조.

② 담론 증위

초점화(시점) 정하기
서술과 스토리 - 서술과 사건의 시간적 관계 설정하기, 서술의 수준
　　　　정하기
화자의 유형 - 화자의 수준 정하기, 스토리 참여 범위 정하기, 수화자
　　　　정하기, 대화 만들기

2) 패러디 텍스트를 활용한 글쓰기의 실제적 방법

(1) 텍스트의 부분이나 구성 요소를 모방하여 글쓰기

화자, 작중인물, 사건, 줄거리, 시점 등을 모방해서 글쓰는 활동이 여기에 포함된다. 이 활동들은 패러디적 글쓰기의 가장 낮은 수준의 글쓰기 단계이다. 화자의 신분, 지위, 역할, 입장 등을 고려하여 어조, 태도, 시각 등을 모방하여 표현하거나, 텍스트의 작중인물의 성격, 특성을 모방하거나, 대상을 바라보는 시각, 그리고 텍스트가 전개되는 줄거리를 모방하여 쓰는 활동을 할 수 있다. 이 활동에서는 모방되는 대상 텍스트에 되도록 충실한 모방 활동이 이루어지도록 한다.[29] 그러면 브레인스토밍과 반응 일지를 활용한 '텍스트의 부분이나 구성요소 모방하여' 쓰기 활동에 대해 살펴보자.

문학적 경험을 통해 소설 텍스트에서 학습한 것과 작중인물을 고려하면서 브레인스토밍을 한다. 브레인스토밍을 하는 동안 아이디어들이 떠오르는 대로 첨가할 수 있고, 떠오르는 생각을 제한해서는 안 된다. 학습자들의 브레인스토밍 후 교사는 학습자들에게 작중인물의 공통점과 차이점에 대해 질문을 한다. 그리고 텍스트 속의 "작중인물과 비슷한 사람을 주변에서 본 적이 있는지, 작중인물의 삶을 통해 자신의 삶을 더 잘 이해하게 되었는지, 작중인물의 행동에 있어서 공통점은 무엇인지" 등을 질문한다. 이러한 질문들

---

29) 여기에 대한 구체적인 수업 사례는 강정한(1997), 「글쓰기로 마무리한 수업 사례 몇 가지」, 『함께여는 국어교육』34호, 1997 참조

을 하는 이유는 학생들에게 자신의 비평과 아이디어, 가장 관심 있는 작중인
물에 대해 기록하게 한 다음 다시 비평적 글쓰기로 되돌아오기 위해서이다.

<반응 일지 기록>

나중에 패러디를 활용한 허구적 글쓰기를 하기 위해 브레인 스토밍의 내
용을 반응 일지에 기록한다.

1. 최인훈의 「춘향뎐」에 나오는 '노인'의 특성을 2-3개 정도 쓰시오.
2. 최인훈의 「춘향뎐」에 나오는 '춘향'의 특성을 2-3개 정도 쓰시오.
3. 최인훈의 「춘향뎐」에 나오는 '이도령'의 특성을 2-3개 정도 쓰시오.
4. 최인훈의 「춘향뎐」이 주는 문학적 즐거움에 대해 쓰시오.
5. 최인훈의 「춘향뎐」의 문제점은 무엇인지 쓰시오.
6. 최인훈의 「춘향뎐」이 주는 교훈은 무엇인지 쓰시오.

학습자들에게 특별한 작중인물을 선택하고, 작중인물에 대한 반응을 반응
일지에 기록하게 한다. 일지의 기재 사항은 과제로 제시하고, 작중인물에 대
한 학습자 반응의 타당성을 검토하기 위해 소집단 토의 학습을 한다. 토의
학습 후에 학습자들은 작중인물에 대한 자신의 반응의 정도와 타당성을 알
수 있다.

또한 학습자들은 작중인물에 대한 이해의 어려움을 덜기 위해 동료 학습
자들과 자신과의 관계를 소설 텍스트 속의 작중인물의 상황에 전이시키는
활동을 한다. 이 활동의 예로는 일기 쓰기, 개인적 에세이 쓰기, 친구에게
편지 보내지 등이 있다. 이러한 활동을 통해 학습자는 자신의 삶과 소설 텍
스트의 상황을 연관시킬 수 있고, 그 결과 작중인물과 텍스트의 내용을 더
잘 이해할 수 있게 된다.

(2) 변형, 첨가 중심의 표현활동

앞의 활동들이 모방되는 대상 작품에 비교적 충실한 모방 활동이라면, 여

기에 제시되는 활동들은 작품의 요소들을 변형시키는 활동과 작품에 새로운
내용을 첨가하는 활동들로 이루어진다. 즉, 개작과 첨작 활동이 주로 이루어
진다. 이 활동은 학습자의 주체 형성을 위한 패러디적 글쓰기로 나아가는 중
간단계이다. 여기에는 ① 이야기의 구성 요소(인물, 사건, 배경, 줄거리, 시
점) 바꿔 쓰기, ② 허구적으로 작품 이어 쓰기, ③ 작품의 상황 맥락 바꿔
쓰기 등이 있다.

　가령 최인훈의 「춘향뎐」에서, 상황 맥락 바꿔 쓰기 등에 대한 브레인스토
밍은 다음과 같다.

　　춘향 → 과거도 급제 못한 이도령을 위해 왜 수절을 하지? → 수절할 필
　요가 없는 것 같아! → 그러면 변사또의 수청을 들면 되겠군! → 변사또 수
　청을 든 다음엔 봉고파직당한 암행어사의 후실이 되면 되겠군! → 그런데
　왠지 이상한데! → 그러면 이도령은 어떻게 되지? → 이도령이라! → ……

　또한 최인훈의 「춘향뎐」에서, 상황 맥락 바꿔쓰기에 대한 반응 일지 기록
은 다음과 같다.

　a. 최인훈의 「춘향뎐」에 나오는 '춘향'의 특성을 2-3개 정도 쓰시오.

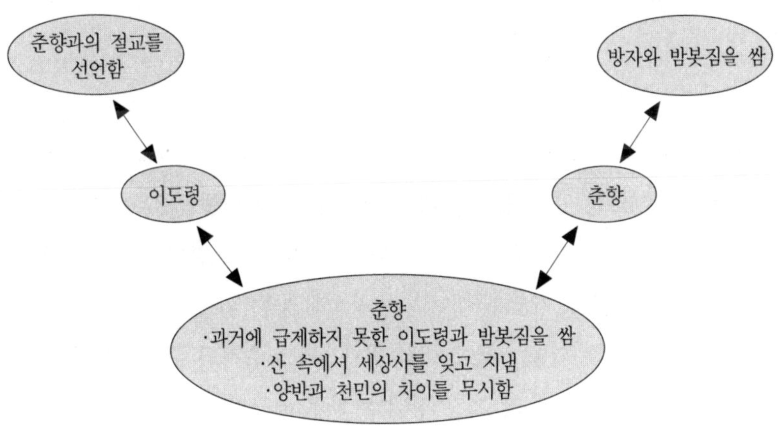

b. 최인훈의 「춘향뎐」과 고소설 『춘향전』에서의 '춘향'의 공통점과 차이점을 쓰시오.

·공통점 - 작중인물의 이름이 같음. 변사또의 수청을 거절함. 춘향과 이도령의 사랑 등.

·차이점 - 이도령의 과거급제 사실. 춘향과 이도령의 밤봇짐. 춘향이 욕설을 하는 일.

c. 최인훈의 「춘향뎐」과 상황 맥락을 바꿔 쓴 글에서의 '춘향'의 차이점을 쓰시오.

·최인훈의 텍스트 - 춘향이는 과거에 급제하지 못한 이도령과 함께 밤봇짐을 싸고 산속에 들어가 산 속에 삶.

·상황 맥락을 바꾼 텍스트 - 춘향은 과거에 급제하지 못한 이도령이 자신과의 절교를 선언하자 방자를 꼬셔 방자와 함께 밤봇짐을 싸 산 속으로 들어감.

d. 상황 맥락 바꿔 쓴 허구적 글쓰기가 주는 즐거움에 대해 쓰시오.

·춘향을 둘러싼 상황 맥락을 바꿈으로써 '사랑의 쟁취'라는 문제를 보다 강하게 강조할 수 있는 문학적 즐거움과 '춘향'이란 인물에 대한 희화화가 가능하다.

(3) 작품의 아이디어를 활용한 표현 활동

이 활동에서는 작품을 모방하거나 첨가하는 차원보다는 작품의 아이디어를 활용해서 새로운 표현 활동을 하는 것이다. 가령 작품을 읽고 작품의 주제, 사건 등을 가지고 자신의 경험에 비추어 새롭게 써본다거나, 작품에서 얻은 발상을 바탕으로 새로운 이야기를 창작해 보는 활동을 들 수 있다. 이 수준에서의 글쓰기는 원텍스트에 대한 비판성과 학습자의 주체성 확보를 위한 패러디적 글쓰기 교육의 가장 상위 차원에 해당된다. 즉, 원텍스트와의

'의미 있는 차이'를 통해 학습자가 타자성을 인식하고 텍스트의 이해의 성숙을 기할 수 있다.

가령, 최인훈의 『춘향뎐』을, '이도령이 춘향에게 절교를 선언함→춘향이 변사또의 수청을 허락함→춘향이 방자와 함께 밤봇짐을 쌈→이도령이 자신의 생각을 반성하고 춘향을 찾아 나섬→이도령이 산속에서 두 아이의 엄마가 된 춘향을 만남→……' 식으로 사건을 바꾸어 허구적 글쓰기를 할 수 있을 것이다. 새로 패러디된 내용의 줄거리를 제시하면 다음과 같다.

남원 고을에 살던 춘향은 남원 부사의 아들 이몽룡과 사랑에 빠진다. 그러다가 남원 부사가 서울로 가게 되어 이도령과 헤어지게 된다. 새로 부임해 온 신관사또는 기생의 딸인 춘향에게 수청을 요구한다. 변사또의 수청을 거부하다 춘향은 옥에 갇힌다. 한편 서울 간 이도령은 과거에 급제하지 못한 채 춘향을 찾아와서 춘향과의 절교를 선언한다. 이도령의 절교 선언에 충격을 받은 춘향은 변사또의 수청을 허락한다. 변사또에게 수청을 들고나서 춘향은 향단과 사귀고 있던 방자를 꼬셔 방자와 함께 밤봇짐을 싸서 산 속으로 도망간다.

춘향과 방자가 산 속으로 도망가는 모습을 산 속에서 산삼을 캐던 심마니 노인이 발견한다. 한편 춘향과 절교를 선언했던 이도령은 자신의 생각을 뉘우치고 나서 춘향을 찾아 길을 떠난다. 춘향을 찾아 헤매던 이도령은 춘향의 행방에 관해 산 속에서 만난 노인에게서 듣는다. 노인이 가르쳐 준대로 춘향이 살고 있던 집을 찾은 이도령은 산 오두막집에서 두 아이를 안고 있는 춘향을 만나는데……

5. 패러디를 활용한 허구적 글쓰기 교육의 의의

패러디를 활용한 허구적 글쓰기 교육은 학습자의 경험적 '세계'에 그 기반을 두고서, 학습자가 글쓰기를 통해 자기 삶과 대화를 할 수 있도록 지도되어야 한다. 학습자는 패러디된 작품이나 패러디적 글쓰기가 자신에게 주는 의미를 평가하고 주체적으로 자기 삶을 설계할 수 있어야 한다. 이 단계는 블룸(B.S. Bloom)의 학습 위계 가운데 종합과 평가가 이에 관련된다.

패러디를 활용한 허구적 글쓰기를 통해 학습자는 원텍스트의 작가, 작중인물과 대화를 하게 되며, 자신의 글쓰기를 다른 학습자들의 글쓰기와 비교하는 대화적 관계도 갖게된다. 그리고 다른 학습자들과의 대화를 통해 학습자는 자신의 글쓰기가 갖는 자기 형성적 주체 함양의 측면을 인식하게 된다.

패러디적 글쓰기를 통해 학습자가 갖는 주체 형성은 자아 창안을 위한 것이다. 학습자의 자아 창안은 학습자가 자신의 삶의 본질을 인식하고, 문화 실천의 주체가 되는 것이다. 이것은 학습자가 소설 텍스트와 자신의 삶을 관계 짓는데서 가능해진다. 패러디적 글쓰기라는 '문학의 렌즈'를 통해 학습자는 자신의 삶의 사건을 이해할 수 있고, 나아가 소설 텍스트 속의 작중인물들의 감정과 행동을 보다 깊이 이해할 수 있게 된다. 이렇게 하기 위해서는 학습자의 경험과 관련된 글쓰기가 지향될 필요가 있다.

# 자기 형성적 주체 함양을 위한
소설 교육 연구

1. 자기 형성적 주체 함양과 소설 교육

소설 텍스트는 일정한 진리와 의미를 담지하는 객관화된 구조물이 아니다. 학습자의 창의적 오독(creative misreading)에 의해 소설 텍스트의 의미화가 실현되며, 학습자의 텍스트 이해와 해석도 다성적(polyphonic)인 양상을 드러낸다. 따라서 텍스트는 끊임없이 재구성되는, 의미화 과정에 놓인 '쓸 수 있는 텍스트(writely text)'[1]가 된다. 텍스트와 학습자의 이러한 관계를 고려해 본다면, 학습자의 소설 읽기는 텍스트와 대화하는 행위라고 할 수 있을 것이다.

학습자는 소설 작품을 읽어 가는 과정에서 소설 작품에 대한 문학적 지식과 반응을 지속적으로 변화시켜 가면서, 소설 작품의 내용에 대한 의문을 가지는 "형성 과정에 중에 있는 의미"(meanings-in-motion)를 증진시킨다. 이러한 의미의 증진은 문학적 사고와 문학 능력이 소설 작품에 대한 학습자의

---

1) R. Barthes, 김희영 옮김(1999), 『텍스트의 즐거움』, 동문선, 37-47쪽 참조

이해와 해석의 양상에 따라 변화하는 특성을 지닌다는 점, 이 특성들이 실제 교수 - 학습 현상에서 학습자와 문학 교사, 학습자와 동료 학습자 사이의 대화적인 상호 작용으로 확장되어 드러난다는 점, 소설 작품에 대한 학습자의 이해와 해석은 어떤 특정한 진리나 무분별한 무리를 지향하기보다는 작품이 지닌 교육적 가치와 교육 목표에 의해 일정한 일리를 추구한다[2])는 점 등을 드러낸다. 따라서 이러한 소설 읽기의 실현을 위해서는 학습자의 문학적 이해(literary understanding) 과정이 일리를 지향한다는 관점에 대한 규명이 필요하다.

소설 교육은 문학 현상[3])에 대한 설명으로 끝날 수 있는 것이 아니다. 소설 교육은 문학 현상에 대한 학습자의 자기화 혹은 내면화 과정이 중요하기 때문이다. 소설 교육에서 학습자는 소설의 담론에 대한 소통 주체로서 자신의 수용을 통해 언어적인 실천을 한다. 이러한 언어적 실천을 통해 학습자는 소설 텍스트와의 대화적 소통을 수행하고, 이를 통해 텍스트의 세계를 자기화하는 가운데 자기 형성적 주체로 성장할 수 있을 것이다.

이러한 소설 교육을 위해선 소설 텍스트가 학습자에게 어떤 의미를 전달하는가가 아니라, 소설 텍스트가 학습자에게 어떤 의미를 가지며, 이 텍스트는 학습자에게 어떻게 수용되는가가 보다 근본적으로 강조되어야 한다. 따라서 학습자는 소설 텍스트에 대한 비평적 읽기[4])를 수행해야 한다. 학습자

---

2) 소설 작품에 대한 학습자의 반응이 일정한 일리를 추구한다는 것은 기존의 신비평적 관점이 추구하는 작품이 지닌 일정한 가치, 진리 등을 습득하거나 무분별하게 작품에 대한 반응을 드러내는 소위 '잘못된 열린 교육'의 양상들을 극복하려는 관점을 기저에 깔고 있다. 교육은 목표 지향적이고, 학습자의 변화 가능성을 추구한다고 할 때, 소설 교육을 통해 학습자의 문학적 반응은 무리나 진리를 지향하기보다는 교육의 목표에 부합되는 일정한 패턴을 지향한다고 할 수 있을 것이다.

3) 문학 현상이란 문학이 우리의 삶과 문화(또는 교육) 속에서 실제로 존재하고 작용하는 일체의 과정과 모습을 일컫는 말이다. 즉, 문학의 존재와 疏通은 문학 텍스트를 중심으로 이루어진다는 것을 전제로, 문학 텍스트가 생산되고 수용되는 일련의 작용과정을 의미한다.(서울대학교 국어교육연구소(1999), 『국어교육학사전』, 대교출판사, 311쪽.)

가 비평적 읽기를 수행하기 위해선 비판적 사고가 요구된다. 학습자가 소설 텍스트와 상호 소통하고, 소설 교육 현상 속에서 타자(문학 교사나 동료 학습자 등)와 소통하기 위해선 자신의 가치 평가를 담은 비판적 사고[5]가 필요하기 때문이다. 비판적 사고는 학습자가 반성적 회의를 통해 소설 텍스트, 타자와 상호 소통하고, 이를 바탕으로 자기 성찰과 자기 형성을 할 수 있게 한다. 따라서 소설 교육에서 상정할 수 있는 주체는 타자와 대화적으로 소통하면서 비판적 사고를 통해 자기 성찰과 자기 형성을 할 수 있는 존재가 되어야 한다. 본고는 비판적 사고를 통해 타자와 대화적으로 소통하고 자기 성찰과 자기 형성을 하는 주체를 '자기 형성적 주체'로 상정한다. 본고가 소설 교육의 주체를 '자기 형성적 주체'로 상정하는 이유는 학습자가 비평적 소설 읽기를 통해 자기 삶에 대한 반성 의식을 가질 수 있고, 이를 비평적 에세이로 표현함으로써 자기 성찰과 자기 형성을 수행하는 윤리적 실천을 할 수 있기 때문이다.

소설 교육에서 자기 형성적 주체는 텍스트 내적 담론 주체간의 관계를 이해하고 해석하는 것에서부터, 소설 텍스트와 세계를 조응하고 인식하면서 타자와의 소통을 통해 자신의 삶을 성찰하는 것에 이르기까지 다면적이고

---

4) '비평적 읽기'는 문학적 소통의 요소가 갖는 상황 맥락 내에서의 읽기라고 할 수 있다.(Gram Atkin *et al*(1995), *Studing Literature: A practical Introduction*, Harvester Wheatsheaf, p.101.)

5) Mcpeck(1981)에 따르면, 비판적 사고는 어떤 문제 영역 내에서 이루어지는 사고의 반성적 회의라고 할 수 있다. 즉, 어떤 주어진 진술, 규범, 행동 양식 등에 대한 어떤 회의를 포함한다. 이 회의는 궁극적으로 주어진 진리에 대한 수용이 아닌, 다양성의 가능성을 고려하는 것이다.(Dickson, M.A.(1991), "Teaching literature with a specific emphasis on critical thinking: An interpretive investigation of student perceptions", The university of north carolina at greensboro, Dissertation, pp. 17-19.) 따라서 비판적 사고는 대상에 대한 반성적 회의를 통해 대상에 대한 가치평가를 드러낸다. 이러한 비판적 사고는 대상에 대한 더 만족스러운 해결책, 또는 그 문제 속을 들여다볼 수 있는 통찰력을 가져온다.(J. E. Mcpeck, 박영환·김공하 역(1995), 『비판적 사고와 교육』, 배영사, 10-11쪽 참조)

중층적으로 개입한다. 소설 교육의 의미망(意味網) 속에서 상정될 수 있는 자기 형성적 주체의 개념역(槪念域)으로는 '메타 성찰의 주체', '타자와의 관계적 주체', '세계에 대한 비판적 주체', '욕망 실현의 주체' 등을 들 수 있다[6]. 이러한 자기 형성적 주체의 개념역들은 자기 형성적 주체가 소설 교육 현상 속에서 타자와의 대화적 관계를 통해 사회적 존재로서의 자신에 대한 메타적 성찰을 수행할 수 있게 하고, 세계와의 상호 교섭을 통해 자신의 삶의 본질을 인식하여 주체가 지닌 내적 욕망을 실현할 수 있게 한다. 따라서 자기 형성적 주체가 갖는 개념역들은 서로 중첩되면서, 작용의 차원이 다름으로 인해 분화되는 것이라고 할 수 있다. 본고는 이러한 자기 형성적 주체 함양을 위한 학습자의 소설 읽기와 표현 과정을 김유정의 「아내」를 대상 텍스트로 삼아 논의하고자 한다. 본고가 이 소설을 대상 텍스트로 삼은 이유는, 이 소설이 카니발적 담론 구조를 통해 카니발적 세계관과 전도된 인물 관계를 형상화하여 학습자의 풍부한 소설 읽기와 표현 활동을 필요로 하고 있다고 판단했기 때문이다.

2. 학습자의 소설 읽기와 카니발적 소설 담론

가. 소설 읽기의 교육적 의의

소설 읽기 행위는 일차적으로 그 텍스트를 특별한 대상으로 보는 관점(진리나 가치를 담고 있는 대상으로 보는 관점)에서 벗어나는 태도의 형성에서 이루어진다.[7] 소설 읽기는 작가가 상장해 놓은 진리를 찾는 과정이라기보다

---

6) 박인기(1999), 「문학교육과 자아」, 문학과교육연구회, 『문학과교육』(1999년 여름호), 한국교육미디어, 32-36쪽 참조.

7) 김동환(1997), 「비평적 에세이 쓰기」, 문학과교육연구회, 『문학과교육』제7호, 한국교육미디어, 52쪽.

는 학습자가 스스로 텍스트의 의미를 형성해 가는 과정이라고 할 수 있기 때문이다. 따라서 소설 교육에서 강조되어야 할 것은 텍스트를 일정한 진리의 담지체로 보는 관점이 아니라, 학습자가 소설 텍스트의 의미화를 실현하는 과정이라고 할 수 있다. 그러므로 소설 읽기는 학습자가 스스로 그 의미화를 실현하는 것이 되어, 읽기 행위와 쓰기 행위가 결합될 필요가 있다. 텍스트는 작가와 학습자의 '대화적 소통(dialogic communication)'을 매개하며, 학습자의 텍스트 의미화 실현은 고정되기보다는 끊임없이 변화하고 다시 약호화(encoding)되는 그물망 속에 존재하기 때문이다.[8] 이러한 소설 읽기를 위해서는 학습자의 주체적이고 능동적인 개입이 필요하다. 학습자의 주체적인 개입이란 텍스트와 소통하는 모든 과정에서 학습자가 주체적이고 비평적으로 텍스트를 읽어내고, 이를 바탕으로 소설 담론에 대한 평가를 하는 것을 의미한다. 소설에 담론에 대한 평가를 하는 것은 텍스트를 읽어나가는 과정에서 끊임없이 의문을 던지고 그 의문들을 스스로 해결하는 것인데, 이 의문들을 해결하고 조직화하기 위해선 텍스트에 대한 이해와 해석을 표현하는 글쓰기가 필요하다[9]. 학습자가 소설 텍스트에 정당한 이해와 이 이해를 표현하기 위해서는 끊임없이 텍스트, 타자(작가, 문학 교사, 동료 학습자)와의 상호 소통 속에 '비평성(criticality)'을 지향할 필요가 있다. 이 비평성은 소설 담론에 대한 학습자의 거리 두기에 의해서 가능하다. 학습자는 소설 담론에 대한 동일시나 비동일시를 통해 소설 담론에 대한 평가를 할 수 있고, 이 평가 과정에서 소설 담론에 대한 비평성을 갖게 된다. 소설 담론에 대한 학습자의 비평성은 학습자의 텍스트 이해와 해석을 기존의 원리에 따르지 않고, 새로이 형성하는 역할을 하기 때문이다. 따라서 학습자가 소설 텍스트를

---

8) 한귀은(1998), 「소설 교육의 카니발적 방법과 실제 적용 방안」, 한국문학교육학회, 『문학교육학』 제2호, 태학사, 414쪽.

9) 김동환(1997), 「비평적 에세이 쓰기」, 문학과교육연구회, 『문학과교육』 제7호, 한국교육미디어, 54쪽.

읽고 이해하는 과정은 소설 텍스트 '앞에서' 자기를 이해하는 것으로, 학습자가 갖는 어떤 관점의 자기화(appropriation)가 탈자기화(desappropriation)되는 것을 의미한다. 자기화한다는 것은 낯선 것을 자기 자신의 것이 되게 하는 것이다. 자기 것이 된 것은 텍스트의 사물이다. 그러나 내가 나 자신을 탈자기화하여 텍스트의 사물이 되게 할 때만, 텍스트의 사물은 나 자신의 것이 된다. 그래서 그 자체로 '주인'인 '나'를 텍스트의 '제자'인 '그'와 교환하게 된다10). 이러한 과정은 소설 텍스트가 만들어낸 실재에 대한 학습자의 '상상적 변경'을 요한다. 그러므로 비판성은 학습자가 해석 공동체가 지향하는 텍스트 이해를 받아들이기보다는, 이를 해체하도록 하는 일종의 카니발적 원리로 작용한다고 할 수 있을 것이 다. 이는 소설 텍스트를 둘러싼 해석과 평가의 다성성을 전제하는 것이다. 그렇다고 해서 학습자의 모든 해석과 평가가 무분별하게 가능한 무리(無理)로서의 텍스트 수용 양상을 용인하는 것은 아니다. 절대적 진리를 부정하면서 학습자의 텍스트 수용이 일정한 패턴화를 지향하는 일리(一理)를 추구해야 한다. 주체란 개인이 아닌 사회적 형성물이며, 몇몇 가능한 해석들과 평가들만이 구체적인 상황 맥락 안에서만 다성적인 형태로 존재하기 때문이다. 텍스트 소통의 상황 맥락에 조응하는 의미들이 명확하게 자리잡고 있기 때문에 다양성이 무한정 열린 다양성일 수는 없는 것이다11).

학습자의 텍스트 이해 능력은 소통 맥락과 관련되는데, 이것은 글로 표현됨으로써 보다 풍부해질 수 있다. 학습자의 표현 활동은 텍스트를 매개로 한 성찰적 인식을 수행하는 것으로, 학습자의 문제 해결 과정, 사고력의 증진 등과 연관되기 때문이다. 소설 텍스트에 대한 이해를 바탕으로 한 학습자의

---

10) 폴 리쾨르, 박병수·남기영 편역(2002) 『텍스트에서 행동으로』, 아카넷, 54-55쪽.
11) 김상욱(2000), 「주체형성으로서의 문학교육」, 문학과문학교육연구소 편, 『문학교육의 인식과 실천』, 국학자료원, 59-60쪽.

표현 활동은 비평적 에세이(critical essay)의 형태로 씌어지게 되는데, 비평적 에세이 쓰기는 삶의 의미 발견이 목적이다[12]. 비평적 에세이는 자기 삶의 본질을 읽어내는 자기 성찰 혹은 반성을 목적으로 하기 때문이다. 따라서 소설 교육은 학습자가 텍스트를 매개로 한 타자와의 관계 속에서 자신의 삶의 대화성을 인식하고, 이 대화적 관계 속에서 자신의 평가를 비평적 에세이로 표현하는 과정에 초점이 주어져야 한다. 이것은 결국 주체 형성 혹은 자아 성장과 연관된 문제로, 세계에 대한 이해를 조건으로 한다. 세계에 대한 이해는 사람들이 세계를 어떻게 설정하는가, 문제 틀을 어떻게 구성하는가, 관념 속에 세계는 어떻게 자리잡는가 하는 등을 이해하는 것을 의미한다. 이는 개인이 '세계 - 내 - 존재'라는 인식에 이르는 길이기도 하고, 자신의 위치를 그렇게 설정하는 힘으로써 표현 행위(글쓰기)를 통해 구체화될 수 있다.

나. 카니발적 소설 담론

바흐친의 카니발(Carnival) 이론은 현실에 대한 심리적 방어 기제의 문학적 특성, 현실 뒤집기의 문학적 특성을 잘 드러내준다.[13] 바흐친에 의하면, 카니발은 모든 금기로부터의 해방을 의미하는 것으로 공식적인 것의 뒤편에 가려져 있는 제2의 세계나 생활을 드러내는 것이다[14]. 또한 카니발은 세계를 지배하고 있는 진리나 규범에서 벗어나 어떠한 것도 절대화시키지 않는 '유쾌한 상대성'의 원리를 강조하는 이중적이고 상호 모순적인 의식을 나타낸다. 따라서 카니발적 삶이란 통상적인 궤도에서 벗어난 '뒤집혀진 삶', '거꾸로 된 세상에서의 삶'이 된다[15]. 이러한 카니발적 삶이 문학 현상으로 전

---

12) 우한용(1998), 「창작교육의 이념과 지향」, 한국문학교육학회, 『문학교육학』 제2호, 태학사, 31쪽.
13) 김미현(1990), 「김유정 소설의 카니발적 구조 연구」, 이화여자대학교 대학원 석사학위논문, 6쪽.
14) M.M. Bakhtin, trans. Helene Iswolsky(1984), *Rabelais and his World*, Indiana U.P., 274쪽.

이되면 '문학의 카니발화'가 이루어진다. 문학의 카니발화란 지배 계층에 대한 저항을 드러내는 민중의 생명력과 생동감을 통해 경직화된 지배 계층의 삶의 질서에 도전하고자 하는 문학 현상을 의미한다. 이것은 경직화되고 획일화된 질서를 고수하려는 기존 지배 권력에 전도된 삶의 질서를 이끌어 와 모든 계층이 즐거움과 함께 평등과 긴장의 해소를 경험하게 한다.16) 이러한 문학의 카니발화는 기존의 질서 체계에서 높이 평가되었던 도덕이나 인습 등을 물질적인 육체의 차원으로 하락시킨다. 즉, 높은 것, 영적인 것, 이상적인 것, 추상적인 것을 끌어내려 먹는 것, 마시는 것, 성적인 것, 배설적인 것을 즐겁고 유쾌한 것으로 간주하게 한다. 그러나 이러한 격하와 하락은 '파괴'를 목적으로 하는 것이 아니라 '재생'에 그 목적이 있다. 즉, 파괴 속에서 재생, 매장 속에서의 생성과 연결되면서 양가성(ambivalence)의 원리를 갖는다. 따라서 문학의 카니발화는 실체적 층위가 아닌 상상적 층위에서 상대성의 원리에 입각하여 뒤집혀진 가치관이나 삶을 나타내는 동시에, 양가적이고 동적인 세계에 대한 인식을 드러낸다17)고 할 수 있다.

세계에 대한 이러한 인식을 카니발적 세계관이라고 할 수 있는데, 카니발적 세계관은 변화와 다양성을 그 특징으로 한다. 특히 허구화된 픽션에 형상화된 카니발적 세계는 현실 세계에서의 억압을 유쾌하게 해방함으로써, 카니발적 세계관을 적실하게 형상화하는 기능을 한다. 김유정의 「아내」는 이러한 카니발적 세계관을 잘 형상화하고 있는 소설이라고 할 수 있다. 이 소설은 '가난'의 문제를 카니발적 세계를 통해 형상화함으로써, 실체적 층위가 아닌 상상적 층위에서 가난을 극복하려는 재생의 논리를 잘 보여주고 있기 때문이다. 또한 상대성의 원리에 입각하여 뒤집혀진 가치관이나 삶을 나타

---

15) M.M. Bakhtin, trans. Caryl Emerson(1984), *Problems of Dotoevsky's Poetics*, Minnesota U.P.,182쪽.
16) M.M.Bakhtin, trans Helene Iswolsky(1984), 257-274쪽 참조
17) 김미현(1990), 앞의 논문, 7쪽.

내주기 때문이다. 본고에서는 김유정의 「아내」에 형상화된 카니발적 세계 중에서 인물간의 관계에 초점을 두어, '나'와 '아내'의 관계가 어떻게 전도되는지, 그리고 이렇게 전도된 관계가 담론 구조를 어떻게 끌고 가고 있는지를 논의하고자 한다. 또한 학습자가 이러한 카니발적 소설 담론을 어떻게 이해하고, 이를 바탕으로 자기 성찰과 자기 형성을 어떻게 할 수 있는지를 논의할 것이다.

일반적으로 소설 담론에 형상화된 인물 층위에서의 카니발적 구조는 수직축과 수평축으로 나누어 고찰할 수 있다. 수직적 축에서는 '우월한'의 위치에 있던 인물이 격하되고, '열등한'의 위치에 있던 인물이 격상되어 기존의 위계질서가 전도된다. 그리고 수평축에서는 '남과 여'의 성격적 특성 및 공간적 기능이 전도되고, 겉으로 드러난 모습과 속으로 감춰진 모습이 상반된다. 김유정의 「아내」는 부정적 현실의 형상화와 해학적 형상화를 통해 카니발적 글쓰기의 양상을 보여준다. 특히 실체적 층위가 아닌 상상적 층위에서 뒤집혀진 가치관과 삶을 통해 부정적 현실('가난')을 극복하고자 한다. 이를 통해 「아내」는 수직적 차원에서 '나'와 아내의 위계 질서가 점차 전도되고, '나'와 아내의 성격적 특성이 수평적 축에서 전도되는 카니발적 담론 구조를 드러낸다. 다시 말하면, 남편인 '나'가 화자가 되어 아내에 대한 태도 및 아내의 행위를 서술하지만, 이야기를 이끌어가는 주체가 아내임을 보여주는 것이다. 아내의 행위를 중심으로 전개된 행위들과 이에 따른 하부행위들을 정리하면 다음과 같다[18].

행위 1 : 아내가 아들을 낳다.

하부 행위 (1) 아내가 큰 체를 하다.

---

18) 김미현(1990), 앞의 논문, 18-19쪽 참조.

하부 행위 (2) '나'가 아내에게 자식을 많이 낳으라고 하다.
하부 행위 (3) '나'가 아들 덕 볼 생각을 하다.

행위 2 : 못생긴 아내가 자신의 얼굴에 대해 묻다.

하부 행위 (1) '나'에게 자신의 얼굴이 예뻐졌느냐고 묻자, '나'가 예뻐졌다고 대답하다.
하부 행위 (2) '나'에게 자신의 얼굴이 예뻐졌느냐고 묻자. '나'가 예뻐지지 않았다고 대답하다.
하부 행위 (3) '나'에게 자신의 얼굴이 예뻐졌느냐고 묻자, '나'가 예뻐졌다고 대답하다.

행위 3 : 아내가 '나'에게 맞다.

(1) 짓는 농사가 안되다.
(2) 아내가 '나'의 얼굴을 흉보다.

행위 4 : 아내가 밥을 많이 먹다.

(1) '나'가 나무장사를 해서 벌어먹으므로 식량이 부족하다.
(2) 애 날 배이므로 많이 먹다.

행위 5 : 아내가 들병이로 나가자고 제안하다.

(1) 아내에게 소리를 가르치다.
  a. 아내가 소리를 못하다.
  b. 아내가 성의가 있다.
  c. 아내가 야학에서 신식창가를 배워오다.
(2) 아내가 담배 피우는 연습을 하다.
(3) 아내가 뭉태와 같이 술을 마시다.

행위 1에서 아내는 못생긴 얼굴을 가졌으면서도 '나'에게 '큰 체'를 한다. 아내가 아들을 낳을 수 있고 또 낳았기 때문이다. 아내의 이러한 행위는 결국 남성보다 열등한 위치에 있었던 여성이 임신과 출산의 능력으로 인해 남성보다 우월한 위치로 바뀌게 되는 수직적 축에서의 전도[19]와 '공상하기'를 통한 행복한 미래로의 전환 양상을 보여준다.

행위 2에서, 아내는 남편에게 자신의 얼굴에 대해 세 번 질문을 한다. 그런데 첫 번째와 세 번째의 질문은 '나'로부터 '예쁘다'는 대답을 듣지만, 두 번째의 질문은 '밉다'는 대답을 듣는다. 아내의 질문에 대답을 하면서, '나'가 묘사한 아내의 얼굴은 다음과 같다.

> 이마가 훌떡 까지고 양미간이 벌면 소견이 탁 트였다지 않나. 그럼 좋기는 하다마는 아기자기한 맛이 없고 이조로 둥글넓적히 내려온 하관에 멋없이 쑥 내민 것이 입이다. 두툼은 하나 건순입술, 말좀 하려면 그리 정하지 못한 웃니가 부질없이 뻔질 드러난다. 설혹 그렇다 치고 한복판에 달린 코나 좀 똑똑히 생겼다면 얼마나 좋겠나. 첫대 눈에 띄는 것이 그 코인데 이렇게 말하면 년의 흉을 보는 것 같지만 썩 잘 보자해도 먼산 바라보는 도야지의 코가 자꾸만 생각이 난다.(319쪽)

아내의 얼굴은 "계집에 환장한 놈"이나 "물커진 눈깔"이라도 예뻐 보이지 않는 얼굴이다. 그리고 전체적으로 정상적인 얼굴이면 높아야 할 부분이 낮고, 낮아야 할 부분이 높은 모양을 하고 있어 위치상 전도된 양상을 드러낸다. 또한 얼굴의 상부에 속하는 이마부터 눈 부위가 '속이 넓다'는 성격상의 특징을 나타낼 때는 긍정적일 수 있으나, "아기자기한 맛이 없다"는 외모상의 특성을 나타낼 때는 부정적이 된다. 이렇게 여자로서 예쁘지 않은 외모를 가졌기 때문에 아내는 남편의 눈치를 살피게 되고, 행위 2에서처럼 남편에게 자신의 얼굴에 대해 반복해서 질문하게 된다. 이렇게 나타난 아내의 신체는 상부보다 하부가 강조되면서 본능적인 이미지가 부각되고 있다. 특히 입은 밥을 먹는 곳이므로, 배나 자궁은 아들을 낳는 곳이므로 중요하다. 그러므로 「아내」에 형상화된 아내의 이미지는 이성적이면서 비생산적인 머리

---

19) 이렇게 상황이 뒤집혀지게 하고 역할을 전도시킴으로써 웃음을 유발할 수 있다.(앙리 베르그송, 김진성 옮김(1989), 『웃음』, 59쪽.)

나 눈보다는 본능적이면서 생산적인 입이나 배, 자궁(생식 기관)이 중시되는 카니발 문학의 신체론을 보여준다.

이러한 카니발적 신체론은 이들 부부가 식량이 모자라는 상황에도 죽을 먹지 않고 밥을 먹는 데서도 확인된다. 특히 '나'보다 '아내'가 밥을 더 많이 먹는 데서 확인된다. "아내의 배는 자식을 낳았기 때문에 늘어졌고, 그 늘어진 배를 채우려면 자식을 낳지 못해 배가 늘어나지 않은 남편보다 더 많이 먹어야 한다"는 논리에 의해 카니발적 신체론을 보여준다. 더군다나 '애 난 배'는 저장·생성의 장소로서 "나중 밥값"인 자식이 들어 있었던 곳이라는 논리는 식욕이 성욕, 즉 생식(生殖)의 문제와 연관되어 인간의 본능적 측면이 긍정되는 것을 보여준다.

행위 5는 아내가 배불리 먹기 위해서 들병이로 나서자는 제안을 하는 것으로 시작되는데, 행위 4와 함께 식욕과 같은 인간의 본능적 측면이 강조되고, 기존의 도덕이나 가치관이 무너지는 양상을 보여준다.

> 그러나 년이 떡국이 농간을 해서 나보담 한결 의뭉스럽다. 아깐 농사를 지어 뭘하느냐, 우리 들병이로 나가자고 딴은 내 주변으로도 생각도 못했던 일이지만 참 훌륭한 생각이다. 밑지는 농사보다도 이밥에 고기에 옷, 마음대로 입고 좀 호강이냐. (중략) 들병이로 나가서 식성대로 밥좀 한바탕 먹어보자는 속이겠지.(323쪽)

아내는 남편보다 밥을 많이 먹었기 때문에 "훌륭한 생각"을 하게 된다. 즉, '식욕'과 '사고력'이 비례하여 밥을 조금 먹는 남편보다 아내의 생각이 더 훌륭하다는 것을 보여준다. 이것은 아내가 '나'보다 우월한 위치에 서 있음을 보여준다. 그런데 이 훌륭한 생각은 아내가 들병이 노릇을 하려는 것으로, 정상적인 기준으로 볼 때는 부도덕하고 바람직하지 않은 생각이다. 그런데도 이들 부부는 '이밥에 고기먹기', '옷을 마음대로 입기' 등의 본능적인 욕구를 해결하기 위해 매춘을 하려고 한다. 이것은 인간의 기본적인 욕구가 해결되지 않은 상황에서는 기존의 도덕이 요구하는 정조(貞操)관념은 무의미하다는 것을 나타냄으로써[20], 전도된 가치관과 삶의 방식을 보여준다. 이상에서 살펴본, 아내와 '나'의 관계가 갖는 변화의 과정은 다음과 같다[21].

시간의 변화	1단계	2단계	3단계
관계의 변화	'나' > 아내	'나' = 아내	'나' < 아내
요인	아내의 얼굴이 못생기다	아내가 미래의 생활을 보장해 줄 아들을 낳다.(임신 및 출산이 가능한 생산적 육체) 반면에 '나'는 임신 및 출산이 불가능한 비생산적인 육체를 가졌다.	① 아내가 아들을 더 낳을 수 있다. ② 아내가 '나'보다 상황 판단을 더 잘하여 현실에 잘 적응한다. a. 아들을 먹여 살릴 걱정을 하다. b. 들병이로 나설 생각을 하다. ③ 아내가 '나'도 부르지 못하는 신식 창가를 배워오다.

전통적인 가부장적 사회에서는 남성이 '우월한(上)' 위치에서 '열등한(下)' 위치에 있는 여성을 억압하고 지배해왔다. 그러나 김유정의 「아내」에서는 임신과 출산, 현실 적응력 등에 의해 '열등한(下)' 위치에 있던 아내의 위치가 격상되고, '우월한(上)' 위치에 있던 '나'의 위치가 격하되는 카니발적 세계를 보여준다. 즉, 기존의 관념상 인정되어 왔던 위계 질서가 전도된 형태를 보여주는 것이다. 이렇게 전도된 인물간의 관계는 '나'의 아내에 대한 이

---

20) 공식적 이데올로기의 해체는 무엇보다도 인간 행동의 성적인 영역에 반영된다. 성적인 영역은 비사회적이고 반사회적인 힘들을 축적하는 핵심이 되기 때문이다. 성적인 영역이 갖는 반사회성에 대해 푸코는, 19세기 이래로 성에 대해 개방적이고 옹호적으로 말하는 것은 그 자체가 억압에 대한 공격, 기존의 권력에 대한 부정을 의미한다고 한다.(드레피스·라비노우, 서우석 옮김(1989), 『미셀푸코: 구조주의와 해석학을 넘어서』, 나남, 199쪽.)
21) 김미현(1990), 「김유정 소설의 카니발적 구조 연구」, 이화여자대학교 대학원 석사학위논문, 34쪽.

중적 태도를 보여준다. 즉, 아내에 대한 '나'의 평가가 긍정적 것과 부정적인 것이 반복되고 교체되는 양상을 보이는 것이다. 이러한 양상은 역동적인 구조를 갖는데, 이를 표로 정리하면 다음과 같다[22].

아내의 요소		부정적 측면	긍정적 측면
1. 외모		예쁘지 않다.	1) 마음이 넓다. 2) 군서방을 얻어 바람날 염려가 없다.
2. 행위	1) 밥을 많이 먹다.	식량이 부족하다.	1) 아들을 낳는다(늙어서의 생활보장) 2) 사고가 깊다(식욕=사고력)
	2) 들병이로 나설 생각을 하다.	1) 못생긴 얼굴이라 남자들이 좋아하지 않을 수 있다. 2) 아들을 잘 보살피지 않는다. 3) 딴서방을 얻어 달아나기 쉽다.(뭉태와의 일)	1) 실컷 잘 먹을 수 있다. 2) 성의가 있어 열심히 노력한다.
3. '나'와의 관계		불화	화해

결국 김유정의 「아내」는 인물의 층위에서 '우월한' 위치에 있던 남편이 '열등한' 위치에 있던 아내와 역할이 전도되어 실체적 층위가 아닌 상상적 층위에서 부정적 현실을 극복하려는 카니발적 세계관을 보여주고 있다고 할 수 있다. 이것은 '아내'와 '나'의 인물 관계가 이성보다는 감성이나 얼굴, 지성보다는 식욕이나 신체를 강조하는 카니발적 세계관에 의해 전도되었기 때문이다. 따라서 학습자가 이 소설에 대한 정당한 이해와 평가를 하기 위해서는 이 소설에 형상화된 카니발적 세계를 단순히 수용하기보다는, 이 소설에 대한 이해를 바탕으로 자기 삶에 대한 성찰을 할 필요가 있다. 자기 삶에 대한 성찰을 통해 보다 풍부한 텍스트 의미화를 실현할 수 있기 때문이다.

---

22) 김미현(1990), 앞의 논문, 35쪽.

3. 학습자의 소설 읽기와 자기 형성적 주체 함양

가. 자기 성찰을 위한 소설 읽기

소설 교육에서 학습자는 소설 담론이 갖는 진리의 초석을 발견하는 것이 아니라, 소설 담론에 대한 자신의 수용이 또 하나의 담론적 실천임을 인식해야 한다. 즉, 다른 학습자들이 예전에 이루었던 수용보다 훨씬 더 다양하고 복합적인 색조를 가진 수용 담론을 창안하는 것을 그 목표로 삼아야 한다. 따라서 학습자는 소설 텍스트가 갖는 어떤 규준(norm)에 의해 텍스트와 소통할 것이 아니라, 텍스트와의 대화적 소통을 통해 다양한 수용 양상들을 실천해 나가야 한다. 즉, 학습자가 중립적으로 소설 텍스트의 가치 혹은 유용성을 논할 것이 아니라, 소통 맥락에 맞는 가치 평가[23]를 해야 할 것이다. 학습자의 가치 평가는 소설 텍스트의 객관성에 기초한 것이 아니라, 학습자의 대화적 소통 능력에 따라 자의적인 양상을 보인다. 따라서 학습자로 하여금 어떤 정해진 규준에 따라 소설 텍스트에 대한 이해[24]와 평가를 하도록 강요하는 것은 아무 것도 없다고 할 수 있다.

일반적으로 소설 텍스트에 대한 학습자의 이해와 수용은 소설 텍스트에

---

[23] '가치 평가'는 '판단'의 행위에 속한다. '인식'이 객관적 대상에 대한 주체의 지각적 이해(understanding)를 뜻한다면, '판단'은 인식의 결과에 따른 주체의 해석(interpretation)과 평가(evaluation)의 단계까지를 의미한다.

[24] 이해의 주체는 텍스트의 의미를 풍부하게 할 의무가 있다. 이해의 주체 또한 창조자이기 때문이다. 이해는 보통 두 단계로 이루어진다. 첫째는, 작가가 이해한 방식으로, 작가 이해의 한계를 벗어나지 않으면서 텍스트를 이해하는 일이다. 둘째는 이해자(독자)가 갖는 시간적·문화적인 외재성을 사용하여, 이해 자신의 맥락 속에 텍스트를 위치시키는 것이다. 따라서 "창조적인 이해는 자아, 시간 속의 자아의 위치, 자아의 문화를 거부하지 않으며, 아무 것도 잊지 않는다. 이해의 큰 관건은 이해하는 주체가 그 자신이 창조적으로 이해하고자 하는 것에 대해 취하는 시간, 공간, 문화에서의 외재성이다. (중략) 인간의 진정한 외양은 다른 사람들에 의해서 관찰되고 이해될 때에만, 그들의 외재성의 도움으로 그들이 타자라는 사실에 의해서만 가능하다."(츠베탕 토도로프, 최현무 옮김(1987), 앞의 책, 152쪽에서 재인용.)

내재된 문학적 지식, 주제, 가치 등을 선택하고 이를 자신의 상황 맥락에 적용하는 것으로 인식되고 있다. 그러나 이러한 관점은 바흐친에 논의에 의하면 단성적인 것이다. 소설 텍스트에 내재된 문학적 지식, 주제, 가치 등은 작가에 의해 선택된 특별한 문학적 규범에 따른 것이기 때문에, 학습자의 상황 맥락과는 거리가 있기 때문이다. 또한 작가의 의해 선택된 규범의 틀은 인위적인 단성성을 지향하기 때문이기도 하다. 따라서 소설 텍스트에 대한 학습자의 응답성은 '사건(the event)'의 관점25)에서 접근될 필요가 있다. 학습자의 소설 읽기는 단순히 텍스트의 의미를 발견하기 위한 것이 아니라, 학습자의 개인적 경험과 예상에 따라 해석하는 의미 형성의 사건이기 때문이다. 소설 읽기 과정에서 학습자가 형성하는 의미는 추상적 개념이나 사전적 한정으로부터 나오지 않고, 삶의 경험에 의한 참조 틀(frame of reference)에서 나오기 때문이다.26)

이러한 소설 읽기를 위해 필요한 형태의 학습자는 진리를 추구하는 논리적이고 객관적인 존재자가 아니라, 헤럴드 블룸이 말했던 '대담한 시인'이 되어야 한다. 즉, 비평적이고 주체적으로 소설을 읽어내는 학습자가 되어야 한다.27) 학습자는 계몽주의적 합리성을 추구하는 것이 아니라, 소설 담론과

---

25) 사건의 관점에서 볼 때, 소설 텍스트는 학습자의 소통 능력에 의해 해석되고 소통된 세계로 나타나기에 고유의 소통체가 되며, 학습자가 소유하고 있는 소통 능력과 부합되는 면모를 드러내게 된다. 롤프 그리밍거(R. Grimminger)는 작가와 독자 사이의 소통 구조를 메시지의 중개물인 텍스트를 통한 대화사건(speech event)으로 설명한다.(Robert C. Holub, *Reception Theory: A Critical Introduction*, 최상규 역(1999), 『수용미학의 이론』, 예림기획, 156-157쪽.) 대화 사건으로서의 문학 소통은 작가와 독자의 직접적인 상호 작용이 아니라 텍스트를 중개로 한 간접적인 형식을 취한다. 작가는 텍스트를 읽으면서 자신의 원래 의도와 텍스트에 객관화된 의미를 비교해 보고, 자신의 소통 회로를 참조해서 텍스트의 의미에 변경을 가한다. 그리고 독자는 텍스트에 대한 해석과 이해를 통해 텍스트와 상호 작용하는 '심리적 사건'을 경험한다.
26) Martin Nystrand et al(1997), op.cit., pp.19-24참조.
27) 비평적이고 주체적인 소설 읽기를 통해 학습자는 스스로를 변형시킬 가능성을 갖게 된다. Langer(1957)에 따르면, 실제 세계에서의 직접적 행동과 연결되지 않는 생생한 소설

대화적으로 소통하는 소설 읽기가 소설 담론에 전제되어 있는 철학적 정초(절대적 진리)보다 중요함을 인식해야 한다. 학습자가 소설 담론과 대화적으로 소통하는 과정들을 소설 교육 현상의 여러 양상들 중의 하나이기에, 학습자의 소통은 절대적 합리성이나 철학적 정초를 전제하지도 않는다. 학습자는 자발적인 문학 체험을 통해 소설 텍스트와 대화적으로 소통한다. 이를 통해 학습자는 '심열성복(心悅誠服)'28)하는 심미성을 갖는다. 이러한 심열성복적 심미 체험은, 학습자가 기존의 심미성과 새로이 형성된 심미성을 상대적으로 대비하게 하여 학습자의 상향적인 심미 체험을 가능하게 하고 자기 형성적 주체로 성장하게 한다. 소설 텍스트에 대한 학습자의 수용이 갖는 이러한 심열성복성은 학습자의 수용이 본질적으로 갖는 대화적 소통 관계를 유발한다. 학습자는 어떤 소설 텍스트에 대한 다른 학습자 혹은 교사의 수용을 그대로 답습하는 것이 아니라, 다른 사람들의 수용을 바탕으로 자신의 고유한 수용을 하는 '수용의 다성성'를 갖는다. 즉, 학습자는 소설 텍스트에 대해 새로운 형태의 문화적 삶, 즉 새로운 해석 방식을 창안하는 것이다. 학습자가 새로 창안한 해석 방식은 동료 학습자나 문학 교사, 혹은 학습자 자신이 과거에 했던 해석 방식들과 비교해 보아야만 그 유용성이 설명될 수 있다.

앞에서 살펴본 바와 같이 김유정의 「아내」는 인물의 층위에서 '우월한'

읽기 경험을 통해 학습자는 실제 세계에서의 경험을 통해 얻을 수 없는 반성적 사고의 기회를 갖게 된다. 학습자는 비평적 읽기를 통해 텍스트를 경험하고, 작중인물들의 삶을 평가하고, 이를 통해 자신의 삶을 반성할 수 있기 때문이다.(Ed. Taffy E. Raphael & Kathryn H. Au(1996), op.cit., p.3.)

28) 心悅誠服은 『맹자(孟子)』에 나오는 '덕으로써 사람들을 따르게 하면, 그들은 마음 속에서 우러나오는 진심과 기쁨을 가지고 복종한다'(以德服者 中心悅而誠服也, 公孫丑章句)는 구절에서 나온 말이다. 본고에서 의미하는 심열성복은 학습자가 통상적인 이해·수용의 개념 체계 등에 의해서가 아니라, 텍스트에 대한 심미성을 학습자가 진정으로 체험으로써 자기 형성적 주체로 성장할 수 있다는 뜻이다.(엄태동(1998), 『교육적 인식론 탐구: 인식론의 딜레마와 교육』, 교육과학사, 349쪽 참조.)

위치에 있던 남편이 '열등한' 위치에 있던 아내와 역할이 전도되는 카니발적 담론 구조를 보여주고 있다. 따라서 학습자가 이러한 카니발적 담론 구조를 읽고, 이해하고 해석하기 위해서는 소설 담론에 형상화된 카니발적 세계관이 자신의 삶에 어떤 의미가 있는지를 성찰할 필요가 있다. 학습자의 소설 읽기는 소설 담론에 대한 이해와 해석을 바탕으로 자신의 삶을 성찰하고, 새로운 자기를 형성하는 윤리적인 실천 과정이라고 할 수 있기 때문이다.

> 허지만 계집이 낯짝이 이뻐 맛이냐 제길할 황소같은 아들만 줄대 잘 빠져 놓으면 고만이지. 사실 우리 같은 놈은, 늙어서 자식까지 없다면 꼭 굶어 죽을 밖에 별 도리가 없다. 가진 땅 없어, 몸 못써 일 못하여, 이걸 누가 열쳤다고 그냥 먹여 줄테냐. 하니까 내 말이 이왕 젊어서 되는대로 자꾸 자식이나 쌓두자 하는 것이지. (중략) 년이 나에게 되지 않는 큰 체를 하게 된 것도 결국 이 자식을 낳았기 때문이다. 전에야 그 상판대길 가지고 어딜 끽소리나 제법 했으랴.(319쪽)

위의 예문에서 아내는 못생긴 얼굴 때문에 '나'의 눈치를 살피다가 아들 '똘똘이'를 낳고 나서는 '큰 체'를 하게 된다. 그 이유는 늙어서 땅도 없고 일도 못하게 될 때, 아들이 자신을 먹여 살려 줄 수 있기 때문이다. 즉, '아들'은 자신의 미래를 긍정적이게 만드는 구실을 하는 것이다. 이러한 아내의 생각은 현재보다 나은 미래를 꿈꾸는 희망적인 세계관을 드러내면서, 신체의 상부(얼굴)보다는 하부(자궁)를 강조하는 카니발적 신체의 특성을 나타낸다. 따라서 위의 예문을 읽을 때 학습자는 카니발적 신체의 형상화 양상이 어떠한지, 이것들이 학습자 자신의 삶과 어떤 관련이 있는지를 이해할 필요가 있다. 이러한 이해를 바탕으로 현실 세계에서 보다 나은 신체의 이미지가 무엇인지를 판단할 수 있기 때문이다.

아내는 아들을 낳음으로써 위치가 격상되어 결국은 '나'(남편)와 동등하게 된다. 따라서 아내는 남편의 눈치를 보지 않아도 되고, 남편에게 욕을 할 수도 있게 된다. 이러한 상황에서는 서로의 호칭이 대등하게 나타난다.

<남편>　－　<아내>

이년　－　이놈

너(나)　－　나(너)

따라서 앞의 예문을 읽을 때 학습자는 아내의 위치가 격상되어 남편과 동등하게 되는 과정을 인식함으로써, 아내와 남편의 새로운 관계에 대한 가치 평가를 할 수 있어야 한다. 이러한 가치 평가를 통해 남편과 동등하게 된 아내의 위치가 이 소설에서 어떤 역할을 하고, 이 역할이 소설 담론을 어떻게 끌고 가는지를 이해할 수 있을 것이다. 또한 이러한 이해를 바탕으로 실제 세계에서 타자와 자신의 신체적 관계를 성찰할 수 있을 것이다.

> "그래, 내 너 이뻐할께 자식이나 대구 내봐라."
> "먹이지도 못할 걸 자꾸 나 멀하게. 굶겨 죽일랴구?"
> "아 이년하! 꿔다 먹이진 못하니?" 하고 소리를 빽 지르나 딴은 뒤가 켕긴다. 더끄더끔 모아 두었다가 먹이지도 못하면 그러 어떻게 하나. (중략)
> 이런 걸 보면 년이 나보담 소견이 된 것을 알 수 있겠다.(322쪽)

위의 예문에서는 아내의 위치가 더욱 격상되어 남편보다 우월한 위치에 있음을 보여준다. 남편은 아내에게 "끔찍한 보물"인 자식을 많이 낳아 달라고 하지만 아내는 먹이지 못할 것을 걱정하여 반대한다. 아내의 이러한 반대는 부정적 현실('가난')을 표면화하면서, 이 현실에 대응하지 못하는 남편의 열등성을 드러낸다. 따라서 위의 예문을 읽을 때 학습자는 부정적인 현실을 놓고 상황 판단을 잘 하는 '아내'와 잘 못하는 '나' 사이에 우열 관계가 역전

되고 있음을 인식하고, 이러한 우열 관계의 역전 이유가 무엇인지를 파악하고, 이것이 이 소설의 담론을 어떻게 형상화하고 있는지를 이해할 필요가 있다. 그래야만 이 소설이 형상화하고 있는 카니발적 세계관에 대한 온당한 이해와 평가를 하여, 자기 성찰을 할 수 있기 때문이다.

> (전략) 구구루 주는 밥이나 얻어먹고 몸성히 있다가 연해 자식이나 쏟아라. 뭐 많이도 말고 굴대 같은 아들로만 한 열 다섯이면 족하지. 가만있자 한 놈이 일 년에 벼 열 섬씩만 번다면 열 다섯 섬이니까 일백 오십 섬. 한 섬에 더도 말고 십원 한 장씩만 받는다면 죄다 일천 오백 원, 일천 오백 원, 사실 일천 오백 원이면 어이구 이건 참 너무 많구나, 그런줄 몰랐더니 이 년이 뱃속에 일천 오백 원을 지니고 있으니까 아무렇게 따져도 나보담은 낫지 않은가.(328쪽)

위의 예문에서 '나'는 아내보다 열등한 위치로 인하여 현실에서의 무능함을 공상으로 해소하려는 욕망을 드러낸다. '나'는 태어나지도 않은 자식을 돈으로 환산하여 행복한 꿈에 젖는다. '나'의 공상에서 아내의 몸은 미래의 안정된 생활을 보장해 주는 '일천 오백 원'을 담고 있는 신체로서의 역할을 한다[29]. 따라서 자식을 낳을 수 있는 '아내'가 불임의 '나'보다 더 우월한 위치를 갖게 된다. 그런데 실제로 아내가 열 다섯 명이나 되는 자식을 낳을 수 있을지, 또 그 자식들이 모두 일년에 벼 열 섬씩을 벌어들일 수 있을지 보장할 수 없는데도 불구하고 '나'는 불가능한 것을 계산한다. 이러한 '나'의 계산은 생각이 모자라는 인물의 단순한 사고에서 나온 것, 즉 바보스런 인물이 상황을 극복하기 위해 나름대로의 해결책을 제시한 것이라고 할 수 있다.

---

29) 노이만(E. Neumann)은 '여성=신체=용기(vessel)'의 상징을 통해, 여성의 특징을 보호, 자양, 탄생으로 파악한 바 있다.(E. Neumann(1963), *The Great Mother*, Princeston U.P., 39쪽.)

그러나 '나'는 겉으로 보기에는 모자라는 생각을 하는 '바보'같지만, 부정적 현실을 긍정적으로 바라보려는 카니발적인 계산을 함으로써 '바보 아닌 바보'가 된다. 따라서 학습자가 '나'의 '바보 아닌 바보'를 이해하고 평가하기 위해서는 부정적 현실을 긍정적으로 바라보는 카니발적 계산의 의미와 역할을 해석하고 평가할 필요가 있다. 이러한 해석과 평가를 통해 학습자는 김유정의 「아내」에 형상화된 카니발적 담론이 부정적 현실을 해학적으로 해결하려는 긍정적 의도를 갖고 있음을 이해할 수 있을 것이다.

> "이봐! 내 얼굴이 요즘 좀 나지지 않어?"
> "그래 좀 난 것같다."
> "아니 정말 해봐"하고 이년이 팔때기를 꼬집고 바싹바싹 들어덤빈다. 년이 능글차서 나쯤은 좋도록 대답해주려니 하고 아주 탁 믿고 묻는 게렷다. 정말 본대로 말할 사람이면 제가 겁이 나서 감히 묻지도 못한다. 짐짓 이뻐졌다, 하고 나도 능청을 좀 부리면 년이 좋아서 요새 분때를 자주 밀었으니까 좀 나졌겠지, 하고 (중략) 망할 년, 밉다는 게 그렇게 진저리가 나면 아주 면사포를 쓰고 다니지 그래.(325-326쪽)

위의 예문은 아내가 들병이로 나설 결심을 한 후의 상황이 제시되어 있다. 들병이로 나설 때 문제가 되는 것은 못 생긴 자신의 얼굴임을 안 아내는 '분때'를 자주 민다. 분 때를 자주 밀었으니 예뻐졌을 것이라고 생각한 아내는 남편에게 긍정적인 대답을 기대하며 자신의 얼굴에 대해 묻는다. 이 질문에 대해 남편은 "짐짓 이뻐졌다"고 대답을 한다. 그러나 속으로는 못 생긴 얼굴이 마음에 걸리면 아예 면사포를 쓰고 다니라고 아내에게 욕을 함으로써 겉과 속이 다른 이중성을 통해 웃음을 유발한다. 그런데 이렇게 못생긴 아내의 얼굴이 나중에는 "돈있는 놈 군서방 해가"지 못하게 하는 요소로 작용함을 알고는 오히려 불행 중 다행으로 느낀다. 즉, 아내의 못생긴 얼굴이 처음에는 부정적으로 평가되다가 나중에 긍정적으로 평가되는 역전 현상을 보이는 것이다. 따라서 위의 예문을 평가하기 위해서 학습자는 아내의 못 생긴 얼굴이 '나'에게 점차 긍정적으로 평가되는 상황의 해학성과 이 해학성이 소설에서 어떤 역할을 하는지를 이해하고, 이것들이 학습자 자신의 삶에 어떤 의미가 있는지를 인식할 필요가 있다. 아내의 못 생긴 얼굴을 점차 긍정적으로 인식하게 된 '나'는 '가난'의 해소를 위해, 들병이로 나서자는 아내의 제의에 따라 아내에게 소리를 가르친다.

(1) 내가 밤에 집에 들어오면 년을 앞에 앉히고 소리를 가르치겠다. 우선 내가 무릎장단을 치며 아리랑타령을 한번 부르는구나. 아리랑 아리랑 아라리요, 춘천아 봄의 산아 잘 있거라, 신연강 배타면 하직이라. 산골의 계집이면 강원도 아리랑쯤은 곧잘 하련만 년은 그것도 못 배웠다. (중략) 나는 노래를 가르치는데 이 망할년은 소설책을 읽고 앉았으니 어떡하냐.(177쪽)

(2)그래도 하나 기특한 것은 년이 성의는 있단 말이지. (중략) 날이라도 틈만 있으면 저 혼자서 노래를 연습하는구나.(324쪽)

(3) 며칠 후에는 년이 시체창가 하나를 배가주왔다. 화로를 끼고 앉아서 그 전을 두드리며 네보란 듯이 자랑스럽게 하는 것이 아닌가. 피었네, 피었네, 연꽃이 피었네, 피었다구 하였더니 볼동안에 옴쳤네. 대체 이걸 어디서 배웠을까? 애 이년 참 나보담 수단이 좋구나, 하고 나는 퍽 감탄하였다.(325쪽)

위의 예문들은 아내가 소리를 배우는 장면을 보여주고 있다. 즉, 무슨 수단을 쓰더라도 현실의 참담한 생활로부터 벗어나기 위해 생각한 '들병이 되기'는 먼저 노래 연습을 통해서 우스꽝스럽게 제시된다. 그런데 예문 (1)처럼 아내가 노래를 잘 부르지 못하는 것은 못생긴 얼굴과 함께 들병이가 되는 데에 부정적인 요소로 작용한다. 즉, 남편은 노래를 가르치는데 아내는 소설책을 읽고 있고, 아내가 못 하니까 남편만 자꾸 노래를 부르게 되어 결국 노래를 가르치던 남편이 거꾸로 배우는 것처럼 된다. 그러므로 여기서는 '노래하다 → 소설 읽다', '가르치는 사람 → 배우는 사람'으로 각기 그 기능과 역할이 전도된 양상을 보여준다. 그러나 예문(2)와 (3)에서, 아내는 노래를 배우는 데에 성의가 있어 혼자서도 노래 연습을 하고 남편이 가르쳐 주지 못한 신식 창가도 배워온다. 이는 "얘 이년 참 나보담 수단이 좋구나"에서 알 수 있듯이 '나'보다 우위에 있는 아내의 위치를 보여준다. 그리고 위의 예문들에서는 작중인물이자 서술자인 '나'가 독자에게 직접 말을 건네는 대화체가 제시되고 있는데, 이 대화체는 학습자가 소설 텍스트에 적극적으로 참여하도록 유도하는 서사적 장치 역할을 한다. 또한 '-겠다, -는구나, -이라' 등과 같은 판소리체 어투는 텍스트에 대한 학습자의 소통을 촉진하는 역할을 한다. 따라서 위의 예문들을 이해하고 평가하기 위해서 학습자는 서술자와의 대화적 소통을 하고, 이 소통을 통해 이 소설이 궁극적으로 지향하는 인물간의 관계 역전 현상과 이 이면에 깔린 부정적 현실('가난')의 긍정적 해소 양상을 읽어낼 필요가 있다.

들병이로 나선 아내의 역할은 '나'에게 다시 한번 상황 파악의 역전을 제공한다. 즉, 들병이로 나선 아내가 '뭉태'놈과 술을 먹고 노닥거리는 모습을 보면서, '나'는 해학적 공상에서 깨어나 진정한 삶의 현실을 깨닫게 되는 것이다.

> 이런 기맥을 알고 년을 농락 해먹은 놈이 요아래 사는 뭉태놈이다. (중략) 들병이로 나갈려면 우선 술파는 경험도 해봐야 하니까, 하는 바람에 년이 솔깃해서 덜렁덜렁 따라나섰겠지. 집안을 망할 년. (중략) 년의 꼴 봐하니 행실은 예전에 글렀다. 이년하고 들병이로 나갔다가는 넉넉히 나는 한 옆에 재워놓고 딴 서방 차고 달아날 년이다.(327쪽)

위의 예문에 나타나는 아내의 행동은 들병이가 되기 위해서는 필요한 행동이다. 그런데 이 행동은 들병이가 되고 나서 남편과의 사랑에 금이 갈 경우에는 부정적 요소로 작용하는 이중성을 내포하고 있다. 즉, '술파는 경험' 그 자체는 긍정적인 요소이지만, 그것이 "딴 서방 차고 달아날" 일이 된다면 부정적인 요소가 되는 것이다. 이를 인식한 '나'는 아내에게 들병이로 나가지 말고 자식이나 많이 낳아 달라고 요구하게 된다. 그러므로 학습자는 자식을 많이 낳을 수 있는 아내의 몸 자체가 훨씬 현실적으로 중요하고, 이 과정에서 '나'와 아내의 관계가 역전되는 카니발적 세계를 인정하게 된다. 이를 이해하고 평가하기 위해서 학습자는 텍스트 수용을 비평적 글쓰기로 표현할 필요가 있다. 소설 읽기란 작품과 학습자가 상호 소통하는 과정 속에 진행되는 사고 과정이라고 할 수 있다. 작품과 학습자가 상호 소통하는 과정으로, 소설 작품의 의미가 구성되기 때문이다.

학습자는 소설 텍스트와 대화적 소통 관계를 형성하고, 이를 통해 자신의 의식 내부에 텍스트와의 끊임없는 소통 작용을 하는 응답성(answerability)을 지향한다[30]. 학습자의 응답성은 텍스트에 대한 학습자의 윤리적인 실천의 문제와 관련된다. 학습자의 응답성은 소설 담론이 갖는 소통 구조를 찾아내고, 소설 담론의 구성 원리들을 학습자 자신의 상황 맥락에 따라 대화적으로 소통하는 윤리적 실천의 문제이기 때문이다. 따라서 이러한 윤리적 실천을 위해 학습자는 자신의 이해를 글로 표현할 필요가 있다.

---

[30] 소설 텍스트에 대한 학습자의 이해를 의사 소통적 상호작용 속에서의 응답성으로 논의한 사람으로는 kent와 cooper를 들 수 있다.(Thomas Kent, "Hermeneutics and Genre: Bakhtin and the Problem of communicative Interaction", ed. Frank Farmer(1998), *Landmark Essays: On Bakhtin Rhetoric and Writing*, New Jersey: Lawrence Erlbaum Associates, Inc, pp.34-36 참조./ Marilyn M. Cooper(1998), "Dialogic Learning Across Disciplines", Ibid, pp.83-91 참조)

나. 자기 형성을 위한 비평적 글쓰기

학습자의 소설 읽기는 자기 스스로 텍스트에 접근할 수 있는 통로를 마련하는 것으로, 이에는 학습자의 비평적이고 주체적인 읽기 태도가 필요하다. 소설 텍스트를 주체적으로 읽은 일은 텍스트를 읽어 나가는 과정에서 끊임없이 의문을 던지고(비판적 사고-반성적 회의), 그 의문들을 스스로 해결할 때 가능하다. 그런데 이런 읽기를 위해선 학습자가 자신의 텍스트 수용을 종합적으로 사고할 수 있는 글쓰기(표현 활동)가 필요하다. 글쓰기는 텍스트 이해와 평가를 통해 궁극적으로 자기 성찰을 가능하게 하기 때문이다. 따라서 소설 작품에 대한 보다 풍부한 수용과 자기 성찰을 위해 학습자는 텍스트 수용을 글로 표현하는 활동을 할 필요가 있다. 이러한 글쓰기는 '비평적 에세이(critical essay)'의 형태로 형상화될 수 있을 것이다.

소설 교육에서 학습자는 소설 텍스트를 읽고 감상하는 행위를 통해, 텍스트의 담론의 주체적으로 수용함으로써 텍스트의 담론을 새로이 생산한다. 학습자는 주체적인 소설 텍스트 수용과 이해에 대한 표현 행위를 하기 때문이다. 그러므로 학습자의 텍스트 이해와 표현 행위는 별개의 활동이 아니라 상호 보완적인 활동이라고 할 수 있을 것이다. 보다 심오한 이해를 위해서는 이해의 내용을 글로 표현하는 과정이 필요하고, 질적인 표현 활동을 위해선 수준 높은 텍스트 이해가 필수적이기 때문이다. 이러한 측면을 문학 교육의 순환성(循環性)[31]이라 할 수 있을 것이다.

비평적 에세이는 소설 텍스트 수용의 결과로서보다는 과정으로서 활용될 필요가 있다. 학습자의 소설 텍스트 수용은 어떤 단계를 거쳐 이루어질 수 없고, 뚜렷한 답이 있는 것도 아니며, 수용의 과정의 얼마나 심오하고 풍부한가가 보다 중요하기 때문이다. 흔히 소설 텍스트에 대한 비평적 글쓰기는

---

31) 류덕제(2001), 앞의 글, 283쪽.

감상이 이루어진 연후에 그것을 글로 표현하는 것으로 여겨져 왔다[32]. 그러나 이러한 글쓰기는 학습자 텍스트 수용 과정에서 부단히 갖게 되는 다양한 수용의 양상을 드러내기보다는 일정한 길에 도달하기 위한 수용의 모습을 드러냄으로써 학습자의 풍부한 텍스트 수용 양상을 간과하는 한계를 갖는다. 즉, 학습자가 텍스트를 읽어 낸 맥락과는 다른 맥락의 내용을 쓰게 되는 경우가 많은 것이다. 따라서 학습자는 텍스트를 읽어나가는 과정에서 단계마다 또는 수용 맥락에 맞게 텍스트의 내용에 대한 자신의 생각을 글로 표현하면서 텍스트 수용을 할 필요가 있다. 이를 위해서는 텍스트의 내용에 대한 '동일시와 비동일시'가 필요하다. 텍스트의 내용에 대한 '동일시와 비동일시'를 통해 학습자는 텍스트를 비평적이고 주체적으로 수용할 수 있기 때문이다.

학습자는 텍스트를 주체적으로 수용하고, 주체적인 수용의 양상을 표현할 수 있는데, 제 7차 교육과정에는 창작 교육에 대한 내용 진술이 이루어지고 있다. 교육과정 상에 창작 교육에 대한 진술이 포함되게 된 것은 창작교육에 대한 재개념화가 어느 정도 합의되었기 때문[33]이라고 할 수 있다. 천재적 재능을 가진 작가들만이 문학적 창작을 할 수 있다는 낭만주의적 사고에서 벗어나, 문학 창작을 서사적 삶을 살아가는 인간의 자기 서술의 일종으로 간주하는 관점에 의해 창작 교육에 대한 재개념화가 이루어질 수 있었다. 이러한 재개념화에 의해 창작 교육은 문학 작품의 심층적 감상을 돕기 위한 것임을 교육과정상에 명시하고 있다.

특히, 문학의 창작 지도에서는 개작, 모작, 생활 서정의 표현 등 작품의

---

32) 김동환(1999), 앞의 논문, 56쪽.
33) 류덕제(2001), 「소설 창작교육의 방안과 전망」, 문학과문학교육연구소(2001), 앞의 책, 281-282쪽.

심층적 감상을 돕는 학습 활동을 강조한다.(제7차 교육과정 국어 과목 '나.
교수 - 학습 방법')

사. 작품의 창작 활동은 처음부터 높은 수준을 요구하지 말고 학습자의
요구에 따라 개작, 모작, 생활 서정의 표현과 서사문 쓰기 등의 단계를 거
치되, 자신의 삶과 밀접하게 연관지어 지도한다. 특히, 모든 학습자에게 전
문적인 문예 작품 창작 활동을 지나치게 강조하지 않는다.(제 7차 교육과
정 문학 과목 '4. 교수 - 학습 방법')

교육과정에 나타난 창작 지도는 심층적인 감상을 가능하게 하자는 의도
를 갖는 것으로, 이것은 전문적인 작품 창작을 목표로 하지 않는다. 창작이
수준 높은 작품 창작을 지향하는 것이 아니라 문학적인 표현을 사용하여 말
하거나 글을 쓰는 것, 문학에 관해서 자기의 의견을 피력하는 것 등을 포함
하는 것이다.[34] 창작 교육을 이런 관점에서 보는 것은, 창작을 '창조적인 언
어 활동 전반'[35]으로 보거나 '언어의 문학적인 표현 방법으로 확대하여 재
개념화'[36]하는 것이다.

창작 교육의 재개념화는 문학교육에서 창작 교육을 가능하게 하는 발판
이 된다. 또한 삶으로서의 서사에서 자기 서술을 질적 수준이 아닌 자기 욕
망의 발현이라는 수준에서 가능하게 한다. 그러나 창작 교육은 목적이나 필
요성을 선언적으로 강조하는 데서 그치는 것이 아닌 실천의 문제이다. 따라
서 보다 구체적인 실천의 방법이 필요하다. 이를 위해 본고에서는 대상 텍스
트에 대한 읽기를 바탕으로 한 비평적 글쓰기로서의 창작 교육의 방법을
'과정' 중심으로 모색하고자 한다.

---

34) 이인제 외(1997), 『제7차 국어과 교육과정 개발 연구』, 한국교육개발원 교육과정개발연
구위원회.
35) 우한용(1998), 「창작교육의 이념과 지향」, 『문학교육학』 제2호, 한국문학교육학회.
36) 정구향·최미숙(1999), 「제7차 국어과 교육과정과 창작교육」, 『국어교육』100호, 한국국어
교육연구회.

창작 교육을 위해서는 구체적인 실천의 방법이 모색되어야 하는데, 이를 위해서는 화자와 등장 인물의 특성, 사건, 줄거리 등을 모방하거나 변형하는 글쓰기가 있을 수 있다. 즉, 개작과 첨작의 단계, 작가의 아이디어를 활용한 글쓰기 등이 있을 수 있다. 이러한 창작 교육은 학습자의 문학 능력을 증진시켜, 학습자가 자신의 삶에 대한 자기 성찰을 하고, 이를 바탕을 새로이 자기를 형성할 수 있게 할 것이다. 과정 중심 접근법에 의한 소설 창작의 절차는 다음과 같다[37].

1) 작품의 일부분이나 구성 요소를 모방하여 소설 창작하기

이 활동은 화자, 작중 인물, 줄거리, 시점 등을 모방해서 쓰는 활동이다. 이 활동은 가장 낮은 수준에서의 소설 창작으로 화자의 신분, 지위, 역할, 입장 등을 고려하여 어조, 태도, 관점 등을 모방하여 쓰기, 작중인물의 성격, 특성 등을 모방하여 쓰기, 작품의 줄거리를 모방하여 쓰기 등이 있을 수 있다.

2) 소설의 내용을 변형·첨가하여 창작하기

이 활동은 작품의 요소를 변형시키는 활동과 작품에 새로운 내용을 첨가하는 활동들로 이루어진다. 즉, 개작과 첨작 활동이 주로 이루어진다. 이 활동은 자기 형성적 주체 함양을 위한 소설 창작 교육의 중간 단계에 해당된

---

37) 본고가 상정한 과정 중심 소설 창작교육의 단계들은 일반적인 쓰기 과정과는 다소 다르다. 일반적인 쓰기 과정이 '계획하기-내용 생성하기-내용 조직하기 - 고쳐 쓰기'로 이루어지는데 비해, 본고가 강조하는 단계들은 소설 작품의 내용에 대한 이해를 바탕으로 '모방하여 쓰기-변형하여 쓰기-아이디어 활용하여 쓰기' 등으로 나뉜다. 이처럼 본고가 상정하는 소설 창작의 과정이 일반적인 쓰기 과정과 다른 것은 소설 창작하기와 설명적 혹은 설득적 글을 쓰는 양상이 다르기 때문이다. 따라서 본고의 관점과 일반적인 쓰기 교육에서 강조하는 쓰기 과정은 어느 것이 보다 효과적이라는 측면보다는 교수 - 학습 방법의 차이에서 비롯되는 것으로 이해되어야 할 것이다.

다. 여기에는 이야기의 구성 요소(인물, 사건, 배경, 줄거리, 시점 등) 바꿔 쓰기, 허구적으로 작품의 내용 이어 쓰기, 작품의 상황 맥락 바꿔 쓰기 등이 있을 수 있다. 이 활동은 학습자가 소설 작품의 내용에 대한 이해를 바탕으로, 이를 자기 삶과 관련지어 변형하는 것이다.

3) 작품의 아이디어를 활용하여 소설 창작하기

이 활동은 작품을 모방하거나 내용을 첨가하는 차원보다는 작품의 아이디어를 활용해서 새로운 소설 창작을 하는 것이다. 가령, 작품의 주제, 사건 등을 자신의 경험에 비추어 새롭게 써본다거나, 작품에서 얻은 발상을 바탕으로 새로운 이야기를 창작해 보는 활동을 할 수 있을 것이다. 이 활동은 학습자가 소설 작품의 내용을 바탕으로 자기 성찰과 자기 형성을 하기 위한 것이다.

4) 학습자의 소설 창작의 실제

> 활동 1 : 「아내」의 이야기를 바탕으로 하여, 이 소설의 뒷 이야기를 지어 보자.

· 예시 글

본격적으로 들병이로 나선 아내는 점차 짙은 화장을 하고 다니면서 남자들과 많은 술을 마시게 된다. 집에도 늦게 들어오고 가끔은 외박도 하게 된다. 나는 집에 늦게 들어온 아내를 때리고, 집안 살림살이를 부수면서 아내에게 들병이 노릇을 그만두라고 하지만 아내는 말을 듣지 않는다. 나와 아내는 거의 매일 싸움질로 시간을 보내게 된다. 그러더니 아내는 언제부턴가 집에 들어오지 않고 있다. 나뭇짐을 지고 장터에 나가 아내를 찾아보지만 도시 찾을 길이 없다. 집에 있는 아들 녀석은 배가 고프고 엄마가 보고 싶다고 난리다. 오늘도 다시 장터로 나가 보지만……

활동 2 : 이 작품의 주인공을 '나'가 아닌 아내로 설정하여 어느 한 부분을 써 보자.

· 예시 글

나는 들병이 노릇이 참 좋다. 듣기 싫은 남편의 잔소리를 듣지 않아도 되고, 다른 남자들과 즐겁게 놀 수 있기 때문이다. 그렇지만 마음에 좀 걸리는 것이 있기는 하다. 집에 있는 아들 녀석과 다른 사람들의 사나워진 눈총이다. '저러다 지가 화냥년이나 되겠지.'라고 다들 생각하는 모양이다. 내가 정말로 화냥년이 되 버리는 것은 아니겠지? 이런 생각이 들 때마다 술을 많이 마시게 된다. 술을 많이 마시다 보니 집에 들어가기 싫고 해서 같은 들병이인 점순네 신세를 몇 번 지게 되었다. 그런데 점순네 옆집에 사는 사내가 자꾸 아는 체를 한다. 관심 없는 듯 하면서 몇 번 쳐다보았는데, 잘 생긴 얼굴에 코다 크다. 게다가 돈도 꽤 있어 보인다. 이번에 팔자나 한 번 고쳐볼까? 어차피 남자하고 사는 것은 마찬가지겠지. ……

활동 3 : 이 소설의 작중인물 '나'에게 위로의 편지를 써 보자.

· 예시 글

안녕하세요!

저는 공업고등학교에 다니고 있는 2학년 ○○○입니다.

열심히 나무를 해 다가 팔아도 먹고살기 힘들었던 일제 강점기의 시대 상황이 당신의 말과 행동에서 생생하게 느껴집니다. 그렇지만 당신의 행동에 한 가지 못마땅한 점이 있습니다. 아무리 먹고살기 힘들어도 아내를 들병이로 내보낼 생각을 하시다니요?

물론 아내를 들병이로 내보내야 할만큼 절박했던 당신의 생활이 이해가 되기는 합니다만, 그래도 그런 생각은 너무 심하지 않나요? 아내를 들병이로 보내기보다는 아내와 함께 나무를 한다거나 아니면 짚신 장수라도 할 생각은 해 보지 않으셨는지요? 저의 이런 생각들이 당신의 입장에서 보면, 세상을 모르는 철부지 생각으로 비춰질 수도 있겠지요. 그러나 저는 들병이와 같은 불건전한 방법은 옳지 않다고 봅니다. 왜냐하면 우리가 사는 것은 열심히, 성실하게 살아도 부족한 시간들이라는 생각이 들기 때문입니다. 더구나 저처럼 아직 학생인 입장에서는 순수한 것이 좋습니다. 이에 대한 당신의 생각을 듣고 싶습니다.

안 그래도 힘든 당신에게 이런 편지를 보내게 되어서 정말 죄송합니다. 그렇지만 살기 힘들었던 시대를 살다 가신 당신에 대한 애정이 있기에 당신에게 이런 편지를 씁니다. 물론 저도 때로는 살기 힘든 때가 많습니다. 인생의 선배로서 저에게 어려운 시대를 살아갈 수 있는 지혜를 알려주세요.

2002년 가을에 ○○○드림.

4. 자기 형성적 주체 함양을 위한 소설 교육의 의의

소설 텍스트에 대한 학습자의 이해와 해석은 텍스트에 대한 비평적 수용의 자기 서술의 과정을 통해 이루어지며, 이것은 보편 타당함이 아닌 다성적인 모습으로 구체화된다. 소설 텍스트에 대한 다성적 수용을 통해 체화되는 학습자의 해석과 이해는 학습자의 '의식화(conscientization)' 과정과 연관된다. 학습자의 이해와 해석이 갖는 다성성은 본질적으로 인간 삶 자체가 갖는 대화적 관계에서 유래하며, 보편주의를 지향하지 않는다. 그렇지만 학습자의 이해와 해석이 갖는 다성성은 해석 공동체의 이해와 해석을 완전히 배제하지는 않는다. 학습자의 이해와 해석의 다성성은 해석 공동체의 논의를 바탕으로 하여 형성되며, 다른 사람들의 이해와 해석에 항상 곁눈질을 보내고 있기 때문이다. 다른 사람의 이해와 해석에 곁눈질을 보내는 것은 이해와 해석의 통합을 위함이 아니라, 학습자가 자신의 이해와 해석이 갖는 한계를 인식하고 이를 통해 진정한 자기 형성적 주체로 성장하기 위함이다.

소설 교육에서, 학습자들의 텍스트 수용은 동일한 양상이나 확실한 인식을 지향하지 않는다. 그러나 그렇다고 해서 학습자들의 텍스트 이해와 해석이 아무런 질서도 찾아볼 수 없는 무정부적 상태에 빠지지도 않는다. 소설 텍스트에 대한 학습자의 이해와 해석은 절대적 진리보다는 일리(잠재적인 진리)를 추구해 나감으로써, 다성적인 수용의 공간 속에 나름대로의 질서를 세우기 때문이다. 학습자는 자신의 인식의 틀이나 지평에 매몰되기보다는 타자의 것에 대한 개방성과 감수성에 기초하여 자신의 수용(인식)을 개선할 수 있다. 그리고 이러한 개선을 통해 학습자는 다양한 수용 양상들의 갈등과 충돌 속에서 좀 더 나은 수용을 지향해 나갈 수 있다. 학습자의 이러한 수용은 보다 풍부하고 발전된 대화적 소통 능력의 향상을 향해 나아가는 '수렴적 운동'38)을 동반한다. 이러한 수렴적 운동은 '대화적 소통 능력의 향상'이라는 특정한 가치를 향해 종적 상대주의의 모습을 띤다.39) 학습자의 대화적

---

38) 엄태동(1998), 『교육적 인식론 탐구: 인식론의 딜레마와 교육』, 교육과학사, 141쪽.
39) 절대적 독백주의 뿐만 아니라 인식론적 무정부주의와 구분되는 상대주의는 횡적 상대주의와 종적 상대주의로 구분될 수 있다. 횡적 상대주의는 상이한 가치 기준을 지니고 있는 이질적인 세계들의 환원 불가능성을 강조한다. 이 입장은 이질적인 세계들의 환원 불가능한 상대적 자율성을 주장한다. 반면에 종적 상대주의는 동일한 세계에 속하는 것이면서도 수준을 달리하는 인식과 사고, 또는 행위의 체계 사이에 존재하는 상대성을 강조한다. 종적 상대주의는 수준의 차이로 인한 상이한 세계 인식 및 가치 체험, 그리고 세계 자체의 질적인 변천을 무시하고, 이를 어느 하나의 수준에 의해 일방적으로 평가하고 재단하는 것은 진정한 가치의 공유와 자발적인 동의를 보장하지 못한다고 본다.(엄태동(1998), 위의 책, 142-143쪽./장상호(1997), 『학문과 교육(상): 학문이란 무엇인가』서울대

소통 능력은 종적 상대주의의 관점에서 볼 때, 좀더 발전된 능력의 상태로 쇄신될 필요가 있다. 물론 이 쇄신의 과정은 학습자의 자발적인 소통이 보장되는 것이어야 한다. 학습자의 소설 텍스트 소통 과정은 학습자의 자발적인 소통 행위를 통해 각 수준마다의 상이한 인식과 가치 체험을 인정하면서도 낮은 수준의 소통 능력이 보다 높은 수준의 것으로 수렴되어야 할 필요가 있다. 그래야만 자기 형성적 주체[40] 함양을 위한 소설 교육이 가능해진다.

본고가 상정하는 자기 형성적 주체 함양을 위한 소설 교육은 학습자의 텍스트 소통이 정전화나 수용의 무분별한 상대적 고유성을 지향하는 것이 아니다. 자기 형성적 주체 함양을 위한 소설 교육은 학습자의 대화적 소통 능력의 수준 차이를 상정하고, 이 차이가 타자와의 대화적 관계를 통해 위계화될 수 있음을 강조하는 것이다. 따라서 본고가 상정하는 소설 교육은 수직적으로 위계화되어야 하는 상이한 수용 양상에 주목한다. 이는 학습자의 수준 차이를 종류의 차이로 봄으로써 상이한 수준의 수용 양상을 마치 종류가 다른 것인 양 수평적으로 평면화하는 수용의 무정부주의적 상대주의와는 본질적으로 논의의 초점이 다르다. 본고가 강조하는 소설 교육은 학습자의 소통 능력을 상향적으로 수렴시키고자 하는 것으로, 소통 능력의 무분별한 다양화를 추구하지 않는다. 소설 교육은 자기 형성적 주체 함양이라는 동일한 가치를 추구하는 소설 교육 현상에서의 상이한 수준의 소통능력들 사이에서 성립되는 것이기 때문이다.

본고는 김유정의 「아내」를 대상 텍스트로 삼아, 이 소설에 나타난 카니발적 담론 구조는 무엇인지, 그리고 이 소설에 나타난 카니발적 담론 구조를

학교출판부.)

40) 자기 형성적 주체 함양을 위한 소설 교육은 '비평 의식(Critical consciousness)'을 심어주는 교육이 되어야 한다. 이러한 교육은 비판적 사고(critical thinking)를 통해 현실을 하나의 정태적인 실체가 아닌 과정과 변형으로 인식하고, 비판적 사고 자체를 행동과 분리하지 않는다.(Paulo Preire(1998), *Critical Consciousness*, New York: Continuum, P.73.)

학습자가 어떻게 이해할 수 있는지, 또한 이러한 이해를 바탕으로 학습자가 자기 성찰과 자기 형성을 위한 비평적 에세이를 어떻게 쓸 수 있는지를 논하였다. 이러한 논의를 바탕으로 하여 본고는 김유정의 「아내」에 나타난 카니발적 담론 구조가 부정적 현실('가난')을 허구적 현실에서 긍정적으로 해소하려는 의미를 지니고 있음을 알 수 있었다. 그리고 이 소설을 읽고 이해하는 학습자가 이 소설에 나타난 카니발적 세계관을 통해 자신의 삶에 대한 성찰과 새로운 자기 형성을 도모한다는 점을 알 수 있었다. 학습자는 소설 담론에 대한 이해를 비평적 에세이를 통해 표현함으로써, 소설 담론에 대한 보다 풍부한 이해는 물론 자신의 가치관, 세계관 등을 새롭게 정립할 수 있었기 때문이다. 이러한 소설 교육에 의하면 학습자는 학습 공동체라는 의식 아래 "소설 텍스트에는 무슨 규칙들이 있으며, 이 규칙들이 나의 반응을 어떻게 지배하는가?"와 같은 물음에 답할 필요가 없어진다. 그 대신 학습자는 "나는 어떻게 해서 지금의 반응에 이르게 되었으며, 이 반응을 통해 나는 어떠한 주체 형성을 할 수 있는가?"라는 주체 형성의 문제에 답해야 한다. 소설 텍스트에 대한 학습자의 이해와 해석을 학습자의 '주체 형성' 문제로 본다면, 학습자의 이해와 해석은 선험적인 것이 아니라 문학적 체험과 대화적 소통 능력에 따라 무수하게 달라지게 된다. 소설 담론에 대한 학습자의 이해와 해석은 학습자의 언어활동을 통해서 구체화되는데, 학습자의 언어 활동은 텍스트에 선험적으로 존재하는 세계나 자아의 참 모습을 찾거나 교육적으로 미리 주어진 전제를 지향하지 않는다. 학습자는 자신만의 고유한 대화적 소통 방식에 충실하면서 자기 형성적 주체 함양을 위한 분투를 하기 때문이다. 따라서 본고가 논의한 소설 교육은 학교 현장에서 충분히 논의되고 적용될 수 있을 것이다. 소설 교육에서 중요한 것은 소설 담론에 대한 정확한 이해라기보다는, 소설 담론에 대한 이해를 바탕으로 한 자기 성찰과 자기 형성을 하는 주체의 함양에 있기 때문이다. 다만 본고는 보다 다양한 작품을 대상으로 하지 못했다는 점, 바흐친의 카니발 이론에 치중하고 있다는 논의상의 한계를 갖는다. 이러한 한계를 극복하는 논의들이 본고의 관점을 보다 풍부하게 해 주었으면 한다.

# 문화 실천과 소설 교육의 철학적 기초

1. 서론

후기 자본주의 산업 사회에서 문학은 그 정체성에 심각한 위기를 맞고 있다. 즉, 자본화와 상품화, 전자 매체 등에 의해 문학이 그 정체성을 상실하고 있는 것이다. 이러한 문학적 현상의 위기에 대한 대안으로서 생활 문화의 지향 및 실천으로서의 소설 담론의 중요성이 강조되어야 한다. 삶과의 관련성이 특히 강조되는 소설 담론은 개인의 총체적 삶을 문학적 상상력을 통해 언어로 형상화한 예술로서, 인간의 삶과 문화 실천 및 재생산을 상징적 교섭 행위로서 해명하고 가치 평가하는 장르이기 때문이다.

소설 텍스트의 제도와 관습은 가변성을 지니는 역사적인 존재이고, 소설 텍스트는 문화의 한 현상이라고 할 수 있다. 따라서 소설 담론을 교육한다는 것은 대단히 중요한 의미치를 지닌다고 할 수 있다. 더군다나 교육을 의도적이고 실천적인 문화 작용이라고 할 때, 소설 교육은 인간 삶의 총체적인 모습을 이해하고, 이를 바탕으로 가치의 내면화를 실현하며 문화를 실천하고 재생산하는 것이 그 목표라고 할 수 있다.

그런데 지금까지의 소설 교육은 문화 실천 및 재생산, 그리고 가치의 내면화를 위한 정의적 영역에의 접근이 소홀히 다루어져 왔다. 그 결과 소설 교육은 소설 작품을 읽고 감상하여 미적 정서와 상상력을 기르는 데서 완결된다는 것이 지배적인 관점이었다. 그러나 과거의 소설 교육에서 강조된 합리주의를 바탕으로 한 기능 위주의 인지적 영역은 정의적인 영역과 유기적으로 연결되어야 한다. 그리고 소설 교육은 상상력을 고양시키고 삶의 총체성을 체험하게 하며, 이를 바탕으로 궁극적으로는 가치의 내면화와 문화 실천 및 재생산을 지향해야 한다. 소설 교육에 의해서 세계 인식에 대한 상상력과 기능 위주의 관점에 의해 상실된 인간성을 회복할 수 있고, 더 나아가 문화 공간 속에서의 문화 실천 및 재생산을 기대할 수 있기 때문이다.

이제 소설 교육은 '문학 현상'[1]이라는 관점에서 문화 실천 및 재생산을 지향해야 한다. 그렇지만 단지 선언적으로 그쳐서는 안된다. 문학 현상은 작가의 작품 창작, 소설 텍스트, 독자의 세 가지 변인이 맞물려 돌아가는 역동적인 구조로서, 본질적으로 문화 현상의 이형태이기 때문이다. 소설 교육을 이런 관점에서 규정해야만 언어적인 창조의 세계에서 주체들이 문화 실천 및 재생산 속에서 자아를 실현하는 문화적, 예술적 역량을 발휘할 수 있다. 그러므로 언어적인 창조의 체험과 문학적 문화에 입각하여 문화를 형성하며, 나아가 문화를 실천할 수 있는 능력을 기르는 것이 소설 교육이라고 할 수 있다.[2]

---

[1] 문학 현상이란 문학이 우리의 삶과 문화(또는 교육) 속에서 실제로 존재하고 작용하는 일체의 과정과 모습을 일컫는 말이다. 즉, 문학의 존재와 소통(疏通)은 문학 텍스트를 중심으로 이루어진다는 것을 전제로 문학 텍스트가 생산되고, 문학 텍스트 자체의 구조가 형성되며, 문학 텍스트가 독자들에게 수용되고, 텍스트의 현실주의적 요소로 인해 텍스트와 삶의 현실간에 반영을 드러내는 등 일련의 작용 과정을 뜻한다.
문학 현상의 개념은 문학 또는 문학 작품 자체를 이미 굳어지고 확정된 지식 또는 객관화된 산물로 보지 않고, 살아 움직이는 상태의 작용태로 파악하려는 관점을 표방하는 태도이다. 이른바 문학 작품은 물리적 형태의 책이나 확정된 해석과 주제의 등가물이 아닌, 동적 구조로 파악하려는 관점이다.(서울대학교 국어교육연구소(1999), 『국어교육학 사전』, 서울: (주)대교출판, 311쪽.)

기존의 연구 가운데 생활 문화로서의 소설 교육의 가능성에 대한 단초를 보여주는 것은 김대행[3]이다. 그는 문학 교육의 위상에 탈규범, 가치 창조로서의 국어 교육을 주창하면서, 문학 교육의 범주를 생활 속의 언어 문화 일반의 공간까지 확장하여 인식하는 관점을 취했다.

한편 정현선은 문학이 문학 자체의 논리만으로는 설명되지 않고, 문학 행위자의 결과로서 문화라는 보다 넓은 영역의 이해로 확장되어야 한다고 주장했다[4]. 기존의 문학 교육이 문학을 신성한 것으로 파악하여 작품에 대한 해석을 위주로 하였다면, 문화 교육의 관점에서는 작품을 문화 행위자의 문화적 실천 행위로서의 문학적 글쓰기의 결과물로 본다. 정현선의 이런 주장은 그 후 문학 교육의 문화적 지향성에 대한 담론을 촉발시킨 하나의 계기가 되었다.

그 후 우한용은 문학 현상을 문화 현상의 이형태로서 인식하면서, 문학 현상이 문화적 실천의 의미를 지닌 것으로 보아 본격적으로 소설 교육을 문화 실천으로 볼 수 있는 관점을 제공했다.[5]

2. 문화 실천의 주체와 소설 교육의 주체

문화란 상징으로 구체화되고, 역사적으로 전승되는 의미의 유형이며, 사람들이 그들의 생활과 세계에 대해 갖고 있는 지식을 발전시키고 의사 소통을 가능하게 하는 상징적 형태의 개념 체계[6]라고 할 수 있다. 따라서 문화는

---

2) 우한용 외(1998), 『문학교육론』, 삼지원, 98-108쪽.
3) 김대행(1994), 「문학 교육, 어떻게 할 것인가」, 『문예중앙』, 1994. 겨울호.
4) 정현선(1995), 「모더니즘의 문화교육적 연구 - 이상과 김수영을 중심으로」, 서울대석사학위논문, 75쪽.
5) 우한용(1997), 『문학교육과 문화론』, 서울대학교출판부.
6) 전경수(1994), 『문화의 이해』, 서울:일지사, 71-76쪽. 우한용의 책6쪽에서 재인용.

구상물로서 행위나 예술 작품 속에서 표현되고, 공적인 것으로서 사람들 사이에 존재한다. 즉, 문화는 특정 사회 구성원들의 상호 주관적인 이해에 내재하는 것이다.

상징적 교섭 행위로서의 문화는 필수적으로 언어를 매개로 한다. 문화가 언어를 통해 자신의 의미를 만들어 내고 타자의 의미를 획득하는 것은 언어 행위의 대화적 속성에서 기인한다고 할 수 있다. 언어 행위에서 주체의 행위는 타자의 행위에 의해 제약되고, 또 주체가 타자를 제약하는 상호 제약의 관계에 놓인다. 따라서 언어 행위는 사회적 행위라고 할 수 있다. 언어 행위 가운데 상징적 교섭 작용이 가장 탁월하게 예술적으로 형상화된 것이 소설 텍스트라고 할 수 있다. 소설 텍스트는 허구적 산물로서, 텍스트 내에서 혹은 그 텍스트를 사이에 두고 벌어지는 소설 주체간의 갈등과 모순에 의한 상징적 언어 행위를 상정하기 때문이다. 이 때의 상징적인 언어행위는 직접적인 대화에 의한 일차적인 언어 행위가 아니라 가정적(假定的)이고 제한적인 이차적인 것이다. 그러나 이 언어 행위는 현실을 살아가는 주체가 현실 원칙에 따라 문학의 허구성을 구현한 것이므로 현실과 허구의 상징 교섭이 이루어지게 된다.[7]

소설 교육에서는 소설 주체가 문화의 현실 원칙에 따라 보여주는 상징 교섭 작용이 대단히 중요하다. 소설 주체는 소설 텍스트를 통해서, 혹은 문화 공간을 통해서 끊임없이 문화적 의사 소통 과정에 참여하기 때문이다. 소설 교육에서 주체의 문제는 텍스트 내의 주체를 판독하는 차원 뿐만 아니라, 소

---

7) 문화를 상징적 교섭 행위로 보는 관점에서는 문화 현상과 문학 현상이 동일한 현상의 다른 표현처럼 보일 수도 있다. 그러나 문화 현상과 문학 현상은 분명한 변별점을 갖고 있다. 문학 현상은 단순한 기록이 아닌 허구의 작용에 의한 언어적 형상화이며, 가치 판단의 문제를 함축하고 있으므로, 단지 문화의 대상일 뿐만 아니라 문화를 실천하고 지향한다고 할 수 있다. 바로 이 점에서 문학 현상은 문화 현상과 변별된다고 하겠다. 또한 문학 현상은 일차적 상징 체계인 언어를 매재로 하는 事象을 상징으로 재구성하는 이차적인 상징 체계이다.

설 텍스트와 세계를 조응하고 인식하면서 문화를 실천하고 재생산하는 과정에 이르기까지 중층적으로 개입한다.[8] 따라서 소설 교육은 의사 소통적 주체가 다원적으로 텍스트 내·외적으로 상호 작용함을 해명하는 문화 교육의 실천으로 나아가야 한다. 그러면 소설 교육에서 문제되는 '주체'의 문제를 보다 깊이 생각해 보자.

'주체의 죽음'으로 특징지어지는 탈근대의 문화적 풍토 속에서, 전통적인 절대 주체는 해체되고 있다. 그러나 이러한 절대 주체의 비판 내지 해체가 곧 주체 자체의 부정이 될 수는 없다. 데카르트 이후의 서양 근대성의 핵심적 이념 가운데 하나가 이성적이고 자율적인 주체 개념이기 때문이다.

관념론 전통에서 수립된 절대 주체의 개념은 주체와 객체를 대립적으로 구분하여 객체에 대한 차별을 이념적으로 정당화하였다. 그런데 이러한 절대 주체는 모든 객관적 실체에 대한 객관적 회의주의를 통한 인식자 자신의 주관성을 유일한 인식적 가능성으로 제시하는 것이었다. 따라서 '나'가 종전의 이데아나 신을 대체하게 되었다. 이런 과정에서 인식의 유일한 주체인 '나'는 종전에 이데아나 신에게 부여되었던 초월적 지위와 자기 동일성의 지위를 부여받음으로써, 인식 주체는 인식의 모든 대상(인간 자신도 대상으로 하는 것을 포함하여)을 객체로 규정하고, 그 객체의 의미를 인식자의 주관성에 의해서 정의한다. 따라서 주체가 객체를 타자로 규정하고 그 타자를 자신의 동일성 속으로 전유(專有) 및 착취하는 과정이 성립되었다. 이러한 절대 주체에 의한 철학적 성과는 봉건적 절대주의를 타파했지만, 부르주아적 지배, 제국주의적 지배, 절대 사회주의적 지배라는 또 다른 형태를 통하여 타자에 대한 억압을 정당화하는 모순을 낳게 되었다. 그 결과 절대 주체의 개념은 정치적 지배와 착취를 정당화하고 재생산하는 이데올로기적 기능을 담

---

8) 박인기(1999), 「문학교육과 자아」, 『문학과 교육』(제 8호, 1999.여름), 문학과 교육연구회, 31쪽.

당했다.

　그러나 20c 최후반의 새로운 철학적 패러다임은 이러한 절대 주체의 개념을 해체하는 쪽으로 나아가고 있다. 이러한 절대 주체 부정의 극단은 해체론적 회의주의와 가치의 부재를 유발하는 또 다른 문제점을 노정하고 있다.[9] 이는 개별 주체들을 타자로 주변화시켰던 전통적 절대 주체에 대한 비판이 타자화되었던 개별 주체의 편에서 보면 해방의 의미를 갖기도 하지만, 주체의 해체는 동시에 개별 소수 주체들마저도 해체해버릴 수 있는 위험성을 내포한 것이다. 이러한 위험성을 해결하기 위해서는 주체의 개념을 다시 구축해야 한다. 그런데 주체 개념에 대한 논의는 이론과 실천의 중층적 상호 결정 관계 속에서 이루어져야 한다. 생활 문화로서 문화 실천태인 소설 교육의 주체에 대한 논의에서는 더더욱 그렇다.

　현시점의 소설 교육에서 필요한 주체의 모습은 객체를 타자화하여 배척하거나 억압하는 것이 아니라, 자신의 타자성과 타자의 주체성을 인정하는 주체, 관념적 초월성을 주장하는 것이 아니라 역사와 물적 공간의 연속 과정 속에 각인된 변별 관계적 상호 주체이다. 그러므로 소설 교육의 주체 개념에 있어 필요한 것은 역사와 개인, 담론과 주체의 관계에 대하여 상호적 인식을 갖는 것이다. 그래야만 개별적 행동 주체들은 역사와 담론 장치에 지배받는 것이 아닌 문화 실천으로서의 자유로운 존재가 된다.[10]

　하버마스는 의사 소통 행위라는 상호 주관성을 주체의 개념에 대한 대안으로 제시했다. 그는 의식 주체나 합리성 철학의 거부는 곧 주체나 철학 자

---

9) 데리다·라캉·알튀세·푸코, 윤효녕 외 3인 역(1999), 『주체 개념의 비판』, 서울대학교출판부, 4쪽.

10) 포스트모더니즘은 주체가 놓여진 상황을 주체의 파편화, 주체의 죽음, 종전의 중심적 주체 내지 정전의 탈중심화로 규정한다. 프레데릭 제임슨은 주체의 파편화나 탈중심화를 주체의 죽음과 동일시 했다.(Fredric Jameson, *Postmodernism*(1991), *or the Cultural Logic of Late Capitalism*, Durham:Duke Up, pp.14-15.)

체의 죽음을 뜻하는 것이 아니라, "인식적 도구적 합리성으로부터 소통적 합리성으로의 전이"11)를 뜻한다고 했다. 그가 말하는 소통적 이성이란 의식 철학의 전통에서 말하는 목적론적 절대 이성이 사회적 이성, 즉 '상호 주관 적 합의'를 위한 잠정적 이성으로 치환된 것이었다. 또한 이러한 이성의 치 환이 주체와 관련하여 갖는 함의는 절대적 의식 주체의 죽음이 주체 자체의 죽음으로 치닫는 것이 아니라, 담론 행위를 수행함으로써 사회적인 것에 합 의하는 형식인 사회적인(혹은 상호 주관적인) 행위 주체로 치환되는 것이었 다. 그러나 상호 주관적 주체나 사회적 행위 주체의 개념을 구축하는 하버마 스의 개념은 현실적 이해 관계의 요인들을 배제하는 이상적인 담론 상황과 '상처없는 상호 주관성'을 가정한 것으로 주관적 관념론으로 회귀한 것이었 다.12) 하버마스의 이런 모순의 출발점은 그가 실천적 조건과 동떨어진 이상 적-자기동일적, 순수 관념적 - 대화 상황을 가정하고, 그것을 현실에 갖다 대 려고 했기 때문이다.

이와 같은 주체 논의의 현 단계에서 마이클 라이언이 제시하는 "기능에 의한 치환"과 "잠정적 규제"13)는 매우 중요한 의미를 갖는다. 역사적 상황 의 필요에 따라 행동을 수행하는 사회적 행위 주체들 내지 기능적 주체들, 그리고 개인과 역사의 관계에 있어서도 주체/타자간의 일방적 관계가 아니 라 변화하는 문화적 조건에 따라 개인이 역사/문화를 구성하기도 하고, 역사 /문화가 개인을 구성하기도 하면서 잠정적으로 의미를 규정하는 상호 주관 적 주체가 형성된다. 따라서 주체 - 상호 주체, 변별 주체, 관계 주체는 항구 적으로 움직여야 하고 상황에 따라 중첩되는 역할을 수행해야 한다.

한편, 라깡의 논지에 의하면 주체란 그 자신 스스로 자신을 생성시키는

---

11) 하버마스, 서규환 외 역(1995), 『소통행위 이론』, 의암출판사, 440쪽.
12) 데리다·라깡·알튀세·푸코, 윤효녕 외 3인 역(1999), 『주체 개념의 비판』, 서울대학교출판
   부, 21쪽.
13) 마이클 라이언, 윤효녕 역(1997), 『마르크스주의와 해체론』, 한신문화사, 63쪽.

존재가 아니라, 타자를 통해서 타자의 담론에 관여함으로써 주체가 될 수 있다. 타자는 나와 맞서 있는 타자 뿐만 아니라 타자와의 상호 주관성, 즉 상호 인정, 금지와 허용을 담고 있는 문화의 규칙, 때로는 무의식과 상징적 질서일 수 있다.14) 따라서 주체는 그 자체가 자신의 근원이 아니라 언어, 법, 타자, 문화의 규칙 등을 통해 산출되는 것이다. 그러므로 사회 구성원들의 사회적(즉, 상호 주관적·잠정적·기능적) 주체로서의 역할을 인정해야 한다. 그럼으로써 사회 구성원들이 각자의 현실적 정황에 따라서 자기에게 요구되는 사회적 기능을 수행할 수 있는 것이다. 현실적 상황에 따른 주체의 역할은 인식론적·계급적·문화적 등등의 복합적인 사회적 역할이며, 그 역할을 가장 잘 결정해 주는 것은 경험적 실천의 현장인 문화이고, 이것을 교육과 관련지어서 말한다면 소설 교육의 현장이라고 할 수 있다. 그렇기 때문에 문화 실천의 주체와 소설 교육의 주체는 상호 결정 관계에 있으며, 서로 중첩되는 영역에서의 주체라고 할 수 있다.

소설은 다양한 주체들의 담론15)으로 형상화된 담론 구성라고 할 수 있는데, 이 때의 담론은 주체가 자신의 이념, 가치관, 신념, 태도 등을 실현하는 구체적이며 살아있는 총체성 속의 언어16)이다. 그러므로 소설 담론은 소설 주체들의 구체적이며 살아있는 언어적 총체로서의 형상물이며, 소설 담론에서 추구해야 할 것은 구체적이며 살아있는 언어적 총체로서의 형상물을 이루고 있는 소설 주체의 바람직한 삶에 대한 보편적인 양태라고 할 수 있다. 그런데 소설 주체들의 바람직한 삶이란 소설 주체들이 문화와 연관을 맺으

---

14) 박인기(1999), 「문학교육과 자아」, 『문학과 교육』 제 8호(1999.여름), 문학과 교육연구회, 31쪽.

15) 바흐친은 담론의 개념에 대해 "담론은 구체적이며 살아있는 총체성 속의 언어"라고 말한 바 있다.

16) 임경순(1998), 「소설의 담론윤리적 특성에 대한 연구」, 『문학교육학』 제 2호(1998.여름), 태학사, 345쪽.

면서 주체의 담론을 제약하는 규범으로부터 벗어나는 데서 이루어질 수 있
는 것이다. 그리고 이것은 소설 주체가 문화를 통해 타자성을 지닐 때만 진
정으로 가능해진다.

　바흐친에 의하면 소설 담론은 작가 개인의 생산물이 아니라 소설 텍스트
를 수용하는 주체들과의 역동적인 상호 관련성 속에서 생성된다. 소설이란
다양한 주체들의 담론(이데올로기)이 갈등하고 모순을 빚으면서 교차하는
형상물이기 때문이다. 그런데 이 주체들은 항상 다른 주체들, 즉 타자를 지
향하는 역동성인 관계를 이룬다. 소설의 내용은 작가의 현실적 대화적 상황
이 하나의 작품에서 재현된 것이며, 등장인물과 작가, 등장인물 간, 작가와
독자, 독자와 등장인물간의 끊임없는 대화적 관계로 재현된다. 이러한 주체
들의 대화적 관계는 늘 앞선 말에 대한 응답적 이해를 바탕으로 하며, 누군
가를 지향하는 관계이다. 따라서 대화 참여자들 사이에 존재하는 관계들은
서로 다른 담론 주체들의 의사 소통의 과정에서만 가능하다. 그러므로 소설
담론의 대화적 관계는 필연적으로 문화 실천 및 지향을 그 본질로 할 수밖
에 없다.

　소설 텍스트에 형상화되어 있는 담론은 주체가 타자와 맺는 관계에 의해
서 달라질 수 밖에 없다. 주체가 타자와 밀접하게 관계를 맺지 못하는 담론,
즉 타자성이 희박한 담론은 바흐친의 용어대로 독백적 담론이 되어 문화의
실천 내지는 문화 지향을 이룰 수 없다. 반면에 주체가 타자와 밀접한 관련
을 맺는 담론은 대화적 담론으로서 문화 실천으로 나갈 수 있는 것이다.

　소설 교육의 연구는 절대 주체가 직접성 혹은 투명성의 관계를 통해서
'초월적 혹은 절대 대상'을 대면하는 '이데올로기적 각본' 속에 그 등장 인
물들을 던져 넣는 방식을 지양해야 한다. 이제까지의 소설 교육 연구는 '주
관적인' 독자의 반응과 수반된 '객관적'이고 초월적인 정전의 영역으로 종합
됨으로써 물질성을 제거한 것이었다. 또한 소설 텍스트 안에서 개별 저자의

‘현존’을 전제하면서, 소설 텍스트의 최종적인 의미는 작가 자신과 그의 상상력에 귀속될 따름이라고 했다. 그리고 공시적으로 대중 문화의 집단 텍스트와의 부정 관계 속에서 정전적인 대상을 구성해왔다. 또한 미학/정전/텍스트/저자/독자를 겹쳐 놓으면서 주체가 어떠한 매개도 없이 고정되고, 단일화되고, 중심적인 위치를 갖는 것으로 전제했다.

그러나 문화 실천 및 재생산으로서의 소설 교육은 작가의 자기 창조라는 초월적 권위와의 동일시를 거부하면서, 저자에서 사회적 생산에 대한 탈중심적인 논의로의 전이를 전제한다. 그리고 문화에 기반을 두면서 소설 텍스트는 언제나 구성, 혁신, 재구성되는 과정에 있는 것으로, 문화 공간 속에서 소설 주체들과 계속적으로 동시대적인 상호 연관을 맺는다. 그러므로 문화 실천 및 재생산으로서의 소설 교육은 필연적으로 타자를 지향하게 된다. 이처럼 주체를 타자 개념과 연관시킴으로써 소설 교육 연구는 학제적 성격을 지니게 되며, 교육의 주체를 문화적 타자와 보다 생생한 관계 속에 놓을 수 있게 된다.

문화 실천 및 재생산으로서의 소설 교육의 주체는 기호 체계, 제도, 이데올로기, 주체 위치, 타자 등과 혼합되는 연관을 맺으면서 탈중심화된 위치를 갖는다. 그리고 주체는 쾌락적인 소비를 하며 그 쾌락에 대한 자의적인 비판을 할 수 있다. 그러므로 문화 실천 및 재생산으로서의 소설 텍스트는 내재적이고, 물질적이고, 지속적인 물질성을 기반으로 생산되며 재생산되는 것이라고 할 수 있다.

결국 문학적 지식의 전달이 목적이 아니고 정의적 영역에서의 수용과 심미체험을 목적으로 하는 소설 교육에서는 교육을 문화 증식, 실천, 재생산의 관점에서 규정할 필요가 더욱 절실해진다. 이는 다양한 층위를 이루는 문학의 속성을 올바로 반영하면서, 문학을 자율적인 구조로 볼 수 있는 근거를 마련해준다. 또한 소설 교육은 텍스트의 논리적 분석을 넘어서, 텍스트의 의

미가 개인적인 가치로 내면화되면서 객관적 정신을 실현하여 문화를 향유할
수 있게 해주는 문화 실천 및 재생산이 되어야 한다.

3. 문학 문화와 소설 텍스트의 대화성

전통적인 소설 교육의 패러다임은 경험론에 바탕을 둔 통일된 정전 텍스
트를 전제한 것이었다. 즉, 독자 → 텍스트(=저자)의 관점에서 작품은 '거기
에' 있는 것으로, 경험론적 각본 안의 대상으로 취급해왔다. 그러나 텍스트
가 통일된 것이 아니며, 무한의 가능성을 지닌 의미의 복수로 구성되어 있는
것으로 본다면, 텍스트의 통일성이란 잠정적인 것에 지나지 않는다고 할 수
있다. 그러므로 소설 텍스트의 정전성은 영원히 고정되어 있는 것이 아니라,
어떤 상대적인 물질적 정체성을 가진다. 이러한 정체성은 독자들에게 반복
되고 혹은 독자 안에서 반복되기도 하지만, 반복은 차이를 통해서 암시되는
것이다. 새로운 문화 형식들의 도입으로 이전의 형식에 대한 기술과 사회 제
관계들이 변화하면서 잉여적이게 되고, 소설 텍스트들은 계속해서 그것들이
구성되던 국면과 시기를 넘어서서 재생산된다. 따라서 소설 텍스트는 항상
의미가 동일한 상태가 아니라 의미가 다양한 상태를 지향할 수밖에 없다.

이런 의미에서 볼 때 소설 교육은 텍스트와 독자가 변증법적으로 상호 작
용한다는 관점으로 그 패러다임이 변화되어야 한다. 물론 소설 교육에 대한
많은 연구들이 이 '독자↔텍스트'의 패러다임으로 전환한 것이 사실이다.
그럼에도 불구하고 새삼스럽게 패러다임의 전환을 제기하는 것은 소설 텍스
트 내의 의사 소통을 폐쇄적으로 다루려는 연구 의도가 많기 때문이다.

소설 텍스트는 메타 읽기[17]에 의해 종속적인 위치를 부여받는 맥락들의

---

17) 문화공간 체계의 변화에 따른 맥락을 고려하여 소설 텍스트를 실천, 재생산하는 관점에

범위 속에서 작동한다. 이러한 메타 읽기는 맥락들의 위계 질서를 규정짓고, 소설 텍스트와 문화와의 연관성을 가져온다. 메타 읽기는 소설 텍스트의 정 전화를 거부하고, 텍스트의 불충분성을 상정한다. 이러한 메타 읽기에 의한 소설 교육에서는 독자가 문화의 수용자 및 창조자로서 역할을 하게 될 영역 이 애초부터 상정되어 있다. 그러므로 소설 교육은 문학 문화[18]의 틀 안에서 소설 텍스트를 생산하고 수용하면서 문화를 실천하는 문화 문법에 의한 교 육이 되어야 한다. 소설 교육을 통해 소설 주체들은 문학 문화에 능동적으로 참여하면서 문학 문화의 재창조를 지향하게 된다.

언어적인 매개를 거치는 교육의 장에서 문화와 문화의 충돌과 교섭을 해 명하고 그 문화의 실천 및 재생산을 규명하는 것은 교육의 본질이라고 할 수 있다. 따라서 소설 교육은 단지 개인의 문학을 내면화하는 문제에만 국한 되는 것이 아니라, 사회 집단의 의식과도 연관되는 사회적 활동으로서의 성 격을 필연적으로 가지게 된다. 이런 관점에 서야만 문화 실천으로서의 소설 교육의 성격과 그 내용을 올바르게 사회학적으로 바라볼 수 있게 된다. 결국 소설 교육이 사회 내에서 이루어지는 상징과 교섭 행위라는 점에서 문화와 사회의 개념이 소설 교육 체내에 배태되어 있다고 하겠다. 이러한 구조를 통 해서 소설 교육에 있어서의 소설 텍스트의 생산, 해석, 수용의 의사 소통 관 계를 적합하게 탐구할 수 있는 것이다.[19]

서의 읽기.

18) 문학 문화는 과학적 문화와 대비되는 개념으로서, 인간의 본성과 인간다움과 인간의 가 치를 문학과 더불어 깨닫고 즐기고 삶의 형식을 만들어 내는 문화 실체라고 할 수 있다. 문학을 문화의 한 양상으로 볼 경우, 문학 문화는 언어로 된 문화 중의 하나이다. 따라서 문학 교육의 위상과 관련시켜 본다면, 국어 교육 내에서 언어와 문학을 통합시키는 방법 으로 언어 사용을 문화의 한 양상으로 규정하는 방안이 제기됨에 따라, 문학 문화는 문 학 교육이 주로 다루는 영역이라 할 수 있다.(서울대학교 국어교육연구소(1999), 『국어교 육학 사전』, (주)대교출판, 310-311쪽.)

19) 우한용(1997), 『문학교육과 문화론』, 서울대학교출판부, 3-15쪽.

　문화 실천 및 재생산으로서의 소설 교육은 두 가지 중요한 영역을 갖는다. 하나는 사회적 실천과 텍스트들 사이에 놓여있는 영역이고, 다른 하나는 텍스트를 재생산하는 문화 제도들과 재생산되는 텍스트 사이에 놓이는 영역이다. 즉, 소설 교육은 '작가 - 텍스트-독자'라는 문학 현상을 이루는 요소들의 관계가 문화 공간 속에서 어떻게 상호 결정력을 미치는가, 그리고 소설 텍스트를 통해 문화를 어떻게 실천하고 재생산해낼 것인지에 그 초점이 집중되어야 한다. 이 두 영역에 대한 해명을 위해서는 우선 소설 텍스트를 문학 현상이라는 점에서 접근해야 한다. 소설 교육은 위대한 작가가 쓴 정전화된 텍스트의 미적 구조를 해석하고 규명하는 데서 끝나지 않기 때문이다. 따라서 문화 실천으로서의 문학현상, 좁게는 소설 텍스트는 문화 현실의 공간을 바탕으로 규명되어야 한다. 이 관점을 가져야만 소설 교육을 온당하게 문화의 한 양상으로 볼 수 있다.

　문학적 가치가 있는 소설 텍스트는 그 기표들이 이데올로기적으로 달라지고, 그 안에서 텍스트가 구성되는 문학 독서 방식의 준칙들이 달라진 새로운 상황에 적극적으로 개입하게 된다. 이것은 일종의 역사적·문화적 관찰로서, 기능과 과정에 대한, 즉 문학적 가치에 대한 정의가 아니라 문학적 가치가 어떻게 작동하는가에 대한 기술이다. 그러므로 문학적 가치는 독자/텍스트의 한 기능이며, 텍스트들이 통역사적·문화적으로 다양한 독서 방식을 통해 상호 텍스트적으로 작용해 온 문화 산물이라고 할 수 있다. 따라서 소설 텍스트는 문학 문화로서 문화와 대화성을 필연적으로 갖게 된다.

　문화와 대화성을 갖는 소설 텍스트는 탈중심적이며 상호 텍스트적 맥락에 의거한 상호 의존적인 구조를 갖는다. 따라서 의미화 작용이 지배적인 문화 실천과, 의미화 작용이 지배적이지 않은 문화 실천 사이에는 어떠한 필연적 동질성이나 조응성도 없다고 할 수 있다. 따라서 문학 문화로서의 소설 교육 연구는 텍스트성을 가장 먼저 고려하면서, 논의의 초점이 역사적·문화적 상황에 대한 일반적 개념에서 텍스트 분석으로 옮아갈 것이 아니라, 텍스트성에서 출발하여 텍스트가 생산되고 재생산되는 문화적으로 규정된 제도의 분석으로 옮아가야 한다. 기호 체계로서의 소설 텍스트는 이데올로기성을 갖게 되므로, 이 이데올로기성에 의한 문화의 실천 및 재생산이 소설 교육의 핵심 영역이기 때문이다.[20]

소설 담론은 그 자체의 특수한 시간성을 지진 자율적인 체계라고 할 수 있다. 그러나 소설 담론 문화 제도라든가 기타 사회 구성체에 독립적인 것은 아니다. 문화적 실천과 그 안에서 소설 담론의 생산은 균등하게 존재하지 않으며, 이 사실 때문에 소설 담론의 생산은 새로운 방식으로 존재할 수 있는 여지를 갖게 된다. 그러므로 소설 교육은 문화적 욕구에 의해 다양한 모습을 나타내게 된다. 문화적 욕구는 교육에 의해 생성되며, 개개인에게 소설적 감상 능력 또는 소설적 코드와 분류 체계에 대한 감식 능력(아비투스)을 부여한다. 따라서 일종의 감식 능력으로 이해되는 소설 교육의 목표는 결국 체득된 코드를 사용하여 문화적 산물과 행위를 해득하는 내면화된 성향의 체계로서의 문화와 대화적 관계를 맺게 된다. 아비투스는 개개인의 수준에서 실현되지만, 개인의 능력과 습관을 초월한다. 따라서 아비투스는 문화적이거나 계급적인 속성을 갖게 된다. 따라서 문화와 대화적 관계를 맺는 소설 교육은 아비투스의 매개 기능에 착안함으로써 문화 산물의 분류와 감상이라는 미적 감식력 뿐만 아니라, 개개인의 소설적 취향의 논리도 해독할 수 있게 된다.[21] 이처럼 소설 교육은 문화 양식의 공간과 일정한 함수 관계가 있다.

---

20) 이데올로기는 개인에 의하여 고안되고 오직 개인에게서만 발생하는 '관념들'과는 달리, 사회적으로 구성되는 의미이다. 그러나 이데올로기는 텍스트가 사회적 존재라는 의미를 개인이식의 한 변형으로 전화시키는 점에서 특정한 이데올로기적 전략을 수행하고 있다는 의미로 사용해야 한다. 이데올로기라는 용어는 사회적이고 객관적인 양식을 개인적이고, 주관적인 양식으로 재생산하려는 전략을 가장 잘 묘사하는 것으로 사용할 수 있다. (안토니 이스트호트, 임상훈 옮김(1994), 『문학에서 문화연구로』, 현대미학사, 163쪽.)

21) 삐에르 부르디외, 정일준 옮김(1997), 『상징폭력과 문화재생산』, 새물결, 37쪽.

소설 교육이 문화 실천 및 재생산을 지향한다는 관점의 수립을 위해서는 소설 텍스트가 문화의 한 양상임을 규명해야 한다. 일반적으로 소설 텍스트는 문화 공간에서 작가와 독자간의 상호 작용에 의한 문화 행위의 산물이며, 소설 교육은 교육 문화의 한 양상이라고 할 수 있다. 소설 교육은 문화 행위의 산물인 소설 텍스트를 매재로 한다는 점에서 문화와의 관련성을, 그리고 교육 문화의 실천 행위라는 점에서도 문화와 관련을 지니는 다층적 문화지향성을 지닌다고 할 수 있다. 따라서 소설 교육은 소설 텍스트와 교육을 둘러싼 제반 영역과 다면적인 연관성을 지니기 때문에 학제적인 연관을 가져야 한다[22]. 그리고 소설 교육은 소설 텍스트에 대한 학문적 관심에 머무를 것이 아니라 문화 실천을 지향해야 한다. 문화 실천은 주체의 개입과 그 활동을 핵심으로 하므로, 소설 텍스트를 통한 문화 실천은 소설 텍스트의 주체와 문화 실천의 주체의 역동적 상호 작용에 의한 대화성을 핵심 사항으로 해야 한다.

이처럼 소설 교육을 문화적 측면에서 검토하는 것은 소설 텍스트와 문화적 실천 및 재생물로서 작용하는 구조와 원리를 탐구하는 것이 된다. 이것은 문화론 일반의 관점에서 연구될 수 있으며, 또한 그 연구의 방향 자체가 문화적인 가치 결정에 의한다는 점에서 소설 교육의 문화론적 연구는 그 자체가 또 하나의 문화 행위라고 할 수 있다.[23]

그러므로 소설 교육은 소설 텍스트를 대상적 존재로 보는 시각에서 벗어나, 소설 텍스트의 역동성을 강조하는 문화 실천의 방향으로 나아가야 한다. 문학현상이 '작가 - 작품 - 독자'라는 각 요소가 상호 주체적으로 운영되는 실천이라면, 소설 교육은 이런 구조를 역동화시키는 한 단계 상위적인 구도이다. 즉, 소설 교육은 문학 현상을 소통시키는 구조에서 교육적 장치를 통

---

22) 우한용(1997), 위의 책, 13쪽.
23) 우한용(1997), 『문학교육과 문화론』, 서울대학교출판부, 58쪽.

한 의사 소통으로서의 문화 실천을 문제삼는 것이라고 하겠다.[24]

그런데 의사 소통으로서의 문화 실천을 문제삼는 소설 교육은 그 실천에서 가치 문제가 대두될 수밖에 없다. 소설 교육에서의 가치 형성 문제는 통상적으로 수용자 측면에 관련되는 것으로, 수용자는 문화 공간에서 자신이 처한 위치와 문화 체험에 따라 동일한 소설 텍스트에 대해서도 이질적 의미의 전이를 갖게 되며, 수용 주체간에는 서로 다른 문화적 상호 연관이 작용하여 소설 텍스트의 수용이 달라지게 된다. 이러한 소설 텍스트의 수용에서 가치의 문제는 텍스트의 의미 해석을 다양하게 하는 메카니즘의 구조를 해명해야 하는 문제에 다름 아니다. 이 문제에 대한 해명은 수용 주체의 문화 체험과 그 실천에 연관되는 것으로, 이것을 명확하게 한다는 것은 매우 어렵다. 그렇지만 소설 교육을 문화 실천 및 재생산으로 보고서, 그 실천 및 재생산의 모습을 밝히고 그 구조를 해명해야 한다. 문학 현상으로서의 소설 텍스트는 본질적으로 문화 공간에서의 문화 실천을 지향하고 있기 때문이다.

결국 아비투스의 개념을 소설 교육에 도입함으로써 소설 교육 주체들의 위상이 제고된다고 하겠다. 소설 교육적 생산 및 수용 행위는 더 이상 규칙의 단순한 실행이나 복종이 아니며, 행위 주체에게 요구되는 문화 세계에 대한 실천적 지식은 문화 사회 구조를 체화하는 일련의 습득 과정을 통해 획득되기 때문이다. 여기서의 아비투스는 일종의 실천적 감각으로 이해되는데, 소설 교육을 통해 체화된 실천적 감각은 물론 실제의 문화 구조와 편차를 보일 수 있다. 이 편차는 다차원적 복합 관계에 의해 구성된 '문화 공간'에서 기인한다. 소설 교육 주체들의 문화적 지위는 문화 공간에서 접하는 위치의 복합적 비례 관계에 의해서 결정되기 때문이다.

---

24) 우한용(1997), 앞의 책, 3-58쪽

4. 소설 텍스트의 생산·수용의 소통 관계

　문화와 문화 주체들은 문화 상호 작용을 한다. 문화 주체로서의 개인은 타자와의 상호 작용 뿐만 아니라, 문화 공간을 배경으로 하는 문화 작용에 귀속된다. 따라서 소설 텍스트는 작가의 문화 공간과 독자의 문화 공간 사이의 상호 작용을 통해 역동적 작용을 하며, 작가의 문화 공간과 독자의 문화 공간 사이에서 메타 차원의 문화 교섭의 결과물이 된다. 그리고 문화 교섭의 결과물로서의 소설 텍스트를 대상으로 하는 소설 교육은 문화의 실천과 재생산의 관점에서 접근되어야 하고, 그 생산 및 수용의 소통 관계도 문화 공간에서의 틀로 규명되어야 한다.

　소설 텍스트는 구체적인 작가와 독자, 출판사를 상정한 것이고, 독자는 소설 텍스트의 실천 및 재생산자로서 소설 텍스트의 의미 창조에 능동적으로 참여하는 주체이다. 이러한 과정은 소설 텍스트의 물적 차원이라고 할 수 있다.[25] 한편 소설 텍스트는 인간의 정신 생활을 담지하는 이데올로기의 실천 결과물이기도 하다. 작가의 이념, 독자의 이념이 작중인물의 이념과 대화적 상호 연관을 맺으면서 상호 주체적으로 이데올로기적인 침투를 한다. 따라서 소설 텍스트는 이데올로기 지향적이라고 할 수 있다.

　소설 텍스트에 이념적 생산을 가져오고, 문화 실천 및 재생산을 추진하는 데에 구체적 영향력을 행사하는 것이 이데올로기이다. 피에르 머슈레이는 "문학 자체가 하나의 이데올로기적 제도로 존재하는 한, 문학 비평은 여기에 암묵적으로 동의할 것이 아니라 이데올로기를 끊고 과학화해야 한다."고 주장했다.[26] 여기서의 과학은 이론적 실천으로 지식을 생산하는 것으로, 이러한 생산은 선행하는 이데올로기와의 인식론적 단절 속에서만 가능한 것이

---

25) 우한용(1997), 앞의 책, 15쪽.
26) pierre Macherey, *La production de la litterature*, 배영달 역(1994), 『문학생산의 이론』, 백의, 333쪽.

다. 그런데 이데올로기는 실제 현실과의 연관을 매개로 하는 것이라는 점을 고려한다면 이념의 실천물인 문화를 이데올로기와는 무관한 삶의 실천으로 보는 관점은 모순을 지닌다고 할 수 있다.

소설 텍스트는 이데올로기로부터 구성되기도 하고 또 기존의 이데올로기에 대항하여 형성되기도 한다. 즉, 소설 텍스트는 이데올로기적 담론이 되기도 하고, 이데올로기적 담론에 대한 반담론이 되기도 한다. 이때의 반담론도 또 다른 의미의 이데올로기라고 할 수 있다. 이런 관점에서 본다면 소설적 이념의 생산은 중층적인 자기 증식을 수행하는 것이며, 소설적 이데올로기는 문화 실천을 통해 구체화되고 문화 재생산을 지향하게 된다.[27]

그런데 소설 텍스트를 통한 문화의 생산이 다른 문화의 생산들과 변별되는 점은 소설 텍스트를 향유하는 과정에 있다. 소설 텍스트를 향유하는 것은 작품을 만들어 내는 직접적인 생산 활동이 아니라, 재생산 활동을 통한 새로운 관습(규칙)을 만들어 가는 과정으로서의 문화 생산이다. 소설 텍스트를 수용하고 재생산하는 것은 소설 주체들이 삶을 영위하는데 필요한 것으로 문화적 속성을 지니기 때문이다. 이런 관점에서 본다면 소설 교육은 소설 텍스트의 수용과 창조(문화 재생산)를 포괄하는 것으로, 문화의 맥락 안으로 수렴되는 것이다.

소설 텍스트의 생산과 수용의 의미가 제도적으로 구체화되는 장은 교육의 장이다. 소설 교육은 작가 - 텍스트 - 중개자(출판사 등) - 독자 등의 기본 요소를 바탕으로 하여, 이들 사이의 올바른 거래를 조장하는 과정과 그 결과물이라고 할 수 있다. 이러한 요소는 문학 문화 생산, 문학 문화 수용, 문학 문화 재생산의 순환적 구조 안에서 구체화된다.[28]

---

27) 우한용(1997), 앞의 책, 21-23쪽.
28) sigfried J.Schmidt / Helmut Hauptmeier, *Einfuhrung in die Empirische Literaturwissenschaft*, 차봉희 역(1995), 『구성주의 문예학』, 민음사, 38쪽.

작가는 소설 텍스트 생산의 담당자로서, 일상 생활을 향유하는 개인적 존재성과 문화집단에서 문화의 실천 및 재생산자로서의 속성을 동시에 지닌다. 작가가 소설 텍스트에 형상화하는 인물은 작가 자신을 문제적 인물로(작중 인물로서의 작가) 반영하는 경우가 많기 때문이다. 그러므로 작가는 단순히 소설 텍스트를 독자에게 생산해 주는 '생산 - 소비 관계'에서의 존재가 아니라, 문화적 공간에서의 문화 실천을 지향하는 주체이다. 문화 실천 주체로서의 작가는 문화 공간에서의 제도적 압력을 견디어 내야 하는 데, 이 제도적 압력이 문화적 압력이다. 작가와 관련된 문화적 압력은 작가 자신이 소속된 작가 집단과 비평가 집단, 독자 집단 등이 있는데, 이들은 상호 관련을 맺고 있다.

소설 텍스트의 생산이 문화 생산의 실천태인 것처럼 문학의 수용(감상과 비평)도 문화 생산의 실천태라고 할 수 있다. 소설 텍스트의 감상과 비평을 통해 문학 현상의 의미가 규명되며, 이런 과정에서 소설 텍스트의 수용 주체들이 소설 텍스트를 자신들의 문화 생산 실천에 이끌어들이기 때문이다. 그런데 소설 텍스트의 수용에서 문제되는 것은 수용을 하는 주체, 수용의 대상인 텍스트, 주체가 대상을 의미화하는 작용, 그리고 수용의 결과를 타자들과 상호 작용하는 방식 등이다. 이러한 소설 텍스트의 수용과 타자와의 상호 작용에서 강력한 영향력을 행사하는 것이 수용 행위에 참여하는 주체를 둘러싸고 있는 문화적 조건이다.

소설 텍스트 안에는 각종의 문화현상이 나타나게 되는데, 텍스트에 나타나는 각종의 문화 현상은 텍스트 안에서 문화의 실천 및 생산이 어떤 행위로 구체화되는가의 문제로 귀결된다. 문화의 실천 및 생산이 소설 텍스트 내에 형상화되는 방식은 작가가 문화 실천을 의미 규정하는 방식에 다름 아니며, 소설 텍스트의 수용자(독자)는 텍스트의 수용을 통해 텍스트에 구현된 문화를 수용하고 그 맥락에 따라 문화화된다. 이는 소설 텍스트를 통한 수용자의 간접적 문화 수용이다. 이러한 간접적 문화 수용은 문화 주체에게 영향을 미치고, 이것을 기반으로 하여 새로운 문화가 형성되며 수용자는 이 문화를 다시 학습하게 된다. 그러므로 소설 텍스트를 통한 문화 실천 및 재생산 행위는 작가와 독자가 자신의 문화 공간 내에서 문화적 압력과 상호 관련되는 방식에 따라 달라지는 것이라 하겠다. 문화의 장(場)에서 수요와 공급(수용과 실천, 그리고 재생산 행위) 사이의 균형은 문화 자본[29]의 소유 정도에 따라 실현되는데, 이 문화 자본은 교육 자본(곧, 제도적 문화 자본)과도 밀접한 관계를 지니기 때문이다. 이러한 교육 자본에 의해서 소설 교육의 수용 및 생산 행위가 달라질 수 있다. 교육 자본에 의한 교육과정 또는 교육적 의사 소통의 차등적 효과는 실제적으로 언어 자본의 불균등한 분배가 그 원인이다. 또한 개개인이 지니는 언어 자본의 시장 가치(문화 자본의 질과 양)는 교육이 요구하는 소설적 언어 능력과 실제의 언어 능력 사이의 격차에 따라 달라진다. 따라서 이러한 언어 자본의 차이에 따른 소설 교육적 의사 소통의 차이는 제도적 문화 자본, 즉 교육 자본에 대한 소설 주체의 문화 실천 및 재생산 행위에서의 차이와 같게 된다.

소설 텍스트를 읽는 독자는 내면에서 어떤 형태로든지 소설 텍스트에 정서적 반응을 한다. 독자가 갖는 반응의 방향에 따라 공감과 심미적 거리감이 동시적으로 수행될 수가 있다. 독자의 이러한 정서적 반응은 심리적으로 내면화되기도 하지만 또 동시에 문화 형태로 외현된다. 내면화는 개인의 자아 성장 내지는 심리적 충족감과 연관되고, 문화 형태로의 외현은 언어를 매재

---

29) 문화 자본(cultural capital)은 기본적으로 사회 계급에 따른 개인의 불평등한 능력을 설명하기 위해 사용되는 개념으로, 계급적 차이에 따른 문화 자본의 분배 구조와 관련하여 교육 시장에서 실현되는 차등적 이익에 근거한다(개인이 체화 또는 체득한 교육). 문화 자본은 아비투스로 개념화되는 지속성을 지니는 신체적 성향이나 습성과 같은 '체화(体化)된 문화 자본', 그림, 골동품 같은 문화적 재화에 해당하는 '객관적 문화 자본', 그리고 학력 등으로 표현되는 '제도적 문화 자본' 등이 있다.(삐에르 부르디외, 정일준 옮김 (1997), 『상징폭력과 문화재생산』, 새물결, 31-37쪽.)

로 하는 상징적 교섭 작용에 의해 형태화가 이루어진다. 외현에 있어서의 이 형태화는 문화적으로 규정된 구조 안에서 개인들의 문화적 에너지를 지닌 것으로, 문화를 '활동'으로 이끄는 원동력이 된다. 그러므로 문화는 탐구나 인식의 대상이 아니라, 그 주체가 그 안에 포함되어 자신의 가치를 실천하는 양식이 된다.[30] 문학 행위를 하는 가운데 삶을 살아가는 것이 문학 문화라고 한다면, 문화는 문화 문법을 익히고 변형하며 창조하는 과정과 그 결과를 다시 재창조하는 과정이다.

독자가 소설 텍스트를 읽는 것은 문화 연관성을 갖는 문학적 행위로서, 의미의 해석과 수용, 그리고 재생산을 통한 소설 텍스트의 소비를 생산한다. 독자의 이러한 소설 텍스트의 소비 생산 양상은 독자의 문학적 취향에 의거하게 되는데, 이 문학적 취향은 개인의 취향 차원만이 아니라 그 시대의 문화적인 조건에 영향받게 된다. 그러므로 독자의 소설 텍스트의 수용은 단순한 소비 생산의 차원을 넘어서서 가치 평가를 생산하는 데로 나아가게 되고, 이런 과정을 통해 소설 텍스트의 주체로서 문화 실천 및 재생산 과정에 참여한다. 이때 독자의 소설 텍스트의 재생산 행위는 폐쇄되고 불변성을 지닌 것이 아니라, 개방성을 전제로 하는 변화와 문화 실천을 지향하는 것이다. 독자의 소설 텍스트를 통한 문화 실천 및 재생산 행위는 또 다른 타자로서의 독자를 전제로 하여 성립되기 때문이다. 따라서 독자의 소설 텍스트의 의미 생산 행위는 타자(또 다른 독자)에 의한 해석 가능성을 유지한 채 완결된다는 의미에서, 완결과 개방이라는 두 특성을 동시에 지닌 상호 대화적인 이중성을 지향한 것이다.[31]

독자의 소설 텍스트의 수용은 소설 텍스트의 의미 장(field)을 구축하는 일

---

30) 우한용(1997), 앞의 책, 19-21쪽.
31) 여기서 말하는 독자는 제도적 틀내에서 소설 텍스트를 수용하고 의미를 생산하는 학습 독자를 말한다. 그러나 보다 넓은 차원에서의 독자를 고려하는 연구 성과가 기대되는 현실정이다.

이라고 할 수 있다. 의미 장의 구축은 문화의 압력을 받는 작가의 개인적 특성, 텍스트의 성격, 수용자의 심적 자세 등에서 영향을 받는다.[32] 독자는 자신의 문화집단(공간) 속에서 소설 텍스트에 대한 가치 평가를 통해 이러한 의미장을 구축한다.

소설 텍스트를 수용하는 독자가 어떤 텍스트를 선택하는가의 문제는 문화 단위에 포함되는 것으로, 소설 텍스트와 독자의 관계는 이중적인 의미의 관계를 갖는다. 하나는 독서 현상으로 실현되는 관계로서, 작가의 창작이나 독자의 독서나 장르적 규칙의 범위 안에서 실현되는 관계이다. 다른 하나는 의사 소통의 국면에서 이루어지는 관계로, 이때의 문학적 의사 소통은 문화와의 관련을 갖는다고 할 수 있다. 따라서 문화 실천으로서의 소설 교육은 문학 현상, 혹은 문화 현상으로서의 소설 텍스트에 접근하는 관점을 기본 전제로 삼아야 하는 것이다. 소설 교육을 이런 관점에서 접근하는 것은 소설 텍스트를 사회적 맥락 가운데 놓음으로써 소설 텍스트가 사회화되는 것을 지향하는 것이다. 이는 소설 텍스트에 추동력을 부여하는 이중적인 의미를 지닌 것이다. 사회적 맥락은 소설 텍스트에 반영되고, 동시에 소설 텍스트는 사회적 맥락을 만들어 나가기 때문이다.

소설 교육은 제도 교육의 틀 안에서 교육을 담당하는 주체로서 문학 교사나 비평가, 문학 교육과정을 구성하는 개인이나 집단, 교육과정을 실천하는 과정의 교과서 편찬자 등을 필요로 한다. 그런데 문화 실천 및 재생산으로서의 소설 교육은 교육과정의 강력한 영향하에 놓여 있게 되고, 교육과정의 문화론적 측면은 간접적인 형태로 반영된다.[33] 교육과정은 그 사회의 이념적 차원을 감당하는 것이므로 그 자체가 문화 실천의 양상은 아니가 때문이다. 그럼에도 불구하고 교육과정은 학교라는 제도의 틀 속에서 문학의 문화적

---

32) 우한용(1997), 앞의 책, 23-24쪽.
33) 우한용(1997), 앞의 책, 29-30쪽.

방향을 강력하게 규제하는 규제력을 지니고 있다.

문학 교사의 매개를 통한 소설 텍스트의 수용은 문학 교사의 문화와 학생 집단의 문화의 교차점 속에서 여러 가지 양상으로 교섭 작용을 한다. 문학 교사의 출신 배경, 문학 교사의 학문적 배경, 문학 교사의 사회적 위상, 문학 교사의 문학 인식 등이 학생들의 문학적 취향과 문학 해석의 방향에 영향을 행사한다. 또한 문학 교사의 교수 - 학습 방법이 문화적 요인으로 작용한다. 문학 교사가 학교에서 문학을 가르친다는 것은 곧 문학에 접근하는 태도, 문학을 해석하는 방법, 문학 해석의 결과를 나누고 평가하는 방법 등에 영향을 미치는 것이다.

문학 교사의 매개 작용이 이처럼 강력한 이유는 문학 현상의 상호 주관성에 있다. 문학의 형상성이 문학 교사의 주관적 매개를 유도하는 원인이다. 따라서 문학 교사는 자신이 향유하는 문학 문화를 학생들과 공유할 때 열린 시각을 견지해야 한다.

학교라는 제도 교육의 틀 안에서 이루어지는 소설 교육의 텍스트는 교과서이다. 교과서를 통한 소설 텍스트의 수용은 특정 이념을 함의하는 정전화의 경향을 보인다. 교과서는 그 자체가 문화적 산물이고 문화적 지표 역할을 하기 때문이다. 따라서 교과서라는 정전화된 소설 텍스트에 의한 소설 교육은 문학을 제도권 안으로만 한정하는 한계를 드러낸다.

5. 소설 교육을 통한 문학 문화 실천 및 재생산

광범위한 인류학적 의미에서 볼 때, 문화는 사회적 학습에 공헌하는 표현적(expressive) 활동 모두를 포함한다.[34] 이러한 문화 개념의 확장은 문화가

---

34) 벤 애거, 김해식 옮김(1996), 『비판이론으로서의 문화연구』, 옥토, 17쪽.

일상 생활에서 의미의 의사 소통적 기능을 수행함을 함의한다. 그렇지만 후기 산업 자본주의에서의 문화의 생산과 분배, 실천, 수용에 대한 어떤 뚜렷한 해석이란 존재하지 않는다. 즉 어떤 프로그램주의(Programmatism)ㅡ확정적인 방법론과 핵심적인 논제들의 명백히 분리된 목록ㅡ가 없다. 그러므로 문화 연구, 협소하게 말한다면 문학 문화 연구는 문화적 산물들의 규준화(canonization)에 저항하며, 모든 분야에서의 문화적 행위들의 이질성만이 존재한다고 할 수 있다. 따라서 문화의 폭발로 인해 사회의 모든 분야가 문화로 간주되는 시대에 문학 문화의 수용은 문화적 생산을 이끌어낼 수밖에 없다. 문학문화의 주체들은 잠재적인 문화적 창조자이자 역사적 주체이기 때문이다. 그리고 이러한 문학 문화는 구성적 힘과 그에 따른 변형적 힘을 갖고서 실천을 수행한다.

소설 교육이 단순히 소설 텍스트에 대한 지식만을 문제삼는 것이 아님은 자명하다. 따라서 소설 교육에서 제기되는 문제는 소설 텍스트가 구체적으로 독자에게 어떻게 수용되어 가치로 내면화되고, 독자에게 수용된 문학의 가치가 문화의 실천 및 재생산으로 구체적으로 어떻게 전이되는가 하는 점이다. 이러한 항목들에 대한 검토는 소설 텍스트를 문화 행위의 한 양상으로 보고, 소설 텍스트의 수용을 문화 실천 및 재생산으로 보는 관점을 취할 때만 온당하게 검토될 수 있다. 소설 텍스트는 폐쇄된 고유한 영역에 놓이는 것이 아니라, 실제 삶과의 관련을 필연적으로 가지며, 그것을 수용하는 문화 집단의 문화적 가치에 영향받기 때문이다.

소설 텍스트를 단순히 폐쇄된 체계로 보는 관점으로는 문화 실천 및 재생산으로서의 소설 텍스트가 갖는 대화성을 설명할 수 없다. 사회를 통합하는 데 기여하는 분화되지 않은 체계가 아닌 의미를 둘러싼 진지한 경쟁과 갈등이 일어나는 영역을 문화라고 할 때, 소설 텍스트는 사회 전 부문에서의 갈등을 반영하는 이데올로기로서의 기호라고 할 수 있다. 또 문화의 변증법적 속성들, 특히 문화적 갈등이 실제적인 정치적 변동·변혁을 가져올 수 있는 잠재력을 가지고 있다는 것을 염두에 둔다면, 문화 실천으로서 소설 텍스트가 문화 사회와 갖는 갈등은 중요성을 지닌다.[35] 문학 문화로서 소설 텍스트 내부의 갈등들이 미학적이고 정치적인 저항을 초래하고, 그 결과 전면적인 사회 변동을 초래할 수 있는 가능성들이 존재하기 때문이다.

확장된 문화 개념에 의한 소설 교육은 표현과 경험의 비텍스트적이거나 초텍스트적인 형태들을 다루면서 그것에 상응하여 확장된다. 또한 문화적 의미와 실천을 탈중심화하면서, 정전주의에 입각한 엘리트주의에 근본적으로 도전한다. 이러한 문화적 탈중심화에 의한 소설 교육은 문화적 규준의 확장을 통해, 그것을 관장하는 지배적인 규준과 교육제도의 폐쇄성에 도전하게 된다. 실천으로서의 소설 교육을 통해 학습자는 소설 텍스트들을 조건짓고 결정하는 복잡한 사회적·경제적 공간을 쉽게 파악할 수 있다. 이것이 사회적 실천으로서의 소설 교육이 갖는 의의이다. 소설 교육은 권력의 거래에 참여하는, 특히 작가의 자의식이 과학적 글쓰기 속에서 억압되거나 주변화되는 방식에 참여하는 독특한 언어 게임[36]을 파악할 수 있게 한다. 이렇게 함으로써 소설 교육은 작품의 맥락(context)이 갖는 텍스트 외적인 측면들을 포함하게 된다. 이러한 소설 교육의 확대는 한편으로는 신비평, 그리고 정밀한 독해라는 여타의 방법론들이 갖는 객관주의를, 다른 한편으로는 경제주의적 환원론을 동시에 회피함으로써 변증법적 성과를 얻을 수 있게 된다.

이러한 관점에서의 소설 교육은 학습자가 자신의 비판적 관심을 괄호 속

---

35) 그람시는 교차하는 다수의 문화를 '헤게모니'라는 관점에서 설명했다. 그는 문화 또는 '헤게모니'를 자본주의 경제 그 자체에 대해 상대적으로 자율적인 경험과 실천의 영역으로 이해하면서, 헤게모니는 지배가 외부의 일상생활로부터 즉, 자본의 거대한 구조들을 통해서 생산될 뿐만 아니라, 영원한 종속자들로서의 자신들의 운명에 대해 다소간 체념하는 민중들에 의해서 내부의 일상 생활로부터도 생산되는 방식들이라고 했다.(벤 애거, 김해식 옮김(1996), 『비판이론으로서의 문화연구』, 서울: 옥토, 28-29쪽)
36) 벤 애거, 김해식 옮김(1996), 앞의 책, 35쪽.

에 넣도록 강요하지 않는다. 학습자의 소설 읽기 작업은 곧 쓰기가 된다. 즉, 학습자는 해당 텍스트의 의미에 대화적으로 영향력을 행사한다. 그러므로 '그 자체로서의' 텍스트는 존재하지 않는다. 학습자의 소설 텍스트에의 참여는 일정한 비판적·문화적 실천을 수행하는 '쓰기'가 된다.[37] 또한 이 관점에서의 소설 교육은 무엇이 정당한 문화적 실천으로서의 소설 텍스트인가, 그 가치 평가는 어떠한 방식으로 해야 하는가의 문제가 제기되는데, 이것은 다원주의적 입장에서 상호 주관성의 개념으로 해결해야 한다. 문화 실천으로서의 소설 교육은 단일한 해석학적 원리가 있는 것이 아닌, 이론적·해석적 영역의 가장 생산적인 학제적 영역이기 때문이다. 그러므로 소설 교육은 읽기와 쓰기라는 문화적 실천의 본질 측면에서 접근되어야 하는 것이다. 그렇지만 소설 교육은 단순히 문화의 실천 및 지향에 머무를 수는 없다. 소설 교육은 학습자로 하여금 그들이 읽고 보고 듣고 쓰는 방식들을 바꾸어서 문화 세계를 경험하는 방식들을 변혁하는 데까지 나아가야 한다. 따라서 소설 교육은 이데올로기 비판의 가장 강력한 양식으로서 일상 생활의 흐름 속에 녹아 들어가야 한다. 소설 텍스트와 그 실천은 정치적·문화적 맥락 속에 놓여 있어야 하며, 실천 가능한 대안적인 삶을 제안하는 것이어야 한다.

소설 교육은 순수하게 문학적 지식이나 문학 능력을 길러주는 것이 아니라, 소설 텍스트의 생산과 수용을 통해 학습자로 하여금 문학문화를 실천하도록 하는 것이 되어야 한다. 체험의 확대와 삶의 지혜 터득, 창조성 배양, 언어에 대한 감수성과 소설 텍스트에 대한 애정을 기르는 것이 통상적인 소설 교육의 의의로 지적되는 것들이다.[38] 이들 가치는 문학이 인간 삶의 문

---

37) 이런 관점에서의 소설 교육은 전문가 집단, 즉 비평가, 평론가 등의 독해가 갖는 특권을 부정한다. 다만 여기서 딜레마에 빠지는 것은 문학 교사의 위상이라고 할 수 있다. 문학 교사가 전문가로서의 문학적 인식력과 감수성을 지닌 존재인가, 아니면 안내자로서 학습자의 조력자인가의 문제이다. 이 문제는 제도 교육을 고려한다면 안내자로서 학습자의 문학적 능력 함양에 조력하는 자로서 교사의 위상을 정립해야 할 것 같다.

제, 특히 문화의 실천 및 생산, 수용과 연관되는 데서 연유된 것들이다. 그러므로 소설 교육은 문학과 삶의 연관성을 전제한 문화 행위로서의 소설 텍스트의 수용 양상, 정의적 영역인 소설 영역의 평가를 어떻게 할 것인가 등에 연구의 관점이 모아져야 한다. 소설 교육은 결코 소설 텍스트 내부의 폐쇄된 영역에 한정되는 것이 아니라, 수용자들이 그 문화적 의미들과 메시지를 얼마든지 재창조할 수 있다는 관점에서 접근되어야 하기 때문이다. 소설 교육은 전통적인 문학적 결과물들, 소위 대작(Great Book)에 의한 정전화의 교육이 되어서는 안된다. 오히려 소설 교육은 탈텍스화라는 관점에서 접근되어야 한다. 또한 소설 교육은 그 교육이 수행되는 집단의 가치에 의해 선택되는 내용과 그 집단이 지향하는 가치적 결단의 내용을 조직화해 나가는 문화 작용을 다루어야 한다. 그리고 교육 내용으로 선택되는 소설 텍스트들은 그 집단의 가치적 결단의 방향에 통합되어야 하고, 소설 교육은 문학 연구와는 다른 차원의 것으로 그 속성상 교육이라는 상위 개념에 종속되어야 한다.[39] 이처럼 교육에 종속되는 소설 교육은 소설 텍스트 자체의 자율성이라는 측면과 교육의 의도적인 측면이라는 이중 구조 속에서 놓이게 된다.

요컨대, 문화 실천으로서의 소설 교육은 소설 텍스트의 내적인 문제를 자신의 문제로 전환하여 객관적 문화의 습득 및 실천을 가능하게 해 주는 문화 실천 및 재생산의 역할을 한다고 할 수 있다. 소설 텍스트는 인간을 문제 삼으면서 끊임없이 자신에 대해 되묻는 일종의 정체성 확인 작업이며, 이는 문화 문법(cultural grammar)을 각성된 의식인의 입장에서 재점검해 나가는 작업이다. 문화 문법에 의거해서 그 안에서 문화의 방향을 탐색하는 과정을 탐색하는 것이 문화 교육으로서의 소설 교육의 지향점이라고 할 수 있다. 그리고 이 지향점은 교육의 기본적인 두 기능인, 보수적 기능과 혁신적 기능을

---

38) 김은전(1979), 「國語敎育과 文學敎育」, 『師大論叢』 제 19집, 서울대 사범대학, 8-9쪽.
39) 우한용(1997), 앞의 책, 35쪽.

수행하는 과정에서 이루어져야 한다.

6. 결 론

소설 교육은 소설 텍스트의 구조를 단순히 해명하는 차원과 작품의 의미 해석 차원을 넘어서서 문화 실천 및 재생산으로서 문화 공간에서의 문화 문법에 따라 규명되어야 한다. 문화 행동은 어느 한 문화 활동만으로 창출되고 수용되는 것이 아니라, 인접 영역의 문화 활동과의 유기적인 상호작용을 통해 형성되고 실천되는 것이기 때문이다. 따라서 문화 행동으로서 실천을 지향하는 소설 교육도 다문화적 환경과 그 실천에 영향받을 수밖에 없다. 물론 이런 관점으로 소설 교육을 보는 것은 제도 교육의 한계를 넘어서는 것이다. 소설 교육은 제도교육에만 한정되는 것이 아니라 평생 교육의 요소를 다분히 지니고 있으므로[40], 폭넓게 교육과정을 설정하여 문화 교육의 실천으로서 소설 교육을 상정할 필요가 있다고 본다. 이렇게 한다면 제도 교육에서의 소설 교육 뿐만 아니라 평생 교육으로서의 소설 교육의 영역을 포괄하게 되어 메타 차원의 소설 교육에 대한 논의가 가능해질 것이다.

---

40) 우한용(1993), 「소설의 영상변용과 문학적 문화」, 우한용 외(1993), 『소설 교육론』, 평민사.

# 소설 교수 - 학습의 효율성 평가 방법 연구

1. 서 론

학습자의 소설 읽기는 소설 텍스트와 대화하는 행위라고 할 수 있다. 학습자는 소설 텍스트를 읽으면서, 텍스트에 형상화된 것들을 자신의 삶과 관련지어 이해하고 평가하면서 자기 성찰과 새로운 자기 형성을 하기 때문이다. 따라서 소설 교육은 학습자가 소설 텍스트를 비판적 사고와 문제 해결 과정을 통해 평가하고, 이를 자신의 삶과 연관지을 수 있는 것이 되어야 한다. 그런데 제도 교육 하에서 이러한 소설 교육을 수행하기 위해서는 가장 우선적으로 교수 - 학습 방법이 개선되어야 한다. 그리고 교수 - 학습 방법의 개선과 더불어 교수 - 학습 방법의 효율성에 대한 평가가 이루어지고, 이에 따라 학습자의 특성에 맞는 새로운 교수 - 학습 방법을 개발해야 한다. 이를 위해서는 무엇보다도 먼저 교수 - 학습의 효율성을 평가할 수 있는 방법이 개발되어야 할 것이다. 또한 학습자의 문학 능력에 맞는 교수 - 학습 방법이 무엇인지를 검증하고, 이것이 실제 교수 - 학습 과정에서 얼마나 실효성을 거둘 수 있는지를 평가해야 할 것이다.

지금까지 소설 교수 - 학습 방법에 대한 많은 논의들이 있어 왔지만, 기존의 연구들은 소설 교수 - 학습 방법의 개발에만 치중함으로써, 이 방법들이 어떠한 효율성을 갖고 있는지를 평가할 수 있는 방법을 논의하지 못하는 한계를 갖고 있다. 소설 교육에 대한 연구들이 10여 년 이상 쌓이고 다양한 영역에 대한 논의들이 수행되고 있는 현시점에서는 소설 텍스트에 맞는 교수 - 학습 방법의 개발도 중요하지만, 보다 근본적으로는 교수 - 학습의 효율성에 대한 논의가 있어야 한다고 본다. 교수 - 학습의 효율성에 대한 논의를 통해 학습자의 특성에 맞는 새로운 교수 - 학습 방법이 개발될 수 있고, 이것이 실제 수업 현장에 피드백될 수 있기 때문이다. 본고의 문제 의식은 여기에서 출발한다.

본고는 문학 교사들이 소설 교수 - 학습의 효율성을 어떻게 평가하는지, 평가 결과에 따라 보다 효과적인 교수 - 학습 방법을 어떻게 형성하는지를 알아보기 위한 것이다. 연구의 범위를 소설 교수 - 학습의 효율성 평가 방법에 한정하는 것은, 학습 내용에 따라 구안된 초기 교수 - 학습 경험에 의해 형성되는 교수 - 학습 방법과 교수 - 학습의 효율성 평가가 효과적인 교수 - 학습의 질을 결정한다고 생각하기 때문이다. 따라서 본고는 다음의 세 가지에 연구 초점을 둔다. (1) 교사들이 교수 - 학습의 효율성을 어떻게 평가하는가, (2) 효과적인 교수 - 학습 방법에 대한 교사들의 믿음을 형성하는 요소들은 무엇인가, (3) 효과적인 교수 - 학습에 대한 평가는 어떤 교수 - 학습 방법을 지향하는가 등이다.

이러한 연구 목적을 위해 소설 교수 - 학습의 효율성 평가가 필요한 이유를 살펴보고, 소설 교수 - 학습의 효율성을 평가하기 위한 실제적인 방법들을 살펴볼 것이다. 이를 위해 수업 장면에서의 평가, 단기간에 걸친 평가, 장기간에 걸친 평가 방법 등을 살펴보고, 이러한 평가 방법들이 어떤 의의를 갖는지를 살펴볼 것이다.

2. 소설 교수 - 학습의 효율성 평가의 필요성

일반적으로 소설 교수 - 학습의 효율성을 평가하기 위한 방법들은 지금까지 학습자의 학업 성취를 양적으로 측정하는 것이었다. 특히 학습자의 시험 점수 향상과 관련되는 교사의 행동이 무엇인지 파악하기 위해 입시 평가를 주로 연구해 왔다. 이러한 연구들은 중등학교의 교육 목표가 현실적으로 상급 학교의 진학에 초점에 맞추어져 있다는 점을 감안한다면, 어느 정도 이해가 되고 용인될 수 있기도 하다. 그러나 소설 교육의 지향점이 학습자의 문학 능력 증진과 문학적 문화의 고양에 있다는 점을 상기한다면, 소설 교수 - 학습의 효율성 평가는 양적 평가를 통해 측정되기보다는 질적 평가를 통해 측정되어야 함을 쉽게 알 수 있다. 소설 교육의 본질이 소설 텍스트에 내재된 절대 진리나 가치, 문학적 지식 등을 학습자에게 주입하고, 이를 측정하는 것은 아니기 때문이다. 소설 교육의 본질은 소설 텍스트에 담겨진 진리나 가치, 지식 등을 학습자에게 전수하는 것이기보다는, 소설 텍스트의 의미를 학습자가 비판적 사고[1]와 문제 해결력을 바탕으로 새로이 의미화 하고 실현하는 것이라고 할 수 있다. 따라서 소설 교수 - 학습의 효율성을 양적인 방법에 의해 측정한다거나, 소설 교수 - 학습의 특성을 수량화하려고 하는 연구들은 근본적으로 소설 교육의 본질과 지향점에 대한 이해의 부족을 갖고 있다고 할 수 있다.

---

1) Mcpeck(1981)에 따르면, 비판적 사고는 어떤 문제 영역 내에서 이루어지는 사고의 반성적 회의라고 할 수 있다. 즉, 어떤 주어진 진술, 규범, 행동 양식 등에 대한 어떤 회의를 포함한다. 이 회의는 궁극적으로 주어진 진리에 대한 수용이 아닌, 다양성의 가능성을 고려하는 것이다.(Dickson, M.A.(1991), "Teaching literature with a specific emphasis on critical thinking: An interpretive investigation of student perceptions", The university of north carolina at greensboro, Dissertation, pp. 17-19.) 따라서 비판적 사고는 대상에 대한 반성적 회의를 통해 대상에 대한 가치 평가를 드러낸다. 이러한 비판적 사고는 대상에 대한 더 만족스러운 해결책, 또는 그 문제 속을 들여다볼 수 있는 통찰력을 가져온다.(J. E. Mcpeck, 박영환·김공하 역(1995), 『비판적 사고와 교육』, 배영사, 10-11쪽 참조.)

실제적으로 수업 현장에서 문학 교사가 어떤 교수 - 학습 방법을 선택하는지를 밝히는 것은 매우 어려운 문제이다. 문학 교사들은 서로 다른 문학 능력을 지닌 학습자들에게 각기 다른 관심을 가질 뿐만 아니라, 문학 교수법의 효율성에 대한 생각도 다르기 때문이다. 그렇지만 소설 교수 - 학습이 교육과정에 의거해 구안된 텍스트를 바탕으로 수행되기 때문에, 현실적으로 문학 교사들은 문학 교수 - 학습을 위해 어떤 교수 - 학습 모형을 참조해야 한다[2]. 예컨대, 독자 반응 이론 혹은 구성주의 이론을 적용하여, 이에 따른 교수 - 학습 모형을 실제 수업 현장에서 활용할 수 있을 것이다. 문학 교사가 어떤 교수 - 학습 모형을 사용하든지 간에 중요한 것은, 이 모형들이 학습자의 문학 능력이나 텍스트 수용 맥락에 얼마나 부합되는가이다. 따라서 소설 교수 - 학습 모형이 무엇인가보다는 이 모형이 어느 정도의 효율성을 가지며, 교수 - 학습의 효율성에 대한 반성 의식이 실제 교수 - 학습 과정에 얼마만큼 피드백 되는가가 중요하다.

소설 교수 - 학습의 효율성 평가에서 일차적으로 중요한 것은 소설 교수 - 학습에 대한 문학 교사의 관점이 무엇인지, 그리고 효율적인 교수 - 학습을 위한 변인들이 무엇인가 하는 점이다. 따라서 소설 교수 - 학습의 효율성 평가는 효율적인 교수 - 학습에 대한 문학 교사의 관점이 무엇인지, 그리고 문학 교사가 어떤 변인에 주목하여 소설 교수 - 학습의 효율성을 평가하는지 등을 검토해야 할 것이다. 이를 위해서는 소설 교수 - 학습을 둘러싼 상황 맥락이 어떠한지, 그리고 문학 교사의 교수 능력, 문학 능력, 교수 - 학습관 등이 교수 - 학습 방법에 어떤 영향을 미치는가를 살펴보아야 할 것이다. 이를 살펴보기 위해 본고는 소설 교수 - 학습의 효율성 평가 요소를 교수 - 학습 상황 맥락, 문학 교사의 교수 - 학습관으로 나누어 논의할 것이다.

---

2) McNair, K.(1978-1979), "Capturing inflight decisions : Thoughts while teaching", Educational Research Quarterly, 3, 26-42., p.40.

가. 교수 - 학습 상황 맥락에 따른 교수 - 학습 효율성 평가의 필요성

　소설 교수 - 학습의 효율성을 양적으로 밝히려는 연구들은 특히 중등학교
에서 많은 문제점을 드러내고 있다. 소설 교수 - 학습의 효율성은 소설 텍스
트가 지니는 정의적 특성으로 인해, 단기간에 걸친 평가나 양적 평가에 의해
서 쉽게 평가될 수 없기 때문이다. '문학' 영역에 대한 양적 평가는 소설 텍
스트의 내용에 대한 단순 회상이나 사실적 사고 혹은 논리적 사고 등에 대
한 측정에 치중함으로써, 학습자의 문학 능력 증진이라는 소설 교육의 지향
점에서 한참 멀어진 감이 든다. 더군다나 상급학교 진학을 위해 객관화된 수
치에 의한 석차가 중요시되는 교육 현실 속에서, 소설 텍스트에 대한 학습자
의 태도 평가나 관찰 평가 등과 같은 질적 평가들이 제대로 시행되지 못하
고 있다. 이러한 교육 현실은 소설 교육의 지향점과 실제가 상당한 괴리를
갖고 있음을 보여준다. 이러한 괴리를 극복하기 위해서는 우선적으로 교육
주체들의 태도 개선이 이루어져야 한다. 특히 소설 교수 - 학습 방법과 평가
에 대한 문학 교사들의 관점과 태도의 변화가 요구된다. 소설 교수 - 학습 방
법에 대한 문학 교사의 관점과 태도는 소설 교육의 질을 결정적으로 좌우할
뿐만 아니라, 학습자의 참여도를 결정하기 때문이다. 또한 소설 교수 - 학습
과정에 대한 학습자의 참여와 태도도 매우 중요하다. 학습자의 참여와 태도
는 교수 - 학습 방법에 대한 문학 교사의 반성을 가져오며, 이 반성 의식이
실제 교수 - 학습 과정에 지속적으로 피드백 되기 때문이다. 그리고 학습자
와 동료 학습자와 상호 작용도 소설 교수 - 학습 과정에 지속적으로 작용한
다. 소설 텍스트에 대한 학습자의 이해와 평가는 문학 교사와 학습자간의 관
계에 의해서만 이루어지지 않고, 학습자와 동료 학습자의 토의에 의해서 보
다 풍부하게 이루어질 수 있기 때문이다. 그러므로 소설 교수 - 학습의 효율
성을 평가하기 위해서는 소설 교수 - 학습이 수행되는 상황 맥락에 대한 총

체적인 고려를 필요로 한다고 할 수 있다.

소설 교수 - 학습의 효율성 평가를 위한 상황 맥락을 총체적으로 고려하기 위해서는 '문학 교사와 교수 - 학습 상황 맥락 사이의 상호 작용'을 검토할 필요가 있다. 이 상호 작용은 PRSVL(Parsifal)이라 불리는 이 모델에 의해 검토될 수 있는데, 이 모델은 다섯 개의 변인을 갖는다. : 인적 변인(능력, 지식, 사고 방식 등을 지닌 교육 주체), 역할 변인(교수 - 학습 상황을 다루는 역할), 상황 맥락 변인, 가치관 변인, 행운 변인. 이 다섯 가지 변인들은 교수 - 학습의 효율성 평가를 위한 요소들이라고 할 수 있는데, 본고는 이 요인들을 교수 - 학습 내적 상황 맥락과 외적 상황 맥락으로 나누어 살펴보고자 한다. 그러면 소설 교수 - 학습의 효율성에 대한 교사의 관점이 학습자에게 어떤 영향을 미치는지 살펴보자.

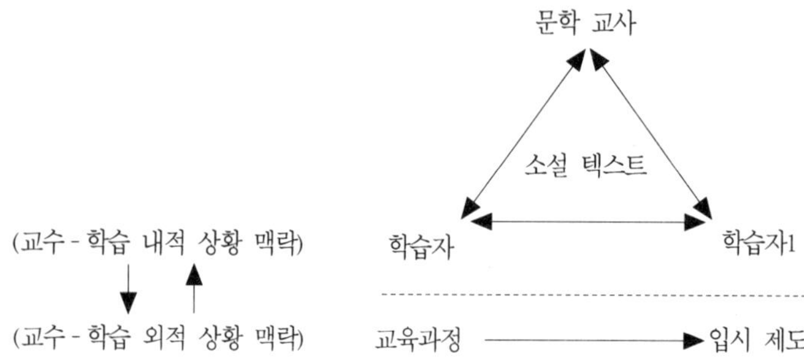

〈그림 1〉 소설 교수 - 학습 효율성 평가의 상황 맥락 변인

위의 그림은 소설 교수 - 학습 효율성 평가를 위한 상황 맥락 변인이 교수 - 학습 내적인 것과 외적인 것으로 나뉠 수 있음을 보여준다. 교수 - 학습 내적인 것은 소설 텍스트를 매개로 삼아 문학 교사와 학습자, 문학 교사와 학습자1, 학습자와 학습자1(동료 학습자) 사이에 상호 작용이 이루어지고, 이

것이 소설 교수 - 학습 상황에 지속적으로 영향을 미침을 보여준다. 교수 - 학습 외적인 것은 소설 교육을 이끌어 가는 것이 문학 교육과정이고, 이 교육과정은 입시 제도와 길항(拮抗) 관계에 있음을 보여준다. 그리고 전체적으로는 교수 - 학습 내적인 것과 외적인 것이 상호 영향 관계에 있음을 드러낸다. 따라서 소설 교수 - 학습의 효율성을 평가하기 위해서는 교수 - 학습 내적인 상황 맥락과 외적인 상황 맥락을 동시에 고려하면서, 이것들이 교수 - 학습 과정에 어떻게 피드백될 수 있는지를 살펴보아야 한다.

학습 내용은 문학 교사가 소설 교육을 설계하고, 학습 목표를 어떻게 설정할 것인가에 많은 영향을 미친다. 따라서 문학 교사는 구조화되고 계열화된 학습 내용의 특성에 맞는 교수 - 학습 모델을 사용하고자 한다. 그런데 실제의 소설 교수 - 학습 모델은 학습 내용 뿐만 아니라, 교수 - 학습이 수행되는 상황 맥락에 따라 변형되는 특성을 갖는다. 따라서 학습자의 문학 능력 증진과 문학적 문화 향유라는 문학 교육의 목표를 달성하기 위해서, 문학 교사는 교수 - 학습이 수행되는 상황 맥락을 항상 고려해야 한다. 이를 고려하면서 소설 교수 - 학습의 효율성을 평가하고, 이를 실제 교수 - 학습 상황에 피드백해야 한다. 이것은 문학 교육과정을 하나의 전범으로 삼기보다는, 문학 교육과정을 교수 - 학습 상황에 맞게 변형할 수 있는 자율권을 문학 교사가 가짐을 전제한다3). 문학 교육과정에 대한 문학 교사의 자율권에 의해 소설 교육의 본질에 가장 효율적인 교수 - 학습 전략, 적절한 학습 내용이 결정되고, 이에 의해 소설 교수 - 학습의 효율성이 증진될 수 있기 때문이다.

나. 문학 교사의 교수 - 학습관에 따른 교수 - 학습 효율성 평가의 필요성

Brophy & Good(1986)에 따르면, 소설 교수 - 학습의 효율성을 평가하기

---

3) Grossman, P.L., & Stodolsky, S.S.(1995), "Content as context: The role of school subjects in secondary school teaching", Educational Researcher, 24, 8, 5-11, 23., p.6.

위해서는 학습 내용이 무엇인지, 그리고 학습 과정에서 학습자의 활동이 어느 정도까지 수행되어야 하는지가 밝혀져야 한다[4]. 그런데 이 문제를 밝히는 것은 그리 쉬운 일이 아니다. 동일한 소설 텍스트를 대상으로 하더라도, 학습 내용과 학습자의 활동 정도에 대한 문학 교사들의 관점이 다르기 때문이다. 이 문제는 결국 문학 교사의 교수 - 학습관이 무엇인지를 밝히는 것이라고 할 수 있는데, 이것은 교육과정, 소설 텍스트, 학습자, 그리고 교사의 역할에 대한 문학 교사의 관점을 파악하는 것이다. 교육과정, 소설 텍스트, 학습자, 그리고 교사의 역할에 대한 문학 교사의 관점을 파악하는 것은 결국 소설 교수 - 학습의 효율성에 대한 문학 교사의 관점을 파악하는 것으로 연결된다.

학습자에 대한 문학 교사의 관점은 학습자를 위해 효율적이거나 타당한 소설 교수 - 학습 방법을 결정할 수 있게 한다. 학습자의 문학 능력, 문학 경험, 학년 수준, 가정 문화 등과 같은 요소들이 학습자에 대한 문학 교사의 관점을 형성한다. 학습자에 대한 문학 교사의 관점에 의해 소설 교육의 목표가 결정되고, 이에 따라 소설 텍스트에 효율적인 교수 - 학습 방법이 결정된다. 지금까지 교수 과정과 교수의 방법에 대한 많은 연구들은 학습자가 처해 있는 사회·문화적 상황 맥락들을 간과해 왔다. 이 연구들은 소설 교수 - 학습 과정 효율성을 객관적이고 타당하게 평가하기보다는, 소설 교수에 대한 문학 교사의 회상이나 때로는 임상적인 상황에서의 교사의 관찰 행동들에 의해 소설 교수법의 효율성을 평가해 왔다. 그러나 소설 교수 - 학습에는 교수자 변인 뿐만 아니라, 학습자 변인도 많은 영향을 준다. 따라서 소설 교수 - 학습의 효율성을 평가하기 위해서는 학습자가 처한 사회·문화적 상황, 그리고 학습자의 문학 능력, 문학 경험 등에 대한 고려가 필요하다. 이러한 것

---

4) Brophy, J. & Good, T.L.(1986), "Teacher behavior and student achievement", ed. Wittrock, M., Handbook of research on teaching, Macmillan.

들을 고려하지 못한 소설 교수 - 학습 방법은 교사 주도에 의한 교수만을 고려할 뿐이며, 소설 교육의 본질을 고려하지 못한 채 교수 - 학습의 효율성 평가를 수행할 뿐이다. 이는 소설 교수 - 학습 방법에 대한 연구들이 교수자 변인만을 고려할 뿐, 학습자의 사회·문화적 요인과 문학 능력, 문학 경험을 종합적으로 고려하지 못함을 의미한다. 따라서 소설 교수 - 학습 방법은 문학 교사의 역할 뿐만 아니라, 학습자 변인도 종합적으로 고려해야 한다.

문학 교사는 자신의 문학 능력을 바탕으로 소설 텍스트를 학습자에게 중개한다. 이때 문학 교사는 소설 텍스트에 대한 자신의 이해와 해석 방식을 학습자에게 주입하기보다는, 자신의 이해와 해석 방식이 하나의 참조 틀에 불과함을 학습자에게 주지시킬 필요가 있다. 소설 텍스트에 대한 학습자의 이해와 해석은 학습자의 능동적이고 비평적인 텍스트 읽기를 통해 수행되며, 이것이 학습자의 자기 성찰과 새로운 자기 형성으로 이어져야 하기 때문이다. 이러한 소설 교육을 위해서 문학 교사는 소설 텍스트의 중개자 역할을 하면서, 학습자의 문학 경험을 보다 세련되게 하고, 문학 능력을 증진시켜야 한다. 따라서 문학 교사는 자신의 교육 이념이나 교육 목표를 절대적으로 상정하기보다는, 학습자의 문학 능력이나 텍스트 수용 맥락에 따라 수시로 변형해야 한다. 그래야만 소설 텍스트와 학습자 사이에 생산적인 대화가 이루어질 수 있다.

문학 교사가 어떤 교수 - 학습 방법을 설정하는지, 그리고 학습자의 학습을 위해 어떤 교육 목표를 갖는가를 아는 것은 문학 교사의 교수 능력과 문학 능력에 대한 평가 척도를 제공해 준다. 뿐만 아니라, 교육 내용과 학습자의 상황 맥락에 맞는 교수 - 학습 방법을 어떻게 조직하고 실행할 수 있는지를 알 수 있게 해 준다. 따라서 문학 교사의 교수 - 학습 방법 결정과 교육 목표는 소설 교수 - 학습의 효율성 평가를 위해서 반드시 고려되어야 한다. 이것들은 문학 교사의 반성적인 교수의 기제가 되기 때문이다. 또한 문학 교사의 반성적인 교수 실천은 새로운 소설 교수 - 학습 방법 설정과 이 설정 과정에 학습자 변인이 어느 정도 반영될 수 있는지를 파악할 수 있게 해주기 때문이다. 그러므로 소설 교수 - 학습의 효율성을 평가하기 위해서는 문학 교사의 교수 - 학습관이 무엇인지를 알아야 할 것이다. 문학 교사의 교수 - 학습관에 의해 교육 목표, 교육 내용, 교수 - 학습 방법 등이 결정되기 때문이다. 이것들은 문학 교사가 자신의 교수 행동에서 어떤 정보를 이끌어내는지, 그리고 교수 상황을 어떻게 조직하는지에 대한 이해를 위해 매우 중요하다. 문학 교사의 교수 - 학습관과 교육 철학, 그리고 반성적 교수 실천 등은 상호 간섭한다. 소설 교수 과정에서의 반성(reflection-in-action)과 소설 교수에 대한 반성(reflection-on-action)은 문학 교사가 새로운 교수법의 실행 가능성에 대한 대안을 평가하게 함으로써, 학습자의 특성에 맞는 교수법을 개발할 수 있게 한다5). 이 두 가지 반성은 교수법에 대한 문학 교사의 교육 철학을 드러낸다.

소설 수업에 대한 교사의 교육적 태도와 믿음은 학습자에 대한 교사의 이해 방식과 교육 목표, 그리고 교육과정을 어떻게 받아들일 것인지를 결정한다. 이때 문학 교사의 교수 - 학습관과 문학 능력, 문학 경험 등은 교수 과정에 많은 영향을 미친다. 예컨대, 문학 교사가 실제 수업에서 학습자와 자신의 역할 중에서 자신의 역할이 더 중요하다고 생각할 경우, 이 수업은 교사 중심의 수업이 될 것이다. 반면에 학습자의 역할이 더 중요하다고 생각할 경우, 학습자 중심의 수업이 이루어질 수 있다. 그러므로 "내가 되고자 원하는 교사상은 무엇인가"와 같은 자기 한정(self-definition)은 교사의 교육 목표 달성을 가능하게 하는 도구가 될 수 있다. 또한 문학 교사가 갖는 이데올로기도 소설 교수 - 학습에 영향을 준다. 교사가 갖는 이데올로기가 교수의 효율

---

5) Vinz, R.(1996), Composing a teaching life, Heinemann, p.109.

성을 한정하고, 학습자에 대한 교사의 관점을 세워 주기 때문이다. 학습자에 대한 교사의 관점에 따라 효율적인 교수 전략과 교육과정에 대한 교사의 생각이 형성된다.

3. 소설 교수 - 학습의 효율성 평가 방법

가. 평가를 위한 자료

소설 교수 - 학습의 효율성 평가를 위한 자료들로는 수업 장면 관찰, 수업 장면 녹화, 수업 교사의 인터뷰 녹화, 그리고 수업 녹화를 검토한 후 문학 교사가 작성한 반성적 진술 등이 있을 수 있다. 수업 교사의 인터뷰 내용과 수업 후 교사가 작성한 반성적 진술은 소설 교수 - 학습의 효율성 평가에 많은 도움을 줄 것이다. 수업 교사의 인터뷰 내용과 수업 후 교사가 작성한 반성적 진술은 소설 교수 - 학습의 효율성에 대한 교사의 직접 언급이나 경험을 제공하기 때문이다. 수업 교사의 인터뷰 녹화를 위해 활용될 수 있는 질문들은 문학 교사의 교수 경력과 같은 사실적인 정보를 모으기 위해, 그리고 효율적인 소설 교수 구성을 위한 문학 교사들의 아이디어를 모으기 위해 활용될 수 있을 것이다. 또한 문학 교사가 생각하는 효율적인 교수법은 무엇인지, 그리고 소설 교수 경험이 어떠한지를 파악하기 위해 활용될 수 있을 것이다. 문학 교사의 교수법을 평가하기 위해 활용될 수 있는 질문들로는 다음의 것들이 있을 수 있다.

> - 소설 교수를 위해 특히 효율적인 전략이 있다면 말씀해 주실 수 있습니까?
> - 소설 교수법의 효율성을 평가하기 위해 어떤 요인들을 고려하십니까?

- 소설 교수 - 학습과 관련하여, 어떤 종류의 피드백을 가장 크게 고려하
  십니까?

물론 다른 종류의 질문들도 활용될 수 있을 것이다. 어떤 종류의 질문이
활용되든지 간에 질문들은 소설 교수의 효율성에 대한 교사들의 아이디어가
무엇인지, 그리고 소설 교수의 효율성을 평가하기 위해서는 무엇을 고려해
야 하는지를 담고 있어야 한다.

나. 평가를 위한 학교 장면 선택

소설 교수 - 학습의 효율성 평가는 학교 급별, 학교 장면, 학교 문화 등에
따라 달라질 수 있다. 고등학교를 예로 들어보면, 영재 학교, 실업계 학교,
인문계 고등학교 등과 같은 학교 급별에 따라 소설 교수 - 학습이 다르고, 이
에 따라 소설 교수 - 학습의 효율성에 대한 평가도 달라질 수 있다. 또한 시
골 지역 인문계 고등학교, 도시 지역 인문계 고등학교, 시골 지역 실업계 고
등학교, 도시 지역 실업계 고등학교 등과 같은 학교 장면에 따라 소설 교수
- 학습 방법이 달라지고, 이에 따라 소설 교수 - 학습 효율성 평가도 달라질
수 있을 것이다. 그리고 학교 문화가 지역 사회와 어떤 관계에 놓여있는가
에 의해서도 소설 교수 - 학습 효율성 평가가 달라질 수 있다. 즉, 지역 사회
와 상호 개방적인 관계에 놓여 있는 학교와 그렇지 못한 학교, 학습자들의
자율적인 학습과 문화를 존중하는 학교와 그렇지 못한 학교 등에 의해서 소
설 교수 - 학습 방법과 교수 - 학습 방법의 효율성 평가가 달라질 수 있을 것
이다.

다. 평가를 위한 참여 교사 선택

효율적인 소설 교수법과 소설 교수의 효율성에 대한 교사들의 관점을 평

가하기 위해서는 최소한 5년 이상의 경력 있는 교사들을 선택할 필요가 있
다. 물론 문학 교사의 경력이 소설 교수의 효율성 평가를 위한 전제 사항은
아니다. 그러나 경력 있는 교사들이 효율적인 소설 교수법과 소설 교수의 효
율성에 대해 보다 많이 생각하고, 실제 수업 현장에서 효율적인 소설 교수법
을 실천해 왔다는 점을 고려한다면, 경력 있는 교사들을 대상으로 소설 교수
－학습의 효율성을 평가하는 것이 타당할 것이다. 그러나 단순하게 교직 경
력만을 고려할 것이 아니라, 다양한 학교, 다양한 학년의 학습자들을 대상으
로 교수한 경력도 중요하게 고려해야 할 것이다. 다양한 학교와 학년에 대한
교수 경험은 문학 교사가 자신의 교수법을 지속적으로 반성할 수 있게 하고,
이에 의해 효율적인 교수법을 실천할 수 있게 하기 때문이다.

라. 평가 방법

소설 교수－학습의 효율성 평가를 위해서는 양적 평가보다는 질적 평가
가 바람직하다. 수업 관찰, 수업에 대한 교사의 태도 기술, 수업 장면 녹화,
수업 후 인터뷰 녹화 등과 같은 질적 평가에 의해 학습자의 태도와 참여도,
교수 과정에 대한 문학 교사의 반성 등을 파악할 수 있기 때문이다. 본고에
서는 소설 교수－학습 효율성 평가를 위한 질적 평가 방법으로 지속적인 비
교 분석의 방법을 사용하고자 한다. 이를 위해 수업 교사의 인터뷰를 지속적
으로 실시하고, 이 인터뷰들을 지속적으로 비교 분석하는 방법을 살펴보고
자 한다.

수업 교사의 인터뷰 내용에 대한 지속적인 비교 분석을 통해 효율적인 소
설 교수법에 대한 문학 교사의 관점과 소설 교수－학습의 효율성에 대한 평
가 전략 사이의 관계, 문학 교사의 교수 경력과 교수－학습관, 교육 목표,
이질 집단의 학습자에 알맞은 교수법 결정 등에 대한 자료들을 얻을 수 있

을 것이다. 연구 수행을 위한 주요 범주들은 아래의 그림 2와 같다. 효율적인 소설 교수 - 학습 방법 결정과 교수법의 효율성 평가에 대한 질적 차이를 드러내기 위해서는 참여 교사들의 의견과 관점을 거시적 차원과 미시적 차원에서 검토해야 할 것이다. 거시적 차원에서는 문학 교사의 교수 - 학습관, 문학 능력, 문학경험, 교수 경력 등을 검토하고, 미시적 차원에서는 수업 장면에서의 교사 역할을 평가해야 할 것이다.

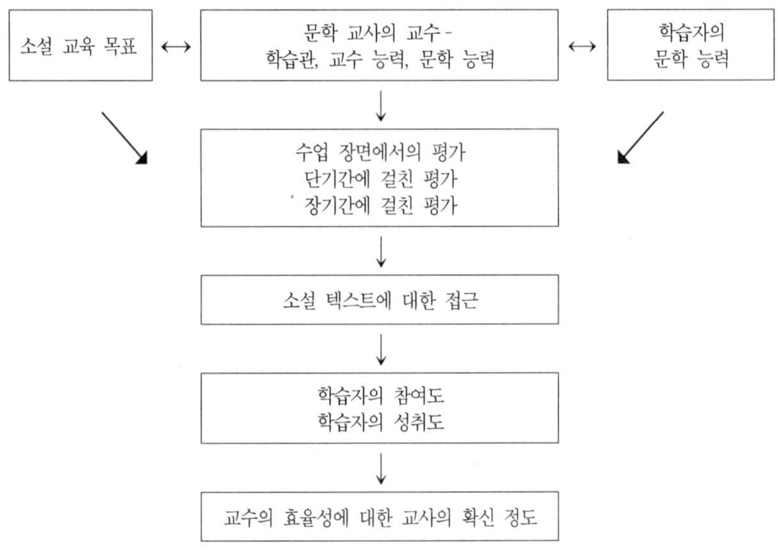

〈그림 2〉 효율적인 문학 교수에 대한 평가 과정

평가 자료들에 대한 분석은 효율적인 교수를 형성하는 것이 무엇인지, 다른 수업 시간에 교수법의 효율성을 결정하기 위해 사용되는 전략이 무엇인지 등에 대한 교사의 생각에 많은 요소들이 영향을 주고 있음을 드러낸다. 문학 교사의 인터뷰 내용에 대한 거시적 분석은 문학 교사가 자신의 교수 과정을 성공적으로 평가하기 위해 일반적인 전략을 사용하고 있음을 보여준다. 즉, 학습자간의 대화, 학습자의 쓰기 과제물 등과 같은 비교적 지속적인 자료를 통해 교수법의 효율성을 평가할 수 있음을 보여준다. 그러나 효율적인 교수를 드러내는 특별한 요소들에 대한 교사들의 생각에는 본질적인 차이가 존재한다. 이러한 질적 차이는 단위 수업 시간에 이질 집단의 학습자들을 위해 효율적인 교수 - 학습 방법에 대한 교사의 관점에 대한 미시적 분석에서 보다 분명해진다.

소설 교수 - 학습의 효율성 평가는 두 가지 영역으로 나뉘어 이루어질 수 있다. 첫 번째 영역은 교수법의 효율성을 평가하기 위해 교사들이 사용하는 일반적인 평가 틀에 의한 것이다. 반면에 두 번째 영역은 문학 교사들의 교수 - 학습관, 교수 능력, 문학 능력, 교육 목표, 학습자의 문학 능력과 활동 정도 등과 같은 요인들에 의해 수행된다. 그림 2에 나타난 일반적인 평가 과정은 소설 교수의 평가가 어떻게 교수법을 결정하는지, 보다 확장된 교육 목표에 대한 확신을 어떻게 넓혀주는지 등을 보여준다. 그림 2에서 알 수 있듯이, 소설 교수 - 학습의 효율성에 대한 평가의 세 수준은 수업 장면에서의 평가(moment-to-moment), 단기간에 걸친 평가(term-to-term), 장기간에 걸친 평가(long-range) 등으로 나눌 수 있다. 이때 문학 교사의 교수 - 학습관, 교수 능력, 문학 능력, 교육 목표, 학습자의 문학 능력과 활동 정도와 같은 변인들도 교수의 효율성 평가에 영향을 미친다. 본고에서는 이러한 점을 고려하여 수업 장면에서의 평가, 단기간에 걸친 평가, 장기간에 걸친 평가 등으로 나누어, 소설 교수 - 학습 효율성 평가의 일반적인 평가 틀을 구안한다. 본고가 이처럼 소설 교수 - 학습 효율성 평가 틀을 구안하는 것은 소설 교수 - 학습 효율성에 대한 평가가 현실적으로 실제 수업 장면 기간을 근거로 하여 수행될 수밖에 없음을 의미한다. 소설 교수 - 학습의 효율성에 대한 평가는 질적 평가를 지향하며, 이러한 질적 평가는 평가 기간에 의해 그 양상이 달라지기 때문이다.

1) 수업 장면에서의 평가

실제 수업에서 학습자의 피드백과 성취도는 교수의 효율성을 평가하는 중요한 요소가 된다. 이 평가에서는 학습자의 몸짓, 얼굴 표정, 말 등이 효율적인 교수를 위한 일반적인 단서가 된다. 교사들은 이러한 즉각적이고 신체적인 단서들을 통해 수업 장면에서 학습자의 관심(호기심)을 지속시킬 수 있는 방법을 알게 된다. 따라서 학습자의 신체적인 단서들은 즉각적인 교수 - 학습 방법 수정을 위한 중요한 피드백이 된다. 또한 학습자의 몸짓, 얼굴 표정 등을 통해 소설 수업에 참여하는 학습자의 문학 능력과 문학 경험을 확인할 수 있다.

수업에 대한 학습자의 참여도는 학습을 위한 주요 열쇠가 된다. 수업에 대한 능동적인 참여를 통해 학습자는 교사가 선택한 소설 텍스트보다는 자신이 선호하는 소설 텍스트를 선택하고 읽는다. 학습자가 스스로 소설 텍스트를 선택하는 것은 학습자의 호기심을 증진시킨다. 따라서 학습자가 스스로 소설 텍스트를 선택하여 읽도록 하는 교수 - 학습 전략은 소설 텍스트와 학습자의 대화적 소통을 가능하게 하여 살아 있는 소설 교육을 가능하게 할 것이다. 이처럼 학습자들의 자발적 참여에 의한 교수는 학습자가 읽어야 텍스트를 학습자가 스스로 선택하게 함으로써, 문학 교사에 의해 주도되는 소설 교육을 지양하게 할 것이다.

수업 장면에서 학습자들간의 능동적인 대화는 소설 교수 - 학습의 효율성을 평가하는 가장 중요한 요소이다. 학습 내용에 의해 촉발되는 학습자들간의 능동적인 대화는 소설 교수가 효율적으로 진행되고 있음을 보여주는 궁극적인 표시이기 때문이다. 따라서 학습자들간의 대화가 갖는 특성은 문학 능력의 증진과 문학적 문화의 향유라는 소설 교육의 지향점이 어느 정도 달성되고 있는가를 보여줄 뿐만 아니라, 이러한 지향점을 달성하기 위해 효율적인 소설 교수 - 학습이 무엇인가를 보여준다.

2) 단기간에 걸친 평가

 소설 교수 - 학습의 효율성 평가는 단기간(단위 수업시간보다는 긴 시간 동안)에 걸쳐 평가될 수 있다. 단기간에 걸친 평가는 일주일에서 한 학기, 혹은 1/4학기 동안과 같은 비교적 긴 시간에 걸쳐 학생들의 성취도 혹은 학습을 반영하는 보다 공식적이거나 구체적인 증거에 기초한다. 단기간에 걸친 평가에서, 문학 교사는 소설 텍스트에 대한 학습자의 비평적 에세이, 문학 교사가 제시한 과제물, 표준화 검사 등에 기초하여 학습자의 학업 성취도를 측정하고, 이에 의해 소설 교수법의 효율성을 평가한다. 단기간에 걸친 평가에서 학습자간의 상호 작용은 소설 교수 - 학습의 효율성을 평가하는 데 중요한 요소가 된다. 학습자간의 상호 작용은 소설 텍스트에 대한 학습자의 문학 능력과 문학 경험의 질을 드러낼 뿐만 아니라, 소설 교수법이 효율성을 보여주기 때문이다. 그리고 학습자간의 대화는 학습자와 문학 교사의 관계가 교사에 의해 주도되는 것이 아니라, 학습자와 교사가 상호 동등한 대화를 수행할 수 있음을 보여준다. 어떤 소설 텍스트나 학습 활동에 대한 학습자간의 상호 대화는 효율적인 소설 교수법에 매우 가치 있는 피드백을 제공한다. 소설 텍스트나 학습 활동에 대한 학습자간의 상호 대화는 소설 교수법의 오류를 드러내고, 이에 의해 문학 교사가 소설 교수법을 학습자 특성에 맞게 변형할 수 있도록 하기 때문이다.

 단기간에 걸친 소설 교수법의 효율성 평가는 문학 교사의 교육 목표와 연결된다. 교사의 교육 목표에 의해 소설 교수 - 학습 방법이 달라지고, 이에 의해 학습자의 활동이 달라지기 때문이다. 예컨대, 문학 교사가 소설 텍스트와 학습자의 대화적 소통을 교육 목표로 삼고 있다면, 이 교육 목표에 의한 소설 교수 - 학습 방법은 구성주의 관점이나 대화적 관점을 취할 것이다. 그리고 학습자는 소설 텍스트에 내재된 진리나 가치를 전제하기보다는 텍스트의 의미를 자신의 삶과 관련지어 이해하고 평가할 것이다. 따라서 교사가 어떤 교육 목표를 갖는가에 따라 소설 교수법이 달라지고, 이에 의해 그 효율성 평가가 달라질 것이다.

쓰기 과제는 비교적 단기간 동안에 걸쳐 소설 교수 - 학습의 효율성 평가를 위한 중요한 방법 중의 하나이다. 공식적인 에세이든 비공식적 반응 일지 쓰기이든, 학습자에게 제시되는 쓰기 과제는 소설 텍스트 학습에서 학습자들이 중요하다고 생각하는 학습 내용을 반영한다. 반응 일지 쓰기는 소설 교수 - 학습의 효율성을 평가하는 데 중요한 역할을 한다. 그런데 반응 일지 쓰기는 장점과 단점을 동시에 지닌다. 소설 텍스트 읽기 중 혹은 읽기 후에 텍스트의 내용에 대한 반응을 즉각적으로 씀으로써 텍스트의 의미를 보다 풍부하게 실천할 수 있다는 장점을 지닌다. 그러나 소설 텍스트 읽기 중에 학습자가 반응 일지에 응답해야 한다는 부담감으로 인해 원활한 텍스트 읽기가 방해받을 수 있다는 단점도 있다. 그 결과 상당수의 교사들은 반응 일지가 효과적인 것이라는 것을 인정하면서도, 시간적인 부담 때문에 학습자들의 반응 일지를 통해 교수의 효율성을 평가하려는 것을 포기하기도 한다.

한편 교사들은 학습자가 소설 텍스트의 내용을 제대로 이해하고 있는지를 파악하기 위해 반응 일지 쓰기를 위한 화제(topics)를 과제로 제시한다. 그런 다음 학습자의 보다 개방된 반응을 유도한다. 즉, 반응 일지 쓰기를 위해 일정한 화제를 제시받지 못한 학습자들의 반응을 유도한다. 학습자들의 성공적인 학습을 드러내는 반응 일지는 학습자의 문학 능력을 보여준다. 즉, 반응 일지를 쓰면서 갖게 되는 비판적 사고력(critical thinking)을 통해 학습자들은 주제나 전개될 사건, 인물간의 관계 등을 추론하면서 소설 텍스트를 자신의 삶과 관련지어 읽음으로써, 문학 능력을 증진할 수 있게 되는 것이다.

쓰기 과제에 의해 단기간에 걸쳐 소설 교수법의 효율성을 평가하기 위해서는 학습자의 반응 일지 뿐만 아니라, 학습자의 학습 실태에 대한 연구 보고서나 비평적 에세이 등을 활용할 수 있을 것이다. 비평적 에세이에서 학습자가 자신의 견해를 뒷받침하기 위해 텍스트의 내용을 감상의 증거로 활용할 수 있는 능력은 소설 텍스트의 내용을 특별한 관점에서 쓸 수 있도록 하는데 중요한 요소가 된다. 비평적 에세이 쓰기에서 학습자가 텍스트의 내용을 감상의 증거로 활용할 수 있는 능력은 텍스트 이해를 위해서 중요하기 때문이다. 또한 텍스트의 내용을 감상의 증거로 활용할 수 있는 능력은 어떤 화제에 대해 보다 잘 조직되고 명확한 에세이를 쓸 수 있게 하기 때문이다. 따라서 학습자가 소설 텍스트의 내용을 바탕으로 자신의 비평적 에세이에 보다 구체적인 증거를 활용한다면, 이는 학습자의 학습이 잘 이루어지고 있으며, 교사의 교수도 효율적임을 드러내는 것이 된다고 할 수 있을 것이다. 그러나 소설 교수법을 평가하고 향상시키기 위해서는 교수법 자체에 대한 지속적인 반성과 변화가 요구된다. 소설 교수법의 평가와 향상은 소설 교수 - 학습 과정에서 지속적으로 수행되며, 교수 - 학습 전략은 지속적으로 변화되는 가변성을 통해 학습자의 텍스트 이해와 평가를 촉진하기 때문이다.

학습자의 비평적 글쓰기 능력을 통해 소설 교수법의 효율성을 평가하기 위해 문학 교사는 학습자의 쓰기 반응을 보다 세련시킬 필요가 있다. 학습자의 쓰기 반응을 보다 세련시키기 위해 문학 교사는 "이 텍스트에서 가장 마음에 드는 부분을 두 문단 정도 쓰시오"와 같은 질문을 학습자에게 함으로써, 학습자의 쓰기 반응을 보다 세련시킬 수 있을 것이다. 또한 쓰기 과제를 통해 학습자가 소설 텍스트에 형상화된 화자의 목소리와 특성을 모방하거나 대화적으로 소통할 수 있도록 한다. 학습자가 이러한 교육 목표에 얼마나 도달했는가에 따라 소설 교수의 효율성이 평가될 수 있을 것이다.

위에서 살펴본 것처럼 소설 교수법이 효율적으로 수행되고 있음을 파악하기 위해서는 학습자의 비평적 에세이나 시험 성적 등을 살펴볼 수 있을 것이다. 그러나 보다 근본적으로는 학습자의 반응 일지나 문학 능력 향상 정도에 의해 살펴볼 수 있을 것이다. 학습자의 반응 일지나 문학 능력 향상 정도는 학습자가 소설 텍스트의 의미를 수동적으로 받아들이는 것이 아니라, 소설 텍스트를 자신의 삶과 관련지어 성찰하고 새로운 자기 형성을 하는 것과 관련된다. 반응 일지 쓰기는 학습자가 소설 텍스트의 의미를 자신의 삶과 관련지어 의미화 하여, 텍스트의 의미를 보다 풍부하게 하는 윤리적 실천 과정이기 때문이다. 또한 문학 능력의 향상은 텍스트의 의미에 대한 인지 뿐만 아니라, 자신의 삶을 성찰하고 보다 나은 미래의 삶을 위해 자신을 성장시키는 것이라고 할 수 있기 때문이다.

3) 장기간에 걸친 평가

효율적인 소설 교육을 위해선 학습자가 스스로 소설 텍스트를 선택해서 읽고 감상하는 과정에서 이루어지는 피드백이 필요하다. 교사가 학습자에게 소설 텍스트를 일방적으로 지정해 읽도록 하는 것은 장기적으로 볼 때는 비생산적이기 때문이다. 소설 읽기는 학습자의 삶에 깊은 영향을 끼친다. 소설 텍스트에 대한 이해와 평가를 통해 학습자는 타인들의 삶의 방식과 행동 양상 등을 이해할 수 있고, 이를 통해 자신의 삶을 성찰하고 보다 나은 삶을 대비할 수 있기 때문이다. 따라서 보다 나은 소설 교육을 위해선 학습자가 자신의 삶과 관련지어 소설 텍스트를 선택해서 읽도록 해야 한다. 그리고 학습자의 삶에 대한 소설 텍스트와 문학 교사의 교수법이 어떤 영향을 주는지를 검토해야 한다. 이를 위해서는 장기간에 걸쳐 소설 교수법이 학습자의 학습에 어떤 영향을 주는지, 그리고 이 교수법의 효율성은 어느 정도인지를 규명해야 한다.

장기간에 걸쳐 소설 교수 - 학습의 효율성을 평가하기 위해서는 일차적으로 학습자의 언어적 반응이나 쓰기 반응을 살펴볼 필요가 있다. 소설 텍스트에 대한 학습자의 언어적 반응은 소설 텍스트에 대한 선호도의 변화나 동료 학습자의 진술에 대한 논평 등을 통해 파악할 수 있을 것이다. 그리고 쓰기 반응은 학습자의 문학 능력이나 문학 경험을 토대로 하거나 교사가 구안한 학생 평가 방법에 의해 측정될 수 있을 것이다. 예컨대, 소설 텍스트를 읽은 후 인물 지도 작성하기, 작중인물을 위로하는 편지 쓰기, 작중인물을 바꿔 소설 텍스트 개작하기 등과 같은 창작 활동을 통해 학습자의 문학 능력이나 문학 경험을 평가하고, 이에 의해 교수법의 효율성을 평가할 수 있을 것이다. 또한 소설 텍스트 선정 기준이나 방법을 조사하여 학습자가 선호하는 소설 텍스트의 종류를 파악함으로써, 소설 교육에 대한 학습자의 태도를 알 수 있을 것이다. 이것은 소설 교수법이 학습자의 학습에 어느 정도 영향을 주고 있는지를 알 수 있게 할 것이다.

이상으로 소설 교수 - 학습의 효율성을 평가할 수 있는 방법을 살펴보았다. 다음의 표 1은 앞에서 논의한 각 수준에서 소설 교수 - 학습의 효율성을 평가할 수 있는 단서들을 보여준다.

각 수준에서의 평가 단서 유형
수업 장면에서의 평가
·학습자의 얼굴 표정 혹은 몸짓 ·학습자의 언어적 반응 - 소설 텍스트에 대한 토론 수업에서의 반응 - 수업 전 혹은 후 문학 텍스트에 대한 교사와의 대화 - 소설 텍스트 내용에 대한 재검토를 통한 반응 ·학습자의 쓰기 반응 - 소설 텍스트 내용에 대한 재검토를 통한 반응 (텍스트의 증거로 되돌아간 반응)
단기간에 걸친 평가
·학습자의 언어적 반응 - 소설 텍스트에 대한 학습자간의 대화 ·학습자의 쓰기 반응 - 공식적인 반응(일지, 반응 일지 등) - 비평적 에세이 혹은 비평적 에세이 형식의 시험 - 쓰기 시험에서의 성취도(어휘 퀴즈 등)

장기간에 걸친 평가
·학습자의 언어적 반응 - 소설 텍스트에 대한 선호도 변화 - 동료 학습자의 진술에 대한 논평 ·학습자의 쓰기 반응 - 텍스트 요소 모방하여 창작하기 - 텍스트 내용이나 주제 변형하여 창작하기 - 텍스트의 줄거리 이어쓰기 - 텍스트 배경 바꿔 쓰기

〈표 1〉 각 수준에서 교수 - 학습의 효율성을 평가하기 위한 단서 유형들

위의 표에서 알 수 있듯이 교수 - 학습의 효율성을 평가하기 위한 단서들은 교사의 교수 능력, 교육 목표, 학습자에 대한 태도 등에 따라 달라질 수 있다. 따라서 이 단서들은 소설 교육의 지향점이나 교사의 교육관에 의해 변화되는 가변성을 지니므로 절대적인 틀이 될 수는 없다. 그러나 소설 텍스트와 학습자의 능동적인 상호 작용, 학습자와 교사, 학습자간의 대화적 소통을 전제하는 학습자 중심의 소설 교육을 위해서는 중요한 지표가 될 수 있을 것이다. 다음의 표 2는 소설 교수 - 학습의 효율성 평가에 영향을 주는 요소와 교수 - 학습의 효율성을 드러내는 유형들을 나타낸 것이다.

소설 교수 - 학습의 효율성 평가에 영향을 주는 요소	교수 - 학습의 효율성을 드러내는 유형
학습자 특성	·학습자의 문학 경험, 문학 능력에 적합한 문학 교수 - 학습
교육 목표	·학습자의 자발적인 참여, 적극적인 텍스트 읽기 ·비판적 사고와 문제 해결력을 바탕으로 텍스트의 내용을 학습자가 자신의 삶과 연관지어 읽는 것 ·소설 텍스트 읽기를 통한 학습자의 자기 성찰 ·소설 텍스트 읽기를 통한 학습자의 자기 형성 ·평생 독자로서 소설 텍스트 즐겨 읽기
교사의 교수 능력	·학습자의 특성과 능력에 맞는 교수 - 학습 방법을 개발하고 실천할 수 있는 능력

〈표 2〉 소설 교수 - 학습의 효율성 평가 요소와 효율성을 드러내는 유형

　이 표를 통해 일차적으로 알 수 있는 것은 소설 교수 - 학습의 효율성 평가를 위해서는 학습자 특성, 교육 목표, 교사의 교수 능력이 종합적으로 고려되어야 한다는 것이다. 그리고 이것들이 상호 유기적으로 결합되면서, 소설 교수 - 학습 방법이 학습자의 반응에 따라 수시로 변형되어야 한다는 것이다. 학습자의 반응은 소설 교수법이 성공적으로 수행되고 있는지를 알려주는 결정적인 표지이기 때문이다.

4. 소설 교수 - 학습 효율성 평가의 의의

　본고가 소설 교수 - 학습의 효율성 평가를 위해 지금까지 논의한 것들은 상당 부분 일반적인 것들이 많다. 학습자의 몸짓, 언어적 상호 작용, 비평적 에세이와 같은 일반적인 단서들은 교사가 학습자의 특성에 맞는 효율적인 교수법을 개발하고, 이 교수법의 효율성을 평가하기 위한 틀을 제공한다. 즉, 평가 방법을 사용하여 교수법의 효율성을 평가할 것인지, 그리고 학습자의 지속적이고 성공적인 학습을 위해 어떤 피드백이 필요한지를 경정할 수 있도록 한다. 따라서 학습자의 몸짓과 대화에 명백하게 드러난 학습자의 참여 정도는 교수법의 효율성 평가를 위한 중요한 단서가 된다.

　학습자의 말, 교사와 학습자, 학습자간의 대화는 소설 교수법의 효율성 평가를 위한 가장 강력한 단서라고 할 수 있다. 교사와 학습자, 학습자간의 대화는 교사에게 일상적인 교실 수업에서 소설 교수 - 학습 과정에 즉각적이고도 동시적인 피드백을 제공하기 때문이다. 또한 텍스트 읽기나 학습이 끝난 후에 보다 의미 있는 피드백을 제공하기도 한다. 학습자의 쓰기 과제도 긴 기간 동안의 소설 교수에서의 성공적인 교수 - 학습에 대한 중요한 증거가 된다. 학습자의 쓰기 과제는 문학 교사가 교수법의 효율성을 평가할 수 있도록 하는 증거가 되기 때문이다. 그리고 학습자의 쓰기 과제는 학습자가 소설 텍스트에 대한 심층적 이해와 평가를 할 수 있음을 보여준다. 따라서 학습자의 쓰기 과제를 검토하는 것은 소설 교수법의 효율성을 평가하는 관련된다고 할 수 있다. 따라서 교사와 학습자, 학습자간의 대화 혹은 비평적 에세이 쓰기를 위해 교사가 추구하는 피드백은 다음과 같은 네 개의 교수 - 학습 과정과 연결된다.

·소설 교육의 목표를 텍스트 수용 맥락, 학습자의 삶과 관련지어 설정하기
·소설 텍스트 이해와 평가 방법 변화시키기
·학습자의 문학 능력 증진시키기
·학습자의 자기 성찰과 새로운 자기 형성을 위한 소설 교육 실천하기

효율적인 소설 교수 - 학습 방법이 무엇인가에 대한 관점은 교사의 교육관, 문학 능력, 문학 경험 등에 따라 달라진다. 어떤 교사는 학습자의 학업 성취보다는 적극적인 참여를 촉진하는 소설 교수 - 학습 방법을 강조한다. 반면에 어떤 교사는 수업 과정에서 학습자의 적극적인 참여보다는 학업 성취를 강조하는 교수 - 학습 방법을 강조한다. 혹은 학습자의 적극적인 수업 참여 뿐만 아니라, 학업 성취를 강조하는 소설 교수 - 학습 방법에 관심이 있는 교사들도 있다.

효율적인 소설 교수 - 학습 방법에 대한 교사의 관점은 교사 자신의 교육관, 문학 능력, 문학 경험에 의해 형성된다. 교육 목표, 소설 텍스트에 대한 접근, 평가 방식 등은 교사의 교육관, 문학 능력, 문학 경험 등에 따라 다르기 때문이다. 그런데 효율적인 소설 교수 - 학습 방법에 대한 교사의 관점은 학습자의 소설 학습에 강한 영향을 미친다. 학습자의 소설 학습은 교사의 중개에 의해 수행되기 때문이다. 따라서 문학 교사의 중개의 의해 수행되는 학

습자의 소설 읽기는 소설 텍스트를 매개로 하여 문학 교사와 학습자의 대화적 소통이라고 할 수 있을 것이다. 학습자의 텍스트 읽기는 학습자의 문학 능력이나 문학 경험에 의해서만 수행되는 것이 아니라, 문학 교사의 문학 능력에 많은 영향을 받고, 새로운 문학 능력을 형성하는 과정이기 때문이다.

학습자의 문학 능력 수준은 효율적인 소설 교수법에 대한 교사들의 관점에 영향을 준다. 학습자의 학년과 문학 능력 수준은 효율적인 교수 - 학습 방법 선정 과정에서 중요한 역할을 하기 때문이다. 이때 교사와 학습자, 학습자간의 대화는 교사가 교육 목표를 설정하고, 효율적인 교수법을 마련하는 데 중요한 역할을 한다. 활기 있고 의미 있는 교육 주체들간의 대화는 소설 교수법이 성공적으로 수행되고 있음을 알려주는 표지가 되기 때문이다.

학습자의 가정 문화도 소설 교수 - 학습의 효율성 평가를 위한 중요 요소가 된다. 소설 교수에서 학습자들의 가정 문화가 갖는 차이는 소설 수업에 많은 영향을 끼치기 때문이다. 예컨대, 부모가 대학을 졸업했는가, 노동자 계층인가에 따라 소설 텍스트에 반영된 이데올로기 에 대한 반응의 정도가 다를 것이다. 부모가 대학을 졸업한 학습자는 당대의 소설 텍스트에 반영된 이데올로기에 비교적 긍정적인 입장을 취할 것이다. 반면에 부모가 노동자 계층에 속하는 학습자들은 당대의 이데올로기를 옹호하는 소설 텍스트에 부정적인 입장을 취할 것이다. 부모의 노동이 잘못된 사회 구조와 이데올로기에 기인한다고 생각하기 때문이다. 또한 부모가 대학을 나온 학습자들은 정전성을 지닌 소설 텍스트들을 학문적인 관점에서 접근하면서, 대학에 진학하기 위해 공부해야 할 텍스트로 간주할 것이다. 그러나 대학을 졸업하지 않은 노동자를 부모로 가진 학습자들은 소설 텍스트를 읽고, 작중인물에 관한 회상이나 어휘 파악, 전개될 사건 예상과 같은 기본적인 읽기 기능에 관심을 둔다.

교사가 제시하는 교수 - 학습 목표와 학습자의 가정 문화, 문학 능력, 문학 경험이 조화를 이루지 못할 때는 생산적인 방법으로 학습자의 피드백을 해석하는데 어려움이 따른다. 학습자의 가정 문화, 문학 능력, 문학 경험 등에 소설 교수 - 학습의 효율성이 다르기 때문이다. 따라서 소설 교수 - 학습은 학습자 뿐만 아니라, 문학 교사도 배우는 과정이라고 할 수 있을 것이다. "어떤 것이 효율적인 교수법인가"라는 질문을 통해 교사는 보다 나은 교사가 될 수 있기 때문이다. 소설 교수법과 학습자의 피드백에 대한 문학 교사의 반성 소설 교수 - 학습의 효율성 평가에서 중요한 역할을 한다. 많은 교사들은 학습자가 적극적으로 수업에 참여하지 않거나 예상되는 학업 성취를 이루지 못할 때, 학습자에게 언어적 반응 혹은 쓰기 과제에 의한 피드백을 요구한다. 그러나 학습자의 피드백은 학습자의 가정 문화, 문학 능력, 문학 경험 등에 따라 상당한 편차를 드러낸다. 좋은 가정 문화를 지녔거나 문학 능력이 우수한 학습자들은 비판적이고 생산적인 피드백을 제공할 것이다. 반면이 그렇지 못한 학습자들은 단편적이고 비생산적인 피드백을 제공할 것이다. 따라서 소설 교수 - 학습의 효율성을 평가하기 위해서는 문학 교사의 교수 능력, 문학 능력, 문학 경험 등도 중요하게 고려해야 하지만, 학습자의 가정 문화, 문학 능력, 문학 경험도 중요하게 고려해야 할 것이다.

5. 결론

본고는 효율적인 소설 교수 - 학습이 무엇이며, 이를 평가하기 위한 방법은 무엇인지, 그리고 교수 - 학습 과정에서 생산되는 학습자의 피드백에 의해 소설 교수 - 학습이 어떻게 변형될 수 있는지를 논의하였다. 논의한 결과 소설 교수 - 학습의 효율성을 평가하기 위해서는 교육 목표, 학습자 변인, 교사 변인 등을 종합적으로 고려하면서, 학습자의 언어적 반응이나 쓰기 과제를 살펴봐야 함을 알 수 있었다. 그리고 소설 교수 - 학습의 효율성은 교수에 대한 교사의 관점과 학습자에 대한 교사의 수용적 상황 정도에 따라 달라짐을 알 수 있었다.

소설 교수 - 학습의 효율성을 평가하기 위해서는 효율적인 평가 방법을 수립하고, 이 방법들을 학교 장면에서 어떻게 활용할 것인가가 중요하다. 물론 본고가 활용한 평가 방법들이 모든 소설 교수 - 학습의 효율성 평가를 위해 절대적으로 유용한 것이라고는 할 수 없을 것이다. 그러나 본고가 논의한 소설 교수 - 학습의 효율성 평가를 위한 방법들은 앞으로의 연구를 위한 하나의 출발점이 될 것이다. 수업 장면에서의 평가, 단기간에 걸친 평가, 장기간에 걸친 평가 방법들은 소설 교수 - 학습의 효율성 평가를 위한 실제적인 의미를 줄 것이기 때문이다. 또한 어떤 요소들이 효율적인 교수 평가의 요소가 되는지, 교사의 교육관, 문학 능력 등에 따라 효율적인 교수에 대한 관점이 어떻게 다른지를 알 수 있을 것이기 때문이다.

# 가치관 교육으로서 소설 교육의 목표

1. 서 론

교육이란 본질적으로 가치 지향적인 활동으로서, 제도적·비제도적 교육과정을 통해 학습자에게 가치 있는 어떤 특성을 길러 주는 교육적 가치의 실현 과정이라고 할 수 있다. 교육적 가치는 학습자에게 실현되어 학습자의 삶의 지향을 안내하는 가치관의 기반이 된다. 즉, 다양한 문화 장 내에서 학습자가 자신의 교육적 경험을 바탕으로 바람직한 자신의 삶의 지향을 위한 가치관을 형성하고 실천하게 된다.

이런 관점에서 본다면, 교육에서 가장 중요한 것은 학습자가 형성하고 실천하는 가치관이 무엇인가, 그리고 왜 가치관의 형성과 실천이 문제되어야 하는가 등에 관한 해명이다. 특히 삶과의 총체적 연관을 가지는 문학을 교육하는 데서는 더욱 그렇다. 문학이 본질적으로 삶의 문제를 규명하려는 노력이며, 교육도 또한 그러하다면 이 둘이 맺는 상호 작용 속에서 학습자가 가져야 할 삶의 지향성은 가치관의 문제를 제외하고는 이야기하기 어렵다.

바흐친의 관점을 원용하면 학습자가 갖는 문학 현상에 대한 모든 이해는 능동적이며 대화적이다. 학습자의 '이해'는 문학 현상과의 능동적인 상호 관련성 속에서 이루어지기 때문이다. 이때의 '이해'는 학습자가 적극적으로 자신의 가치관을 개입시키고 문학 현상과 관계를 맺는 문학적 경험으로서의 이해, 문학담론이 놓여져 있는 상황 속에서 재해석하고 가치 평가한다는 의미로서의 이해이다. 즉, 이미 주어진 문학적 담론과 그에 대한 반응으로 형성되는 학습자의 담론과의 만남이다. 그러므로 문학 교육에서 학습자가 문학 현상을 이해하고 가치관화 하는 것은 학습자가 자신의 가치관 구조 속에서 문학 담론에 스스로를 방향짓고, 이에 상응하는 맥락 속에서 문학 담론의 적절한 위치를 발견하는 사회 행위이며 문화 실천 행위가 된다. 이처럼 응답을 지향하는 반응적인 맥락 속에서의 이해는 본질적으로 대화적이다.

학습자가 갖는 응답적 이해의 측면에서 문학 현상에 접근하고 문학 교육을 상정한다면, 문학 교육의 목적은 문학 현상에 대한 학습자의 바람직한 응답적 이해와 이를 통한 가치관의 내면화라고 설정할 수 있을 것이다. 문학 교육은 문학 현상에 대한 학습자의 체험을 확충시키고, 이 체험의 과정을 통해 학습자는 문학 능력의 증진과 그 기준으로서의 가치관을 내면화할 수 있기 때문이다.

이런 관점의 틀은 소설 교육에서도 마찬가지라고 할 수 있다. 소설 교육이 문학 교육의 하위범주라면, 소설 교육을 바라보는 관점도 문학 교육을 바라보는 관점과 다를 바 없기 때문이다. 본고는 소설 교육을 바라보는 기본 틀로 가치관의 내면화를 상정한다. 여기서 말하는 가치관의 내면화는 고정된 기존의 가치관을 받아들이고 그것을 재생한다는 관점에서의 내면화가 아니다. 본고가 상정하는 가치관의 내면화는 문학 현상에 대한 응답적 이해를 통해 학습자가 자기 스스로를 변화시키는 사회적 행위, 문화 실천으로서 삶의 지향점을 향한 과정이다. 이 과정은 정해진 결과가 있는 것이 아니며, 경험의 과정과 실천 속에서 점차 규정되어 가는 것이다.

기존의 논의 가운데 문학 교육 혹은 소설 교육을 바라보는 관점으로 가치관의 내면화를 상정한 것으로는 정동화 등의 『국어교육론』, 최운식의 『문학

교육론』, 구인환 등의 『문학교육론』 등이 있다[1]. 이들의 논의는 문학 교육의
지도 모형 가운데 '감상 및 비평의 단계'를 설정하고, 이 단계에서 가치관의
내면화를 언급하거나 혹은 문학 교육의 마지막 단계로서 가치관의 내면화
단계를 설정하였으나, 내면화 과정에 대한 구체적인 논의는 부족하다. 이들
의 논의를 바탕으로 하여 본고는 소설 교육에서의 가치관의 내면화 과정을
규명해 보고, 이 규명을 통해 소설 교육이 문화 실천의 행위임을 살펴보고자
한다. 그리고 이를 바탕으로 소설 교육의 목표를 구안해 보고자 한다.

2. 소설 담론과 담론 주체의 가치관

가. 소설 담론과 주체

언어의 실천적인 양상을 담론이라고 규정할 때, 담론에서 중요한 것은 그
실천의 양상이다. 담론의 실천은 담론을 담당하는 주체에 의해서 수행된다.
주체는 담론의 대상과 상호 작용을 하며, 상호 대화적 관계(분명한 외적 대
화이든, 내적 대화이든지 간에)를 형성한다. 이러한 대화적 관계는 상호 응
답성을 전제로 한다. 이것은 쌍방적 행위 작용으로서 담론의 주체간에 상호
규정을 전제로 한다. 즉, 담론 주체간에 의미 조정 과정을 통해 상호 지향을
갖는다.

소설의 언어를 담론의 차원에서 규정할 때, 중요 사항은 그 담론의 실천
성이다. 소설 담론의 주체들은 담론을 조직하고 의미 공유와 조정의 상호 작
용을 통해서 담론을 실천한다. 그 결과 소설 담론의 언어는 동적인 언어이며
실천의 언어가 된다. 따라서 소설은 단순한 기호론적 구조물이 아니라, 소설

---

1) 정동화 외(1987), 『국어과 교육론』, 선일문화사; 최운식(1988), 『문학교육론』, 집문당. ; 구
   인환 외(1998), 『문학교육론』, 삼지원.

외적 주체로서 작가와 독자가 소설 담론을 매개로 하여 대화하는 것이며, 이 대화를 통해 의사 소통을 한다. 이런 과정을 통해 소설 담론은 문학 현상[2]으로서의 인식 대상이 되며, 소설 담론에서는 주체들의 이데올로기적 실천이 중요하게 된다.

이런 관점을 갖고 소설 교육을 바라볼 때, 학습자는 소설 담론을 읽음으로써 작가와의 상호 작용을 하게 되고, 담론의 주체로서 다른 주체들[3]과 대화적 관계를 형성한다. 이러한 대화적 관계 형성을 통해 학습자는 소설 담론에 대한 이해와 수용을 하게 되고, 이해와 수용의 과정에서 가치 평가적 태도를 드러낸다. 학습자가 갖는 가치 평가적 태도는 학습자가 자신의 소설 교육적 상황 맥락 속에서 늘 타자를 지향하게 하며, 이 타자 지향을 통해 학습자는 타자들이 갖는 소설 담론에 대한 가치관의 체계와 상호 관계를 갖는다.

학습자가 소설 담론에 대한 이해와 수용을 하는 과정에서 하게 되는 가치 평가는 소설 담론에 대한 비평적 읽기이며, 비평적 읽기를 통해 학습자는 상황 맥락 속에서 소설 담론이 자신에게 주는 의미에 대해 응답적으로 이해하게 된다. 소설 담론에 대한 비평적 읽기란 학습자가 자신의 상황 맥락 속에서 '구성된 현실로서의 소설 담론'이 갖는 의미를 비평하는 것임과 동시에 소설 담론 내적 상호 관계의 결합력을 비평하는 것이다[4]. 이러한 비평적 읽기를 통해서 학습자는 소설 담론에 대한 올바른 응답을 찾으려고 노력한다.

소설 교육의 주체로서 학습자는 소설 담론의 이데올로기성에 대해 비평적으로 가치 평가하는 과정을 통해서, 소설 담론에 드러난 의미와 이데올로

---

2) 문학 현상이란 문학이 우리의 삶과 문화(또는 교육) 속에서 실제로 존재하고 작용하는 일체의 과정과 모습을 일컫는 말이다. 즉, 문학의 존재와 소통은 문학 텍스트를 중심으로 이루어진다는 것을 전제로 문학 텍스트가 생성되고, 문학 텍스트 자체의 구조가 독자들에게 수용되고, 텍스트와 삶의 현실간에 반영을 드러내는 등 일련의 작용 과정을 뜻한다. (서울대학교 국어교육연구소(1999), 『국어교육학 사전』, 대교출판사, 311쪽.)
3) 교육 현장에서는 문학 교사, 비평가의 비평, 동료 학습자들의 관점 등을 생각해 볼 수 있다.
4) 김상욱(1996), 『소설 교육의 방법 연구』, 서울대학교 출판부, 317-319쪽.

기에 대한 "동일시와 비동일시"5)의 어느 한 지점에 놓이게 된다. 이러한 동일시와 비동일시는 해체론적 관점에 의하면 위계적·대립적 구분을 배제하는 방식으로, 각기 서로를 보충하면서 각각의 내부에서 상호 연결된다6). 학습자는 소설 담론의 이데올로기와 자신을 동일시함으로써 소설 담론의 이데올로기와 동일한 주체로서 자신을 정립해 가거나, 소설 담론의 이데올로기와 자신을 비동일시 함으로써 자신의 이데올로기를 더욱 강화해 가는 주체가 될 수 있다. 이 과정에서 결정적인 역할을 하는 것이 가치관임은 자명하다.

그런데 학습자가 비판하고 가치평가 하는 것은 소설 담론만을 향한 것이 아니라, 주체로서 학습자 자신을 스스로 정립하는 가치관의 내면화(형성 및 지속적인 수정으로서의 내면화) 단계 자체를 향한다. 학습자는 소설 담론에 전개된 이데올로기적 양상에 대한 가치평가를 통해 그 이데올로기적 양상을 수용하든 수용하지 않든, 소설 담론과 자신의 가치관 내면화 과정들에 대한 비평적 읽기를 통해서 삶의 지향성을 획득하는 소설 교육의 주체가 되기 때문이다.

이런 관점을 갖고 소설 교육을 바라보면서, 본고는 소설 교육의 주체로서 학습자가 갖는 가치관이 어떻게 형성되고 변화하는가를 규명하고자 한다. 그렇다고 소설 교육에서 가르쳐져야 할 가치관을 미리 상정한다든가, 소설 교육의 결과로서 형성될 가치관의 범주를 설정하려고 하는 것은 아니다. 본고의 목적은 문학적 체험의 과정과 결과로서 형성되는 문학 능력의 증진 속에 가치관이 중요한 기능을 하며, 이 기능을 규명하는 것이 소설 교육의 본질이라는 관점을 펴는 것이다. 전술한 바와 같이 학습자는 소설 교육 과정에서 소설 담론 뿐만 아니라 자신의 삶의 태도, 타자의 삶의 태도 등을 총체적으로 가치 평가하고, 이를 바탕으로 문화 실천을 해 나가기 때문이다.

---

5) M.Pecheux(1975), *Language ·Semantics ·Ideology*, St.Martin Press, 191-194쪽.
6) 마이클 라이언, 나병철·이경훈 옮김(1994), 『해체론과 변증법』, 평민사, 47쪽.

문학 능력의 증진 속에서 기능하는 가치관을 살펴보기 위해선 먼저 문학 능력의 실체를 규명해야 한다. 문학 능력의 실체를 규명하지 않고서는 문학 능력의 증진 속에서 기능하는 가치관의 내면화 과정을 검토할 수 없고, 소설 담론에서 작가, 독자, 사회적 맥락들 간의 상호 규정을 파악할 수 없기 때문이다.

문학 능력이란 개념은 촘스키의 '언어 능력'이란 개념에 힘입은 것이다. 촘스키는 언어 능력을 학습하지 않고서도 새로운 언어 형식을 생성해 낼 수 있는 능력이라고 했다. 그러나 '문학 능력'의 개념을 최초로 제기한 컬러에 의하면, 문학 능력은 학습을 통해 형성되는 능력이다. 또 언어 능력이 맥락과는 동떨어진 적격한 문장을 생산하는 능력임에 반해, 문학 능력은 '맥락과 결합된 언어 사용의 영역'[7)에 속한다. 문학 담론을 둘러싼 맥락과 결합된 언어 사용의 영역으로서의 문학 능력은 문학담론의 생산과 수용에 대한 의사 소통 능력, 나아가 특정한 소설 담론을 실제적 맥락 속에서 다룰 수 있는 능력 등을 동시에 요구한다. 이러한 문학 능력의 증진을 문학 교육의 목표로 상정한다면, 소설 교육의 목표도 문학 능력의 증진이라는 범주를 크게 벗어나지 않을 것이다.

그러면 문학 능력의 증진으로서의 소설 교육의 목표 달성을 위한 기반으로서 소설 담론이 갖는 의사 소통 체계를 살펴보자. 소설 담론을 둘러싼 작가(화자)와 독자(청자)의 언어 의식은 주어진 소설 담론을 사용할 수 있는 모든 맥락의 총체라는 의미에서 규정된다. 만일 그렇지 않고 소설 담론이 문헌학적인 궁극적인 실체, 혹은 정전(canon)으로 간주된다면 소설 담론은 죽은, 추상화된 담론이 될 것이다. 이는 소설의 담론을 어떤 것에 대한 응답의 형태가 아니라, 고정된 실체로서 랑그의 관점으로 간주하는 것이다. 다시 말하

---

7) 김상욱(1996), 앞의 책, 312-313쪽에서 재인용.

면 미리 능동적인 응답을 원칙적으로 배제하고서 담론을 이해하는 수동적인 이해의 잘못에 빠지는 것이다. 또한 소설 담론을 동일성이라는 요인으로 파악하는 오류를 범하는 것이다.

소설의 담론은 상황 맥락과 동떨어져 독립된, 완결된, 폐쇄성을 갖는 독백적 발화로서의 담론이 아니다. 이데올로기로서의 언어기호를 통한 소설 담론의 체계는 살아 있고 역동적인 사회적 기능과 상호 연관을 갖는 역사적인 현상이다. 따라서 소설 담론은 내·외적 주체들이 상호 연관을 갖는 이데올로기적 담론 구성체[8]라고 할 수 있다. 소설 담론은 주체간의 담론(언어적 발화)들 속에서 수행된 언어적 상호 작용의 사회적 사건이 된다. 소설 담론이 갖는 언어적 의사 소통은 주어진 사회집단의 지속적이며 생생하고 구체적 상황 속에서만 이해될 수 있다. 그러나 소설 담론은 단순히 언어적 의사 소통에 의해서만 전적으로 규정되지는 않는다. 오히려 소설 담론은 담론 주체가 타자와 관계 맺는 경계선상 위에서, 즉 언어적 상황과 언어 외적 상황에서 타자와 맺는 접선 위에서 이해되어야 한다. 그러므로 소설 담론의 이해 혹은 수용은 소설 담론에 대한 진위의 가치 평가 문제가 아니라, 타자가 수용 주체에게 영향 주는 침투의 정도에 대한 가치 평가적 액센트의 문제라고 할 수 있다. 침투는 처음과 끝이 있는 것이 아니라, 담론 공동체 내에서 수용 주체가 갖는 내적 발화에서 끝없이 흔적을 드러내며, 그 흔적들은 사회학적 상황과 타자의 존재를 전제할 때만 정당한 의미를 지니게 된다.

---

8) 푸코는 담론 구성체를 다음과 같이 규정했다. "일련의 언표들 사이에서 분산의 체계들을 기술할 수 있을 때, 대상들 사이에, 언표 행위의 유형들 사이에, 개념들 사이에, 테마(전략)적 선택들 사이에 규칙성(질서, 상호 관계, 위치와 기능 작용, 변환)을 정의할 수 있으며, 우리는 '과학'이나 '이데올로기' 또는 '이론'이나 '객관성의 영역'과 같이 위와 같은 분산을 가리키기에는 부적절한 그리고 그 조건이나 결과에 있어 너무 무거운 말들을 피해서, 담론 구성체(formation discursive)를 다루고 있다고 말할 수 있다". (미셸 푸코, 이정우 옮김(1992), 『지식의 고고학』, 민음사, 67-68쪽.)

나. 주체의 가치관 표출과 타자성

가치관이란 일반적으로 한 개인의 사회적 행동을 결정하는 내적 심리 성향이라고 할 수 있다. 내적 심리 성향으로서의 가치관은 직접 관찰될 수 없으며 간접으로 추리해서 설명되는 가설적 구성 개념이며 매개적 구실을 하는 변인이다[9]. 가치관을 소설 교육과 연관지어 말한다면, 가치관은 학습자가 행하는 사회적 행동을 중개할 뿐만 아니라, 소설 담론에 대해 학습자가 갖는 응답적 이해로서의 반응들의 연쇄 과정에 개입하는 동기적·지각적·평가적 기능을 담당한다. 이러한 가치관은 점차 내면화되며, 내면화 과정을 통해 점차 이념적 차원으로 승화되어 문화적·사회적 의미를 갖기도 한다.

그러나 가치관이 문화적·사회적 차원의 의미를 갖기는 하지만, 가치관을 문화적·사회적 차원에만 규정하는 것은 본말을 전도시키는 것이다. 가치관은 소설 교육을 통해서 학습자의 심리적 특성으로 내면화되고, 학습자의 문학 능력 증진의 형성과 변화에 영향을 주기도 하지만, 그 자체에 대한 근본적인 의미 규정을 내릴 수 없는 대상이기 때문이다. 본고에서는 가치관을 사회적·문화적 차원에서의 문화 전승 및 유지를 위한 대상으로 상정하기보다는, 가치관의 내면화가 문학 능력의 증진이라는 문학 교육의 최종적 목표에 도달하게 하고 학습자가 문화 장에서 갖는 생활 문화로서의 소설 담론에 대한 실천을 가능케 한다는 점을 강조하고자 한다. 그리고 내면화되는 가치관은 어떤 하나의 의미로 합일되는 대상이 아니라, 계속적으로 변화해가는 과정에 있는 것이고, 새로운 소설 담론이라고 하는 타자성에 의해 자신의 실체를 파악하는 대상으로 보고자 한다. 물론 이러한 관점은 가치관의 실체를 규정할 수 없고, 그 가치관도 계속 변화해 간다는 관점인데, 이를 허무주의적 교육관으로 몰아붙일 수도 있다. 그러나 본고가 보기에 절대적인 기준을 상

---

9) 박용헌·문용린(1993), 『정의의 교육』, 방송대학교출판부, 32쪽.

정할 수 없고, 모든 대상의 의미규정은 늘 타자를 고려할 수밖에 없다는 점을 상기한다면, 소설 교육에서의 가치관도 이제는 그 절대적 의미라든가 절대적 틀에 맞는 것을 추구하기보다는, 가치관의 형성 과정(형성된 가치관이 또 변한다 할지라도) 그 자체에 초점을 두어야 할 것이다.

기존의 문학 교육에서는 가치관을 태도 영역으로 하위 범주화하여 다루어왔다. 그러나 가치관과 태도는 엄연히 층위가 다르다. 물론 태도와 가치관 사이에는 공통점과 차이점이 있지만, 태도는 가치관에 비해서 보다 개인적인 측면에 연결된다. 태도와 가치관은 둘 다 경험과 학습을 통해서 형성된 정의적 특성이며 행동의 반응 경향과 양식을 결정하는 매개적·평가적 특성이며, 또한 외현된 행동으로 유추되는 가설적 구성 개념이라는 점에서 공통점을 갖는다. 그러나 태도는 특정의 대상에 대한 긍정 내지 부정적 반응 성향인 것에 비해 가치관은 그 같은 반응 성향을 결정하는 바람직성 여부를 판단하는 기준으로서의 의미를 갖는다. 따라서 가치관은 태도보다 더욱 넓은 의미를 갖는 개념으로서 보다 포괄적이고, 더욱 지속적이며 일반화되어 있는 특성이다.

가치관의 특성을 형성하고 있는 구성요소는 인지적 요소, 감정적 요소, 행동·기능적 요소 등 세 가지로 나눌 수 있다. 가치관은 선호, 판단, 선택의 기준으로 선호에는 감정적·정의적 성향이, 판단에는 인지적 특성이, 선택에는 행동적 요소가 각각 작용한다. 그러면 가치관을 구성하고 있는 인지적 요소, 정의적 요소, 행동적 요소 등을 각각 살펴보자.

가치관은 감정을 수반하는 특성이 있는 정의적 특성이 있다. 가치관은 학습자가 접촉하는 대상 세계와 학습자 내부에 그리고 있는 상징적 세계에 대한 선호, 평가, 판단, 선택의 표준이 된다. 이러한 기준으로서의 가치관은 감정적 색조를 수반하는데, 가치관은 그 기저에 가장 중핵적인 요소로서 감정 혹은 정의적 요소를 가진다. 감정적 반응은 흥미, 욕구, 동기, 선호 등에서도 나타난다. 이러한 감정적 반응성향을 갖는 가치관은 흥미, 욕구, 동기, 선호 등의 포함하는 의미를 가지고, 이러한 특성들을 포함하면서도 이를 조직화하고 일반화하는 고차원적인 정의적 특성이라고 할 수 있다.

또한 가치관은 인지적 특성과 밀접한 관련이 있다. 가치관이 갖는 인지적 요소란 지각적 인식과 이해, 변별, 평가와 판단에 작용하는 지적 요소를 뜻한다. 학습자가 접촉하는 소설 담론을 지각, 이해, 식별, 평가, 판단하는 과정에 인지적 요소가 작용하기 마련이다. 그리고 가치관은 행동의 방향을 결정하는데 작용하기도 한다. 가치관의 외현적 표현으로서의 행동이 나타나므로, 가치관을 측정하기 위해서는 그것과 관련된 행동을 배제할 수 없게 된다.

가치관의 구성요소인 정의, 인지, 행동 등 각 차원의 요소들은 서로 유기적인 관계를 가지면서 균형을 이루어 특정의 가치관에 일관성과 지속성을 갖게 한다. 이 세 요소간에 일치성이 높아질수록 가치관은 더욱 강화되고 일관성과 지속성을 갖데 되지만, 그렇지 못할 경우에는 약화되고 변화될 가능성이 높아진다. 따라서 가치관을 측정할 때는 정의적, 인지적, 행동적 성향을 모두 고려해야 한다.

그러면 가치관이 내면화되는 과정을 살펴보자. 가치관은 '감수 → 반응 → 가치화 → 조직화 → 성격화' 등의 내면화 과정을 거친다. 이 과정은 가치관이 갖는 기본적인 동인 과정에서부터 비교적 고차적인 평가적 과정을 따라 가치관이 내면화됨을 의미한다. 이 과정을 소설 교육에서 학습자가 형성하는 가치관의 내면화와 연관지어 살펴보자.

첫 번째 단계의 기초적 동인 과정은 학습자가 소설 담론이란 자극요소를 지각하여 감수(感受)의 단계를 거치는 동안 유발된 감정이 어떠한 반응을 유도하는 동인(動因)으로 작용하게 되는 기본적인 심리적 과정을 의미한다. 이 단계는 자극을 감지하여 어떠한 반응을 하게 하는 감정적 작용이 주축을 이룬다. 감정 양상은 생득적이며 본능적인 생리적 현상이다. 이러한 감정은 어떤 반응과 행동을 유발하고 학습을 가능하게 하고 추진하는 힘의 구실을 한다.

다음의 단계인 기초적 인지 과정은 지각한 대상과 그것으로 인하여 야기된 내적·감정적 긴장 상태를 의식하고 그 해소를 위한 반응을 모색하는 단계를 의미한다. 이 단계에서 중요한 것은 야기된 감정과 동인을 의식하는 인지 과정과 그 동인을 해소하기 위한 반응의 방향을 모색하는 동기(動機) 작용이다. 동기는 어떤 반응과 학습 활동을 유발하는 힘으로써 작용하는 것이며, 반응과 행동의 방향을 설정하는 과정을 포함하는 의미를 갖는다.

인지적 평가 과정은 그 이전 단계에서 시도된 좋고 나쁘고의 변별적 반응을 보다 더 높은 차원에서 옳고 그릇됨을 가리고 이미 형성된 신념과 태도를 비판적으로 평가하는 고차원적인 인지적 과정을 뜻한다. 이러한 과정을 통해서 초보적으로 믿었던 신념을 확신으로 유도하고 태도를 변별하고 수정·보완하게 되며 도덕성도 합리적인 수준으로 발달하게 된다. 이러한 과정을 통해 여러 수준의 가치관이 형성되며, 기존의 가치관은 수정되어 간다[10].

소설 교육에서 학습자가 내면화하는 가치관은 일반적인 층위에서의 특징과 기능적 층위에서의 특징을 갖는다. 일반적 층위에서의 기능은, 첫째, 가치관은 사회성을 강하게 갖는다. 가치관은 주로 사회 관계를 통해서 형성되고 나아가 사회 관계에 작용하는 특성을 갖는다. 따라서 가치관은 사회적 학습과 사회적 경험을 통해 형성되며, 이렇게 형성된 가치관은 타자와의 사회 관계에서 어떠한 반응과 행동을 할 것인지를 결정한다. 가치관은 그의 외부에 있는 지배적인 문화 가치 혹은 사회 규범의 심리적 반영으로 나타나고, 나아가 그에 대응하는 구실을 하는 사회적 의미를 갖는다.

---

10) 박용헌·문용린(1993), 앞의 책, 22-29쪽.

둘째, 가치관은 목표 지향성을 갖는다. 학습자는 자신이 접촉하는 모든 대상에 대해 가치 평가적이고 목표 지향적으로 반응한다.

셋째, 가치관은 비교적 일관성과 지속성을 갖는 특징이 있다. 여기서의 일관성과 지속성은 다른 특성과 비교하여 상대적인 의미에서 그렇다는 뜻이다. 한 번 형성된 가치관은 쉽게 변화하지 않고 오래 지속된다. 개인 내부에 형성되는 심리적 특성들은 서로 균형과 조화를 이루는 방향으로 조직화되어 있고 그 조직화의 주된 구실을 하는 것이 가치관이기 때문이다.

넷째, 가치관은 동기적·도구적 기능을 수행하는 특징적 성격을 갖는다. 이것은 어떤 목적을 달성하고자 하는데 가치관을 이용한다는 의미가 깔려 있다. 기능적 층위에서의 특징으로는 적응적 기능, 지식 추구 기능, 표현적 기능, 자아 방어 기능, 동기적 기능, 평가적 기능, 조직화와 통합화의 기능 등이 있다.

다. 소설 담론 주체와 문학 문화 실천

광범위한 인류학적 의미에서 볼 때, 문화는 사회적 학습에 공헌하는 표현적(expressive) 활동 모두를 포함한다고 할 수 있다[11]. 이러한 문화 개념의 확장은 문화가 일상 생활에서 의미의 소통적 기능을 수행함을 함의한다. 그렇지만 후기 산업 자본주의에서의 문화의 생산과 분배, 실천, 수용에 대한 어떤 뚜렷한 해석이란 존재하지 않는다. 즉 어떤 프로그램주의(Programmatism) - 확정적인 방법론과 핵심적인 논제들의 명백히 분리된 목록 - 가 없다. 그러므로 문화 연구, 협소하게 말한다면 문학 문화 연구는 문화적 산물들의 정전화(canonization)에 저항하며, 모든 분야에서의 문화적 행위들의 이질성만이 존재한다고 할 수 있다. 따라서 문화의 폭발로 인해 사회의 모든 분야가

---

11) 벤 애거, 김해식 옮김(1996), 『비판이론으로서의 문화연구』, 옥토, 17쪽.

문화로 간주되는 시대에 있어서 문학 문화의 수용은 문화적 생산을 이끌어 낼 수밖에 없다. 문학 문화의 주체들은 잠재적인 문화적 창조자이자 역사적 주체이기 때문이다. 그리고 이러한 문학 문화는 구성적 힘과 그에 따른 변형적 힘을 갖고서 실천을 수행한다.

　소설 교육이 단순히 소설 담론에 대한 지식만을 문제삼는 것이 아님은 자명하다. 따라서 소설 교육에서 제기되는 문제는 소설 담론이 구체적으로 학습자에게 어떻게 수용되어 가치로 내면화되고, 학습자에게 수용된 문학의 가치가 문화의 실천 및 생산으로 구체적으로 어떻게 전이되는가 하는 점이다. 이러한 항목들에 대한 검토는 소설 담론을 문화 행위의 한 양상으로 보고서 소설 담론의 수용을 문화 실천 및 생산으로 보는 관점을 취할 때만이 온당하게 검토될 수 있다. 소설 담론은 폐쇄된 고유한 영역에 놓이는 것이 아니라, 실제 삶과의 관련을 필연적으로 가지며, 그것을 수용하는 문화 집단의 문화적 가치에 영향 받기 때문이다. 따라서 소설 담론을 단순히 폐쇄된 체계로 보는 관점으로는 문화 실천 및 생산으로서의 소설 담론의 대화성을 설명할 수 없다. 사회를 통합하는 데 기여하는 분화되지 않은 체계가 아닌 의미를 둘러싼 진지한 경쟁과 갈등이 일어나는 영역을 문화라고 할 때, 소설 담론은 사회 전 부문에서의 갈등을 반영하는 이데올로기로서의 기호라고 할 수 있다. 또 문화의 변증법적 속성들, 특히 문화적 갈등이 실제적인 정치적 변동·변혁을 가져올 수 있는 잠재력을 가지고 있다는 것을 염두에 둔다면, 소설 담론이 문화 실천으로서 갖는 그 문화 사회 자체내의 갈등은 중요성을 지니는 것이다12). 문학 문화로서 소설 담론 내부의 갈등들이 미학적이고 정

---

12) 그람시는 교차하는 다수의 문화를 '헤게모니'라는 관점에서 설명했다. 그는 문화 또는 '헤게모니'를 자본주의 경제 그 자체에 대해 상대적으로 자율적인 경험과 실천의 영역으로 이해하면서, 헤게모니는 지배가 외부의 일상 생활로부터 즉, 자본의 거대한 구조들을 통해서 생산될 뿐만 아니라, 영원한 종속자들로서의 자신들의 운명에 대해 다소간 체념하는 민중들에 의해서 내부의 일상 생활로부터도 생산되는 방식들이라고 했다.(벤 애거,

치적인 저항을 초래하고, 그 결과 전면적인 사회 변동을 초래할 수 있는 가능성들이 존재하기 때문이다.

라. 문화 실천과 가치관 표현 양상

소설 담론은 그 대상, 주체 그리고 주체를 위해 대상을 재생하는 재현 수단들과 더불어 작동하고 있다. 소설 담론은 실천을 그 본질로 하기 때문에, 소설 담론을 교육하는 것은 단순히 그 대상을 해석·평가·감상하는 것이 아니라, 소설 담론의 생산, 수용, 생산과 수용의 매개 과정을 총체적으로 조망하는 중층적 구조 속에서 접근되어야 한다. 중층적 구조에서 접근하는 것은 소설 교육을 학습자와 그 타자와의 관계 속에 설정하는 것을 의미한다. 학습자와 그 타자와의 관계는 소설 담론을 정전화하는 것을 거부하며, 소설 담론이 타자와의 관계 속에서 새롭게 해석되고 생산되는 것임을 의미한다.

새롭게 해석되고 생산되는 소설 담론은 학습자의 가치관이 전제될 때에만 의미를 가질 수 있다. 학습자의 가치관은 타자와의 관계 속에서 학습자가 갖는 소설 담론에 대한 인식의 틀을 설정해주는 키워드이기 때문이다. 가치관이 있어야만 학습자는 소설 담론에 대해 올바르게 접근할 수 있고, 소설 담론을 자기 것으로 만들 수 있다. 그런데 여기서 문제가 되는 것은 학습자가 갖고 있는 가치관이 절대적인 것이며, 정전적 가치관이어야 하는가이다. 학습자의 가치관은 계속적으로 변화하는 것은 아닌지, 가치관은 학습자의 삶에 대한 총체적 지향점을 설정해주는 것이지만, 그 지향점의 구체적인 모습이란 과연 존재하는지, 가치관이 학습 과정에서 계속적으로 내면화되고 타자와의 관계에서만 의미를 갖는 것이라면, 과연 왜 소설 교육을 하는지 등의 문제이다.

김해식 옮김(1996), 앞의 책, 옥토, 28-29쪽)

본고는 이런 문제들에 대한 근본적인 답을 가지고 있지 않다. 다만 본고는 이런 문제들에 대한 하나의 대안으로서 소설 교육의 지향점을 가치관의 내면화로 설정하고, 그 가치관의 내면화란 사회 문화의 유지·전승을 위한 정전적 가치관의 전수가 아니라 학습자가 소설 담론을 학습하는 과정 및 결과를 통해 새롭게 형성되지만, 그 실체를 알 수 없고 또 역동적으로 변화해 가는 가치관의 존재 의의를 드러내고자 한다. 이러한 존재 의의를 갖는 가치관은 우리 삶의 과정 및 교육이 갖는 근원적 목표와 일치한다. 우리의 삶과 교육은 끊임없는 자기 갱신을 위한 과정으로서의 삶이고 학습이기 때문이다.

교육과 우리의 삶은 문화의 장에서 이루어진다. 문화의 장에서 학습자는 문화 주체로서 자신의 향방을 설정하고 실천을 해 나간다. 문화 실천의 주체로서 학습자는 자신의 실천을 위한 준거로서 가치관을 사용한다. 그러나 위에서 언급했듯이 이 가치관은 절대적 의미에서의 정전적 가치관이 아니라, 늘 새롭게 규정되고 변화해 가는 것이다. 새롭게 규정되고 변화해 가는 과정에서 가치관은 삶의 지향점을 향해 한 발 한 발 걸음을 내딛는다.

3. 소설 교육의 목표와 가치관의 내면화

가. 소설 교육과 가치관의 형성

문학 교육을 문학 능력의 증진을 통한 인간다움, 곧 행복과 정의의 추구라고 규정한다면[13], 문학 능력의 구체적 모습을 분명히 설정할 필요가 있다. 전술한 바와 같이 문학 능력이란 문학의 사실, 개념, 방법, 태도에 대한 앎을 내용으로 하고, 그것이 인지적·정의적·기능적·행동적 영역 등 인간 삶의 전 영역에 걸쳐 작용하는 것으로, 인지적 영역에 대한 지식과 정의적 영역에서

---

13) 김대행 외(2000), 『문학 교육원론』, 서울대학교출판부, 34-37쪽.

의 행동적 요인의 성장, 나아가 가치관, 사고 방식, 사회 체계에 대한 이해 및 문화 실천을 지향하는 것이 되어야 한다. 이러한 총체적 과정 속에서 문학 능력은 작용하고, 또 그 과정에 의해 스스로 영향 받기도 한다. 즉, 문학 능력은 자신을 둘러싼 삶의 모든 과정과 상호 작용을 하는 가운데 증진되는 것이며, 그것의 구체적인 모습을 확정할 수는 없지만, 보다 나은 삶과 학습자의 발전을 위한 지향점은 갖고 있는 실체라고 할 수 있다. 이러한 특성을 갖는 문학 능력의 증진은 학교라는 집단의 문제라기보다는 학습자 개인에 의해 달라지는 양상을 갖게 된다. 따라서 문학 능력의 증진에서 가장 큰 역할을 하는 것은 가치관이라고 할 수 있다. 학습자가 소설 담론을 학습하는 과정이나 학습한 이후에 지속적으로 학습자의 지향점을 반추하고 설정하게 하는 틀은 가치관이기 때문이다. 물론 여기서의 가치관은 미리 설정된 사회적 의미 체계로서의 가치관이 아니라, 학습자가 소설 담론을 학습하는 과정에 영향을 주고, 또 가치관 스스로도 소설 담론의 학습에 의해 그 형상이 달라지는 역동적 구조체로서의 의미를 갖는 것이다. 가치관은 미리 규범화된 것이 아니며 규범화될 수도 없다. 가치관은 유동적인 성향을 그 본질로하며, 학습자가 자신의 학습 과정에서 기존의 틀을 계속적으로 고쳐 가는 과정에 있는 것이기 때문이다. 기존의 틀을 계속 고쳐 나간다고 하는 것은 소설 교육에서 학습자가 자신의 학습 경험을 바탕으로 자신의 인식 틀을 수정해 가는 과정이다.

나. 가치관의 형성과 소설 교육의 장

가치관이 형성되는데 작용하는 요인들로는 욕구, 정보, 집단 활동, 사회·문화적 가치와 규범 등이 있다.

학습자는 소설 담론을 읽고 즐거움을 느끼는 등의 자신의 욕구 충족을 위

해 소설 담론을 접한다. 이때 학습자는 자신도 모르게 자신의 기존 가치관을
접근적·도구적 기준으로 삼아 소설 담론에 접근하며, 이 과정에서 기존의
가치관을 변형시켜 나간다. 가치관은 욕구 충족 과정에서 형성 발달될 뿐만
아니라, 새로 접하게 되는 소설 담론에 대한 정보에 의해서도 형성된다. 학
습자가 접하는 소설 담론에 대해 무엇을 알고 있고, 어떻게 이해하고 있느냐
에 따라, 그 소설 담론에 대한 가치관이 결정된다. 이렇게 학습자가 새로이
접하는 소설 담론에 대한 정보를 학습자 자신의 의식 구조에 어떻게 조직하
느냐는 이미 형성된 가치관의 성질에 따라 크게 영향을 받게 된다. 또 반대
로 새로 접하게 된 소설 담론을 어떻게 이해하고 의식 구조에 조직하느냐에
따라 가치관이 새로 형성되고 발달하게 된다. 또한 학습자의 가치관은 그가
속하고 있는 집단이 갖는 신념, 가치, 규범 등의 영향을 받아 형성되지만,
학습자는 자신이 새로이 형성한 가치관을 유지하기 위해서 집단의 지지를
필요로 하기도 한다. 이와 같이 여러 요인들에 의해 형성된 가치관은 사회의
지배적인 가치관과 규범에 종속되는 대상이 아니다. 그것은 타자와의 본질
적인 관계를 전제로 한다. 즉, 타자를 흡수하거나 타자 속에 동화되는 관계
가 아니라, 서로 영향력을 주고 받는 상호 주관성을 갖는 문화 장 속에서
변화해 가며, 그 실체를 하나로 규정할 수 없는 대상이 된다.

학습자가 가치관의 내면화로서 자신의 인식 틀을 수정해 가는 것은 자기
자신만의 틀에 머물러 있을 때가 아니라, 교사, 동료 학습자, 또 다른 소설
담론 등과의 타자적 관계를 형성할 때만 가능하다[14]. 일차적으로 생각해볼
때 자기만의 폐쇄적 틀을 가지는 것은 타자를 배제하므로, 여기에는 타자로
서의 가치관의 변정 요소가 개입될 여지가 없는 것이다.

소설 교육에서 학습자가 가치관의 형성 과정에서 타자적 요인들을 받아

---

14) Judith Langer(1992), *Literature Instruction*, University of New York at Albany, 114-115쪽.

들인다고 하는 것은 자아 중심적 주체성(고정된 틀로서의 가치관)을 버리고, 자기 주변의 타자들(새로운 소설 담론, 교사의 강의, 동료 학생과의 토론 등) 과 대화적 관계를 맺는 것이다. 타자와의 대화적 관계를 맺는다고 하는 것은, 학습자가 자신(특히 가치관)에 대한 타자의 모든 표상들과 척도들을 넘쳐흐르는 그대로 유보없이 받아들이는 것이다[15]. 이것을 레비나스의 용어를 원용하여 설명해 본다면, 주체로서의 학습자가 '무한성의 이념'을 갖는 것이고 또한 그의 가르침을 받는 것이다. 여기서 가르침을 받는다고 하는 것은 '나'의 안에 '내'가 가지고 있는 것 이상의 것이 '나'의 외부로부터, 즉 타자로부터 '나'에게로 오는 것을 의미한다. 이와 같이 타자의 가치관은 학습자가 갖고 있는 기존의 가치관들을 의심스러운 것으로 만들며, 타자와의 이런 관계는 학습자가 고유하게 갖는 가치관으로부터 출발한 것이지만 또한 학습자가 가지고 있었던 기존의 가치관을 능가하는 것이다.

타자성을 전제로 하면서 새로이 형성되는 가치관은 자기 동일성을 깨뜨려야만 올바로 형성될 수 있다. 예를 들어보자. 최서해의 「탈출기」를 학습하기 전에, 이 작품이 일제 식민지 치하에서의 궁핍상을 사실적으로 잘 드러냈으며, 계급 의식을 잘 형상화한 작품이라는 것을 학습자가 알고 있었다고 가정해 보자. 그런데 이 소설 담론을 학습한 후에 학습자는 이 작품에 대해 자신이 가지고 있었던 기존의 평가 틀로서의 가치 체계와는 다른 측면, 즉 이 작품이 일제 치하에서의 궁핍상을 드러내기는 했지만, 그 궁핍상은 생생한 형상화를 이루지 못했음을 알게 되었다고 하자. 이는 무엇을 의미하는가? '생생한 형상화를 이루지 못했다'고 하는 새로운 인식은 학습자가 갖고 있던 기존의 가치 체계에 영향을 끼칠 것이고, 새로이 변형된 학습자의 가치체계는 학습자의 가치관에 변정을 가하게 된다. 이를 통해 학습자의 가치관은 기

---

15) 신옥희(1996), 「레비나스의 타자개념」, 『현대시 사상』, 1996년 겨울 호, 고려원, 130쪽.

존의 자기 동일성을 깨뜨리고 새롭게 형성되는 과정에 놓이게 된다. 이것은 학습자가 소설 교육에서 갖는 가치관이란 타자와의 차이 뿐만 아니라 학습자 스스로의 차이에 의해서 내면화되는 것임을 뜻한다.

데리다의 관점에 의하면 이처럼 자기 동일성을 깨뜨리는 과정으로서의 가치관은 차연으로서의 가치관이라고 할 수 있다. 차연으로서의 가치관은 정전으로서의 가치관의 만남, 일치(정전으로서의 가치관이 되는 것)를 영원히 연기시킨다. 차연으로서의 가치관은 그 어떠한 정전적 가치관도 허용하지 않으면서 늘 타자와의 관계에서 새롭게 형성되지만, 그 완전한 의미 혹은 틀은 계속적으로 유보되는 것이다.

가치관 교육으로서의 소설 교육에서 타자가 갖는 이러한 관계들은 앞에서도 언급했듯이, 학습자가 소설 담론을 학습하면서 갖게 되는 가치관은 정전화된 가치관이거나, 또 정전으로서의 가치관을 지향하는 것이 아님을 분명하게 드러낸다. 따라서 본고가 상정한 형성 과정 중에 있고, 정전화된 가치관도 아니며, 그렇다고 그 실체를 분명하게 내보여주는 것도 아닌, 학습자에게 내면화되는 가치관은 학습자가 소설 담론을 학습하는 과정과 그 이후에 역동적으로 작용하며 학습자를 타자와 관계 맺게 하는 기제임을 알 수 있다.

한 번 형성된 소설 주체(학습자)의 가치관은 상당 기간 동안 지속되는 속성을 갖는다. 그러나 변화하는 사회 환경과 소설 교육 실천들의 변화에 의해 학습자의 가치관은 변화하게 된다. 이 변화의 과정에서 소설 주체(교사와 학습자)와 소설 교육 실천 환경, 사회 환경 등은 서로가 서로에게 영향 주는 역동적 구조 속에 놓여 있다.

켈만(Kelman)은 가치관의 변화 과정을 순종, 동화, 내면화의 3단계로 설정한 바 있다[16]. 그에 의하면 가치관의 내면화 과정은 사회·문화적인 지배적인 가치 체계에의 순종이나 동화가 아니라 변화를 전제로 하고, 이 변화를

통한 가치관의 형성 과정이다. 내면화에 의한 가치관의 변화는 가치관의 부
정적 방향으로 혹은 긍정적 방향으로의 강도 변화를 의미한다. 즉, 특정한
소설 담론에 대한 긍정적 가치관이 부정적으로 변화하거나 반대로 부정적
가치관이 긍정적 가치관으로 변화하는 불일치적 변화(incongruent change)와
특정한 소설 담론에 대한 기존의 가치관(부정적이든 긍정적이든)을 더욱 강
화시키는 일치적 변화(congruent change)이다.

학습자가 갖는 이러한 가치관의 변화는 일치적 변화인가, 아니면 불일치
적 변화인가에 따라 다르다. 다른 조건이 같을 경우, 일치적 변화는 불일치
적 변화에 비해 보다 쉽다. 일치적 변화의 경우라도 가치관의 성격에 따라
다르다. 이러한 가치관의 변화 과정의 원리를 제시하면 다음과 같다.

> 원리 1 : 가치관의 변화 가능성은 이미 형성된 가치관 및 가치 체계와
> 학습자의 성격 특성에 영향 받는다.
> 원리 2 : 가치관의 변화가능성은 학습자가 참여하는 소설 교육 실천 장
> (場)의 모습에 따라 다르다.
> 원리 3 : 가치관의 변화는 새로운 소설 담론에 계속 접하게 하거나, 새로
> 운 소설 교육의 장에 소속하게 함으로써 가능해진다.
> 원리 4 : 새로운 소설 담론에 의해 유발된 가치관 변화의 방향과 정도는
> 소설 담론이 제공되는 상황과 소설 담론의 내용, 소설 담론 제
> 공 방법 등의 상호 작용의 기능으로 결정된다.

원리1은 학습자가 가지고 있는 가치관의 일관성의 강도 정도, 타자(교사,
동료 학생, 학부모 등)와의 상관성, 가치관의 다양성 정도, 욕구와 동기의 강
도 등에 따라 학습자의 가치관의 변화 가능성이 달라진다는 의미이다.

원리2는 소설 교육의 장이 갖는 규범, 가치관, 구체적인 소설 교육 실천의

---

16) 박용헌·문용린1993), 앞의 책, 73-75쪽.

모습에 의해 학습자의 가치관의 변화 가능성이 달라짐을 의미한다. 구체적으로 말하면 학습자가 소설 교육의 장에서 갖는 소속감의 정도, 소설 교육장이 갖는 규범, 사회·문화적 가치관 등과 학습자의 가치관이 갖는 연관성의 정도, 다른 동료와의 참여 정도 등에 달라진다는 것을 의미한다.

원리 3은 소설 교육에 의해 새롭게 형성되는 가치관은 기존의 가치관을 변화시킨 것으로, 이것은 학습자가 스스로 자신의 가치관에 따라 소설 담론을 찾아 읽거나, 문학 능력을 증진시켜 나가는 것을 의미한다.

원리 4는 학습자가 스스로 새로운 소설 담론을 찾아 읽고 문학 능력을 증진시켜 나가는 가운데, 학습자가 내면화해 가는 가치관의 방향과 그 정도는 소설 교육이 이루어지는 상황과의 총체적인 관계를 갖게 된다. 그리고 이러한 총체적인 관계, 즉 타자와의 관계 속에서 가치관은 점차 인식 틀로서 형성되어 가지만, 그 틀은 또 다른 교육적 상황에서는 변화할 수밖에 없는 것이 그 본질이다.

지금까지 소설 교육에서 학습자가 갖는 가치관이 경험과 학습을 통해서 형성되고 변화되는 것임을 전제하고, 그 형성과 변화에 작용하는 변인들의 영향 관계를 중심으로 그 형성과 변화의 원리를 도출해 보았다. 다음에는 가치관이 형성되는 절차에 관해 살펴보고자 한다. 가치관이 형성되는 절차적 과정은 선택 과정, 평가 과정, 실천 과정으로 나누어 볼 수 있다.

소설 교육에서 학습자는 소설 담론에 자신의 가치관을 형성해야 할 많은 상황에 직면하게 된다. 예를 들면, 「춘향전」에서 춘향의 정절을 평가할 때 어떤 요소를 평가할 것인가 하는 선택의 상황, 『삼대』에 형상화된 조·부·손 삼대의 갈등 양상에서 주된 관심을 어디에다 두고 가치 평가를 할 것인가, 그리고 그 평가에서 어떤 준거를 선택할 것인가 등의 선택 상황에 놓이게 된다. 이러한 선택 상황에서 자유로운 선택, 다양한 가능성에서의 선택, 선택 이후에 수반되는 결과에 대한 충분한 검토를 거친 선택 등은 새로운 가치관의 형성에 영향을 크게 미치며, 이러한 과정에서 형성된 가치관은 오랫동안 지속되는 경향을 보인다.

가치관이 형성되는 두 번째 과정은 평가의 과정이다. 소설 담론에 대한 평가에서 학습자가 자신이 선택한 평가 요소에 대해 만족하고 소중히 여길 때, 소설 교육은 긍정적인 학습 효과를 유발한다. 이 긍정적인 학습 효과에 의해서 학습자는 스스로 또 다른 소설 담론을 접하고자 하는 동기를 갖게 되고, 이 동기에 의해 학습자는 평생 독자로서 일상 생활에서 소설 담론의 평가자가 될 수 있다. 소설 교육에서 학습자가 갖는 평가의 과정은 자신이 선택한 평가 요소에 대한 감정적 선호도와 인지적 확인, 판단, 그리고 동료 학습자에 대한 인정과 지지의 획득 과정이 포함된다. 이러한 인정과 지지의 획득에 의해서 형성된 가치관을 더욱 더 강화되고 오래 지속되기 때문이다.

학습자가 자신이 선택한 평가 준거에 따른 평가 결과에 대해 만족하고, 동료 학습자의 인정과 지지를 획득하게 되면, 이러한 상황은 그 학습자가 또 다른 소설 담론에 대해 평가하는 방식에 영향을 주게 된다. 이러한 단계에서 형성되는 소설 담론에 대한 학습자의 가치관은 가치 평가 요소의 선택과 관련되는 평가 실천을 유사한 상황에서 반복하는 과정을 통해서 이루어진다. 그 결과 학습자는 소설 담론이 문화 실천의 한 양상임을 이해하고, 문화 장에서 소설 교육을 통해 형성되는 자신의 가치관이 문화 일반과 갖는 의미가 무엇인지, 자신의 가치관이 유사한 소설 담론 상황과 문화 상황에서 반복됨을 인식하게 된다. 이 반복을 통해서 학습자는 소설 담론에 대한 지속적인 가치 형성자로서의 역할을 수행하게 되고, 그 결과 학습자는 그 문화 장에서 생성되는 문화를 소설 담론에 대한 가치관 형성으로서 실천할 뿐만 아니라 그 문화 생산의 주체가 될 수 있다.

다. 가치관의 내면화로서 소설 교육의 내용

7차 교육과정상의 '문학' 영역의 교육 내용은 다음과 같이 제시되어 있다[17].

> 문학의 수용과 창작 활동을 통하여 문학 능력을 길러, 자아를 실현하고
> 문학 문화 발전에 능동적으로 참여하는 바람직한 인간을 기른다.
>
> 가. 문학 활동의 기본 원리와 문학에 대한 체계적인 지식을 이해한다.
> 나. 작품의 수용과 창작 활동을 함으로써 문학적 감수성과 상상력을 기른다.
> 다. 문학을 통하여 자아를 실현하고 세계를 이해하며, 문학의 가치를 자신의 삶으로 통합하려는 태도를 지닌다.
> 라. 문학의 가치와 전통을 이해하고 문학 활동에 능동적으로 참여하고 문화 발전에 기여하려는 태도를 지닌다.

교육과정에 나타난 이러한 내용 체계는 문학 교육을 이해·감상 차원에 국한시켰던 관점에서 벗어나 문학 교육에서 창작과 가치의 심화에 역점을 두고자 한 것이다. 이 관점은 문학의 이해와 감상으로 국한되는 학습자의 수동적 수용을 지양하고 학습자가 문학 주체로서 자신의 가치관을 바탕으로 문학을 향유하고, 이를 바탕으로 문학적 실천을 하며, 나아가 문화 발전에 능동적으로 참여함을 목적으로 한다. 학습자가 문학 주체로서 문학을 향유하고 문화 발전에 능동적으로 참여하기 위해서는 문학의 본질에 대한 지식을 바탕으로 주체적으로 수용 및 창작으로 하려는 태도, 이를 통한 문학적 가치의 인식 등이 필요하다. 이런 과정에서 가장 본질적으로 학습자에게 작용하는 기제는 물론 학습자의 가치관이다. 가치관은 학습자의 향방을 설정해 줄 뿐만 아니라, 그 지형도를 계속적으로 수정하면서 나아가게 하기 때문이다.

---

17) 교육부(1997.12), 『국어과 교육과정』, 교육부 고시 제 1997-15호(별책 5).

바로 여기에 본고가 설정한 가치관 교육으로서의 소설 교육의 근거점이 있
다. 가치관 교육으로서의 소설 교육은 세계를 파악하는 방법으로서 기능하
기 때문이다.

　본고에서는 세계를 파악하는 방법으로서의 소설 교육의 지형도를 설정하
는데 있어서 가치관이 어떤 역할을 하는가, 가치관은 어떤 과정을 통해 형성
되어 가며, 이렇게 형성된 가치관은 기존 사회 집단의 가치관 체계와는 어떻
게 다른가, 소설 교육에서 내면화되는 가치관은 과연 그 구체적 실상이 파악
될 수 있는가 등을 논의하였다. 본고의 관점은 소설 교육에서 가치관이 소설
교육의 전체 지형도를 형성하는 분명한 기제이고, 그 기제로서의 가치관은
역동적 층위 구조를 갖는 차연으로서의 가치관임을 상정한 것이다. 이것이
자칫 뜬구름 잡는 논의가 될 수 있다는 비판도 있을지 모른다. 그러나 본고
의 관점으로는 소설 교육이 근본적으로 지향하는 바가 세계의 파악과 세계
의 주체, 문화의 주체로서 학습자의 삶이란 점을 전제한다면, 이러한 논의는
보다 근본적인 층위를 건드리는 것이며, 소설 교육에서 당연히 해오고 있는
근본의 문제를 다시 고찰하자는 의지이다. 이제까지 소설 교육에 대한 논의
들은 '왜 소설을 가르치고 배우는가'에 대한 해명보다는 소설을 당연히 가르
쳐야 한다는 전제 하에 그 실천 방법에 대한 논리와 소설 교육이 나가야 할
방향에 대한 당위를 내세운 감이 있다. 본고는 그러한 논의보다는 소설 교육
에 대한 논의에서 정말로 필요한 것은 '왜 소설을 가르치고 배우는가'라고
본다. 소설을 가르치고 배우는 이유는 앞에서 언급한 것처럼 학습자가 세계
를 파악하고 세계의 주체, 문화의 주체로서 자신의 향방을 설정하고 실천하
기 위해서이다. 이 향방의 설정과 실천에서 가장 근본적인 기제는 무엇인가?
물론 학습자가 갖는 가치관이다. 가치관은 가장 고차원적인 삶의 틀이기 때
문이다.

　소설 교육에서 형성되는 학습자의 가치관을 어떤 관점에서 보고, 내용 체

계를 설정하고, 교수 - 학습하며, 평가할 것인가의 문제는 소설 교육에 설정한 교육 목표, 교수 - 학습 방법, 평가 등과 밀접한 관련을 가진다. 이 문제는 소설 교육에 대한 교육 철학과 교육 목적 등에 대한 관점이 서야만 접근할 수 있다. 또한 소설 교육에서 도달해야 할 특정한 가치관을 설정해 놓고 거기에 따른 교육 목표, 교수 - 학습 방법, 평가 등을 구안하자는 것이 아니라, 소설 교육에서 형성되는 학습자의 가치관에 대해 어떤 원리와 모형을 갖고 접근할 수 있는가를 모색하는 것이다.

지금까지의 소설 교육은 소설 담론에서 형성되는 학습자의 가치관을 교정·육성해야 한다는 관점에서 이루어져 왔다. 이 관점은 소설 교육의 목표를 '도달해야 할 어떤 과정 및 결과'로 상정하고서, 학습자는 그 교육 목표에 도달해야 함을 전제로 한다. 따라서 학습자가 소설 교육을 통해 도달해야 하는 가치관의 유목이 미리 제시되고, 그 유목의 기준에 맞추어 학습자의 가치관을 교정·육성해야 함을 지향점으로 해 왔다. 이 관점을 문화 장과 관련지어 보면, 이것은 지배 계층의 문화를 전수하고, 가치관의 공고화를 목표로 하는 것이다. 가치관의 공고화 속에 지배 계층들은 교육이라는 합법적 수단을 통해 자신의 이데올로기를 강화할 수 있고, 지배 문화를 지속할 수 있는 헤게모니를 유지할 수 있다.

지배 계층이 자신들의 이데올로기를 강화하고, 지배 문화를 지속하는 것은 헤게모니적 관점에서 설명될 수 있다. 헤게모니(hegemony)란 말은 가장 보편적인 의미에서 한 집단(또는 국가나 문화)이 다른 집단(또는 국가나 문화)을 지배하는 것을 가리킨다. 이론적 개념으로서의 헤게모니는 이탈리아의 마르크스시스트인 안토니오 그람시(1891-1939)의 저술을 통해 그 중요성이 부각되었다[18]. 그는 부르주아 자본주의에 대한 노동자 계급 내부의 동맹

---

18) 권유철 편(1984), 『그람시의 마르크스주의와 헤게모니론』, 한울, 101-107쪽.

구조와 그것에 의존한 혁명 전략을 설명하려고 헤게모니란 말을 썼다. 그람시에 따르면 헤게모니는 부르주아 계급이 노동자 계급에 행사하는 통제를 가리킨다. 헤게모니적 통제는 단지 힘의 위협에 의해서만이 아니라 동의에 의해서도 유지된다. 즉, 성공적인 헤게모니는 지배 계급의 이해를 표현할 뿐만 아니라, 종속된 집단으로 하여금 이 '이해'를 '자연스러운 것'으로 혹은 '상식'의 문제로 보게 만들 수도 있다는 것이다. 이처럼 헤게모니는 경제적 토대에 기반하는 계급 혁명의 관점에서 부각되지만, 헤게모니의 기초는 사회적 생존의 모든 측면, 즉 제도, 관계, 사상, 도덕 등으로 퍼져 연장되는 것이다. 그러나 이러한 지배 계급의 헤게모니는 영구히 고착화될 수는 없다. 교육은 지배 계급의 헤게모니를 고착화하는 역기능을 가지고 있는 반면에, 사회 혁신의 참기능도 가지고 있기 때문이다. 따라서 본고가 상정하는 소설 교육에서의 가치관은 사회의 유지와 지배 계급의 통제를 위한 헤게모니가 아니라, 학습자 개인의 내면화 과정과 이를 통한 사회 혁신으로서의 관점에서 접근하는 것이다.

본고에서는 소설 교육에서의 가치관을 그 내면화 과정에 따라 설정하고 소설 교육의 목표를 구안하고자 한다[19].

(가) 감수(receiving) : 이것은 어떤 현상이나 자극에 대하여 즐겁게 주의를 기울이는 행동으로서 학생들의 주의를 끄는 단계의 행동이다. 이 행동은 현상이나 자극에 대해 단순히 그 존재를 인식하는 행동으로부터 이를 선택하고 주의를 집중하는 단계로서 가장 낮은 정의적 행동이다. 감수는 감지, 자진 감수, 주의 집중 등으로 분류된다.

---

19) 가치관의 내면화 과정 5단계는 Bloom의 정의적 특성의 내면화 과정 5단계를 적용한 것이다.(블룸 외(1964), 임의도 외 역(1983), 『교육목표 분류학Ⅱ:정의적 영역』, 교육과학사, 231-251쪽.)

(나) 반응(responding) : 이 행동은 어떤 자극이나 특수한 현상에 대해서 단순히 감지하거나 수용하는 것으로 끝나지 않고 적극적으로 반응하는 것이다. 특정한 자극이나 현상에 대해서 단순히 피상적으로 반응하는 것으로부터 시작해서 적극적으로 자진해서 반응하고 또 그것에 대해서 만족한다. 반응은 묵종 반응, 자진 반응, 만족 등으로 분류된다.

(다) 가치(valuing) : 이것은 현상이나 사태에 대해 감수의 수준을 넘어서서 의의와 가치를 부여하여 내면화하는 행동 수준을 말한다. 어떤 가치의 인정뿐만 아니라 적극적인 자세로 그 가치를 추구하는 행동을 말하는 것이다. 가치화는 가치수용, 가치선택, 확신 등으로 분류된다.

(라) 조직화(organizing) : 이 수준의 정의적 영역은 여러 가지 다른 종류의 가치를 통합하고, 자기 나름대로 일관성있는 가치체계를 확립해 나가는 단계이다. 이 단계의 주요한 행동 특징은 여러 가지 종류의 가치들을 서로 비교하고 관련짓고 분석하여, 이를 체계적으로 종합해 가는 것이다. 조직화는 가치의 개념화, 가치 체계의 조직 등으로 분류된다.

(마) 인격화(characterizing) : 이 행동 수준은 특정 가치관이 한 개인의 생활을 지배하고 생활화하게 됨으로써, 그 개인의 독특한 생활방식을 형성하게 되는 단계이다.

이러한 가치관의 내면화 과정에 따른 소설 교육의 목표 구안은 문학 교육의 내용으로부터 물론 출발해야 한다. 전술한 바와 같이 내용 체계와 관련해서 분석해 본다면, 7차 교육과정에서는 문학 교육의 내용을 문학의 본질, 문학의 수용과 창작, 문학과 문화, 문학의 가치화와 태도 형성 등에 따라 나누고 있다. 이것들 중에서 본고가 목표로 하는 '가치관 교육으로서의 소설 교육'과 관련되는 것은 '문학의 가치화와 태도 형성'에 관한 것이다. 그러나 본고는 가치관과 태도를 구분하는 관점을 취했다. 가치관은 인지적 영역을 바탕으로 하여 소설 교육의 지향점인 문학 능력의 증진, 삶의 방향 설정 등을 가능하게 해 주는 것이다. 가치관을 이런 관점에서 설정한다면, 그 가치관은 물론 지향점을 갖는 것이어야 한다. 그 지향점은 '문학의 본질, 문학의 수용과 창작, 문학과 문화' 등과 같은 문학 교육 내용 영역을 아우르는 것으로 문학 교육의 궁극적 목표라고 할 수 있다. 따라서 '가치관으로서의 문학 교육, 그리고 소설 교육'을 상정하는 관점에서는 문학 교육의 내용을 층위를 나누어 상정할 수 있다. 즉, '문학의 본질, 문학의 수용과 창작, 문학과 문화' 등에 관한 하위 항목에서의 문학 교육 내용 설정, 그리고 가치관의 내면화 과정을 바탕으로 한 문학 능력의 증진이라고 하는 총체적이고 다소 추상적인 수준에서의 문학 교육 내용 설정으로 나누어야 한다. 이렇게 층위를 나누어 중층적으로 살펴봄으로써, 문학 교육의 기본 전제항(문학의 본질에 관한 지식 층위), 문학 교육의 궁극적 지향점에 도달하기 위한 과정(문학의 수용과 창작 층위, 문학과 문화의 연관성 알기 수준에서의 층위), 궁극적 지향점(문학 문화를 통한 문화 실천의 층위, 가치관의 내면화를 통한 자아 실현 층위) 등에 맞는 문학 교육의 내용을 설정할 수 있다.

이들 모든 층위에 걸치는 문학 교육의 목표를 다시 설정해야 하겠지만, 본고의 지향하는 논의의 특성상 '가치관의 내면화를 통한 자아 실현' 영역에서의 소설 교육의 내용을 구안하면 다음과 같다.

다양한 문학의 수용과 창작을 통하여 문학 능력을 증진시킴으로써 가치관을 내면화하여 자아를 실현하는 문화 실천의 주체를 기른다.

　　가. 소설 담론을 이해·감상함은 물론 소설 담론에 새로운 의의와 가치를 부여하여, 적극적인 자세로 그 가치를 추구한다.
　　나. 소설 담론에 부여한 의의와 가치를 통합하고, 학습자 나름대로 소설 담론에 대해 일관성 있는 가치 체계를 확립해 간다.
　　다. 소설 담론에 대해 일관성 있는 가치 체계를 확립하고, 이 가치 체계

는 학습자의 삶의 지향점을 형성하는 동인이 되며, 이를 바탕으로 학
습자는 가치관을 형성하고 점차 인격화해 간다.
라. 가치관의 형성과 인격화를 통해 문화 장에서 문화 비판자로서의 문
화 실천의 주체가 된다.

이러한 소설 교육의 내용들은 소설 교육의 내용 중에서 가장 상층부에 놓
이는 것으로, 소설 교육의 궁극적 지향점을 문학 능력의 증진 과정으로 설정
하면서, 문학 능력의 증진 과정 속에서 가치관의 내면화에 의한 학습자의 인
격화가 수행됨을 전제하는 것이다. 물론 이 내용들은 상당히 추상적인 일면
을 갖고 있다. 그러나 지금까지의 문학 교육의 내용 혹은 소설 교육의 내용
들을 모두 층위가 같은 차원에 놓인채, 이것들의 순환 고리만이 강조되어
왔다. 그러나 문학 교육 혹은 소설 교육의 내용들은 엄밀히 그 층위들이 다
르며, 그 층위의 다름에 맞게끔 교육 목표가 설정되어야 한다. 본고는 이러
한 시도를 해보았다. 물론 이러한 시도가 지금은 일면적이고 피상적인 수준
에 머무른 것이 사실이지만, 본고는 논의의 출발점을 삼은 것으로 그치고자
한다.

4. 결론

본고는 가치관을 소설 교육의 전체 지형도를 형성하는 기제로 보고, 기제
로서의 가치관은 역동적 층위구조를 이루는 차연으로서의 가치관임을 전제
하였다. 이러한 전제 하에 가치관 교육으로서의 소설 교육의 내용을 구안해
보았다. 본고는 소설 교육의 목표가 단일한 층위 구조를 갖는 것이 아니라,
문학의 본질에 관한 지식 층위, 문학의 수용과 창작 층위, 문학과 문화의 연
관성 층위, 문학 문화를 통한 문화 실천으로서의 층위, 가치관의 내면화를

통한 자아 실현 층위 등에 따라 다름을 논하였다. 본고는 이러한 여러 층위 중에서 가치관의 내면화를 통한 자아 실현 층위에서의 소설 교육의 내용을 구안해 보았다.

소설 교육의 내용은 중층적 구조를 갖는 각 층위에 맞게끔 설정되어야 한다. 본고는 이러한 논의의 출발선에 불과하다. 그러나 소설 교육의 내용에 대한 중층 구조를 설정하고, 그 층위 구조에 맞는 내용 설정에 관한 논의의 활성화가 필요한 시기라고 본다.

참고문헌

1. 단행본 및 논문

교육부 (1997), 『고등학교 교육과정 해설』: ② 국어.

구인환 외(1998), 『문학 교수·학습 방법론』, 삼지원.

구인환 외(2001), 『문학교육론』 4판, 삼지원.

구자균 校註(1978), 「춘향전」, 『한국고전문학전집』 제 2권, 진성문화사.

권택영(1996), 「현대문학과 타자개념」, 『현대시사상』1996년 겨울호, 현대문학.

김대행 외(2000), 『문학교육원론』, 서울대학교출판부.

김동환(1997), 「비평적 에세이 쓰기」, 문학과교육연구회, 『문학과교육』 제7호, 한
　　　국교육미디어.

김미현(1990), 「김유정 소설의 카니발적 구조 연구」, 이화여자대학교 대학원 석사
　　　학위논문.

김상욱(1996), 「50년대 소설의 교육적 해석 방법론」. 『소설 교육의 방법 연구』,
　　　서울대출판부, 116쪽.

김상욱(1996), 『소설 교육의 방법 연구』, 서울대학교 출판부

김상욱(1997), 「문학교육의 이념과 목표」, 우한용 외, 『문학교육과정론』, 삼지원.

김영민(1998), 『손가락으로, 손가락에서: 글쓰기(와) 철학』, 민음사.

김외곤(1992.9), 「소설가에 의한 소설, 소설가의 존재 방식에 대한 탐색」, 『문학정
　　　신』(1992년 9월호).

김용선(1991), 『상상력을 위한 교육학』, 인간사랑.

김욱동(1991), 『대화적 상상력:바흐친의 문학이론』, 문학과지성사.

김인숙(1993), 『칼날과 사랑』, 창작과비평사.

김중신(1997), 『문학교육의 이해』, 태학사.

김창원·정재찬·최지현(2000), 「문학교육과 상상력」, 한국 독서학회, 『독서연구』5호

나병철(1996), 『소설의 이해』, 문예출판사.

나병철(1996), 『한국문학의 근대성과 탈근대성』, 문예출판사.

나병철(1997), 『문학의 이해』, 문예출판사

류덕제(2001), 「소설 창작교육의 방안과 전망」, 문학과문학교육연구소, 『창작교육,

어떻게 할 것인가』, 푸른사상.

문학과교육연구회(1999), 『문학과 교육』 제 8호(1999.여름), (주)한국교육미디어

문학과문학교육연구소(1996), 『문학교육의 탐구』, 국학자료원.

박갑수 외(2000), 『국어 표현·이해 교육』, 집문당.

박완서(1997), 『나목·도둑맞은 가난』, 민음사.

박용헌·문용린(1993), 『정의의 교육』, 방송대학교출판부.

박인기(1999), 「문학교육과 자아」, 문학과교육연구회, 『문학과교육』(1999년 여름
호), 한국교육미디어.

박태원, 「소설가 구보씨의 일일」, 『한국현대문학대계』4, 태학사.

백지은(2000), 「서정인 소설의 다성성 연구」, 고려대학교 대학원 석사학위논문.

서동욱(2000), 『차이와 타자』, 문학과지성사.

서울대학교 국어교육연구소(1999), 『국어교육학 사전』, 대교출판사.

서정인(1987), 『달궁』, 민음사.

서정인(1997), 「江」, 『江』, 문학과지성사.

서정인(1997), 「물결이 높던 날」, 『강』, 문학과지성사.

선주원(2002), 「대화적 관점에서의 소설 교육 연구」, 한국교원대학교 대학원 박사
학위논문.

선주원(2002), 「상상력 형성을 위한 이해와 표현으로서의 소설 교육」, 한국문학교
육학회, 『문학교육학』제10호, 역락.

손유경(2001), 「최인훈·이청준 소설에 나타난 텍스트의 자기반영성 연구」, 서울대
학교 대학원 석사학위논문.

송경빈(1996), 「한국현대소설의 패로디研究」, 충남대학교 박사학위논문

신옥희(1996), 「레비나스의 타자 개념」, 『현대시 사상』, 1996년 겨울호, 고려원.

안성수(1998), 「상호 텍스트성과 문학교육」, 『문학교육학』 제2호, 태학사.

엄태동(1998), 『교육적 인식론 탐구 : 인식론의 딜레마와 교육』, 교육과학사, 141쪽.

염상섭, 김종균 해설(1994), 『삼대』, 문학사상사.

오승은(1997), 「최인훈 소설의 상호 텍스트성 연구: 패러디 양상을 중심으로」, 서
강대학교 석사학위논문.

우한용 외(1993), 『소설 교육론』, 평민사.

우한용 외(2001), 『서사교육론』, 동아시아.

우한용(1983), 「문학교육론 서설」, 『난대 이응백 박사 회갑 기념 논문집』, 보진제.

우한용(1997), 『문학교육과 문화론』, 서울대학교출판부.

우한용(1997), 『한국현대소설 담론연구』, 삼지원.

우한용(1998), 「창작교육의 이념과 지향」, 한국문학교육학회, 『문학교육학』 제2
호, 태학사.

유영희(2001), 「패러디를 통한 시 창작교육」, 문학과문학교육연구소, 『창작교육,
어떻게 할 것인가』, 푸른사상.

윤여탁(1999), 「문학교육에서 상상력의 역할」, 『문학교육학』제 3호, 태학사.

이득재(1996), 「바흐찐과 타자」, 고려대학교 대학원 박사학위 논문.

이미란(1999), 『한국현대소설과 패러디』, 국학자료원.

이재승(2002), 『글쓰기 교육의 원리와 방법: 과정 중심 접근』, 교육과학사.

이정우(2000), 『접힘과 펼쳐짐』, 거름.

이청준(1978), 「책 속에 길이 없다」, 『작가의 작은 손』, 열화당.

이청준(2000), 『매잡이』, 민음사.

임경순(1997), 「초점화를 통한 소설 교육 연구」, 『국어교육』95호, 한국국어교육연
구회.

임경순(1998), 「소설의 담론윤리적 특성에 대한 연구」, 한국문학교육학회, 『문학
교육학』 제 2호(1998.여름), 태학사.

임경순(2001), 「서사표현교육의 방법과 실제」, 문학과문학교육연구소(2001), 『창
작교육, 어떻게 할 것인가』, 푸른 사상.

장경렬 외(2000), 『상상력이란 무엇인가』, 살림.

정구향·최미숙(1999), 「제7차 국어과 교육과정과 창작교육」, 『국어교육』 100호,
한국국어교육연구회.

정끝별(1997), 『패러디 시학』, 문학세계사.

정봉곤(1997), 「최인훈의 패러디 소설 연구」, 부산대학교대학원 석사학위논문.

정재찬 외(1997), 『문학교육과정론』, 삼지원.

정정호(2001), 『세계화 시대의 비판적 페다고지』, 생각의 나무.

정효구(1989), 『현대시와 기호학』, 도서출판 느티나무.

차봉희(1985), 『수용미학』, 문예출판사.

최성민(2000), 「서사 텍스트의 구성 원리 연구」, 서강대학교 대학원 석사학위논문.

최인자(1997), 「한국 현대소설 담론생산방법 연구」, 서울대학교 대학원 박사학위
      논문.

최인훈(1981), 「춘향뎐」, 『느릅나무가 있는 풍경』, 민음사.

최종렬(1999), 『타자들』, 도서출판 백의.

최현섭 외(1999), 『국어교육학 개론』, 삼지원.

한국해금문학전집간행위원회(1989), 『박태원Ⅰ』, 삼성출판사.

한귀은(1998), 「소설 교육의 카니발적 방법과 실제 적용 방안」, 한국문학교육학회,
      『문학교육학』 제2호, 태학사.

한철우 외(1996), 『국어과 교수 학습 방법 탐구』, 교학사.

2. 번역서

Alasdair Macintyre, A.(1981), After Virtue, 이진우 옮김(1997), 『덕의 상실』, 문예
      출판사.

B. Uspenski, 김경수 역(1992), 『소설구성의 시학』, 현대소설사.

Bakhtin, M.M., 김근식 옮김(1988), 『도스또예프스키 詩學』, 정음사.

Bakhtin, M.M., 송기한 옮김(1988), 『마르크스주의와 언어철학』, 한겨레.

Bakhtin, M.M., 이득재 편역(1988), 『바흐찐의 소설미학』, 열린책들.

Bakhtin, M.M., 전승희 외 옮김(1988), 『장편소설과 민중언어』, 창작과비평사.

Chatman, S., 김경수 옮김(1996), 『영화와 소설의 서사구조』, 민음사.

Cleo, H.C., 박순경 옮김(1998), 『탈구조주의 교육과정 탐구』, 교육과학사.

Flower, L.(1993), Problem-Solving Strategies for Writing, 원진숙·황정현 옮김
      (1998), 『글쓰기의 문제해결 전략』, 동문선.

Foucault, M.김현 편역(1989), 『미셸 푸코의 문학비평』, 문학과지성사.

G. 레이코프 & M. 존슨, 노양진·나익주 옮김(1995), 『삶으로서의 은유』, 서광사.

Giroux, H., 이경숙 옮김(2001), 『교사는 지성인이다』, 아침이슬.

Holub, R.C., 최상규 역(1999), 『수용미학의 이론』, 예림기획.

Hutcheon, L., 김상구·윤여복 역(1998), 『패러디 이론』, 문예출판사.

Lunn, E., 김병익 역(1986), 『마르크시즘과 모더니즘』, 문학과지성사.

M. Bal, 한용환·강덕화 옮김(1999), 『서사란 무엇인가』, 문예출판사.

Mcpeck, J.E., 박영환·김공하 역(1995), 『비판적 사고와 교육』, 배영사.

Ricoeur, P., 김윤성·조현범 옮김(1998), 『해석이론』, 서광사.

Ricoeur, P., 양명수 옮김(2001), 『해석의 갈등』, 아카넷.

Rorty, R., 김동식·이유선 옮김(1996), 『우연성 아이러니 연대성』, 민음사.

Stanzel, F.K., 김정신 옮김(1997), 『소설의 이론』, 탑출판사.

Todorov, T., 최현무 옮김(1987), 『바흐찐: 문학사회학과 대화이론』, 까치.

Toolan, M.J., 김병욱·오연희 공역(1995), 『서사론』, 형설출판사.

Uspensky, B., 김경수 역(1992), 『소설구성의 시학』, 현대소설사.

Waugh, P., 김상구 역(1989), 『메타픽션』, 열음사.

데리다·라캉·알튀세·푸코, 윤효녕 외 3인 역(1999), 『주체개념의 비판』, 서울대학교출판부

드레피스·라비노우, 서우석 옮김(1989), 『미셸푸코: 구조주의와 해석학을 넘어서』, 나남.

로버트 스탬, 오세필 외 역(1998), 『자기 반영의 영화와 문학』, 한나래.

롤랑 바르트, 김희영 옮김(1999), 『텍스트의 즐거움』, 동문선.

리차드 로티, 박지수 옮김(1998), 『철학 그리고 자연의 거울』, 까치.

마르트 로베르, 김치수·이윤복 옮김(2001), 『기원의 소설, 소설의 기원』, 문학과지성사.

마리 매클린, 임병권 역(1997), 『텍스트의 역학: 연행으로서 서사』, 한나래.

마이클 라이언, 나병철·이경훈 옮김(1994), 『해체론과 변증법』, 평민사.

미셸 푸코, 이정우 옮김(1992), 『지식의 고고학』, 민음사.

벤 애거, 김해식 옮김(1996), 『비판이론으로서의 문화 연구』, 옥토

벵쌍 데꽁브, 박성창 옮김(1996), 『동일자와 타자』, 인간사랑.

삐에르 부르디외, 정일준 옮김(1997), 『상징폭력과 문화재생산』, 새물결.

시모어 채트먼, 김경수 옮김(1996), 『영화와 소설의 서사구조』, 민음사.

안토니 이스트호프, 임상훈 옮김(1994), 『문학에서 문화연구로』, 현대미학사.

앙리 베르그송, 정연복 옮김(1992), 『웃음』, 세계사.

임마누엘 레비나스, 강연안 옮김(1998), 『시간과 타자』, 문예출판사.

진형준 역(1998), 『상징적 상상력』, 문학과지성사.

질 들뢰즈, 이정우 옮김(1999), 『의미의 논리』, 도서출판 한길사.

폴 리쾨르, 박병수·남기영 편역(2002), 『텍스트에서 행동으로』, 아카넷.

피터 브룩스, 이봉지·한애경 옮김(2000), 『육체와 예술』, 문학과지성사.

한스 로베르트 야우스, 윤효녕 옮김(1997), 「문학적 의사 소통의 대화론적 이해」,
　　　　여홍상 엮음(1997), 『바흐친과 문학 이론』, 문학과지성사.

3. 영서

Agee, J.(1998), "How experienced english teachers assess the effectiveness of their
　　　　literature instruction", http://cela.albany.edu/self-assess/index.html.

Applebee, A. N.(1993), Literature in the secondary school: Studies of curriculum
　　　　and instruction in the United States, NCTE.

Atkin, G. et al(1995), Studing Literature : A Practical Introduction, Harvester
　　　　Wheatsheaf.

Bakhtin, ed. Michael Holquist, trans. Caryl Emerson and Michael Holquist(1981),
　　　　"Discourse in the Novel," The Dialogic Imagination: Four Essay,
　　　　University of Texas Press.

Bakhtin, M.M., Ed. Michael Holpuist and Vadim Liapunov(1990), Art and
　　　　Answerability, University of Texas Press.

Bakhtin, M.M., trans. Emerson, C.(1984), Problems of Dotoevsky's Poetics, Minnesota U.P.

Bakhtin, M.M., trans. Iswolsky, H.(1984), Rabelais and his World, Indiana U.P..

Bakhtin, M.M., Trans. Ven W.Mcgee(1986), Speech Genres and Other Late Essays, University of Texas Press.

Bal. M.(1994), "Reflections on Reflection: The Mise en Abyme", On Meaning-Making: Essays in Semiotics, Polebridge Press.

Brophy, J. & Good, T.L.(1986), "Teacher behavior and student achievement", ed. Wittrock, M., Handbook of research on teaching, Macmillan.

Danow, D.K.(1991), The Thought of Mikhail Bakhtin: From Word to Culture, New York: St. Martin's Press.

David L. Coulter(1994), "Dialogism and Teacher", Simon Fraser University Dissertation.

Dickson, M.A.(1991), "Teaching literature with a specific emphasis on critical thinking: An interpretive investigation of student perceptions", The university of north carolina at Greensboro, Dissertation.

Ed. Jamie Hutchinson(1995), Teaching Literature in High School: The Novel, NCTE.

Edited by Michael Worton and Judith Still(1990), Intertextuality: Theories and Practices, Manchester University Press .

Edited by Ulrike H. Meinhof & Jonathan Smith(2000), Intertextuality and the Media: from genre to everyday life, Manchester University Press.

Federman, R.(1993), "Self Reflective Fiction or How to Get Rid of It", Critification: Post Modern Essays, State University of New York Press.

Gerald Genette, trans. Jane E. Lewin(1990), Narrative Discourse Revisited, Cornell U.P.

Graham Allen(2000), Intertextuality, Routledge.

Grossman, P.L., & Stodolsky, S.S.(1995), "Content as context: The role of school subjects in secondary school teaching", Educational Researcher, 24, 8, 5-11, 23.

Hodge, R.(1990), Literature as Discourse, Basil Blackwell.

Hutcheon. L.(1984), Narcissistic Narrative: The Metafictional Paradox, Methuen.

Julia Kristeva, ed. Leon S.Roudiez, trans. Thomas Gora, Alice Jardine, and Leon Roudiez(1980), "Word, Dialogue, and the Novel," Desire in Language: A Semiotic Approach to Literature and Art, Columbia University Press.

Kennedy, M.L., Kennedy, W.J., Smith, H.M.(2000), Writing in the Disciplines: A Reader for Writers, New Jersey: Prentice Hall.

Kent, T., "Hermeneutics and Genre: Bakhtin and the Problem of communicative Interaction", ed. Farmer, F.(1998), Landmark Essays: On Bakhtin Rhetoric and Writing, New Jersey: Lawrence Erlbaum Associates, Inc.

Kuta, K.W.(1997), What a novel idea: projects and actives for young adult literature,   Colorado: Teacher ideas press.

Langer, J.(1992), Literature Instruction, State University of New York at Albuny.

Margaret A. Rose(1995), Parody: ancient, modern, and post-modern, Cambridge U.P.

McNair, K.(1978-1979), "Capturing inflight decisions: Thoughts while teaching", Educational Research Quarterly, 3.

Pecheux, M.(1975), Language·Semantics·Ideology, St.Martin Press.

Preire, P.(1998), Critical Consciousness, New York: Continuum.

Ricoeur, P., ed. and trans. Thomson, J.B.(1981), Hermeneutics and the Human Sciences, Cambridge University Press.

Stahl, R.J.(1995), Cooperative Learning in Language Arts, Addison-Wesley Publishing Comphany.

Tchudi, S. & Mitchell, D.(1999), Exploring And Teaching The English Language Arts, Addison-Wesley Educational Publishers.

Theunissen, M., trans. Macann, C.(1984), The Other: Studies in the social

Ontology of Husserl, Heidegger, Satire, and Buber, The Mit Press Cambridge.

Vinz, R.(1996), Composing a teaching life, Heinemann.

찾아보기

ㄷ

다성성(polyphony) 14, 20, 27, 50,
        58, 64, 73, 98, 99, 212
다성적 38, 55, 140
다성적 관계 103
다성적 담론 57
다성적 소설(Polyphonic novel) 13, 31,
        37, 62, 73, 103
다성적 초점화 39
다성적 텍스트 155
다성적 평가 38
다층성 19, 20, 30, 35
다층적 구조 39
단기간에 걸친 평가 302, 305
단성적 관점 28
단어성(單語性, monoglossia) 159
『달궁』 36, 47, 53, 54
담론 159
담론 공동체 96, 97
담론 구성체 97, 110, 113, 114
담론적 실천 164
「당신」 105
대담한 시인 252
대량 복제 시대 83
대리 보충(supplement) 118
대상적 존재물 134
대작(Great Book) 299
대화 123, 125, 142, 145, 146, 152
대화법 157
대화성 19, 29, 30, 93, 103, 106

대화의 응답 214
대화적 관계 19, 24, 36, 52, 54,
        61, 63, 68, 95, 98, 99, 107
대화적 관점 11, 17, 19, 28, 30,
        31, 61, 62, 64, 67, 73, 81,
        147
대화적 담론 94, 103, 104, 109,
        111, 112
대화적 소통 12, 17, 19, 20, 43,
        44, 46, 50, 52, 57, 58, 60,
        61, 64, 66, 70, 74, 81, 143
대화적 소통 능력 23, 31, 60, 63,
        64, 66
대화주의 94, 100, 115
데리다 118, 121, 122, 347
데카르트 119, 277
「도둑맞은 가난」 118, 126, 151
독백극 76
독백성(monologism) 213
독백적 담론 72, 109
독백적 철학 115
독서 현상 294
동일성 123
동일시 69, 100, 108
들뢰즈 117, 119, 123, 124, 129,
        130
디에게시스 15

ㅊ

ㅋ

소설 교육의 원리와 방법

인쇄일 초판 1쇄 2003년 05월 19일
        2쇄 2015년 03월 23일
발행일 초판 1쇄 2003년 05월 29일
        2쇄 2015년 03월 26일

지은이 선 주 원
발행인 정 진 이
발행처 새미
등록일 1994.03.10, 제17-271호

서울시 강동구 성내동 447-11 현영빌딩 2층
Tel : 442-4623~4 Fax : 442-4625
www. kookhak.co.kr
E- mail : kookhak2001@hanmail.net
ISBN 978-89-5628-064-6 *03800
가 격 20,000원

* 새미는 국학자료원 의 자매회사입니다.
*저자와의 협의 하에 인지는 생략합니다.